U0519754

忠孝理念与因果故事

丝路河西宝卷研究

程国君 著

商务印书馆
The Commercial Press

图书在版编目（CIP）数据

忠孝理念与因果故事：丝路河西宝卷研究／程国君著．—北京：商务印书馆，2023
ISBN 978-7-100-21533-6

Ⅰ.①忠⋯ Ⅱ.①程⋯ Ⅲ.①宝卷（文学）—文学研究—甘肃 Ⅳ.①I207.7

中国版本图书馆CIP数据核字（2022）第145547号

权利保留，侵权必究。

忠孝理念与因果故事
丝路河西宝卷研究
程国君 著

商 务 印 书 馆 出 版
（北京王府井大街36号 邮政编码 100710）
商 务 印 书 馆 发 行
北京虎彩文化传播有限公司印刷
ISBN 978-7-100-21533-6

2023年5月第1版　　　开本 710×1000　1/16
2023年5月第1次印刷　　印张 18 3/4

定价：96.00元

国家社科基金后期资助项目
出版说明

　　后期资助项目是国家社科基金设立的一类重要项目，旨在鼓励广大社科研究者潜心治学，支持基础研究多出优秀成果。它是经过严格评审，从接近完成的科研成果中遴选立项的。为扩大后期资助项目的影响，更好地推动学术发展，促进成果转化，全国哲学社会科学工作办公室按照"统一设计、统一标识、统一版式、形成系列"的总体要求，组织出版国家社科基金后期资助项目成果。

全国哲学社会科学工作办公室

序

濮文起

作为陆上丝绸之路关节点的河西走廊，曾孕育了光耀千古的丝路文化。它至今仍是我们增强文化自信的一泓泉源。其中，就有明末清初以来，盛行在河西走廊、为广大乡村民众喜闻乐见的道德教化文本——宝卷，学界将其称为河西宝卷。

为了发掘与抢救河西宝卷，自20世纪80年代始，西北高校一些学者筚路蓝缕，焚膏继晷，从乡村农民手中，访获了一批河西宝卷，相继整理、出版了《河西宝卷选》《河西宝卷续选》《河西宝卷真本校注研究》《酒泉宝卷》《永昌宝卷》《临泽宝卷》等。2006年6月，河西宝卷入选国家第一批非物质文化遗产以后，在甘肃政府文化部门的支持下，河西走廊各地学者掀起了搜集、整理河西宝卷热潮，又接连出版了《凉州宝卷》《山丹宝卷》《金张掖民间宝卷》《甘州宝卷》《河西宝卷集粹》《岷州宝卷集成》等，为人们研究丝路文化提供了丰厚资料，厥功至伟。

随着河西宝卷的不断发掘、整理、出版，专门研究河西宝卷的数十篇论文也先后在杂志上发表或结集出版。[①] 这些论文或分析河西宝卷的源流，或叙述河西宝卷的传承，或剖析河西宝卷的方俗词语，或开显河西宝卷的音韵资源，或阐释河西宝卷的生存智慧，或彰显河西宝卷的当代价值，从而激活了这个历史传承下来的民间文化文本，以令人信服的学术成果向世人昭示：河西宝卷是一座综合了语言、文学、音乐、宗教的艺术宝库，是中华民族优秀文化遗产之一，具有特殊的开发与研究价值，遂使河西宝卷从文献资料搜集、整理阶段，逐步迈入学理解析层面。但是，以一种学术理论为依据，采取多视角研究方法，对河西宝卷进行综合研究的学术著作，据笔者所知，至今并不多见。[②]

这里向大家隆重推介的是，程国君教授在广泛搜集、充分占有上述河西宝卷文献资料与学术研究成果的基础上，通过深耕文本，考镜源流，辩证义理，探究本真，最终完成的《忠孝理念与因果故事——丝路河西宝

---

① 庆振轩主编：《河西宝卷与敦煌文学研究》，北京：人民出版社，2012年。
② 只有刘永红教授的著作《西北宝卷研究》《青海宝卷研究》于2013年分别由民族出版社、中国社会科学出版社出版。

卷研究》专著。该著为我们展示了一个返本开新的学术境界，呈现了一种勇攀学术高峰的学者襟怀。

程国君教授的贡献，正如其著作名称所言，紧紧抓住河西宝卷的主题，即"三教理念与因果故事"对河西宝卷作了研究。儒释道三教是中国传统文化的主流，反映与代表了历代哲人问天、问地、问人，释天、释地、释人，效天、法地、做人的人生智慧与处世法则，作为其载体的"四书五经"、《大藏经》、《道藏》以及浩如烟海的各种诠释典籍，则是往圣先贤为后世留下的珍贵文化遗产。那么，明清以来，儒释道三教思想通过什么形式浸润民间，型范广大民众的思想与行为？程国君教授提出了自己的学术观点，即流传在民间的宝卷，它所承载的儒释道三教思想"支配着华夏基层民间及其意识"，而作为宝卷流布三大地域之一[①]的河西宝卷，则为人们"了解传统中国提供了生动的艺术范本"。

基于此种认知，程国君教授又依据叙事学原理，既详细考察了河西宝卷演述的儒释道三教故事与构成形式；又从文学史原理、文体学理论角度审视辨析，参照"叙事美学""故事形态学""民间叙事语用学"原理，探讨了河西宝卷文学文体的叙事性、叙事的程式化和文本构成形式的艺术综合性特征，并从宝卷文体文本构成原则、诸元素的细致分析出发，论述河西宝卷文体及其文本构成的独特审美功效，从而展示了宝卷研究的一种新思路，开辟了宝卷研究的一条新路径。

我们研究与阐述中国传统文化，绝不是"抒怀旧之蓄念，发思古之幽情"[②]，而是为了彰往察来，显微阐幽。[③]显然，程国君教授秉持的正是这种学术追求。他通过解读河西宝卷蕴藏的传统文化资源，其目的是为了抢救与保护这一长久被人们忽视的文化遗产，并对其"进行创造性转化、创新性发展"[④]，使其能在新时代的社会主义文化建设中发挥积极作用，从而抒发一种心系天下的学者本怀。

是为序。

2019 年孟春
陕西师范大学人文社会科学高等研究院

[①] 明清以来，在民间社会，逐步形成华北、江浙、河西三大宝卷流布地域。
[②] （东汉）班固：《西都赋》，（梁）萧统：《昭明文选》卷一，京都上，北京：中华书局，1977 年。
[③] 《周易·系辞下》："夫《易》彰往而察来，而微显阐幽。"
[④] 中共中央宣传部：《习近平总书记系列重要讲话读本》，北京：学习出版社、人民出版社，2014 年，第 101 页。

前　言

　　由敦煌而东西延伸的陆上丝绸之路关节点的河西走廊，因其历史上空前的国际化、文化上空前的繁荣而名震遐迩，誉满全球。敦煌所在的河西走廊的传统文化艺术也丰富多样。这些丰富复杂的独特艺术形式在宗教（佛教）、艺术（雕塑、壁画、美术、音乐）和文学（敦煌学、俗文学）等各个领域都有不朽的成就。其中，丝绸之路关键区段的河西走廊的河西宝卷文献、凉州贤孝曲艺，与敦煌学一样，也是丝绸之路文化及其文献的重要组成部分，有重要的文学、文化和文献学价值。从民间口头文化角度而言，河西宝卷、凉州贤孝曲艺等，是民间传统叙事，是民间表演艺术，也是地方文化习俗的展现，同样保留了珍贵的传统文化精髓。

　　比之丝绸之路区域流行的秦腔、花儿等民间俗文学及其艺术，河西宝卷、凉州贤孝，由于其地域性和文化文类特性，当今世人知之者甚少，然而，河西走廊地区流传的宝卷种类，与其姊妹艺术——凉州贤孝一样却内容丰富，形式独特，非常值得发掘研究。首先，宝卷这一融合了佛教、道教和儒家文化思想的独特艺术种类，是一种传播佛教、道教和儒家博大精深思想的重要艺术类型，在它形成的 800 多年以来[1]，已经将佛教、道教和儒家思想以独特的形式传播到了乡村民间社会，对于形塑传统民间社会起了很大的作用。其次，丝路河西宝卷，作为中国宝卷的重要组成部分，内涵丰富，蕴藏着包括文学、哲学、历史、宗教、民俗、社会学、语言学、音韵学及其艺术在内的多方面内容。丝路河西宝卷包含的思想，尤其是儒释道"三教"思想，一直支配着数千年来的华夏社会基层民间及其意识，对我们了解传统中国提供了生动的艺术范本。再次，丝路河西宝卷的形式比较独特，尤其是河西宝卷的韵文体宝卷，就融会了宗教故事、民间神话故事、诗、词、曲韵文等多种形式，是这些多样艺术形式的有机综合体。因而，作为中国古代民间传统故事讲唱艺术，它的存在和发现，也有重要的艺术史和文学史价值。

　　丝路河西宝卷，是丝绸之路乃至西北文化的活化石，像《仙姑宝卷》

---

[1] 宝卷产生的 800 多年说来自车锡伦《中国宝卷研究》（桂林：广西师范大学出版社，2009 年，第 28 页）。

等,甚至是西北汉民族与其他民族的民间史诗与博物馆式证据。从源头上看,丝路宝卷源于变文、讲经文(河西宝卷的源头,方步和先生有专文《河西宝卷探源》探讨,下文专门论述,此处从略)等。敦煌文献的发现,对于中国文学讲故事传统及其人类文化研究具有重大的意义和价值,仅就文学而言,其价值有学者就论述道:"在敦煌所发现的许多重要的中国文书里,最重要的要算变文了。……但自从三十年前史坦因把敦煌宝库打开了而发现了变文的一种文体之后,一切的疑问,我们才渐渐的可以得到解决了。我们才在古代文学与近代文学之间得到了一个连锁。""这(变文)对于宋以后的说话人、话本及民间文学的逐渐形成,是起了一定的先驱作用的。……首先是为俗讲文学开辟了一个广阔的园地,利用种种题材来向人民群众讲唱。……其次是采用了接近口语的文字并汇集了一部分口语词汇,为宋以后的民间文学初步地准备了条件。……第三,宋代说话人在中国文学史,特别是民间文学方面,占有相当重要的地位,因为这一发现,一方面知道了'三言'、'二拍'的根源、来源,一方面可以帮助我们了解宋代说话人的话本情形,为中国文学史的研究写下了新的一页。"[①]源于变文、讲经文的丝路河西宝卷的整理与发现,也同样具有郑振铎、王重民等学者所阐述的这种价值与意义。因为通过研究宝卷等民间文化遗产,研究者对于中国讲故事传统的演变及其来龙去脉有了一种新的认识:"早在公元七世纪末期,我国寺院中盛行一种'俗讲'。记录这种'俗讲'的文字,名叫'变文'。变文是用接近口语的文字写成的,中间有说有唱。说唱的材料,大部采用佛经中的故事,也有不少是采用民间传说和历史故事的。宋元话本以及宝卷、鼓词、弹词之类,莫不和变文有一定关系,可以说它们都是继承了变文这一文学形式的传统。"[②]由此看来,俗讲或变文开启或推进了中国古代讲故事的优良传统,即六朝小说、唐传奇、宋话本、"三言"、"二拍"等明清小说、宝卷、鼓词、弹词、参军戏等这一叙事传统,已经形成一个独特体系。所以,明显地,宝卷这种俗文学类型,是中国古代讲故事传统(叙事学意义上的讲唱文学)的重要一环。或者说,它本身就是中国讲故事传统中的一种"最后一个"形式。它上承古中国漫长的讲故事传统,却又与现代中国五四以来受西方讲故事传统发展起来的新文学叙事形式完全两样。因而,研究宝卷这种民间讲故事传统,对于我们了解中国民间讲故事传统和现代叙事艺术发展有深刻启发。换句话说,在《仙

[①] 王重民等编:《敦煌变文集》,北京:人民文学出版社,1984年,第6页。
[②] 王重民等编:《敦煌变文集》,北京:人民文学出版社,1984年,第1页。

姑宝卷》《孟姜女哭长城宝卷》《还乡宝卷》《苦节图宝卷》以及《救劫宝卷》《姊妹花宝卷》和《沪城奇案宝卷》等这些河西宝卷中，我们能够发现古代讲故事形式从传统到现代的一些曲折变化的踪迹。

宝卷作为一种传统民间讲故事传统——叙事形式，有其独特的叙事方式。因而，把河西宝卷这一民间讲故事形式放到中国传统叙事传统中分析，依据叙事学原理，详细考察宝卷故事及其构成方面的形式特征，并从文学史原理、文体学理论出发，以"叙事美学"、普罗普"故事形态学"和利奥塔"民间叙事的语用学"原理作比照，对于河西宝卷这一古老文学文体的叙事性、叙事的程式化和文本构成形式的艺术综合性特征、河西宝卷文体文本构成的原则、诸元素的细致分析，从而揭示宝卷文体及其文本构成的独特审美功效。这对于中国讲故事传统还是河西宝卷的叙事艺术，都将有全新的认识。

支配着传统中国底层社会的思想读物，长期以来往往是民间读物。古代宝卷、鼓词、弹词以及所有地方性的民间读物，就"千余年来支配着（中国传统）民间思想"[①]。像《平天仙姑宝卷》《何仙姑宝卷》《还乡宝卷》《苦节图宝卷》以及《救劫宝卷》《二度梅宝卷》等宝卷读物，其思想究竟是什么呢？通观800多年来流传的一些宝卷文本，不管是佛教经典科仪、道教炼养宝卷、儒家贤孝宝卷，还是民间秘密宝卷，其宣扬的思想，毫无疑问，是佛道儒融合的"三教"思想。我们要考察这些读物，当然首先必须要考察宝卷的这些思想。宝卷包含的这些思想，博大精深，是中国传统文化的主脉，源远流长，所以，在学界和民间基层对于丝路河西宝卷、凉州贤孝的整理、发掘和研究的基础上，从思想主题（史）、文化学、叙事学、文学文体学理论两者结合出发，对这一特殊非物质文化遗产作较为全面的研究也就显得异常必要了。学术界对于宝卷的研究，已近百年，且成就显著。从事这一研究的濮文起先生就非常肯定这种局面："如果从20世纪20年代顾颉刚、郑振铎二位先生发现宝卷的学术研究价值算起，到90年代陈俊峰等先生又发掘一批珍贵宝卷为止，中外学者在宝卷搜集与研究这一学术领域辛勤耕耘，已长达70年之久。令人兴奋的是，由中外学者共同开发的这块处女地已经开花结果，尤其是进入80年代以后，更是硕果累累。经中外学者共同调查得知，目前海内外公私收藏元末明初以来的宝卷，约有1500余种，版本约5000余种，其中专讲民间宗教教义思想的宝卷约百余种，多为印本，大部分是讲述佛道故事、民间传说、戏曲

[①] 郑振铎：《中国俗文学史》，上海：商务印书馆，1938年，第258页。

故事的宝卷，且多为手抄本；而中外学者共同开展的宝卷研究，不仅解决了中国民间宗教史上诸如教派、教义、仪式、修持、组织、领袖人物以及重要事件等许多长期悬而未决的历史问题，从而推动了中国民间宗教史研究，也不仅解决了中国民间通俗文学史上从唐变文到宋说经、再到元末明初宝卷等源流问题，从而推动了中国民间通俗文学史研究，而且更为重要的是，为人们洞悉中国古代社会特别是明清时代下层民众的道德情操、伦理信念、求索取向与理想境界打开了一片新天地。"[①]但是，目前国内对于河西宝卷的研究，就像斯坦因捐到大英博物馆的9000多卷敦煌写本和500幅佛画一样，人们还是不甚了了，对于20世纪80年代以来就被方步和等先生开创的河西宝卷研究以及取得成就也知之甚少。事实上，如前所述，河西宝卷的存在和发现，如果把它放在其自身独特性［与敦煌文献的关系、西凉罗什寺塔（佛）、河西走廊的地域等因素］、放在中国叙事传统的意义上看，是有极其重要的价值和意义的，因而也需要特别关注。基于这样的思路，本课题主要考察以下问题：第一，重新考察河西宝卷的历史文化渊源及其形成的问题，与国内宝卷研究展开对话，以便推进河西宝卷的进一步探讨与研究；第二，考察一些代表性河西宝卷的基本思想及其主题，进而由宝卷文体讲述因果故事——宣扬佛理及大众教化的功能出发，探讨中国传统文化佛道儒"三教"合一的文化形态特征，对于佛道儒兼容和抑佛扬儒这一中华文化融合外来文化发展的独特现象作一理性考察；第三，结合具体宝卷，并与丝绸之路重镇武威的凉州贤孝曲艺结合，对于河西宝卷宣扬的儒家文化中贤、孝、忠、恕、敬、爱等贤孝伦理思想作现代性阐释，并对比儒家传统贤孝伦理实践与现代福利社会伦理建构的优长，揭示其互补发展的可能途径及其对于现代伦理建构的可能启示；第四，从宝卷常见人物善男信女、状元郎、苦节妇形象分析入手，揭示儒家文化的男性中心主义意识本质，揭示其狭隘的性别理念对传统社会妇女人生命运的深刻影响，从而进一步分析丝路河西宝卷的思想文化内涵；第五，对已经收集到的几部现代宝卷《救劫宝卷》《姊妹花宝卷》和《沪城奇案宝卷》等重新阐释，从而力图去揭示民间讲唱故事传统及其古今文体演变的一些特殊规律性问题。

罗兰·罗伯森等社会科学家认为，现代社会文化的一种特征之一是对于民间音乐和传统艺术、装饰和行为、农民穿着的崇拜以及前现代的博物

---

① 濮文起：《宝卷研究的历史价值与现代启示》，见濮文起、李永平编：《宝卷研究》，北京：商务印书馆，2019年，第19~20页。

馆化展现。[①]这种特征反映着我们时代的一种文化态度和文化取向。事实上，现代中国"一带一路"的全球化倡议，从这一角度上讲，也反映着这种取向，它既是对传统和遗产的重新发现和发明，也是我们重要的国家文化战略，还是我们文化自信的依据。因此，以此理路来研究整理河西宝卷这一"非遗"文本，就能够使我们看到丝绸之路文化丰富多彩的面相。这不仅可以发现我们传统文化及其遗产的文化革新方向，甚至可以了解宝卷这种传统文学文体的思想主题及其文本因素构成，进而来保护我们的民间艺术文化遗产。实际上，这对于现代社会文化建设、地域文化和文学发展也有重要的文化学、文体学价值和文学史启迪作用。因为宝卷文献与丝绸之路、神话传说毕竟不一样，也与敦煌学及其敦煌俗文学两样，它是民间说唱艺术的脚本，许多宝卷反映民间日常生活，是重要的民间俗文学文体形式之一，是中国文学史，尤其是俗文学史上的重要文体。

然而，民间文学、近现代文学史及其书写却并没有给予这份遗产以充分的重视，因为近现代的中国文学史书写，包括中国古代文学史和世界文学史书写，由于受到西方文体分类学影响，强调小说、诗歌、散文和戏剧等现代文体，以凸显文学现代化的痕迹，其结果就把中国丰富复杂的许多文体排斥到了文学史之外了，比如戏曲、词曲、民歌、古典诗词创作这种优秀的抒情传统及其方式。对于宝卷这种变文演变过来的文体，也都是如此，它们遭受了同样的命运。这样一来，中国俗文学的其他丰富多样的文体，甚至讲故事传统，就根本得不到重视。这里提及的宝卷，尤其是像反映近现代社会生活的《救劫宝卷》《姊妹花宝卷》及《沪城奇案宝卷》等现代宝卷，它们本来是民间通俗文学文体在现代还存在并被运用的铁证，但现代做通俗文学研究和治文学史的人似乎都并不完全知道这种文体的存在。近些年来，宝卷这种文体及其艺术形式开始得到重视，然而又大多是文化遗产和宗教学诸端的分析研究，没有将其当作文学、艺术及其艺术文体看待，唯其如此，对于宝卷这种文体的本体性研究就被忽视了，甚至连宝卷这种文体，也成为一种文化遗产了，仅为少数人所知。更有甚者，对于多种宝卷曲调，因没有乐谱文字记载，只有口头传唱，所以绝大多数已经失传，或已变调、走调，而随着宣卷人的逐渐逝去和宣卷活动的渐行渐远，河西宝卷将面临消亡的危机，因而，抢救和保护工作迫在眉睫。

当然，除了文学领域的研究外，宝卷研究近年却热了起来，有学者，

[①] [美]罗兰·罗伯森：《全球化：社会理论和全球文化》，梁光严译，上海：上海人民出版社，2000年，第218页。

比如濮文起先生等，已经在民间宗教领域对宝卷做了深入研究，他的《宝卷学发凡》一文也得到了不少学者响应。因此，如何把宝卷研究和民间思想文化研究结合起来，也是宝卷研究的新方向。进一步说，关注、研究河西宝卷及其文体，并在前辈学者研究基础上，把宝卷放到中国文化思想史及其中国民间讲故事传统的双重学术脉络上，通过对其整理和阐释，尤其是文本主题、形式的整理和阐释，建构数据库，系统整理挖掘这一长久被忽视的文化遗产，使之能够发扬传承，从而使这一仍然在丝绸之路存活的文化遗产在当今文化建设中发挥积极作用，就显得颇有价值和意义了。

目 录

绪 论..1
 一、河西宝卷：丝路文化的重要分支..3
 二、河西文化、佛教东传与河西宝卷..5
 三、"三教"融合的文化形态及其伦理悖论....................................7
 四、"因果故事"及其叙事文体特征..14
 五、民间教化：宝卷的文化及文体学价值....................................18

第一章 河西宝卷的调查、整理与研究
 第一节 河西宝卷的收集、整理、印行..23
 第二节 绘图刻印宝卷与手抄宝卷..32
 第三节 河西宝卷的分期、分类及相关研究议题............................36
 第四节 方步和与他的河西宝卷研究..41

第二章 丝路河西文化与河西宝卷
 第一节 河西走廊、佛教与河西宝卷..51
 第二节 长安文化、河西经史文化与河西宝卷................................59
 第三节 道教文化与河西宝卷..63
 第四节 农耕、牧羊时代及其民间文化艺术....................................66

第三章 "三教"融合、真经与宝卷
——丝路河西宝卷的思想主题倾向研究（一）..........................74
 第一节 宝卷为何被称为"真经"？..76
 第二节 "三教"融合与宝卷思想..81
 第三节 从佛儒杂糅到"抑佛扬儒"..89
 第四节 神灵·魔法·地狱·戒律..94
 第五节 历史、时事宝卷及宝卷主题演变......................................101
 第六节 宝卷"故事"内涵及其文化性体认......................................104

第四章　儒家忠孝观念及其宝卷母题
——丝路河西宝卷的思想主题倾向研究（二）..................112
第一节　丝路河西宝卷与忠孝等儒学思想..................113
第二节　孝道、"凉州贤孝"与孝理现代性议题..................123

第五章　"善男信女"与主题悖论
——丝路河西宝卷的思想主题倾向研究（三）..................132
第一节　贤良女性与女性悲情..................135
第二节　状元郎形象与男权意识..................140
第三节　善男信女：宝卷正面形象及其文化悖论..................144

第六章　因果故事及其叙事模式
——宝卷叙事、叙事形态及其叙事文本艺术构成..................150
第一节　因果故事及其功能特征透析..................153
第二节　散韵交错、以韵为主的叙事模式..................159
第三节　宝卷文体及其叙事文本构成..................163
第四节　"讲唱文学"："哭五更"调与悲情故事..................170

第七章　"非遗"文本与教化传统
——民间讲故事传统及其叙事转型..................177
第一节　民间讲故事传统与现代转型..................178
第二节　《姊妹花宝卷》：从神灵佛道到现代生活..................182
第三节　《沪城奇案宝卷》与"故事"革新..................187
第四节　"非遗"文本与叙事传承..................191

结　语..................195
参考文献..................201
附录一..................207
附录二..................211
附录三..................216
附录四..................279
后　记..................282

绪 论

近年来，随着国家对于传统文化的重视，"宝卷热"兴起。其标识就是1999年濮文起的《宝卷学发凡》[①]的发表、车锡伦《中国宝卷研究》的出版以及近年各种国家社科基金项目的资助研究。这种文化取向促进了中国宝卷研究的调查、收集、校对、整理进程，也促进了宝卷研究由原初基本的版本考察、版本收藏向宝卷故事本体、宝卷文化价值以及传播的深入研究。河西宝卷是中国宝卷的有机组成部分，近年来的研究也由调查、收集、校对、整理等初步研究走向深入，像方步和的《河西宝卷真本校注研究》《河西文化——"敦煌学"的摇篮》和《宝卷——河西人民的佛教心态》等就引起了学界，包括宝卷研究者的充分关注。

近年来的宝卷研究也表明，在中国诸大区域的宝卷库存中，丝绸之路上的河西宝卷不仅独具特色，而且还以其独特的地域文化特质和内在叙事构成，反映出中国宝卷的基本面相以及一些很内在具体的特质。这主要表现在以下六个方面：

第一，丝路河西宝卷是中国宝卷里仍然活着的宝卷，它在具有悠久历史的敦煌、武威、永昌、酒泉、张掖等河西走廊的古代丝绸之路的名城、名镇大都有保留，至今仍还有人说唱。第二，它的诞生与丝绸之路的河西走廊的敦煌、张掖（甘州，下同）、武威（凉州，下同）这些佛教文化的中转站密切相关，其地域特色和佛教文化色彩相当浓厚。第三，河西宝卷的儒释道"三教"合一的文化形态，与其他宝卷一样，反映了中国文化形态存在的基本形态，但主宰河西宝卷基本思想的儒释道"三教"合一的思想形态更为独特。其包含了由地域文化精神影响的西部道家影响及其长安文化的独特因素。第四，河西宝卷中鲜有晚清民初其他各地宝卷的民间秘密结社性质及其反抗色彩的宝卷，它以传播儒家贤孝思想为主，具有极强的教化功能，其实用功能主义特征非常明显。同时，以贤孝为标识的伦理思想及其意识、男权主义思想，反映出其诞生时代的思想伦理认识水准与局限，更值得关注。第五，河西宝卷这种民间讲唱艺术文体形式具有鲜明的叙事性、叙事的程式化和文本构成形式的综合性等诸多特征，尤其是丝

[①] 濮文起：《宝卷学发凡》，《天津社会科学》1999年第2期。

路河西的民间宝卷，这些特征极其明显。第六，丝路河西宝卷还包含存留了不少现代宝卷，尤其是像反映近现代社会生活的《救劫宝卷》《姊妹花宝卷》《沪城奇案宝卷》等现代宝卷的出现，为我们了解民间讲故事传统的演变提供了现代转型性启示。

从文体演变的角度来说，河西宝卷是在佛教的变文、俗讲、因缘以及说经的基础上发展而成的一种民间吟唱的俗文学文体形式。它受到话本、小说、韵文叙事传统、诸宫调及戏曲等文体的影响极深，是佛教文化、中国文学的多样形式共同造就的一种独特的民间俗文学形式。①其思想主题内容复杂，包含儒释道"三教"合一以及传统中国各种复杂的民间思想；其故事多样，除了佛教因果故事的宝卷外，有大量非宗教的历史人物、神话、民间传说、戏曲故事以及惩恶扬善、忠孝仁爱故事等多种类型。宝卷展现出中国传统文化非常独特的内在特质。作为讲唱文学的脚本，河西宝卷不仅文本形式构成复杂，而且还融合了古典话本叙事、韵文叙事、诗、词、曲、令、诸宫调和"哭五更"等演唱调式，是多样的文人创作艺术形式的综合性通俗文学文本。所以，中文的这种文学类型，或者民间文学类型，对于我们了解古代讲故事传统和故事演变及其编制有深刻的启发。换句话说，以河西宝卷为例来看中国宝卷，不仅能够看清中国宝卷思想文化形态的一些基本特质，而且还能够发现宝卷的独特文本构成机制，因而，这一研究不仅具有重要的思想史价值，而且还具有重要的文体学、文学史意义和艺术品类学的特殊价值。事实是，中国宝卷藏本遍及世界各地，俄罗斯、法国和美国等欧美各国都有收藏，中国国家图书馆、北京大学图书馆、天津图书馆、陕西师范大学图书馆等也有收藏，甘肃陇南、河西民间

---

① 方步和"俗讲是河西佛教宝卷的源头"有相当说服力。参见《河西宝卷探源》，方步和编著：《河西宝卷真本校注研究》，兰州：兰州大学出版社，1992年，第369页。对于宝卷这种文体形式的渊源，学界看法不尽一致。方步和对于郑振铎的权威流行说法"宝卷是'变文'的子孙"说是有所辨析的。他对于"外来说"——从印度传入和"本土说"——郑振铎、向达、王重民、孙楷第等看法作了辨析，提出了他的宝卷源头三说：俗讲是佛教宝卷的源头，俗变文是神话传说、历史民间故事宝卷的源头和敦煌《燕子赋》是寓言宝卷的源头。他并没有把变文这种艺术形式作为宝卷的源头或先祖。与他这种见解一致的是周绍良、张涌泉等学者。周绍良《敦煌变文讲经文因缘辑校》认为，"在敦煌石室发现的卷子，明确标有'变'字的和可以确认它是变文的，总共有14题。内容多为民间流传的故事，而宗教性质的则仅只一小部分。因之我们可以推定，变文原是民间的东西，为当时普遍流行的一种娱乐形式"（周绍良、张涌泉、黄徵编：《敦煌变文讲经文因缘辑校》，南京：江苏古籍出版社，1998年，第11页）。我们这里采纳周绍良说，也是为了更为清晰地讨论宝卷作为一种民间讲唱艺术形式的特征。

收藏家和民间艺人也有一些收藏。而且，对于河西走廊诸地的宝卷加以整理，其意义价值甚至比去研究中国图书馆馆藏、东南吴地宝卷和海外传播宝卷还重要，因为其根在中国民间，其根在佛教盛行之地的丝绸之路原乡——丝绸之路的河西走廊，实乃中国宝卷的原乡之一。

现在能够传承宝卷，娴熟表演和说唱的人很罕见了，一些宝卷的曲调，因为没有乐谱文字记载，只有口头传唱，绝大多数已经失传，或者已经变调、走调。而且，随着宣卷人的逝去和宣卷活动的渐行渐远，丝路河西宝卷也面临消亡的危机，因而，对这一文化遗产的研究和整理，显然具有重要的价值和意义。

一、河西宝卷：丝路文化的重要分支

濮文起认为，宝卷研究具有重要的学术价值："宝卷是中国民间秘密宗教的专用经典，是从事中国民间秘密宗教研究必不可少的基本材料；宝卷又是流传在中国下层社会的一种通俗文学，亦是从事中国民间俗文学研究不可或缺的珍贵史料。"[①] 对于宝卷的渊源，学界也已经有比较明确的结论：它诞生于佛教的变文、俗讲和讲经文等，大体产生于宋元时期。按照该领域一些学者的研究，这一民间艺术演唱形式在我国已经延续800多年了。[②] 据考证，河西宝卷流传至今也有400多年的历史。[③] 河西宝卷在河西走廊遍布各地，流传甚广。近十多年来，一些民间文艺爱好者深入河西农村调查挖掘研究，河西走廊各地政府（地级、市县政协）、文化部门和高校出版社也都十分重视，初步理清了河西宝卷的分布、保存及宣卷情况，并收集、整理出版了一大批宝卷版本。目前已经编印出版了《酒泉宝卷》（上中下册）、《张掖宝卷》（上中下册）、《永昌宝卷》（上下册）、《山丹宝卷》（上下册）、《临泽宝卷》、《凉州宝卷》、《民乐宝卷》、《河西宝卷精选》与《河西宝卷真本校注研究》等240部左右宝卷（除去重复外，约有90—110部宝卷）。这是宝卷研究史上十分独特的重要景观。

从目前看，河西宝卷在丝绸之路的张掖地区保存颇多，收集也颇多。有据可查的河西宝卷有一百多种。这些宝卷内涵丰富，从内容上可以分为

---

① 濮文起：《宝卷学发凡》，《天津社会科学》1999年第2期。
② 车锡伦：《中国宝卷研究·自序》，桂林：广西师范大学出版社，2009年，第1页。
③ 河西张掖的《仙姑宝卷》产生于明万历（1573—1620）间。此可佐证。参见《张掖仙姑的历史意义》一文，方步和编著：《河西宝卷真本校注研究》，兰州：兰州大学出版社，1992年，第348页。

五类：第一类，反映社会生活的，如《烙碗计宝卷》《丁郎寻母宝卷》《继母狼宝卷》《刘全进瓜宝卷》等。这类宝卷数量很多，质量也好，是流传的河西宝卷中最基本的一类。第二类，来自民间神话传说故事的，有《天仙配宝卷》《劈山救母宝卷》《张四姐大闹东京宝卷》《何仙姑宝卷》等。这类宝卷基本上是民间传说故事的改编，神话色彩很浓，故事听起来委婉有趣，感染力很强。第三类，来自历史人物传奇的，如《昭君和北番宝卷》《康熙私访山东宝卷》《包公宝卷》等。这类宝卷数量也很多，传奇色彩浓厚。第四类，寓言和童话故事也不少，有《老鼠宝卷》《鹦哥宝卷》《义犬救主宝卷》等多种。这类宝卷和第一类宝卷，以宣扬儒家贤孝思想为主，教化色彩浓厚。第五类，记叙佛教活动的佛教宝卷，有《观音宝卷》《达摩宝卷》《唐王游地狱宝卷》《目连救母宝卷》等。这类宝卷展现了佛和神的神秘世界，却也包含浓厚的世俗日常生活，它们可能是宝卷的原初形态。

在河西宝卷中，还有一些现代创作的宝卷。内容上有与传统宝卷相同的，也有与传统宝卷内容毫不相关的。但总体倾向是它们都反映了近现代以来的社会生活，极有社会学、史料学和文体学价值与意义。像《救劫宝卷》，就反映1927年甘肃古浪、武威特大地震的灾难；《姊妹花宝卷》，则反映辛亥革命后军阀混战下北方人民流离失所的悲惨生活；《沪城奇案宝卷》，则反映新中国成立后上海公安破获国民党特务破坏的神奇惊险历程。它们用古代艺术文体形式——宝卷艺术形式，反映现代生活以及现实，尽管仅仅在民间流传，但却是比较有文学艺术创新的一例。同时，这些宝卷反映的民国故事尽管也没有能够得到重视，但它们很可能是宝卷中像那些孤本一样有价值的版本，因为从中我们会发现宝卷形式被现代民间发展运用的清晰轨迹，以及这种民间说唱艺术形式在现代的特殊演变轨迹。

河西宝卷（凉州宝卷）于2006年被批准为国家级第一批非物质文化遗产。这批文化遗产在丝绸之路上的河西走廊分布面很广，涉及二十多个县市。如今，在甘肃河西走廊地区的广大农村，宝卷仍然有着旺盛的生命力。每年春节前后及农闲时节，许多农村举行隆重的宣卷活动。这样的文化建设活动，现在还被一些基层地方政府有组织地在乡村展开。比如，河西金昌的永昌文化局还有计划地组织念卷等文化活动，宝卷的一些文化建构功能被充分地发挥了出来，并把宝卷作为基层乡野教化的有效工具。这是丝绸之路上的艺术奇葩，也是当今中国民间文化的一个独特景观。

丝路河西宝卷是仍活着的文化遗产。而且，作为国家非物质文化遗产之一种，丝路河西宝卷的叙事（念卷）尽管在如今有被影视和网络的各种叙事方式取代的倾向，但是它却仍然在中老年人中有深深的情结。

河西走廊的文化繁荣灿烂。与河西走廊上产生的敦煌学、佛教文化、文学艺术中的大漠孤烟、戈壁边塞、阳关古道等独特的文学意象库、《八声甘州》《凉州词》《霓裳羽衣曲》《凉州曲》等古典精英文化艺术序列相比[①]，宝卷这种边地俗文化艺术形式及其文本也无疑是丝绸之路文化的一个重要分支形式。它与佛教文化、汉以来儒释道合一的"三教"文化、西北藏蒙回文化等少数民族文化、河西历史、神话传说、边塞文学及其敦煌壁画艺术、曲艺等各个文化形式一样，构成丝绸之路文化的丰富面相。

二、河西文化、佛教东传与河西宝卷

丝绸之路上的河西宝卷（河西走廊有一部分宝卷则由全国不同地域传来），尽管国内一些学者否认其是古代河西人的创造，认为其是西北干旱自然条件容易保留的结果，但是，丝绸之路上的敦煌为代表的河西文化和佛教思想结合，从而诞生宝卷，也可能是无法否认的事实，正如我们不能说敦煌不能诞生敦煌学一样，尽管敦煌学本质上是中西文化融合的产物。

河西宝卷著名研究专家方步和认为："河西文化是产生'敦煌学'的基础，或者说'敦煌学'产生于河西文化，是在河西文化这个摇篮中诞生、成长和壮大的。河西文化与'敦煌学'是母子关系。"[②] 尽管学术界还没有充分认可这一结论，但笔者认为他从地域文化及其发生学的角度揭示敦煌学的产生，还是一个比较客观的论断。因为既然敦煌学是世界性的显学，世界性的宗教与艺术的奇葩，它的内涵博大精深，河西文化能够把它孕育出来，这是一个举世闻名的奇迹与文化事实。[③] 那么，丝绸之路上的河西文化孕育出河西宝卷和凉州贤孝这类民间通俗文学艺术形式，也就是

---

① 《霓裳羽衣曲》的最初版本，据传由武威节度使杨敬述所献，唐玄宗润色而成，为唐代宫廷乐的代表之一。参见武威县志编纂委员会编《武威简史》，1983年。
② 方步和、李伦良编著：《河西文化——"敦煌学"的摇篮》，北京：中国文史出版社，2004年，第1页。
③ "河西文化与'敦煌学'是母子关系"这一结论，是河西学院方步和、巩子孝等一批魏晋南北朝文学研究学者共同的研究结论。他们认为，河西文化可以分成"河西经史文化"和"河西佛教文化"，这两类文化恰是"敦煌学"两个内容产生的直接根源，也是两个内容的深厚基础。它们像两条巨臂烘托起了"敦煌学"。《河西文化——"敦煌学"的摇篮》这一55万字的扎实专著是目前"敦煌学"研究的里程碑著作，其中多处论述了宝卷与河西文化的内在联系，如《宝卷——河西人民的佛教心态》一义。

顺理成章的事。敦煌学的原乡是河西文化，河西宝卷的原乡是河西走廊。我们也许可以肯定地讲，是河西文化孕育出了丝绸之路上的河西宝卷，尽管宝卷源头、地域等诸多因素还有待考察。

首先，河西走廊对于佛教传播到中国来，是起过决定性作用的。我们在方步和、李伦良《河西文化——"敦煌学"的摇篮》里大体看得更清楚。该著中五分之四的篇目以"河西佛教文化概述""河西佛教人物篇"为题，相当集中地论述了河西在佛教文化史上的重要地位和作用。进一步说，抛开这些深奥的研究，我们单单从鸠摩罗什（在武威有为其建造的罗什寺塔）、玄奘（在西安有与其相关的大雁塔）、昙无谶等佛教圣人在丝绸之路上的遗迹就可以确认。换句话说，凉州城那个高高矗立的罗什寺塔、张掖的那个闻名世界巨大涅槃卧佛、敦煌莫高窟那个高达三十多米的佛像就很能说明一切。丝绸之路的河西走廊曾经是中西文化交流的中转站。"故自汉以降，交通不绝，而佛教自西向东，以大月氏、罽宾为转输之中心。"①佛教从丝绸之路的河西走廊东传是历史事实，魏晋南北朝时期，甚至更长时间意义上，河西走廊上的月氏人、吐蕃、党项羌、西夏人、蒙古人，大多信奉佛教，河西走廊成为北方佛教的中心达数百年。因而，如果说佛教思想是宝卷的灵魂，那么，河西走廊就是宝卷的原乡。

其次，古丝绸之路上的河西走廊，各地的各族人民——凉州人、张掖人、酒泉人、敦煌人，他们处于地理优势，优先接受佛教俗讲②，倾听河西东来西往的佛学大师讲经，支持佛学大师西行、东进，甚至跟随一些佛学大师、比丘僧尼修行学佛，抄写佛教经卷，并长久地念卷和听卷，佛教对于他们就浸染颇深。同时，河西有中国最早的佛教译经之地，有佛家讲法道场，佛教的般若学、涅槃学、密宗、禅学、观音崇拜、弥陀崇拜等，就自然被河西人接受膜拜。一千多公里的河西走廊，佛教石窟、佛教塔寺遍布各地。这样一来，河西人把阐述世界、宇宙、人生之理的佛教思想大力张扬了，他们抄卷、念卷以积德行善，做善男信女，笃信佛教，这也使得以佛教思想作为灵魂的宝卷这一民间通俗文学及其说唱艺术形式在这里深深根植、发展与繁荣了。

---

① 柳诒徵：《中国文化史》，上海：上海三联书店，2007年，第356页。
② 方立天认为，"佛教有不同类型，如精英佛教与大众佛教、经典佛教与民俗佛教，其间有着很大的差异。由于大众佛教受精英佛教的支配，民俗佛教受经典佛教的主导，因此对精英佛教和经典佛教的哲学思想进行研究是极为重要的"。（见方立天：《中国佛教哲学要义》上卷，北京：中国人民大学出版社，2012年，第3～4页）佛教俗讲是典型的民俗宗教。

当然，河西文化并非单单就是佛教文化。河西文化漫长、丰富、复杂而独特。首先，在汉时，河西走廊设立河西四郡。汉代，孔孟儒家文化是其主流，河西走廊当然盛行儒家文化。河西文化中儒家文化同样是其主流。其次，传统庄老道术也在河西流传。而且，佛教思想、传统文化的儒家思想及其道家思想在河西是融合发展的，它们赋予了河西文化独特的思想内涵，正是这种复杂独特的文化形态成就了河西文化，河西文化又孕育了敦煌学，孕育了与此相关的河西宝卷。[①] 从这个意义上说，河西文化孕育了佛道儒"三教"融合思想的《仙姑宝卷》《香山宝卷》和《救劫宝卷》等河西宝卷。可以说，是丝绸之路河西走廊神话、传说、历史及其乡民的农耕、放牧生活等河西文化的诸多元素孕育了河西宝卷。

进一步说，丝绸之路，不仅仅是一条商贸之路、玉石之路、军事之路，最主要的，它还是一条文化之路。在这条文化之路上，佛教等西方文化与东方文化互动融合的情致，赋予河西文化独特的区域特质。河西地区流传的宝卷，有与宗教内容有关的，有反映社会生活的，有来自民间传说、历史、人物传奇的，也有寓言和童话故事的，还有现代故事版的宝卷。这些宝卷蕴藏着包括文学、哲学、历史、宗教、民俗、社会学、语言学、音韵学等多方面的内容，是丝绸之路乃至西北文化的活化石。我们知道，在政治、军事、经济等人类活动的一切领域中，文化的发展具有优先性。丝路河西宝卷的产生与发展，可以用这个原理来揭示：不是西部贫穷，就没有文化，就产生不出宝卷这样的复杂说唱艺术；文化和文学可能产生自原始区域、边缘地带。这是文化乃至文学史发生的一个基本现象，甚至是规律性的基本常识。[②]

三、"三教"融合的文化形态及其伦理悖论

河西文化包括河西原始文化、经史文化，也包括佛教文化。河西文化丰富多彩，形式多样，内蕴深厚。丝路河西宝卷当然是其一个主要的品种之一。从地域文化特征和思想特征来讲，河西宝卷是一种独特的儒释道

---

① 方步和、李伦良认为，河西文化可分为"河西经史文化"和"河西佛教文化"两部分。其实，这两者文化就是我们通常所说的"儒释道"文化。这里为了方便论述，所以用了"儒释道"文化。
② 近年，有宝卷研究学者否认河西宝卷的"河西"性甚至本源性，质疑郑振铎等的"宝卷乃敦煌变文的嫡系子孙"的观点。我认为这是有违文化和文学可能产生自原始区域、落后甚至边缘区域的原则与观点的，故而有此论。

"三教"合一的文化形态,尽管它有自身的特点,但它也由此呈现了中国文化形态存在的基本面相。同时,河西宝卷又以传播儒家贤孝思想为主,它的文本也包含传统文化的男权主义意识及其思想。这给现代文化发展诸多启示。

就是说,宝卷的思想其实很复杂,各个宝卷的主题也不尽一致,需要我们用现代文化意识来对待。就其具体内容来说,这可以从三个方面来讨论:(1)"三教"融合及其文化品格;(2)教化功能及其悖论性启示;(3)宝卷的"善男信女"形象——贤良女性、状元郎与男权意识。

首先,河西宝卷的思想灵魂是中国传统文化基本形态的"三教"(佛道儒)思想,而在这些宝卷里,"三教"思想又是被作为"真经"、"经典"来看待的。例如《达摩宝卷》卷末道:"愚阅宝卷,仰体佛意,捐资镌版,刷印发送。用广佛之慈悲,启后圣之智慧,而后得书善信,敬之慎之,体之参之……如是,是圣佛仙之体用,然则三教之道,以一贯之,而三教之德,浑然一理。诗曰:德犹如毛,毛犹有伦。上天之载,无声无息,期望后贤详解。"在所有宝卷中,"三教之道,以一贯之,而三教之德,浑然一理"。而且,大凡佛教宝卷,"佛意"是其主脑,因果故事是常见模式,佛理、道规和儒家文化又交相融合。这构成宝卷的基本主题及其文化形态。

"紫竹黄根班笋芽,道冠儒履十衲裟。红莲白藕绿荷叶,三教原来是一家。"(《达摩宝卷》)"姊妹宝卷初展开,诸佛菩萨降临来,善男信女虔诚听,增福延寿并消灾。三教经文在世间,存心普度话长篇;人生行善无冤孽,死后能入九泉霄,可惜凡人看不破,千般刁诈像风颠;望君超出红尘外,免得后来受苦煎。"(《姊妹花宝卷》)各类宝卷中这些最常见的导语及其惯用语就充分印证了宝卷思想主题的这一趋向。所以,"三教"思想为河西宝卷的灵魂(古代及其前期宝卷大体如此,后来宣扬儒家忠孝观念成了核心母题)。宝卷的重要思想特点是"三教"思想融合。

大量产生于明清时代的河西宝卷,情形大体如此。因为我们只要选择已经收集到的任何一部丝路河西宝卷集,从其卷目就可以清晰看出其思想主题——佛道儒"三教"思想融合的大体端倪。如丝路河西宝卷中的永昌宝卷(上—14)(下—18)的总目有32部,它们是《香山宝卷》《张四姐大闹东京宝卷》《天仙配宝卷》《仙姑宝卷》《劈山救母宝卷》《康熙唐王游地狱宝卷》《刘全进瓜宝卷》《昭君和番宝卷》《二度梅宝卷》《包爷三下阴曹宝卷》《吴彦能摆灯宝卷》《朱春登征西宝卷》《蜜蜂计宝卷》《金凤宝卷》《双玉杯宝卷》《烙碗计宝卷》《双喜宝卷》《丁郎寻父宝卷》《侯美英反朝宝卷》《紫荆宝卷》《鲁和平骂灶宝卷》《方四姐宝卷》《女中孝宝卷》

《继母狠宝卷》《乌鸦宝卷》《救劫宝卷》《小老鼠告状宝卷》《红灯记宝卷》《闫小娃拉金笆宝卷》《鹦哥盗梨宝卷》《六月雪宝卷》等。在这些宝卷的前6部中，佛教、道教思想是其灵魂，后26部，儒家忠孝节义思想是其灵魂。

我们知道，在"三教"中，佛教以劝善为主，道教以重玄之道为核心，儒家思想则以贤孝为道德核心，但"三教"各自的重心每每互相渗透，佛道儒"三教"思想很融洽、融合。这一特点与趋向，在最早的宝卷《香山宝卷》中体现得也较为充分。在《香山宝卷》中，黄龙真人与太白金星奉劝观音妙善，妙善回答他们的一段对白，就表现了妙善公主修行信佛修炼意志的坚定以及她对佛法的深刻参悟与理解（引文见第二章第一节，为避免引文重复，此处略去）。这段文字也明确地表明，观音菩萨本人是个通透道家、儒家之理的菩萨，作为菩萨，她张口就四书五经，仁义道德。"三教"思想已经集于她一身。这就相当生动逼真地显示出"三教"思想融合的情景。宝卷与佛教思想、道教思想和儒教文化已经三位一体。就是说，该宝卷奉劝信佛修炼、坚守道体、奉行儒家伦理道德的思想相当明确。而这种情致，在河西宝卷里具有相当的普遍性——除了《救劫宝卷》《沪城奇案宝卷》和改编自明清小说的《武松杀嫂宝卷》等外，100余种河西宝卷无一例外都表达这种思想，无一例外以这样的文化形态存在着。

众所周知，多种文化交融发展，是文化发展的最佳形态，因为它为各自的发展预留了空间。文化的多样性发展，是文化、文明充分发展的前提。而独尊一种文化，保守单一，只能使一种文化逐渐僵化，失去它发展的活水源头。当我们以此现代文化观确立的这些准则来推断宝卷的时候，我们会发现宝卷这种中国传统文化的民间艺术形式很符合这种存在形态。上面几部宝卷提供给我们生动的例证。因为它们中的一些经典宝卷，如《仙姑宝卷》《香山宝卷》《救劫宝卷》《昭君和番宝卷》《朱春登征西宝卷》《蜜蜂计宝卷》《金凤宝卷》《双玉杯宝卷》《烙碗计宝卷》《丁郎寻父宝卷》《侯美英反朝宝卷》《方四姐宝卷》《女中孝宝卷》《继母狠宝卷》《乌鸦宝卷》等，就充分地展示了中国文化的这种生动的存在形态特征——佛道儒"三教"融合发展的鲜明文化特征，而正是这种思想文化存在的形态，才使宝卷这种民间讲唱艺术形式活力无穷，被乡民接受。

实际上，宝卷的这种"三教"思想融合的特征，也使我们看到了中国文化包容开放的特征。对此，文化学家钱穆的分析也许最有代表性。在他看来，佛法与孝道融合，这是中国文化的一个重要特征，也是保持其活力的根源。他说："佛教出家思想，多半侧重个人方面立论。中国传统家庭精神,早已是超个人的。所以佛教出世思想,摇撼不动中国家庭的根本精神,而且父子相传,生命永久绵延,亦与佛家个体轮回的说法各走一边,不相融洽。这让我们正可想像到当时中国人的内心境界,一面对于外来佛法新教义虽属饥渴追寻,诚心探究,一面对于前代儒家旧礼教还是同样的恳挚爱护,笃信不渝。……因此在中国史上,我们可以说,他既没有不可泯灭的民族界线,同时亦没有不相容忍的宗教战争。魏晋南北朝时代民族新分子之屡杂,只引起了中国社会秩序之新调整,宗教新信仰之传入,只扩大了中国思想领域之新疆界。在中国文化史里,只见有'吸收、融合、扩大',不见有'分裂、斗争与消灭'。"[1] 实际上,中国文化存在的这种特征,在长期存在发展过程中,已经深深地影响了中国文化以及民间人格个性的形成。人格可分成外儒内佛,外佛内道,道儒并存,从知识分子到民间个体,中国文化人格的这种形态已经相当普遍化了。宝卷的这种文化存在形态特征及其功能性结果给我们深刻的现实启示:文化发展可以你中有我,我中有你,有了这种包容开放,中国文化才能生生不息,源远流长。

宝卷这种民间艺术形式把"三教"经典作为真经、经卷,用"三教"的基本教义劝化世人,构成了中国传统文化存在形态的活化石,很值得我们关注。从这个角度来说,宝卷这种民间俗文学文体是了解中国文化形态存在方式的一种最佳民间文化艺术形式。尽管唐代王维、宋代苏轼以及大量的禅诗也反映出这种情形,但与宝卷比较,他们的诗词表现这种文化人格是以比较隐晦的文学文体(如诗的象征)、文学语言形式存在着的,而河西宝卷却相当直接,儒释道"三教"思想的形式相当紧密地融合在一起。

其次,宣示"三教"教义,禳灾祈福是宝卷最主要的内容及其价值功能倾向,但后来,尤其是明清以来,忠孝叙事以及儒家教化叙事却是其最主要的内容了。儒家的仁义、贤孝思想在宝卷中被充分地宣扬、传播。这主要体现在三个方面:第一,"四书五经"等儒家经典被尊奉为经典;第二,宝卷里有许多"谒语"、"谒曰"、格言和谶语诗,它们宣讲儒家人生哲学、道德伦理,内涵很丰富;第三,除了恶人外,宝卷里的正面人物——善男信女、贤德圣人和忠孝节妇;等等,都是儒家道德楷模。所以,从根本上讲,宝卷这种民间通俗艺术形式并非只是乡民们求神拜佛、信神信鬼的描述与反映,实际上,它们是以比较原生态的形式表现了中国传统文化的某些精髓的:以简单的中国老百姓喜闻乐见的因果故事形式阐

---

[1] 钱穆:《中国文化史导论》(修订本),北京:商务印书馆,1996年,第151~152页。

释佛儒道"三教"之理，利用佛神思想宣扬了道教神理以及仁义、贤孝为主的儒家思想，并由此极充分地发挥了它的社会文化的现实教化功能。

丝路河西宝卷的这种倾向还被另一种河西民间通俗艺术形式凉州贤孝所继承与发展。凉州贤孝与河西宝卷是姊妹艺术。这种民间艺术形式专门以"贤孝"命名，宣扬了极其具体的贤、孝、忠、恕、敬、爱等内涵，并在民间大量流传，极受欢迎。凉州贤孝中的一些曲目，如《丁郎刻母》等，也以佛教的因果报应思想为基础，相当深刻而生动地宣扬了儒家的忠孝观念，使儒家思想深入人心。

反过来说，河西宝卷是用来教化民众的，然而，河西宝卷的这种思想文化特点及其所具有的教化功能，却也需要我们理性对待。因为作为丝路河西走廊乡间长期存在的一种文化活动，一方面宝卷、凉州贤孝起到了移风易俗的作用，对于乡村个体人生和乡村社会生活组织运行产生过重要影响，但是，从另外一个方面来说，在封建专制意识形态下，宝卷宣扬的佛教孝道观念、儒家文化，尤其是它的迂腐贤孝思想以及狭隘的社会理想愿望（天堂、彼岸、来世思想），长期以来却也阻碍了思想文化的进步，束缚甚至制约了文化社会发展的蓬勃生机，逻辑上存在悖论。

比如，像《苦节图宝卷》中儿媳妇亲自割自己大腿肉以侍奉公爹、公婆的孝举，郭巨埋儿的孝道，终究经不起人性和人文的现代推敲。因为人人关心的亘古存在的养老送终等终极性人类福利和道德问题仅仅靠子女这种毁灭自己、伤害个体生命的孝心，终究空泛，也违背文化人类学与个体生命价值高于道德的基本原则。[1] 因为这些孝举，以牺牲一个人生命换取一个人生存的所谓高尚行为，常人难以想象，既缺乏制度和物质的支撑，又不符合人性内质，还容易被虚假的专制文化利用。因此，如何以现代理性来审慎地对待佛道神话想象，对待儒家文化的这种贤孝思想，依旧是一个重大的思想文化问题，而且还涉及我们对于传统文化遗产的问题。所以，我们必须认真对待宝卷里的贤孝意识及其文化，也唯其如此，方能够对于河西宝卷的思想内涵有更深刻的把握，对其思想文化价值意义有更明

---

[1] 对此，维克多·埃尔有极为理性的分析。维克多·埃尔认为："至于文化概念的产生和演变所依据的原则，可以用自由概念和世界概念来概括。第一个原则——自由——包含着政治与文化的关系；第二个原则反对一切文化封锁、文化沙文主义和文化自给自足的观念。从这个观念来看，'人和公民'的概念应该按照十八世纪的思想家们所赋予它的含义来理解：人类成为公民之前只是人，但他通过教育和文化变成了完整的人，因此也超越了他的公民身份。"〔法〕维克多·埃尔：《文化概念》，康新文、晓文译，上海：上海人民出版社，1988年，第129页。

确的认识，也更有望我们充分地保护这一值得肯定的文化遗产。

就是说，宝卷主要宣扬有神论思想，宣扬儒家文化，也充分地宣扬了这些文化的社会伦理，但其思想倾向却很复杂。这至少需要做两个方面的理性辨析：一方面，这种形态中，后来明显存在"抑佛扬儒"倾向，如大量由明清时代产生的河西宝卷，思想内涵就出现了一些新的变化："三教"文化中的佛教思想逐渐淡化，道教、儒教文化占据上风，并构成其主要思想，而且好多宝卷的思想已经跃出单一的佛教经典，有些以道教文化为主，如《仙姑宝卷》；有些以儒家文化为主，如《鹦鹉宝卷》《苦节图宝卷》等。这种倾向很明显，是河西宝卷思想演变的一种重要趋势——从神灵话语向世俗日常话语内容的重大转换。事实上，当"抑佛扬儒"成了宝卷的主要思想特征的时候，宝卷是极为充分地张扬了儒家贤孝文化及其社会伦理的，但是，另一方面，尽管我们当代社会依旧弘扬儒学、国学，但对于宝卷里大量存在的儒家贤孝思想及其社会伦理的荒谬基础逻辑，却需要科学对待。如它的贤孝思想依从的逻辑依据、法理思想和人性基础，它的性别文化观念的极端狭隘性，都需要我们用新的文化理念、社会学和人类文化学的科学理性来对待，以免我们质疑儒家文化里令人心仪的贤孝理念和现代社会实践中对于孝文化的大力弘扬。这也是我们充分理解现代贤孝及其贤能意识和社会主义核心价值观的人文科学基础。

第三，从现代社会性别理论来看，宝卷思想的基本灵魂是佛道思想和儒家文化（或先佛后儒），但这些文化本质上讲又是一种男权中心主义思想。极端腐朽的男权意识及其文化思想充斥宝卷，我们如何看待这种思想文化倾向呢？实际上，这也是研究河西宝卷必须面对的一个问题。

我们知道，男权文化是女性主义运动及其女性主义思想理论兴起以后被凸显的一个新范畴。男权主义文化指的是男尊女卑，以男性为社会、男性为家庭的核心，男性拥有无上的权力，对于女性，尤其是对于婚姻里的女性，男性具有绝对的生杀予夺的权力。丝路河西宝卷作为这种文化形态下的产物，大力宣扬了这种男性中心主义文化。在我们已经见到的宝卷中，除了现代新编宝卷《沪城奇案宝卷》具有些许的现代男女平等意识外，其他宝卷几乎都是在宣扬这种男权中心文化及其思想。

仔细推敲，河西宝卷宣扬男性中心文化及其思想，主要是通过塑造"善男信女"形象——贤良女性形象和状元郎形象来实现的，或者是通过灌输"善男信女"理想来实现的。因而它便具有了极大的文化隐蔽性。从整体来说，在河西宝卷中，它的正面人物形象大体上有五种：善男、信女、贤良女性、圣贤、读书人，其中，贤良女性形象和读书人——状元郎形象为最突出的人物形象。她（他）们是儒家的理想人格和道德楷模，因而在传播"三教"思想及其树立人生境界追求方面，在劝善和张扬淳朴民风方面起到非常积极的作用。但是，问题恰恰在这里，宝卷的正面价值与极其落后的封建意识思想早已浑然融合。宝卷里塑造的人物形象，无论是观音菩萨、仙姑道徒，还是秀才和贤良女性，这种思想已经像无形的绳索捆绑了他们的灵魂。宝卷故事中关于妇女修行的故事很多，这些修行女性没有一个能够逃过男权意识形态的洗礼。宝卷里的劝孝，也多为劝戒女孝。状元郎更是如此，因为宝卷弘扬的男性中心主义思想是通过读书人——状元郎形象来完成的。中状元、做驸马，夸官三日，官至极品，然后是三宫六院，妻妾成群。这是宝卷中所有男性成功者的典型，也是宝卷里基本的男性形象。尤其是状元郎形象，这个宝卷里塑造的极为具有寓言性质的男性，充分反映了中国文化中偏颇的男权主义思想，也反映出中国文化极其浓厚的官本位思想及其隐秘的潜意识心理。这是其对传统女性控制的主要手段，也是男权文化控制女性的一个相当独特的中国式悖论性现象。

阅读丝路河西宝卷，我们必然会面对中国古典文化，尤其是像宝卷这种民间文化传统的"五味"——比如它的佛道儒"三教"融合的情状，它的贤孝伦理，它的种种落后的性别意识及其文化。进一步说，对于宝卷的流行区域及其受众者——偏远的地域、文化普及率低及其未经现代文化洗礼的农民及其市民来说，这种甄别相当重要。因为在这里，男权主义思想及其文化，早已成为现代文化及其文明建构的重要障碍了，所以，如何对待河西宝卷里这种文化及其儒家文化里大量保留的男权主义思想意识，对于现代文化建构及其性别伦理建构，是具有重要的思想价值意义的。

"我们要求把历史的内容还给历史，但我们认为历史不是神的名示，并且只能是人的启示。为了认识人类本质的伟大，了解人类在历史上的发展，了解人类一往直前的进步，了解人类对个人的非理性的一贯有把握的进步，了解人类战胜一切似乎是超人的事物，了解人类同大自然进行的残酷而又顺利的斗争，直到具备自由的人的自觉，明确认识到人和大自然的统一，自由地独立地创造建立在纯人类道德生活关系基础上的新世界。为了了解这一切，我们没有必要首先求助于什么神的抽象概念，把一切美好的、伟大的崇高的真正的人的事物归在它（神）的名下。"[①] 马克思主义关于对待

[①] 《马克思、恩格斯、列宁、斯大林论宗教》，北京：中国社会科学出版社，1979年，第247页。

宗教及其文化的思想正是我们研究宝卷必须持有的思想及价值观。

四、"因果故事"及其叙事文体特征

在明清世俗小说《金瓶梅》中，有吴月娘请僧尼王姑子在家中演唱宝卷以消遣的细节，即《金瓶梅》提及宝卷共计有五回（第三十九回、第五十一回、第七十二回、第七十四回和第八十二回），一共描述了12次宣卷的情致。小说里的宣卷和西门家的佛教斋醮、道家法事、佛事等谈狐说禅情节密切关联。说明宝卷这种艺术形式和佛教、道家法事和家庭娱乐活动相关，也说明宝卷及其宣卷在《金瓶梅》成书的明清时代早就存在。[①]郑振铎《中国俗文学史》和《插图本中国文学史》、胡适《白话文学史》等文学史著作里，也把宝卷列入文体和文类的范畴进行了讨论。进一步说，宝卷由佛教讲经说法、佛教因缘、佛教变文等演变而来。对此，尽管学界有争议，但只要我们通晓这两种文体——佛教变文（押座文、因缘、讲经文等）和河西宝卷，将其讲经文《盂兰盆经讲经文》《丑女缘起》、变文的《伍子胥变》《秋胡变文》与宝卷的《仙姑宝卷》《苦节图宝卷》的内容与形式作一比对，对此结论便不会怀疑。

宝卷是一种民间通俗艺术形式，也是丝路河西走廊的一种俗文学——敦煌俗文学及其通俗艺术文体形式。综合考察，宝卷这种文体至少有两个重要形式特征，一是文本结构形式的综合性。这由其作为民间讲唱艺术脚本所决定。流传较早的河西古宝卷《仙姑宝卷》《达摩宝卷》《苦节图宝卷》和反映近现代生活的现代宝卷《救劫宝卷》《姊妹花宝卷（上下部）》《沪城奇案宝卷》这六部具有代表性的河西宝卷和一部凉州贤孝曲的文本构成，就充分地显示了这个特征。二是叙事性。宝卷以因果故事为主，或者由这种故事转化而来，叙事特征很明显。因为除了《观音宝卷》《达摩宝卷》《湘子宝卷》等纯宗教宝卷外，民间大多数宝卷都演绎因果故事，因袭因果故事的套路，叙事性是其首要特征。而且，叙事的程式化以及文本构成的程式化，甚至存在千篇一律的格式化特征。换句话说，宝卷故事形式如同普罗普分析的神奇故事，大都有重复单调的故事构成形式。这与中国的讲故事传统及其相关的叙事艺术有十分内在的影响，因而是我们不能小觑和疏漏的。

[①] 清人丁耀亢《续金瓶梅》中，第三十八回既有宣卷的场景描写，又有《花灯桥莲花女成佛宝卷》的全文内容。

绪　论　15

　　首先，作为一种讲唱文学及其脚本，宝卷这种民间俗文学文体的形式构成独特而复杂。比如上述《仙姑宝卷》《达摩宝卷》等，就基本上包含了导语、话本式叙事方式、韵文式叙事、古典诗、词、曲、令、诸宫调、五更调唱词、偈语、格言、顺口溜等诸多复杂形式。这些形式的品类很复杂，有些也相当精彩。大体说来，它们包括以下几种形式：（1）如《达摩宝卷》导语："达摩宝卷初展开，诸佛菩萨下凡来。大众同心齐念佛，现在增福又消灾。"（2）如《仙姑宝卷》的话本式叙事："却说仙姑宝卷[①]出在汉世年间。仙姑自苦修板桥，越发为善，感动黎山老母，黎山老母说：'善哉，仙姑娘娘，原是东岳泰山青阳宫内仙女，起名仙姑，前去西方显化，普渡众生。她今在彼岸之处修作，无人与她指点说破，我老母前去走（这）一回'，说罢，就在仙姑的跟前，变成一个白头老婆婆，望仙姑施法。黎山老母渡化，说我今细说，修行有五命。"（3）如《沪城奇案宝卷》的韵文叙事方式："李金玲骑车子顺路前行，日头爷早落尽西山之中。市郊区没路灯一片漆黑，李金玲见天黑更加心惊。不一会儿来到了坟院当中，金玲女栽下车摔倒尘埃。胳肘子屁股蛋擦掉皮油，灰褂子涤卡裤沾满泥泞。李金玲顾不得身上疼痛，扶起了自行车急忙前行。她思谋骑车子继续赶路，快离开吓人的这些荒坟。岂不知自行车掉了链子，越是吓越出事不能前行。李金玲心里怕身上颤抖，坟场中走来了年轻后生。我也是刚下班寻路回家，来帮你装车链与你同行。我与你同住在一个城镇，要害怕我把你前送一程。那青年和金玲并肩而行，霎时间来到了市区中心。路灯下姑娘把青年细看，人英俊衣整洁气质不同。大眼睛洋鼻梁瓜子脸皮，新理得运动头香气喷喷。红润润嘴唇儿能擦出血，嫩生生肉皮儿比雪还白。穿一套咖啡色毛料衣服，新新的擦油鞋尼龙袜子。这小伙长相好衣服时兴，大姑娘李金玲一见倾心。"（4）如《仙姑宝卷》等的诸宫调、词牌等形式。该宝卷有［炉香赞］、［驻云飞］、［浪淘沙］、［傍妆台］、［清江引］等 12 个宫调。（5）如民间小曲《五更调》和佛曲等唱调形式。这构成宝卷这种民间俗文学形式的独特文体特征。

　　这些品类和形式在交代宝卷缘起、叙述故事、刻画人物形象和词牌接引方面都很恰当确切，精彩而得体。它们完整而有序地构成了这类宝卷的总体形式特征，有些宝卷的制作是相当精心的。就是说，一部宝卷的构成元素，大体上有以下成分：（1）构成开头的引诗。（2）正文的韵、白故事

---

① 当为仙姑故事，非《仙姑宝卷》出现时间。按方步和考证，《仙姑宝卷》出在明万历年间。

（叙事，是宝卷主体部分）。（3）过渡的引诗和词牌。（4）正文中的大量唱调（音乐）。（5）品、章一些宝卷的章节分类。（6）佛经偈言、谶诗等。（7）教义及其经典语录等。就宝卷的作者（编者）来看，它们是僧侣和基层读书郎的创造，极有形式感，并且又包含诸多艺术及文体品类，充分地反映了宗教艺术和民间通俗艺术的叙事智慧。因此，就形式来看，在中国所有文化、文学及其艺术形式中，宝卷是以其最通俗易懂的方式——以因果故事这样生动的艺术形式最充分地展现了儒释道"三教"融合思想的一种民间俗文学艺术形式。

换句话说，宝卷文体的这一特征，不同于传统的话本、小说，也不同于叙事诗，更不同于音乐、戏剧等过程性叙事艺术。宝卷的特征是把它们进行了综合化处理，高度融合了它们之间的可用因素，从而形成了它的"这一个"的典型性形式特征。就是说，宝卷文体的这种独特性在于，它首先吸收了传统小说、诗歌叙述与音乐、曲艺叙述三种叙述之长，以简单的加深性重复来完成一个因果故事的叙述。这种叙事特征既强调了因果故事的故事性特征，又强化了它的抒情性（诗歌、音乐）成分，二者相得益彰，成为一个极具感染力的民间通俗文学艺术形式。其次，从审美表现的角度讲，采用这种通俗民间艺术形式，既有文学神奇故事的娓娓动听，神奇迷离，又有抒情艺术诗歌、音乐曲艺等的重复性和一唱三叹的叙事效果。其中间穿插的"哭五更"等调的戏曲唱曲，又使这个特征更为突显。所以，当念卷者以这样看似复杂精致的方式来叙述一个关于贤孝的劝善故事时，由于它独特的审美与娱乐效果，听卷者会全身心投入故事的情境之中，与念卷者同唱、同吟，自动发出念卷过程程序的"接佛声"——"阿弥陀佛"以及佛曲来回应，其综合性特征相当明显。

第二，故事性是宝卷文体的第二个特征。从总体而言，一般宝卷大多包含十多个故事，大故事套小故事，故事层出不穷。一部宝卷就是一个故事群。所有这些故事皆由因果链构成。进一步说，宝卷故事是一种通俗文学及其演唱艺术形式，通常，它们的类型很多，有宗教因果故事、历史演义、公案故事、婚姻故事、抗暴故事、寓言童话故事、笑话、幽默故事等多种。宝卷以故事的形态存在。这一特征由宝卷本身的来源及其功能方面可以得到说明。从渊源上看，有些宝卷本身就是来自佛教故事，其本身就是一个因果故事，故事是其本体构成特征；从功能上来说，宝卷是用故事来教化大众，人人生来爱听故事的本性，使那些教化者、宝卷编制者充分利用了这种元素。一部宝卷往往需通宵达旦，甚至需要好几个晚上讲与念多个丰富生动的故事。念卷者着重念唱故事，听卷者就为听故事而来。基层民间及其农民对于这类故事迷恋而神往。

刘俐俐在《人类学大视野中的故事问题》中谈到了三个观点：（1）"'讲述和倾听（书写与阅读）故事'是一种普遍的人类现象。如果对超越所有学科之上的人类学意义的故事有更准确的理解和把握，或将开启人文科学研究新的空间。"（2）"'讲述和倾听故事'是人类与生俱来的本能。……不是因为需要人阅读，而是人需要故事和小说，才有了故事与小说。"（3）"读者约定俗成地确认小说、故事的虚构特性，由此保持了'明智的旁观者'身份和姿态，从而具有对事物进行全面审慎的观察、判断乃至裁决的能力。"[①] 对于宝卷讲述的这种因果故事，我们完全可以用这个思路来理解。因为这种民间通俗艺术形式的叙事及其形式转化，乡民渴望倾听。想想现代电视剧、微电影出现及现代网络故事普及的时代，不管是高级知识分子还是乡民，甚至老年消遣者对它们的痴迷态度，我们就理解"人需要故事"基点上的河西宝卷故事存在的意义和价值了。宝卷因为其故事而有了迷人的魅力。

第三，宝卷叙事的程式化特征也极其明显。宝卷多为因果故事，它是佛教僧侣、一些民间道人及民间艺人为传播"三教"思想和禳灾求福等多样化的功能而创造出来的一种民间文化普及形式。以普罗普"故事形态学"、"叙事美学"和利奥塔"民间叙事的语用学"原理作比照，宝卷这一古老民间艺术及其文学文体的叙事性、叙事的程式化特征极其明显。普罗普认为，所有神奇故事按其构成都是同一类型，其结构功能性特征很明显。[②] 在此认识基础上，他把神奇故事的功能项分成了外出、禁止、破禁、刺探、获悉、设圈套、协同、加害、缺失、调停、惩罚、举行婚礼等31项。这些功能项按规律排列构成了一个个童话与神奇故事。普罗普研究了《天鹅》等100个神奇故事，从而为故事研究开拓了新途径。宝卷的因果故事实际上颇类普罗普研究过的俄罗斯神奇故事，它的结构形态与相当程式化的童话等有着惊人的相似。而且，由其因果报应的佛教内在思想作依据，由因而果，因果故事的形态结构特征更为明显。例如《忠孝宝卷》（又名《苗郎宝卷》等），写小姐柳迎春因为丈夫赴京赶考状元，家境败落而卖儿、割肉奉亲、身背公公逃难、寻夫以孝敬公婆的故事。这个故事的程式化编写的规程就相当明显。按普罗普的理论，此故事的结构形态

---

① 刘俐俐：《人类学大视野中的故事问题》，《中国社会科学报》2013年9月13日第B01版文学。
② 〔俄〕普罗普：《故事形态学》，贾放译，北京：中华书局，2006年，第19～21页。

应该是在初始情景（宝卷的初始情景一般是：员外之家，生活幸福，金银财广，骡马成群，主仆和谐）后，接着涉及主人公遇难、经受了考验、神助、获救、举行婚礼（夫妻会面，封为一品夫人），最后以大团圆的喜剧化情景结束。这与普罗普研究的民间神奇故事《天鹅》完全一致。

通常，由于宝卷故事都是悲情故事，所以许多宝卷大多从主人公受难写起，中间几经波折，孝心感动神灵，主人得到神助，然后女性的丈夫或子女中状元夸官三日，享受荣华富贵。这里的内在原因是佛教善有善报、恶有恶报及其轮回思想。所以，程式化特征及其结构特征就更为明显。河西宝卷中的《仙姑宝卷》《张四姐大闹东京宝卷》《侯美英宝卷》《牡丹宝卷》《葵花宝卷》等莫不如此。又如，神奇故事的结尾是举行婚礼等，而宝卷故事则几乎是清一色的得到神助→中状元→做官而结束。这反映出中国传统文化的一些内在本质，而这个特点在宝卷叙事中都体现得淋漓尽致。因此，宝卷故事在这个意义上讲，也就是一个普罗普所说的神奇故事，尽管它的神奇主要还体现在神佛魔道的"呼风唤雨撒豆成兵"、一根猴毛变万千猴娃以及神灵的神奇道术和魔幻超现实力量上。

五、民间教化：宝卷的文化及文体学价值

古代文化及其遗产，是人类祖先丰富经验的转化。20世纪最伟大的思想家之一弗洛伊德曾经问道："一代人为了将其心理状态传递给下一代，他们使用的方式和手段是什么呢？"[1] "原始人非常需要一个上帝来作为世界的创造者，作为部族的首领，也作为个人的保护者。这个上帝是那些部族死去的父亲的后盾。"[2] 马克思主义认为，世界不是神创造的，而是人和自然的结果。"为了认识人类本质的伟大，了解人类在历史上的发展，了解人类一往直前的进步，了解人类对个人非理性的一贯有把握的胜利，了解人类战胜一切似乎超人的事物，了解人类同大自然进行的残酷而又顺利的斗争，直到具备自由的人的自觉，明确认识到人和大自然的统一，自由地独立地建立在纯人类道德生活关系基础上的新世界，为了了解这一切，我们没有必要首先求助于什么'神'的抽象概念，把一切美好的、伟大

---

[1] 〔奥〕弗洛伊德：《论宗教》，王献华、张敦福译，北京：国际文化出版公司，2007年，第265页。

[2] 〔奥〕弗洛伊德：《论宗教》，王献华、张敦福译，北京：国际文化出版公司，2007年，第292页。

的、崇高的、真正的人的事物归在它的名下。为了了解这一切的伟大,我们没有必要采取这种迂回的办法,为了相信人的事物的重要和伟大,没有必要给真正的人的事物打上'神的'烙印。相反地,任何一种事物,越是'神的'即非人的,我们就越不能称赞它。"[1] 弗洛伊德关于宗教诞生和作用的这种追问和回答,马克思主义者基于无神论思想的关于宗教的论述,实际上为我们认识宝卷这类文化遗产提供了深厚的文化资源、理论基础和科学态度。比如对于宝卷与佛教的关系,宝卷中的"三教"思想及其主题,宝卷的忠孝节义的儒家思想,以及宝卷形式特点及其模式化特点的研究,我们必须以历史唯物主义、现代性和文学研究的历史的、美学的标准和原则来认真分析研究,因此,从这个意义上来说,对于丝路河西宝卷这一文化遗产的研究,我们除了以现代无神论思想以科学理性的学术态度对待外,还需要从主题学、宗教学、文化学、文体学、文本及其叙事学的角度多方面审视,不能二者偏废,而仅仅从后者来看,我们的研究则至少包含以下几个方面的价值与意义。

第一,河西宝卷是丝路文化的重要组成部分,是"一带一路"倡议的有机组成部分。河西宝卷文化中儒释道三教文化思想的融合现象,实际上提供了世界多元文化融合发展的样板。丝路文化这种全球化文化融合发展的事实,是"一带一路"倡议的历史文化依据和基础。从这个意义上讲,从文化学、文体、文本及其叙事学的角度来看河西宝卷及其文化,就具有了重要的现实启示价值,因为至少这使我们能够看到现代国家社会历史实践的深远历史文化依据。反过来讲,我们深入挖掘"一带一路"的历史文化遗产,至少能够使我们深入理解"一带一路"的现实意义。实际上,文化研究的宗旨大概也在这里。

第二,教化、基层文化与社会伦理建构的意义。长期以来,河西宝卷是河西走廊民间及其基层教化的主要工具之一。因为河西宝卷极其充分地宣扬了儒家的贤孝文化、道教的修身养性、佛教众生平等多种理念。河西宝卷宣扬的这种贤孝伦理、众生平等观念,是现代社会伦理建构的重要内容之一。换句话说,尽管现代文化的伦理观的基本基础是经济及其个人独立与修养,但以拿来主义、古为今用和去粗取精的态度看,宝卷的儒家贤孝里,道家的个性、人生姿态中,佛教的众生平等观念里还是包含社会主义核心价值观的重要内涵,其对于现代文化建设是具有丰富的可资借鉴的

---

[1] 恩格斯:《英国状况:评托马斯·卡莱尔的〈过去和现在〉》,《马克思、恩格斯、列宁、斯大林论宗教》,北京:中国社会科学出版社,1979年,第247页。

思想内涵的。同时，河西宝卷及其姊妹艺术凉州贤孝里宣扬的贤孝，又是儒家伦理的基本构建方式，它反映出来的伦理观念及其实现途径，对于现代福利社会的人际交流、养老福利等人类终极性问题的解决也具有深刻启示。因此，挖掘河西宝卷里这些思想资源，对于现代基层社会的教化、基层文化与社会伦理建构具有重要意义。

第三，文学史及其文体学意义。宝卷是一种民间通俗艺术形式，其脚本也是一种民间文学文体形式。从《金瓶梅》中吴月娘等人请人在家中演唱宝卷以消遣的细节中，从郑振铎《中国俗文学史》和《插图本中国文学史》等文学史编著中可以得到确证的消息。这种文体形式具有非常独特的思想和文体特征，是中国文学史，尤其是俗文学史上不可忽视文体。它的发现，仅仅就艺术形式的角度，就可以使我们清晰地看到中国民间讲故事传统演变的一些消息以及现代叙事演变发展的轨迹，因此，从叙事学、文体和文本学角度揭示出这种民间通俗艺术形式的一些构成法则和形态特征，既可以充分了解宝卷这一中国敦煌俗文学艺术形式——"非物质文化遗产"的一些艺术形式特征，又可以对目前的文学史书写和现代文体分类学做出某种反拨。而且，由于宝卷这种因果故事大多从佛教、敦煌经变文演变而来，丝路河西走廊本身就是河西宝卷的重要原乡，研究它可以解决中国宝卷研究中的许多问题，诸如宝卷的渊源问题、文化功能问题、思想文化形态问题、中西文化融合发展问题、宝卷与西部其他艺术品类的关系问题等。因此，研究河西宝卷不仅具有重要的学术价值，而且具有重要的文学史意义和文体学价值。

第一章　河西宝卷的调查、整理与研究

宝卷是一种源自民间的通俗文学说唱艺术形式。这种民间说唱艺术形式尽管在五四时期及稍后的胡适、郑振铎的白话文学史及其俗文学史写作中已经多次提及，也有学者做过研究，但目前国内第一部系统、完整对宝卷进行全面研究且较有影响的专著却是车锡伦2009年出版的《中国宝卷研究》。如前所述，该著对中国宝卷的渊源、发展演变过程、历史发展特点、宝卷研究中的重点个案以及众多难得一见宝卷的体例、内容、流传等诸多问题都有较为全面的论述，是一部极有学术价值的专著。由于丰富的一手材料和田野调查，该著在研究内容及研究方法上也有了新的突破，创造性地将宝卷研究推向了一个新的发展阶段。同时，《中国宝卷研究》附宝卷书影、插图等180余幅，图文并茂，全方位、多角度地展示了中国宝卷这一中国民间传统文化的特殊文体，为宝卷研究学者及相关人员进行民间文学、民间宗教、民俗文化等方面研究提供了范例。它的出版，一定程度上引发了国内国外宝卷研究的一股热潮。

当然，推进宝卷研究的还有一批研究民间宗教的学者，如马西沙、韩秉方、濮文起等。他们秉持"宝卷是中国民间秘密宗教的专用经典，是从事中国民间秘密宗教研究必不可少的基本材料"[①]的理念，毕生从事民间宗教与文化研究，既给宝卷研究提供了丰富的一手资料，又对于宝卷研究的理论方法作了探索，为宝卷研究做出了重要贡献。

丝绸之路河西走廊一带的河西宝卷，则是中国宝卷这一通俗文学、文艺的极其重要的组成部分。它有自身的独特特质，而且它还是至今仍然存活的一种民间通俗文学艺术形式。之所以说其仍然存活，是因为河西宝卷的一些基本的抄、念、传活动，至今在一些地区大量存在[②]，河西走廊现今

[①] 濮文起：《宝卷学发凡》，濮文起、李永平编：《宝卷研究》，北京：商务印书馆，2019年，第1页。

[②] 与宝卷相关的4个概念，编卷、念卷、听卷、抄卷在《中国宝卷研究》和《河西宝卷真本校注研究》中得到了很好的辨析。我在结语也有部分说明，此不赘述。宝卷故事与古典小说故事有别，与戏剧作为综合性故事也有甚大差异，跟现代小说叙事差异更大。就已有的宝卷文本来考察，比如河西宝卷来说，它的主体部分的构建主要是三个，编者、念者和听者。编者即宝卷文本的构建者，念者就是把宝卷故事讲述出来

还有念卷、听卷这种民间文艺形式活动，也有大量的抄本、翻抄本，甚至也有一些新创宝卷流传，如《救劫宝卷》《姊妹花宝卷》《沪城奇案宝卷》《红西路军宝卷》《战瘟神宝卷》等。[①] 进一步说，河西宝卷卷本，在河西地方文化馆、乡民手头还保留不少，念卷活动仍然保留。丝绸之路河西走廊各个地区的部分乡民，从东起（武威）凉州到西边嘉峪关、敦煌的乡民，他们大都有藏卷、念卷的传统。他们把宝卷当作真经、经卷，就像医师珍藏药典、武林中人珍藏武术秘籍一样珍藏；他们把宝卷当作传家宝，认为它比俗人家藏元宝、财物家什更为重要。之所以如此，根本原因还在于宝卷里包含丰富的佛教、儒家和道教的传统文化思想至今教育着他们、熏陶着他们。比如《女儿经》伦理的内涵，《和家伦》的伦理精义，还有出任"状元郎"——做人、读书做官的秘籍，甚至禳灾祈福的妙旨……换句话说，在丝绸之路河西走廊的不少山村、广阔戈壁乡村，乡民手头可能没有中国传统文化里弥足珍贵的所谓四大名著《水浒传》《三国演义》《西游记》《红楼梦》，但却可能保存有各种各样的宝卷藏本——手抄的、刻印的老旧宝卷。在一般乡民中，识字的也许不多，但能够念宝卷的人，却能找出不少。有这样的传统，所以河西走廊一带存留下来大量的宝卷，并且成为中国宝卷的一个极其重要的组成部分而令学术界侧目倾心。同时，丝绸之路上的河西宝卷，如凉州宝卷，20世纪90年代就已经有一批学者关注，2006年被国家确认为第一批非物质文化遗产而得到保护。[②] 目前丝绸之路的河西走廊各地政府、文化部门和高校出版社都很重视这一非物质文化遗产的研究和保护。根据笔者粗略统计，2000年以来，丝绸之路的河西走廊地区已经编印、出版了《酒泉宝卷》（上、中、下册）、《张掖宝卷》（上、中、下册）、《永昌宝卷》（上、下册）、《山丹宝卷》（上、下册）、《临泽宝卷》、《凉州宝卷》与《河西宝卷真本校注研究》等数种240部左右宝卷

（接上页）的人，听者，即宝卷故事的接受者、回应者，它不像现代小说的读者，独立于文本以外，而是文本的主要构建者。从叙事学角度勘察，宝卷有以下三个特点，一、散韵交错、以韵为主的叙事形式；二、因果、人类拯救和神奇故事；三、有"哭五更"这样的以唱词演唱悲情故事的抒情格调。作为一种独特的民间通俗文学艺术形式，它的更为本质的特征却在它的动态的、宣传、点化教育大众的功能方面。这些由民间宗教家、民间艺人和乡村贤能编辑出来的俗文学文本，是叫人收藏、传抄以积功德的，是用来点化教育民间大众，因而极有特点和研究价值。

① 前三种宝卷的发现具有特殊的价值。它们以反映近现代中国社会生活为主，相对于旧宝卷，内容上变化很大。对此，后文做了专门研究。

② 2006年5月20日，河西宝卷经中华人民共和国国务院批准列入第一批国家级非物质文化遗产名录。

（这些编辑成册的宝卷重复的不少，但除去重复的外，约有 90—110 部宝卷是比较有史料价值和学术研究价值的宝卷文本）。① 而且，像"念卷"这样的文化建设活动，目前还继续存在。比如，有些河西文化部门，还不时有计划地组织宝卷的"念卷"等文化活动，把在乡村庭院里演唱的古老文化活动搬到现代村镇甚至城市广场，成百上千的乡民和城市市民聚众"听卷"，接受传统文化教育。宝卷本身蕴含的大众教化功能被充分发挥了出来。② 丝路河西宝卷，那些被乡民秘密珍藏、相当一段时间里被当作封建迷信销毁的遗产，如今又复活，并得到保护。丝路河西宝卷是一种独特的文化遗产，其文化思想价值和叙事形态相当独特，亟须从不同层面加以整理、保护和研究。

第一节　河西宝卷的收集、整理、印行

国内目前出版整理的最为完整、数量也较多的宝卷集，是马西沙先生整理的《中华珍本宝卷》。该版本共 3 辑，每一辑收宝卷 10 册，3 辑一共收 30 册。《中华珍本宝卷》30 册收有宝卷 135 部。马西沙先生是国内著名

---

① 河西宝卷的收集、整理和印行，除了上述 8 种外，《西凉文学》杂志也做了不少介绍，并专门选登了不少宝卷。车锡伦《中国宝卷研究》的"甘肃河西地区流传抄本民间宝卷目"列举了 155 种。目前，田野调查类的研究整理还在各个地区民间文化人中间进行。由于是国家级非物质文化遗产，政府以及民间对其十分重视，一些地方文化工作者还将其影视化、数字化，建立了数据库。

② 这类因果故事功能的发挥，主要是通过"念卷"与"听卷"两个主要环节实现。这里的念，就是读的意思，但是，这个读不是自读，而是读给大众的，是高声读出来叫人听的，大声读，高声唱，才是念卷的本初意义。听卷者即是大众，乡村无文化的人由"听卷"得到教育，得到点化，明白礼仪道德、做人做事的道理。对于文明程度低下、大部分乡民又不识字的农村，乡民接受教育，往往通过听卷来实现。有了这两个环节，有了一个"念卷""听卷"场所，依据宝卷文本的一种独特乡村文化活动就产生了。这种活动通常是在农家炕头或堂屋上房举行。现代乡村繁荣文化通常就是利用这种形式。目前一些政府和文化部门的做法是，寻找"念卷者"，将一些优秀的"念卷者"确立为宝卷这种文化遗产的传承人，鼓励他们"念卷"，以传承地方传统文化，发展地方文化事业。乡村文化活动形式很多，"念卷"也是其中形式之一。一些宝卷结尾，对于宝卷的这两个环节及其功能，是有清楚说明的。例如《凉州宝卷》的《二度梅宝卷》的结尾："留一本二度梅千古传名，劝众人做事情三思而行。／劝世人多行善莫学奸贼，学梅陈两家人都来受赠。／你若是做恶事学了黄嵩，到头来只落得头挂午门。／你做官要清正不要害民，若害民学卢祁不得善终。／留一本二度梅劝你大众，行善的不作恶不害良民。／近夜晚你听了这本宝卷，把闲话记三分莫过耳边。／听完了二度梅送神上天，众人回我们也来把觉睡。"实际上，大凡宝卷，其因果故事，基本上都有这个功能目的，而其功能的实现主要靠"念卷""听卷"。

宗教学研究专家，这些宝卷是他宗教学研究的基本材料。《中华珍本宝卷》是影印本。这些宝卷中的本子，河西宝卷的各类汇编本中至少有一半多出现过。为了对比说明河西宝卷收集、整理和印行情况，特将马西沙《中华珍本宝卷》选目列举如下：

第一辑（共10册）：第一册：佛说皇极结果宝卷（上下）、销释经刚科仪、销释圆觉宝卷（上下）。第二册：苦功悟道卷、叹世无为卷、破邪显证钥匙卷（上下）、正信除疑无修证自在宝卷、巍巍不动太山深根结果宝卷。第三册：销释圆通宝卷、销释大乘宝卷、普度新声救苦宝卷（上下）、销释明证地狱宝卷、灵应泰山娘娘宝卷（上下）。第四册：普静如来钥真经宝忏（四卷）、太阴生光普照了义宝卷（上）、虎眼禅师遗留唱经。第五册：泰山东岳十王宝卷、太阳开天立极亿化诸佛归一宝卷（四卷）、佛说大方广圆觉修多罗了义宝卷（上）、护国威灵西王母宝卷（上下）、大梵先天斗母圆明宝卷（上下）。第六册：销释显性宝卷、观音释宗日北斗南经、销释白衣观音菩萨送婴儿下生宝卷（上下）、销释准提复生宝卷（上）、地藏王菩萨执掌幽冥宝卷（上下）。第七册：清源妙道显圣真君一了真人、护国佑民忠孝二郎开山宝卷（上下）、佛说杨氏鬼绣红罗仕仙哥宝卷、皇极金丹九莲正信皈真还乡宝卷（上下）。第八册：天仙圣母源留泰山宝卷（五卷）、东岳天齐仁圣大帝宝卷（上）。第九册：销释接续莲宗宝卷（四卷）、无上圆明通正生莲宝卷、河南开封府花柳良愿龙图宝卷（上下）。第十册：众喜粗言宝卷（五卷）。

第二辑（共10册）：第十一册：混元弘阳飘高祖临凡经（上下）、弘阳秘妙显性结果深根宝卷、销释归依弘阳觉愿妙道玄懊真经、销释混元无上大道玄妙真经、销释混元无上普化慈悲真经、销释混元无上拔罪救苦真经、销释混元弘阳拔罪地狱宝忏、销释混元弘阳救苦生天宝忏、混元弘阳中华宝忏、混元弘阳血湖宝忏、混元弘阳明心宝忏（上中下）。第十二册：销释悟性还愿宝卷、销释开心结果宝卷、销释下生叹世宝卷、销释明证地狱宝卷。第十三册：销释科意正宗宝卷、销释归家报恩宝卷、弘阳苦功悟道经（上下）、弘阳妙道玉华随堂真经、圆通白衣集福宝忏、妙法功德真经宝卷。第十四册：太上老子清净科仪、销释混元弘阳大法祖明经、治国兴家增幅财神宝卷（上下）、福国镇宅灵应灶王宝卷（上下）、销释木人开山宝卷（一册）、销释木人开山宝卷（二册）。第十五册：救苦忠孝药王宝卷（上下）、佛说西祖单传明真显性宝卷（上下）、大乘圆顿正宗除邪归家授记宝卷、弘阳至理归宗思乡宝卷（上下）。第十六册：叹世无为卷、大乘金刚宝卷（上下）、净空开心宝卷（上）、无为清解无字经、佛说如如居士度王文生天宝卷、盘古帝君开辟立世万代相传宝卷（下）。第十七册：清净轮解金刚经、销释牟尼览集宝卷（四）、正宗唪呢注解宝经（一卷）、销释禅关直指宝卷（三）圆通醒悟信心宝卷（附九明愿文解恶宝忏）。第十八册：佛说梁皇宝卷、清净轮解大藏经、果正无缝钥匙通文殊经、佛说无为金丹炼要科仪宝卷（上下）、销释印空实际宝卷（上下）。第十九册：先天元始土地宝卷、真修宝卷、三宝证盟宝卷、玉英宝卷。第二十册：净土实录宝卷（上下）、妙英宝卷、绘图生死牌宝卷、延寿宝卷、吕祖师降谕遵信玉历抄传阎王经、大乘因果九环出尘宝卷、玉皇救国四维经。

第三辑（共 10 册）：第二十一册：皇极金丹九莲正信皈真还乡宝卷（上下）、佛说大藏显性了义宝卷（上下）、销释童子保命宝卷。第二十二册：销释金刚科仪、佛说利生了义宝卷（上下）、佛说清净无为直指正真收圆宝卷、销释真空扫心宝卷（上）。第二十三册：祖师北极真武玄天上帝报恩谈经卷（上中下）、元始玄帝宝卷、天仙圣母源留泰山宝卷（五卷）。第二十四册：苦功悟道经会解（上下）、叹世无为经会解（上下）、破邪显证钥匙经会解（上）。第二十五册：破邪显证钥匙经会解（下）、正信除疑无修证、巍巍不动太山深根结果经会解（上下）。第二十六册：姚秦三藏西天取清净解论宝卷经、高上玉皇本行集经礼请卷（上中下）、佛说叹世修因正信归宗宝卷（上下）、玄天真武宝卷（上下）、佛说对道灵文宝卷、弘阳佛说镇宅龙虎妙经（上中）、无生圣母真经宝卷。第二十七册：观音戒文经、销释穿肠山赏善罚恶宝卷（上下）、武当山宫观仙迹记、朝阳老爷遗留文华手卷遗稿、佛说消灭集福妙斋宝卷、开玄出谷西林宝卷（上中下）。第二十八册：太上老君说自在天仙九莲至圣应化度世真经、太上玄宗科仪（下）、销释般若心经宝卷、佛说三皇初分天地叹世宝卷（上下）、销释下生叹世宝卷、古佛当来下生弥勒出西宝卷。第二十九册：古佛天真考证龙华宝卷、销释普贤菩萨度华亭县生天宝卷（上）、伏魔宝卷降乩注释。第三十册：圆明十报恩、佛说金钱钥匙宝卷、如如宝卷、儒童临凡宝卷、十佛接引原人后昇天宝卷。这些宝卷大多是明清版本，个别是民国版本，有非常宝贵的史料价值，也为我们的比对研究提供了方便。

作为国务院首批非物质文化遗产名录的"凉州宝卷"（河西宝卷），从 20 世纪 90 年代以来，其研究取得了不少成果。目前已经有在研国家社科基金项目多个，并有国家社科基金"绝学"项目立项研究。作为传统中国之"绝学"，近年来，丝路河西宝卷的收集、整理和研究取得重要进展，已经整理出版了以下较有影响的传本。

（1）《酒泉宝卷》（上中下）3 编，由西北师范大学古籍整理研究所、酒泉市文化馆编，2000 年左右编成。酒泉宝卷共收 30 部宝卷。上编前有前言，后有附录，并附有宝卷音乐曲调 10 余种（平音七字符、花音七字符、苦音七字符、平音十字符、花音十字符、浪淘沙、洒净词儿、灯盏词儿、湘子哭五更、苦五更、耍孩儿、达摩佛、莲花落、山坡羊等 14 曲调）。中编前有《酒泉民间宝卷概述》和谢生保《酒泉宝卷与敦煌变文》。它们从宗教渊源、文体、音乐、讲唱方式等多方面比较了酒泉宝卷与敦煌变文的关系，其结论与郑振铎"宝卷乃变文子孙"一致。下编附有《〈酒泉宝卷〉中下编出版说明》一文。这套宝卷选编，体系比较完备，尽管它是整理选编本，非原版影印本。

（2）《永昌宝卷》（上下），系永昌县文化局编印，2003 年出版印刷。共收 32 部宝卷。何登焕、程硕年等编辑。何登焕系永昌县基层干部，喜爱收藏宝卷。该宝卷集收录大多为民间故事宝卷，宗教类宝卷极少。这基本反映了一个地方对于这类宝卷的态度。该编第一册前有何登焕 2003 年写的前言。该前言言简意赅，对于认识宝卷的内容和叙事特征有一定的参考价值。

（3）《临泽宝卷》，大 4 开本。由政协临泽县委员会编写，2006 年 4 月印刷。前有其政协主席韩起祥序、程耀禄前言，后有编纂者魏延全后记，也附有宝卷音乐 10 多种。收集宝卷 25 部。

（4）《山丹宝卷》（上下），大 4 开本。张旭主编，甘肃文化出版社 2007 年 7 月出版。上册有山丹县原县长王海峰序，并有选编者张旭《河西民间说唱文学——念宝卷》一文，对于宝卷及其特征有比较深入的探讨。下册有张旭后记。《山丹宝卷》收宝卷 43 部，其中收集到了《沪城奇案宝卷》这一颇有代表性的现代宝卷。

（5）《金张掖民间宝卷》，共有 3 册（部），大 4 开本。主编徐永成、崔德斌，由甘肃文化出版社 2007 年 8 月出版。第一册有徐永成《张掖民间民俗文学——宝卷》序言，并有"第一批国家级非物质文化遗产"字样。收宝卷 51 部。目前，在河西宝卷整理研究方面，张掖这个宝卷选本较有特色，收集宝卷数量也比较多，较有参考价值。

（6）《凉州宝卷》（以赵旭峰为主，武威文化馆这些年有人还在继续编订），共 1 本，由武威天梯山石窟管理处 2007 年 6 月编印。前有武威文化名人冯天民序言，后有李学辉（现武威文联副主席，作协主席，长篇小说《末代紧皮手》和《国家坐骑》作者）跋。收宝卷 6 部。《凉州宝卷》里的

《观音宝卷》等，讲经、说道的成分比较多，日常世俗的因素少，宝卷语言也比较生涩难懂。

（7）《凉州宝卷·民歌》。收录于著名武威作家李学辉主编之《凉州文学》增刊，内有李学辉《谁续凉州贤孝曲》与《拿什么抢救你，凉州民歌》等文。收整理宝卷8部。皆为整理本。在武威当地流传甚广。

（8）《河西宝卷选》（1988）、《河西宝卷选》（1992）、《河西宝卷选续》（1994）。这3部宝卷选皆由兰州大学段平选编，分别收宝卷8部、13部和18部。其中第1部宝卷选集是解放后大陆出版的首部宝卷选本，兰州大学出版社1988年出版。

除了这8部选集外，宋进林、唐国增编《甘州宝卷》（1988），收宝卷23部；李中峰、王学斌编《民乐宝卷精选》（上下）（2009），收宝卷34部；王学斌编《河西宝卷精粹》（上下）（2010），收宝卷18部。车锡伦编著《中国宝卷总目》（2000）著录了部分河西宝卷总目，其《中国宝卷研究》（2009）中有《甘肃河西地区流传抄本民间宝卷目》，列举河西宝卷155种。王文仁编《河西宝卷总目调查》（2010），调查收集361个卷本，有宝卷150余种。

需要说明的是，上述河西宝卷大多是在手抄本、油印本、影印本基础上经过整理而成的校对印刷出版文集，并非马西沙先生集成性的《中华珍本宝卷》这类原版影印本。河西目前的这些宝卷选集，都是根据收集到的各类宝卷整理而成。按照体例，方步和《河西宝卷真本校注研究》也属于这种类型（该著收录整理了10部宝卷）。由上所述，20世纪80年代以来，河西宝卷被甘肃一些高校教师、县市政府机构和民间爱好者大量收集整理了出来。这些收集整理的各种版本，实际上比较全面地呈现了河西宝卷的面貌，也奠定了河西宝卷较好的研究基础。

事实上，这些宝卷收集、整理的选本，经过校注校评，被重新编辑排版而成，倾注了上述学者、民间爱好者的大量心血，也便于现代人阅读和研究，尽管这类收集、整理的选本基本没有多少版本学价值。比较而言，这些整理复印、出版的多种类型的选编宝卷集里，《酒泉宝卷》《凉州宝卷》的古典色彩或原始色彩保留多一些，后人整理加工的痕迹少一些，而《张掖宝卷》《临泽宝卷》和《山丹宝卷》中，后人加工、整理的色彩比较浓厚，有些语言大多有改动，在形式的编排上也是现代横排化，更加齐整。具体说来，《张掖宝卷》《临泽宝卷》和《山丹宝卷》由于去古色彩浓厚，现代读者阅读起来更容易接受一些。从更细微的角度而言，《张掖宝卷》等后3部宝卷集里的宝卷，第一是语言的白话化、通俗化、地方化色彩增强了，更像"河西宝卷"，更加像丝绸之路宝卷。第二是宝卷内容的日常世俗性、现代性因素也增加了。比如《丁郎寻父宝卷》《和家论宝卷》《白长胜逃难宝卷》《方四姐宝卷》等，宗教的因果、神魔色彩淡化了，现代生活逻辑和日常生活人性逻辑因素明显增加。如在《白长胜逃难宝卷》中，白长胜逃难之后，与兄弟回家耕种，过起了平常的耕读生活，而不是官拜皇家，烧香拜佛，做起善男信女，皈依佛教。宝卷中"国法"、戒律取代了佛图报应，现代性因素增加不少。另外，在这些河西宝卷的整理本中，《永昌宝卷》尽管是所谓"内刊"本[①]，但其收录的32部宝卷具有下述三个特点：（1）反映明清生活的居多；（2）河西方言色彩比较浓厚；（3）文字整理比较准确。这是现有河西宝卷中很有特色的一个宝卷选编集。在河西宝卷的收藏者中，方步和先生很是特别，他是浙江人，长期在位于大西北张掖的河西学院从事教学研究，是大学教授，又最早研究宝卷，并收藏、鉴别、收集了各种宝卷。方步和先生手头收集宝卷也比较多，至少有300多部，但好多宝卷还在其家中保存，并没有出版。

最早被国务院批准列入第一批国家级非物质文化遗产名录的是"河西宝卷"，而不是"凉州宝卷"或"酒泉宝卷"。武威宝卷的整理，近年来许多人在着手进行。其中，有当地作家，有地方文化部门，有地方文化爱好者。这在相当程度上反映了一个地域文化意识的觉醒程度。因为这类整理宝卷，完全不同于前述马西沙先生的影印本——辨析版本，收集整理，把收集到的各种版本宝卷影印出来，按照原本风格编订成册，河西研究者和民间宝卷爱好者们要做的，则是把原本宝卷收集来校对、输入，进行数据化处理，把宝卷变成了现代阅读读本。就是说，河西宝卷的整理，主要不在版本意义上，而在对于宝卷的数字化处理上。这就如同周绍良、张涌泉、黄徵等人的《敦煌变文讲经文因缘辑校》一样，要把各种类型宝卷经过校对，转变成可供阅读的现代"书籍"形式，是需要极大的工夫的。如前面提到的武威杨才年（武威政府工作人员）翻印的宝卷，计有263部之多（见附录二）[②]，就只是翻印，而不是经过整理后的《酒泉宝卷》《山丹宝卷》等类型。我曾经和我的研究生整理过10余部宝卷。因为既要阅读

---

① 《永昌宝卷》由何登焕、程硕年等编，其出版号为：甘出准016字总0156号（2003）015号。

② 此处的263部宝卷，为现武威宝卷收藏家杨才年翻印。其中有一些是较好的版本，翻印质量大多尚可，但部分版本是刻本复印，部分版本是毛笔书写版本。有些毛笔书写的复印本基本是行草，书法水平较高。

宝卷，重新辨认字体、字迹，校对，输入成现代书籍的形式，又要整理打印，制作成阅读读本。这个过程极为费心。因此我们说，就目前河西宝卷的这种整理研究现状及其规模，在全国都少见。所以，由方步和、段平、伏俊琏等大学教授开了先例，河西地方政府组织人员进行的宝卷整理，如《山丹宝卷》《临泽宝卷》等的整理，都是相当有成绩的：这既使宝卷广为人知——从整理出版的这些宝卷中看到了宝卷的真面貌，扩大了阅读量和流通范围，又使人们从收藏者、商人奇货可居的恶性变卖循环中走出来，让人们静下心来研究它的内容，研究它的形式及其价值。这十分值得肯定，因为除了研究者，谁有时间静下心来有能力去通读马西沙先生精心编辑出版的皇皇巨著《中华珍本宝卷》这样的影印本呢。因此，上述八部宝卷集的整理，对于普及了解河西宝卷是起了很大作用的。这也真实反映了丝路河西地区地方文化的自觉，反映了河西宝卷研究的一些真实成绩。

　　根据一般统计，河西各地整理的宝卷大约有 300 部。[①] 目前收藏最多的是方步和教授，但这也是概数，实际整理还有待深入。其次是武威的赵旭峰。他在武威天梯山管理中心，多年来出版了《凉州宝卷》多部。他是武威现在重要的念卷人之一，有农家宝卷院落，常年研究、念唱宝卷。其赠送武威文化馆的《忠孝节义二度梅》是清光绪十八年的石刻袖珍本，绘图绣像，保留品相极好。第三是杨才年，整理收集有 263 部，但大都是各种复印本，版本价值不大。另外，河西各个地区、县级单位收集和个人整理出版的宝卷，重复的比较多，如《仙姑宝卷》除了《酒泉宝卷》未收外，其他各地宝卷里都有收集；《包公宝卷》《苦节图宝卷》《金龙宝卷》《观音宝卷》等，河西各地宝卷也大都收录。另外一些情况是有些宝卷名称不同，但内容一致，如《二度梅宝卷》和《忠义宝卷》等，所以，除去重复外，这里的宝卷数目有 100 部左右。河西宝卷研究专家方步和先生收集整理的宝卷，据说有大约 300 部。这与李世瑜统计的宝卷目录的 1500 多种比，约占五分之一，但这并不少，对于河西来说，能有如此多的宝卷存留，而且现在还流传在民间，还有人编写，这无疑是河西文化史上的一个奇观，也是中国俗文学史上的独特文化奇观。

　　丝绸之路的河西宝卷与"凉州贤孝"是姊妹艺术。它们两者在内容上

---

① 该数字统计许多研究者并不同意。笔者 2009 年 10 月赴河西学院，与方步和老师有一个上午的交流。主要谈论了他收集的 300 余部宝卷的情况。由于我是他学生，又是河西当地人，因而还与方步和老师深入交流了宝卷与河西人民文化、性格的内在联系。那次相谈甚是融洽。今先生已经作古，想起那次交流，那次相晤，心有戚戚焉！

相似的很多，其主要的区别在于，宝卷多为讲述因果故事的抄本，演唱的脚本，其故事主要是为了"念"与"读"的，"凉州贤孝"则是武威（凉州）地方"小曲"似的演唱歌词。在武威民间文化中，它比宝卷影响更大。它几乎是凉州的文化品牌。如今武威的两大文化标志，一为马踏飞燕（铜奔马，中国旅游标志，武威也被称为"中国旅游之都"），一为"凉州贤孝"。作为一种独特的民间通俗艺术形式，"凉州贤孝"与河西宝卷的曲目与卷目有许多重复的。这给我们的研究提供了某些值得参考的重要因素。为此，这里特别举录《凉州贤孝精选》曲目19种。[1] 它们是：天上云多日不明、劝世人、侯梅英反朝、白鹦鸽盗桃、扒肝孝母、丁郎刻母、任仓埋母、郭居埋儿、小姑贤、孟姜女哭长城、兰桥相会、三姑娘拜寿、皮箱记（包公案）、李三娘碾磨、王定保借当、秦雪梅吊孝、关云长单刀赴会、三子分财、鞭杆记。从这些曲目看，宝卷和"凉州贤孝"内容重复的就比较多。

另外，在整理河西宝卷的过程中，我们也旁及涉猎了河西武威的"凉州贤孝"、民歌，2002年《西凉文学》增刊收集到的河西凉州民歌数目如下：货郎哥、绣牡丹、小景调、等五更、盼婆家、走青阳、采花调、桃梅歌、王哥放羊、浪花灯、闹五更、放风筝、十里亭、十颗子儿、杨家父子花、十道河、八扇围屏、四景调儿、十不该、小男子出门、小放牛、学生哥、尕老汉、新旧社会、织手巾、刘老汉诉苦、挖金子、说双龙、出门难、十想、太阳当天过、看亲家、吃粮人、借灶滤、大赐福、绣荷包、两张锣儿、寡妇务农、珍珠倒卷帘、光棍难、王哥放羊（另外版本）、割韭菜、打马莲、卖膏药、打交儿、鞑子歌、辣花子、鼓子匠对歌、傻公子哥、丑婆子歌、妹妹送哥哥、浪凉州、祝酒歌、亲溜溜的亲、走中卫、游西北、罗家湾、十二古人、唐连领兵、张果老过桥、下四川、张学生下学堂、十二月歌、早鸡娃儿、张先生拜年、哥哥劝妹子、古人传、说水浒、唱封神、三娘教子、冯爷积子、盗灵芝、十万金、闹书馆、林英女降香（一）、林英女降香（二）、湘子买袍等。

同时，宁夏、青海"花儿"和陕西秦腔等地方性民间艺术形式，也与丝绸之路河西宝卷内容和形式上有交叉的地方，目前印行出版的也不少。这些贤孝曲，民歌，青海、宁夏的"花儿"，陕西的秦腔等，它们是西北民间文化、文艺的标志，与河西宝卷一样，已经大多系国家级非物质文化保护遗产了。它们的收集、整理和出版，尽管在整体上不够全面，但它们

---

[1] 李武莲主编：《凉州贤孝精选》，北京：中国文联出版社，2011年。

的出版行世，却为我们比较全面地研究河西文化、敦煌艺术提供了第一手的完整的集中的研究材料，具有弥足珍贵的价值。仔细分析起来，像凉州贤孝，它的有些曲目与河西宝卷相同，有些内容也与河西宝卷大体一致，在主题上与宝卷同样相一致，它们的功能性目的更是完全相同，只不过宝卷更多在劝善惩恶，有些则被当地所谓道士或一些乡民用来祈福禳灾，而凉州贤孝曲则大多宣扬贤孝主题。因此，通过河西各地民间文学艺术之间的对比，无疑能够清晰地分析研究各种民间通俗艺术形式之间的相互影响，以及它们共同的劝善惩恶功能及其娱乐性特质。这为认识丝绸之路河西宝卷的一些思想艺术特质做好了铺垫与辅助。

此处有必要说明的是，丝绸之路河西宝卷是中国宝卷的一部分，但是，它们两种宝卷是什么关系，却需要深入探讨，因为它们不仅仅是"河西宝卷是中国宝卷的一部分"这个陈述显示的从属关系那么简单，我们上述收集到的宝卷有些是丝绸之路河西地区产生的宝卷，大量的则是从近代江浙上海一带印行传到河西的，尤其是那些大量的绘图本刻印宝卷，更是如此，手抄的宝卷本极少。这里的问题可能非常复杂。

又比如，我们收集的大量宝卷，是由上海惜阴书局和苏州玛瑙经房印行的，这部分能够算作丝路河西宝卷吗？如果不是，那么，为什么我们还专门来以丝绸之路"河西宝卷"命名？而且，如果我们专门以丝路河西宝卷来命名，是否意味着丝绸之路的河西宝卷确实有着自己自身的特点？所以，我们这里首先需要说明的是，我们的研究是普遍性和特殊性兼顾的，既把河西宝卷放在宝卷的总体视野下观照，也集中探索丝路河西宝卷本身的特色、思想和艺术。因为独特的讲故事形式，河西地区保留的不少，也许河西宝卷就孕育在河西走廊，因而，以丝路河西宝卷为例来对它进行研究，只能采用这些已经收集到的宝卷研究，也只能站在现有研究基础上，与其他地区宝卷进行比较研究，才能真正有所发现，有所创获。

众所知悉，宝卷文本，通常是一部宝卷一个故事（从整体而言为一个大故事，其中故事中还有故事，小故事很多），或一个相对完整的故事构成一部宝卷，一卷一卷独立被公共、私人传抄、收藏。由于河西宝卷以前并没有像著名的罗梦鸿《五部六册》那样长期以来被集中收集起来出版过，所以，河西各个地县集中收集、整理、印行和出版宝卷这样的文化行为，就有了重大的文化意义。它不仅为河西宝卷被世人知晓、普及提供了机遇，为我们集中研究提供了方便，也使我们能够发现宝卷文本共有的一些思想文化及其艺术特征。目前，在敦煌学研究的深远影响下，尤其是在一些像方步和等大学教授的研究的引领下，河西宝卷的收集、整理和研究取得了重要突破。

这种突破的意义和价值，首先在于抢救了一批文化遗产，使散落在民间、流传在民间口头的一批宝卷文本被整理了出来，也更好地为乡民阅读提供了方便；其次在于丰富了敦煌学研究的内涵，使原来集中在宗教、绘画、雕塑以及其他文学文本研究上的敦煌研究，延伸到了民间俗文学及民俗文化研究的范围上，扩大了敦煌学研究的范围；第三，突破了学术研究的书斋化倾向，实现了敦煌学的学术研究与地域文化研究相结合的文化建设的时代目标。宝卷在河西流传很广，影响极深，与其相关的抄卷、念卷活动，对于河西各个地域文化建设和淳朴民风的建构起过很大作用，目前的河西宝卷研究就与河西各个地县的文化建设紧密结合，有力地推动了当地文化的繁荣与发展，也为学术实践提供了新的契机。

第二节　绘图刻印宝卷与手抄宝卷

现存的丝路河西宝卷主要以三种方式流通。一种是上述整理后的各个地区的宝卷，如《山丹宝卷》《永昌宝卷》《临泽宝卷》等宝卷选集，它们是地方政府组织宝卷爱好者选编而成；一种是手抄、油印本单部宝卷，如《敕封平天仙姑宝卷》《沪城奇案宝卷》等，这类宝卷大多在乡民手中收藏；一种是比较古老的绘图刻印宝卷，如《忠孝节义二度梅宝卷》《惜杀宝卷》《目连三十宝卷》等，这类宝卷多为外地流传而来，被一些收藏爱好者集中收藏。上节所述河西各个地区出版的宝卷选集主要以这些手抄、刻印宝卷整理而成，且以现代阅读需要排版整理，以现代书籍的校勘本形式存在。如《山丹宝卷》《酒泉宝卷》《凉州宝卷》《张掖宝卷》《临泽宝卷》等，都是对收集到的宝卷进行整理，以现代书刊形式排版重印的。这虽然没有了原样式复印的原版感（如《金张掖民间宝卷》有上中下三部，51部宝卷），"古籍"色彩少了，但尽管如此，这也是重要收获，因为这些宝卷故事，如前所述，它们以现代排版形式印行，非常有利于阅读、流传。这些宝卷囊括了比较重要的一些宝卷，其中中国西北的民间传统故事宝卷也比较多，为我们深入了解中国文化思想、地域文化提供了不可多得的文献文本。

根据各种收藏本情况看，早期刻印及板印的宝卷大多有系列插图及其图谱。这与佛经的变相有关。所谓变相、变文，其中的"相"即图，但这里讲的绘图刻印宝卷与佛教变文所说的变相是两回事，尽管由于时间演变，它们存在极其隐秘的关系。目前收集到的丝路河西宝卷，有相当一部分是手抄宝卷（有些还是20世纪70、80年代的乡民钢笔抄本）、油印宝卷，绘图刻印宝卷不多，真正用毛笔手抄的宝卷——原本唐代诞生的宝卷就是手抄的——也极少，也许这与印刷术无关，而与区域文化文明形态有关。

丝路河西宝卷中的手抄宝卷，一些是寺院和乡民手中收藏的（现在仍有收藏），有比较珍贵的版本，如《仙姑宝卷》《观音宝卷》，而一些绘图刻印宝卷则大多来自晚清民国以来的苏州、上海等江浙地区和长沙等地。如武威杨才年收集到的260余部宝卷，手抄本仅仅有10余本，其他大部分是绘图刻印本。这些绘图刻印本宝卷，以晚清和近代的上海惜阴书局印行的最多。例如，在《绘图玉带记宝卷》里面穿插的书局广告中，就有"本局发行各种宝卷表"。该表列出的宝卷有78部之多。它们是：《黄慧如宝卷》《龙凤锁宝卷》《杀子报宝卷》《蝴蝶杯宝卷》《珍珠塔宝卷》《麒麟豹宝卷》《玉带记宝卷》《玉连环宝卷》《刘香女宝卷》《双灯记宝卷》《落金扇宝卷》《李三娘宝卷》《太平花宝卷》《啼哭因缘宝卷》《孟姜女宝卷》《天仙宝卷》《宋氏宝卷》《彩莲宝卷》《黄康宝卷》《卖花宝卷》《碧玉簪宝卷》《生死板宝卷》《琵琶记宝卷》《何文秀宝卷》《龙图宝卷》《晚娘宝卷》《梁山伯宝卷》《延寿宝卷》《玉蜻蜓宝卷》《还金镯宝卷》《百花台宝卷》《双玉决宝卷》《双蝴蝶宝卷》《雪山太子宝卷》《何仙姑宝卷》《金牛太子宝卷》《如意宝卷》《双凤宝卷》《妙英宝卷》《玉英宝卷》《玉燕宝卷》《秀女宝卷》《雌雄杯宝卷》《双华记宝卷》《金不换宝卷》《忠良宝卷》《双贵图宝卷》《秦雪梅宝卷》《梅花戒宝卷》《乌金记宝卷》《鸡鸣宝卷》《回郎宝卷》《兰英宝卷》《香山宝卷》《百蛇传宝卷》《剪发宝卷》《董永卖身宝卷》《八宝銮叉宝卷》《杏花宝卷》《游龙宝卷》《洛阳桥宝卷》《唐僧宝卷》《湛然宝卷》《目连宝卷》《双喜宝卷》《花煞宝卷》《百花宝卷》《黄梅宝卷》《双金锭宝卷》《红楼宝卷》《狸猫换太子宝卷》《西瓜宝卷》《黄氏宝卷》《白鹤图宝卷》《清风亭宝卷》《岳飞宝卷》《黄金印宝卷》《妻党同恶报宝卷》。这里罗列的这些宝卷，除了《香山宝卷》外，几乎都是中国民间传说和民间故事宝卷，就连神话宝卷都没有，这正好说明，晚清民国以来的宝卷，宗教色彩的宝卷已经很少，也说明，民国以来河西流传的宝卷，尤其是绘图刻印宝卷，大多来自南方江浙一带。晚清民国以来，江南一带印刷术普及，所以这类宝卷就被大量印刷，并向全国传播了。河西走廊保留的不少宝卷，一部分是手抄宝卷，一部分就是这类宝卷。

武威藏家杨才年收集的260多部宝卷，大多是原版影印本。与北师大图书馆网站公布的一些篇目基本一致。这类宝卷由于是刻版印刷，且印刷数量不少，也在武威各地流传。总体而言，前文列举的这 78 部宝卷大概在全国各地大都有保留。这批宝卷的出版者是其标出的陈氏家族。如这批宝卷的卷名前或标陈润身，或标陈德，或标邑等名。而且在其相当于出版前言或"序"的部分，清楚地标明他们出版宝卷的目标。即在"本局发行各种宝卷表"后，专门附有"惜阴轩主人识"："世风不古，人心险恶，虽由于环境所造，倘能循循善诱，人心未尝不可改也。本局主人有鉴于斯，在昔以武侠小说风行海内书中持公道，正人心，警世俗，别险恶，但闻者观念每有误会，其意反致误会青年，所以本局概念前非决计弃武化而求喜化，借宝卷之名，辨明是非、善恶，引人以正，戒之以邪，未始非警惕人心补助世风之一法也。"从这些宝卷卷名可以清楚地看到，这些宝卷是民间最流行的传统中国故事。这些故事，有些是佛经故事，有些是传奇故事，有些是历史故事，有些来自传统小说故事改编。陕西师范大学图书馆收集的 40 多部宝卷中有 8 部是这种类型宝卷。这部分绘图本宝卷保留得也很完整。

上海惜阴书局印行和姑苏（苏州）玛瑙经房印行的这批宝卷版本最大的特点是以绣像本——绘图刻印宝卷的形式存在。[①] 由于大量刻印、翻印，这类宝卷存留下来的很多。目前收集到的河西宝卷，尤其是武威杨才年收集到的一批宝卷，大多是这类宝卷。像《绘图李三娘宝卷》，系由上海惜阴书局印行，卷面陈润身题字。《绘图回郎宝卷》，也由惜阴书局印行，题字由陈国翔署名。《节义宝卷》，系有苏城玛瑙经房印刷，光绪庚子年新刻。《潘公免灾宝卷》，也由苏城玛瑙经房印刷。

除了这几个印刷点以外，上海文益书局印行发售的宝卷也有很多。与上海文益书局发行点相关的印书点，还有杭州聚元堂书庄、绍兴聚元堂书庄、南京聚珍山房以及各省大书房。这种情形在《兰英宝卷》的版权页上都被一一标明。从时间上看，这些绘图宝卷大多是明清到民国时期这一各类绘图、绣像兴盛阶段的宝卷。比较早的有道光戊申年的《三皇初兮叹世宝卷》；有宣统元年春的版本，如苏城玛瑙经房的《目连三世宝卷》；有光绪十三年的版本，如《惜谷宝卷》。部分宝卷则是民国时期的，如《云香宝卷》为民国辛酉年版刊印，长沙积善小补堂藏，《百花台宝卷》则是民国六年（1917）夏上海文益书局的版本。正是由于大量翻印、刻印宝

[①] 绘图刻印宝卷的大量行世，是晚清到民国时期。这与民国时期的"绣像小说"的风行相互映衬。这种宝卷新形式的出现，对于通常的宝卷手抄传统是一个很大冲击。

卷，宝卷数量一下子多起来。

一些绘图宝卷装帧很精美。尤其是绘图这一宝卷的"副文本"新形式的出现，更增加了宝卷这种文本的审美特质。[①]这种绘图刻印宝卷多以插画形式存在。其中的有些画是佛教人物，如观音、弥勒佛等；有些则是宝卷人物，即宝卷主人公图像。如《忠孝节义二度梅》宝卷（此宝卷现存于武威文联所属文化馆，为武威赵旭峰赠送。其为石刻袖珍宝卷，有光绪十八年淮海居士所作序），在其序和目录（共40回）后就有4幅插图。插图分别有江魁、卢杞、黄篙、侯鸾、陈东初、梅魁、邱山、香池和尚、屠声、陈春生、梅良玉、邹云英、周玉姐、陈杏元等宝卷人物、主人公绣像。人物穿戴皆为清时衣饰，高冠长服，配饰典雅、高贵。图像生动，惟妙惟肖。这类绘图刻印宝卷的大量存在，既改变了人们对于宝卷多来自手抄本的看法，又改变了抄卷积德的宝卷"流行观"，对于我们认识宝卷提供了文本外的新启示。同时，这也使宝卷图文并茂，文图内容相互映衬，带给宝卷本身奇异的视觉美感。

一般而言，绘图刻印宝卷的绘图在宝卷放置的位置有三种形式。第一种是大多在宝卷首页，如《观音宝卷》，首页就是观音图。像《绘图玉带记宝卷》，上卷、下卷开头都有绘图，上卷开头绘着宝卷的主要主人公刘文英、陆青莲、包公、陆林、杨二和刘天宝等。宝卷里的对立人物也完全出现，给读者熟悉宝卷人物作了铺垫。下卷绘图"文英回家见妻房"。绘图展现出夫妻二人见面的生动场景。第二种是宝卷的各卷有绘图，如《十殿宝卷》，其中十殿都在宝卷中被绘制出来，给人相当刺激的观感。第三种绘图，则是插在宝卷中间，如《真修宝卷》。这种形式的绘图，穿插得很有趣，因为在故事情节的紧要处，很好地配合了读者阅读故事的欲望。这如同现代的一些连环画，图文相配，既有文字的韵致，又有图画的语意、语境提示。所以，对于宝卷来说，这些视觉化、图像化的副文本在其中的出现，具有重要的划时代意义（从手抄本到刻印本再到插图本的出现，实现的不仅仅是印刷的进步，还包含一些审美等因素的变化），它不仅增加了宝卷形式上的美观，也相当直观地再现、丰富和补充了宝卷文本的基本内涵。

另外，宝卷文本本来如同佛教经卷的手抄本，应该留下不少，但手抄本宝卷保留下来的却比较少。这当然与手工制作、抄写的原始手段有

---

① 关于副文本的概念，可参见金宏宇和热奈特等人的相关论述。金宏宇：《中国现代文学的副文本》，《中国社会科学》2012年第6期。

关——与刻印手段这种翻倍增加的技术比较而言，确实如此。按照抄卷也是在积德行善理念看，手抄本宝卷应该很多，但存留的却极少。这说明手抄本无论如何不能与刻印技术制作相比，绘图刻印宝卷多而且流行，从反面说明手抄宝卷少的原因。

河西宝卷的手抄本宝卷有两种形式。一种是毛笔抄写的，另一种是钢笔抄写的。河西宝卷中，钢笔抄写的比较多，但大多是20世纪70、80年代农村文化程度较低的人留下的一些手稿。这类手抄本版本价值不大，但很有史料价值，至少能够说明宝卷在丝绸之路的河西走廊民间流传的情形，如同也是在这个年代的一些油印的宝卷一样。手抄本宝卷中最有价值的是一些毛笔书写的宝卷。这类宝卷的存在能够说明宝卷产生时从抄经到变成宝卷的过程中制作方面的一些变化情致。手抄本宝卷中的一些毛笔抄写的卷子，在河西宝卷中有一些。这类宝卷中有些卷子的书法艺术达到了很高的水平。如《双花宝卷》，整本宝卷用非常高超的行书抄写，而且明确书写出了抄录时间：岁次乙巳，抄录者：东海遵启。《目连三世宝卷》的序诗，也是行书，但都清秀洒脱，舒展自如，书法水准很高，是难得的书法手稿。

第三节　河西宝卷的分期、分类及相关研究议题

河西宝卷中最早的一部宝卷，是方步和先生考辨的《仙姑宝卷》。按其推断，真正的河西宝卷《仙姑宝卷》，出现在明代万历年间以后。据此推断，河西宝卷的存在至今也有了四五个世纪。这四五个世纪以来的这100多部河西宝卷，从分期的角度来说，可以分古典传统时期和近现代时期。从目前收集到的河西宝卷来看，宋元时期的宝卷在丝绸之路的河西宝卷中极少发现。这大概与宋元时期丝绸之路的河西走廊一直在西夏等异族统治时期以及独特的文化政策有关。明清古典时期的宝卷居多，而近现代编制的只有两三部。近代、民国时期的宝卷是《救劫宝卷》，另一部反映民国军阀混战下人民生活的宝卷是《姊妹花宝卷》，现代编写的河西宝卷目前收集到的只有一部[①]，它就是《沪城奇案宝卷》。

对于这些河西宝卷，方步和先生将其分为三类：佛教类型、神话

---

① 此处的"现代"，主要指解放后，因为《沪城奇案宝卷》反映的是解放初期上海公安与国民党敌特斗争的故事。但从当下来理解"现代"，这类宝卷就比较多了，尤其是新世纪以来更多。比如《红西路军西征宝卷》《韩正卿宝卷》《战瘟神宝卷》等。

传说类型和寓言类型。但按照内容来划分，河西宝卷的类型实际上很丰富。如河西宝卷的《永昌宝卷》的编辑者何登焕在前言中这样来描述其内容："早期宝卷的内容，应受佛教'变文'的影响，主要是宣扬佛教思想的。如《香山宝卷》讲的是观音菩萨转世成佛的故事，《仙姑宝卷》讲的是仙姑苦修成正果的经历和惩恶扬善的功德。到明清时期，宝卷的内容却大为扩展，涉及社会生活的各个领域。上至帝王将相，如《康熙私访山东》《唐王游地狱》《昭君和番》《包公三下阴曹》，下至贫民百姓，如《女中孝》《方四姐》《继母狠》《阎小娃拉金芭》，有说天上神仙的，如《天仙配》《张四姐大闹东京》，也有说（地下）禽兽的，如《小老鼠告状》《莺歌盗桃》等，还有奸臣陷害忠良，公子闹姑娘等，都是群众喜闻乐见的故事。"[①]这个分类比较客观充分，本书依据其分类。所以，如果结合之后发现的几部河西宝卷来分析，河西宝卷可依据内容形式原则大体分为两大类。第一类：从内容方面说，有宗教类、神话传说类、历史故事类和日常生活类四类；第二类：从形式方面来划分，则有寓言类（寓言类从内容方面实际上也可以归到日常生活类）等。在现有整理的河西宝卷中，《张掖宝卷》将其分成五类。《永昌宝卷》将其分成三类，《临泽宝卷》将其分成四类。比较而言，由于《张掖宝卷》的分类兼顾到内容和形式，其分类是比较全面而合理的。

当然，对于宝卷的分类，长期研究宝卷的权威专家车锡伦的划分也明晰而科学。其分类的基本原则"从宋至今近八百年来，中国宝卷在内容上形式上都有很大的变化，可以从不同的角度对其分类"[②]，也符合宝卷分类的实际存在形态。如在其《中国宝卷研究》中，他将宝卷分为宗教宝卷类和民间宝卷类，而其中对于文学宝卷的五类划分，对深入分析研究宝卷内容及其历史变迁极有价值。在深入研究的基础上，他甚至把文学类宝卷划分为以下五类：神道故事、妇女修行故事、民间传说故事、俗文学传统故事和时事故事类。这五类中，妇女修行故事和时事故事类型的概括是他多年研究、阅读宝卷的独到发现。时事宝卷的出现反映了民间利用宝卷形式反映现实的趋向，妇女修行故事在宝卷中占有相当的份额和数量，也是民间宝卷中极有价值的部分。这种划分非常符合宝卷的实际情况，也符合河西宝卷的实际情况。本文从内容上研究河西宝卷，基本上也依据他的这种划分。

---

① 何登焕编：《永昌宝卷》，永昌县文化局，2003年，第2页。
② 车锡伦：《中国宝卷研究》，桂林：广西师范大学出版社，2009年，第5页。

另外，从内容上看，目前整理的河西宝卷的100余部，以分类逻辑与历史事实的情况，可以划分为三类：宗教类、神话传说与历史类和日常世俗生活类。这三类宝卷中，宗教类宝卷倒是比较少，只占河西宝卷的5%～6%，尽管所有宝卷几乎都有"三教"成分，而且佛教思想还比较明显。神话传说历史类和日常世俗生活类宝卷各占45%～46%，所占宝卷总数的大部分。造成这个差别的原因也许很多，但主要原因却在于，宝卷基本上以故事为主，宣传佛教教义类的经卷（变文、讲经文、因缘、押座文、解座文、宝忏、真经等）没有或很少故事性，很难在民间流行。而且，宝卷的基本功能是在民间基层乡民中扬善惩恶，宣扬忠孝节义榜样，所以，一些像《湘子宝卷》《和家论宝卷》，包括《香山宝卷》等基本宣扬"三教"教义的宝卷就占少数，而像《仙姑宝卷》《包公宝卷》《康熙宝卷》《苦节图宝卷》《鹦哥宝卷》《葵花宝卷》《张彦宝卷》等神话传说历史类和日常世俗生活类宝卷就占了宝卷的大部分。这类宝卷在河西宝卷中思想艺术质量也比较高，在民间的影响也比较大。

同时，在丝路河西宝卷的分期问题上，《武松杀嫂宝卷》《野猪林宝卷》等的出现，则具有很特别的意义。因为《水浒传》等明清四大小说和公案小说出现后，依照它们的情节改编成的宝卷非常多。它们出现在宝卷发展的兴盛期——明清时代。这对于认识河西宝卷分期具有重要的意义。因为宝卷是佛教思想及其意识的产物，其思想基本上以"三教"思想为主，而这两类宝卷，却从根本上没有了官方或民间都认可的"三教"思想及其意识，而以反抗官府腐败以及日常、寻常世俗民风的衰败堕落和张扬个性主义等思想为主旨。因此，这两个宝卷显然是受过近现代思想影响的近现代人改编，是脱离了传统宝卷气息的新宝卷。这样，从这两部宝卷我们便看到，宝卷这一根本上来说是佛教思想及其意识产物的俗文学文本，其思想内涵确确实实在随时代的变迁而变迁。这实际上为我们对宝卷分类提供了一个角度或依据。就是说，最好的分类只能以其表现的内容而定。

本课题的研究，并非完全是马西沙先生、濮文起先生们宗教学意义上的研究——尽管这种研究离不开佛教、道教因素的考量，也不是属于版本学和文献整理意义上的，而是属于深入发掘与深入品鉴类型的研究。就是说，本研究从文化思想及其形式，即宝卷内容和宝卷形式两个方面展开，是对于方步和教授和车锡伦先生等开拓者研究的"接着说"。因为真正意义上的宝卷研究从20世纪20年代就已经开始。那个年代，随着敦煌文献日渐为学人重视，顾颉刚、郑振铎、恽楚材、傅惜华、赵景深、胡士莹、向达等，就先后对宝卷作了收藏、整理或研究。一些海外的传教士、汉学家和学术机构也开始注意搜集这方面的资料。台湾有一些学者也着手研究了宝卷的一些问题。当然，在这一阶段，他们的研究目标主要侧重于篇目收集、版本归类、整理目录、校编重要篇目等，如郑振铎《佛曲叙录》、傅惜华《宝卷总录》、胡士莹《弹词宝卷书目》、李世瑜《宝卷综录》、车锡伦《中国宝卷总目》（收录包括中国、日本、俄国和欧美等国家之公私收藏的 1585 种宝卷，得版本 5000 余种、宝卷异名 1100 余个）。这些研究列出宝卷可考知的编纂者、收藏者、宗教归属、出版或抄写的年代、宝卷的演变等诸多问题，开启了宝卷研究的良好序幕，但由于历史意识、意识形态和学术观念（古典文学的重视诗歌、轻视小说、故事及其对于民间俗文学的忽视）等因素的影响，更深入的民间文化及其文学研究在 20 世纪 90 年代前不多，尤其在宝卷的范围、渊源，宝卷的内涵及其程式化的叙事特点的分析上，研究很少。这很难对于宝卷及其存在价值与意义做深入充分的认识，更不要说对于它的借鉴与现代尝试性运用了。

因为说到底，宝卷是一种民间说唱艺术的脚本，它与变文、讲经文、因缘、押座文等有联系，也有区别。如与《目连救母》讲经文比较，它的一些特征就很明显。对于讲经文而言，其"经"（佛教经典、经义）的内容实际上也很少，更多是对于经义的细节和人物的颂唱。其颂唱形式多是七字句或十字句韵文。这也呈现出讲经文作为一种讲唱艺术的重要特征。像《目连救母》讲经文，故事只讲目连救母过程，其描述过程却大多是七字句、十字句韵文颂唱形式。其与宝卷的差异主要表现在，一是宝卷的文字更朴素，口语化，白文叙述要素齐全，韵文中陌生的佛教用语少了，日常化、生活化语言多了起来；二是宝卷中包含的各类文学、艺术形式多了起来。一般而言，讲经文中大体有经文引语和颂唱韵文两种形式，而在宝卷中，内容分了品，一些宝卷 24 品，或更多品，其中押座文、各种词牌、地方曲调、各类诗词引语、言语，四书五经语录大量引用，地方小调如《五更调》等多次出现；三是宝卷形式比较讲究，结构完整，一些宝卷有了明显的讲故事的套路化倾向。因此，本研究除了从文化思想和主题的角度外，还将更多从宝卷本身、宝卷内容、形式上切入，并把它放到传统中国叙事体系——民间讲故事传统的框架中对其作深入的研究，期待从内容和形式的整体上把握宝卷这一传统文化遗产。

宝卷的思想文化形态，基本就是传统中国的文化形态。如前所述，它的"三教"融合的思想形态，充分反映出中国文化的一些基本特点；它的独特的叙事形态，对于通俗文学及其民间文学艺术形式的发展有非常深刻的启迪；它目前仍然在乡村基层的存在、流传的情形，对于我们今天发展农村基层地域文化建设，仍然具有重要的建构性意义。因此，品鉴、分析和研究这些宝卷，不仅具有十分重要的学术价值和意义，而且具有重要的现实意义。据郑振铎考辨，中国目前最早的宝卷是《香山宝卷》。[①] 它出现的时间是宋代。这部宝卷最早出现在哪里，出于何人之手已经无处考证。但这些问题从宝卷是宗教经典、变文、说唱艺术及其明清以来的传说和小说改编而来，又大多是民间艺人改编的角度说，却是无法被遮蔽起来的。而且作为民间通俗文学，它又是说唱民间艺术的脚本，所以，人们对其还是可以考辨的。事实上，这些问题又相当重要，因为它可以使我们从历史文化、思想发展的动态这些似乎是外在的层面来分析宝卷的思想艺术内涵及其变迁。

对于河西宝卷研究来说，已有研究探究分析了河西宝卷渊源，河西宝卷的一些思想内涵，解释了研究河西宝卷的意义价值。河西各地政协文化部门基于对地方文化的保护和发展新农村乡村文化的现实需要，对流行与民间收藏的宝卷做了整理和出版，在国家繁荣文化前提下"非遗"保护，收集研究意识自觉。但是，毫无疑问，这些研究缺乏对其思想内涵的深入分析，对于"三教"为核心的中国传统文化及其内在价值功能认识不够，对于地域、民族、习俗和宝卷关系的研究缺乏，目前的研究要么是形式研究——大多是对其构成形式的简要举例说明，而且还排除了叙事及其形态研究，或者说根本没有上升到叙事学及其文化高度去研究；要么是功能价值考辨，如河西各地收集出版的前言、序言呈述和论证的，仅仅从实用功能主义研究它如何劝善、辟邪、教育、娱乐人的功能。这些研究显然不够深入，因而，本课题从宗教文化、中国文化形态学、区域文化与艺术、思想文化史和叙事学等角度，探讨"三教"思想与河西宝卷的复杂关联，从当代思想文化视野，重点深入研究宝卷的思想文化内涵及其叙事、文体和文本构成等形式方面的特征，并揭示这些特征的具体内涵，为地域文化及其民间文化、文学繁荣提供一些可资借鉴的经验与教训，促进这一领域学术的深入发展。这些正是本课题研究的重心和目标所在。

---

① 郑振铎：《中国俗文学史》，上海：商务印书馆，1938年，第324页。

第四节　方步和与他的河西宝卷研究

在丝绸之路河西宝卷研究史上，甘肃一些地区的地方政府的积极参与，一些高校学者的探索研究，是具有重要的开拓价值的。例如，上述河西各个地区编印、出版的大量宝卷，就对于丝路河西宝卷的整理研究奠定了良好基础。又如在兰州大学教学的段平教授、西北师大研究古代文学的伏俊琏教授等，长期在河西学院（原张掖高等师范专科学校）从事古典文学教学研究和敦煌学研究的方步和教授、巩子孝教授等，则在这个基础上以整理古籍方法、在阐释古籍基础上既校注又整理研究，从而把河西宝卷研究推向了一个新的境界。其中，方步和教授的《河西宝卷真本校注研究》[①]，是一部承前启后、继往开来的奠基性专著。该著第一次让世人知悉了中国宝卷中的河西宝卷及其重要的形式特点，知悉了河西宝卷依旧存在、存活的事实。后来，2004年，方步和、巩子孝等教授的河西文化研究的另一部专著《河西文化——"敦煌学"的摇篮》的出版，则把河西宝卷研究推向了新的阶段。该著对宝卷研究作了新的拓展——它从文化地理学角度探讨"敦煌学"，既为"敦煌学"研究拓展了新理路，也为中国宝卷研究提供了许多启示。

一

《河西宝卷真本校注研究》由兰州大学出版社1992年10月出版。该书的出版，推动了敦煌学研究与河西宝卷的收集整理、出版和河西民间文化艺术研究的热潮，也有力地推动了丝绸之路河西一带的地域文化建设，为农村文化繁荣做出了重要贡献。这可以从下述两个方面得到确证：首先，近年丝绸之路的河西走廊各地出版整理的河西宝卷，像上述第二部分介绍的一些宝卷，都与方步和教授的发掘及该书的出版有关。兰州大学、河西学院和敦煌研究院等研究机构成了河西文化研究与发展的重要引导者。其次，在繁荣基层及其农村文化的时代需要下，该书开启的从宝卷这一民间通俗文学艺术入手的基层文化策略，有力地促进了河西文化建设的进程。所以，《河西宝卷真本校注研究》的价值，毫无疑问，与民国时期郑振铎等整理研究敦煌资料的价值一样大。王国维、郑振铎们的敦煌学研

[①] 方步和（1934～2013），杭州人。1949年参军，1956年考入兰州大学。河西学院教授。著有《河西宝卷真本校注研究》《张掖史略》《河西文化——"敦煌学"的摇篮》等专著。古典文学研究专家，对于宝卷与河西文化有开拓性研究。

究，开启了举世瞩目的宝卷俗文学史研究新方向，方步和的研究，则显然开启了河西宝卷研究的新路子，使河西宝卷这一渐渐被遗忘的文化遗产受人瞩目。方步和教授的贡献，就《河西宝卷真本校注研究》而言，体现在如下几个方面：

首先，专著《河西宝卷真本校注研究》以其简洁的分类，对于河西宝卷的 10 部代表性作品（《仙姑宝卷》《唐王游地狱宝卷》《刘全进瓜宝卷》《吴彦能摆灯宝卷》《张四姐大闹东京宝卷》《继母狠宝卷》《救劫宝卷》《天仙配宝卷》《昭君和北番宝卷》《老鼠宝卷》）作了校、注、评、释，以古典文学校注方法开启了宝卷深入研究的示范性先河。"校注"研究，当然是古典文学研究的基本方法。但是对于宝卷的校注研究，则具有开拓性意义。因为长期以来，像长期被藏埋的敦煌文献一样，宝卷在古文献里混杂，很少被分离出来，一些宝卷为手抄本，流传过程中辨识度极低，且文字错讹极多，一本本校对、输入排印出来都极为费力。而要研究，则需要相当的古典文学修养。例如"校注评"的第一篇，是对于《仙姑宝卷》的评注，其"注释"首先就对于宝卷中的"品"[①]和"炉香赞"[②]等形式和词牌等古典文体形式作注释。"品""炉香赞"等涉及古典文学研究的复杂的文本及文体概念，像变文、讲经文、佛经等，一般人往往不知所云，就需要相应的古典文学修养。方著却在其训练有素的古典文学及其文体研究上的专业知识，很清晰地注解了这些问题。同时，由于方步和先生长期在河西走廊的河西学院教学，熟悉当地语言、历史文化及其习俗，熟悉当地地方志等历史地理范畴，所以，其对于河西宝卷涉及的历史文化及其方言、地名的注释就相当到位、精准，也理性科学地揭示出河西宝卷具有的一些特色。

其次，在其"简评"中，则需要在把握宝卷的总体特征基础上进行。像《仙姑宝卷》的"简评"就极有代表性："本卷主要写仙姑苦修成正果的经历和惩恶扬善的功德，既宣扬了佛教的因果报应，又宣扬了道教的奇异法术，还宣扬了儒家的忠孝节义，从而构成'三教合一'的基调。'仙姑娘娘'则正是这种'合一'性的女神……本卷故事展开的地点，都在张掖地区的黑河两岸，风土人情的描述和语言的运用，都深具地方特色。它的作者无疑是当地人。因此，完全可以说，这部宝卷是河西走廊难得的

[①] 品：佛经品分。佛教类宝卷，由佛经演变而来，因而早期也分品。此宝卷中的品，有分段之意。

[②] 炉香赞：为佛徒撰词。宝卷中调类很多，此其一。使用频率最高的是"哭五更"等。

'土特产'之一。本卷在形式上也很有特色。它以《金刚经》开头的'炉香赞'为开头,没有一般宝卷惯用的开头语。它将正文作为十一品,每品各有名目。这也是直接模仿《金刚经》的。……这表明本卷的时代较早。分品的宝卷,原是以通俗形式宣传佛经的一种文体,是佛教文学;时间一长,也逐渐转变成一种群众喜闻乐见的民间俗文学了。"[1] 这里,既有对于宝卷内容的介绍,又有对于本宝卷特色的介绍。这显然为了解宝卷提供了十分专业的指导。

再次,它以非常厚实的佛学、敦煌学理论知识,以翔实的丝绸之路的河西历史史料和河西文化史料为根底,对于河西宝卷中四个典型宝卷(主要指《唐王游地狱宝卷》《仙姑宝卷》《张四姐大闹东京宝卷》《救劫宝卷》)以现代性意识作了内容主题方面的深入研究,为人们阅读和了解河西宝卷、分析研究宝卷指明了方向。例如"研究篇"的《唐王所游地狱的由来和现实性》,就以十分丰厚的历史知识谱系和深厚的佛学思想,对于该宝卷的来源演变和现实意义作了精彩的分析。而其《张掖仙姑的历史意义》一文,则更有思辨的力量。它详细分析了流传于河西走廊一带的仙姑故事何以转变成宝卷的进程,并以河西丰富的文史知识和文本细读的考辨功夫,阐明了这部河西宝卷具体产生的时代,从而让人信服地明白了河西也能产生宝卷的历史事实:"充实、丰满了的仙姑故事,何时成为宝卷?河西宝卷原本十分丰富,有许多民间的收藏家(现仍有),但经过一次'放卫星',以此'荡涤一切污泥浊水',许多都被扫进了'历史的垃圾堆'。现在要比较研究,未发现最古老的宝卷,要找出他们的来龙去脉,确比较困难,只能从《仙姑宝卷》本身作些探索。"[2] 如何从本身作探讨呢?方步和先生从宝卷里出现的"时代建制"和对于"对方的称谓"等历史事实入手,因而所作探讨就十分令人信服:"其一,对建制的称号。《仙姑宝卷》第八品《仙姑救周秀才》中,曾两次说到'天苍卫':一次是介绍周秀才是说'天苍卫有个秀才',另一次是介绍周秀才岳父吴义说'他是天苍卫的一个财主'。两个'卫'都写繁体字,不可能是误写或错写。采用'卫所制',是明代的军事编制,在战略要害处设立。……天苍卫,就是他生活和创作在明代的无形透露。其二,对于对方的称谓。宝卷在助霍战敌的前几回中,'鞑子''老鞑子''鞑婆子'直到'骚鞑婆'等,不绝入耳,甚至在仙姑嘴里也有类似的蔑称。这是元末明初出现的称呼,明时甘州城中设有'鞑

---

[1] 方步和编著:《河西宝卷真本校注研究》,兰州:兰州大学出版社,1992年,第52~53页。
[2] 方步和编著:《河西宝卷真本校注研究》,兰州:兰州大学出版社,1992年,第345页。

子营'。因而,这一称谓也十分具有时代的特征性。上述两点,再加前面分析的该宝卷比较早的特点,说明《仙姑宝卷》是明代万历年间(1573—1620)的作品,还是比较可信的。"①这实际上首次清晰地解释河西宝卷产生的具体时间,为认识河西宝卷的历史做了开拓性探索。

在此基础上,方步和先生还结合地域及历史地理学思想,对于河西宝卷的特点作了阐发,认为该宝卷体现了河西宝卷的三个特点:(1)宝卷中,儒佛道三教合流。(2)民族矛盾斗争的激烈性和分寸性。(3)人间受害者的保护人。这种基于文本基础上的阐释实际上极有见解,为我们认识宝卷提供了深刻启示。因为如果我们对河西历史及其地域有所了解,了解历史上的河西走廊是一个多民族存在融合的独特地域,那么,我们就发现,方步和先生是异常清晰地揭示了河西宝卷的特点的,尤其是第二点和第三点,是河西宝卷独有的,而正是这两个特点,使河西宝卷和中国其他地域的宝卷区分了开来,让我们知道了河西宝卷是中国宝卷史上独一无二的存在。而像《仙姑宝卷》《昭君和番宝卷》《孟姜女哭长城宝卷》《忠孝节义二度梅宝卷》等,都是河西及其北方宝卷中体现着两个特点的代表性文本。如果我们拿方步和先生的这种分析来看待——认识其特点,分析其主题,那么,我们就能对于整个河西宝卷的特色作比较充分的把握了。

第四,该著在已有宝卷研究的基础上,对于河西宝卷的渊源作了深入科学的探讨,对于宝卷研究中至今还有待争议的不少学术问题作了实事求是的历史分析,得出了一些科学的结论。就是说,方步和教授研究的意义和价值在于,首先以比较理性的科学态度,分析了"三教"思想在宝卷中的存在状况,并以马克思主义对待文化遗产的态度,考辨了宝卷中的儒释道"三教"思想的情致,辨析了阅读和"念卷""听卷"的一些方法论问题,从而使一般读者能够比较正确地看待宝卷、阅读宝卷,而不至于落在佛道儒"三教"的传统迷信怪圈而误读宝卷。例如,该专著从何为变文、何为俗讲入手对于河西宝卷渊源的探讨,就得出了一些令人信服的结论:(1)俗讲(含佛变文)是河西佛教宝卷的源头。(2)俗变文是河西神话传说、历史民间故事宝卷的源头。(3)敦煌《燕子赋》是河西寓言宝卷的源头。这些结论,对于我们整体上认识宝卷及其渊源也提供了启示。

总之,方步和的《河西宝卷真本校注研究》是河西宝卷研究的标志性成果。他的研究基本开启和完成了以下四个方面的内容突破:(1)从俗文

---

① 方步和编著:《河西宝卷真本校注研究》,兰州:兰州大学出版社,1992年,第347~348页。

学史、文艺（说唱艺术）、民间宗教、社会文化、民俗风情诸多方面，全面、深入研究了河西宝卷的价值、意义与影响，让丝路河西宝卷这一中国宝卷及其中国俗文学的重要组成部分的事实得到确认，使河西宝卷这一没有被前辈学者"发现"或重视的民间说唱性文学艺术受到学界乃至民众的普遍重视。换句话说，他对于河西宝卷的"发现"、存在及其"念卷"活动的存在的展示，使人们知悉了中国宝卷存在的四个重要区域——吴方言地区、山西介休和河北（天津）等区域外，还有丝路河西宝卷存在的历史事实。这为人们比较充分地认识宝卷提供了重要的文献资料和田野区域空间实践研究的可能。（2）它开启了重新审视宝卷劝化人心的文化道德建设功能的思考方向，探讨了利用民间传统艺术形式为现代基层文化建设引领发展的新途径。（3）深切地唤醒了人们深入研究宝卷这一民族民间文化形式的思想、艺术的审美特质以及保护、抢救文化遗产的现代意识。（4）开宗明义地探讨了河西宝卷与敦煌学的内在联系（方步和认为河西文化是"敦煌学"的摇篮，河西文化与"敦煌学"是母子关系）[①]，对敦煌学研究做出了推动和有益的延伸。

二

方步和教授对于河西宝卷的研究，最主要的贡献还在于他从历史文化、地域文化和宗教学等多个层面入手，探讨清楚了"敦煌学"、河西宝卷等的"由来、诞生与发展"等问题，为宝卷研究开拓了新思路。

《河西文化——"敦煌学"的摇篮》一书是河西学院方步和等教授研究"敦煌学"和宝卷文化的另一部里程碑式著作。它从文化地理学角度探讨"敦煌学"，既为"敦煌学"研究拓展了新理路，也为中国宝卷研究提供了许多启示。方步和教授认为："'敦煌学'有两个内容：'石窟艺术'和'藏经洞遗书'。河西文化恰恰是'河西经史文化'与'河西佛教文化'融合而成的。河西的这两种文化，与'敦煌学'的两个内容正好对应成趣，乍看很偶然，其实并不是偶然，而是必然。河西有了这两种文化才产生了'敦煌学'。如此的两个内容，未发现它们的内涵时，觉得蹊跷，一旦发现了，也就彻底揭示了它们的内在联系。为了使这种联系更昭

[①] 参见方步和等编著的《河西文化——"敦煌学"的摇篮》一书介绍语："敦煌莫高窟文化遗址，系我国国家级重点文物保护单位。它完全符合联合国教科文组织所规定之6项条件。1997年，被该组织列为'世界文化遗产名录'。研究它专门学问称'敦煌学'，是世界瞩目的显学，在我国设有专门的研究机构——'敦煌研究院'。本书历数十寒暑，是专门探讨此'显学'的由来、诞生与发展的专书。"

然若揭,将探索了几十年的'河西经史文化'人物与'河西佛教文化'人物,用短篇故事的形式表达出来,在增加可读性的同时,揭示两类人物所代表的两种文化的悠长渊源。"① 这里,方步和教授非常自然地揭示了河西文化何以成为"敦煌学"源头的内在逻辑基础。过去,我们研究了解"敦煌学",主要集中于其"藏经洞遗书"和"石窟艺术"本身,而对于"敦煌学"何以产生,"敦煌学"形成的机制却缺乏研究,忽视了对其文化研究的重大视域;一些文化研究,也仅局限在中西文化及其融合研究的范围上,如把"敦煌学"看作是佛教文化与中原儒家文化融合的结果上,完全忽视了地域文化这一要素。因而,该著的从河西文化入手研究"敦煌学"就颇具创新性。

《河西文化——"敦煌学"的摇篮》的第二个创新还在于,它从历史地理学思想出发,极其科学地揭示了河西文化的根本内涵,把河西文化分成了河西原始文化、河西经史文化和河西佛教文化,认为正是河西经史文化和河西佛教文化构成了河西文化的基本内涵及其特色,而正是它们构成的文化——河西文化才成为了"敦煌学"的源头,从而自然地得出了结论,认为河西文化与"敦煌学"是母子关系。这样的研究为进一步研究河西宝卷的渊源及其文化特征提供了全新的理路。因为就此理路看,如果河西文化是"敦煌学"的直接源头之一,那么,河西宝卷也是河西文化的产物这一结论也就是可靠的了,比较令人信服的了,尽管在这一问题上,我们还有许多争议。②

同时,以人物及其故事的方式展示河西文化的深邃内涵,由此揭示"敦煌学"的悠长渊源,是《河西文化——"敦煌学"的摇篮》这样的研究成果既有可读性,又有方法论的重大启发。这也构成该著的第三个创新。我们这里这样讲,是因为方步和等教授以他们自己的方式进入了"敦煌学"的堂奥,探明了"敦煌学"的文化渊源,也揭示了河西宝卷的文化渊源。因为我们知道,"敦煌学"已经是我国学术界真正的"显学",举世瞩目。中外学术界的研究成果汗牛充栋。研究方法、研究理论和研究视角已经相当丰富,然而,真正从地域文化、历史地理学意义上的探讨,《河西文化——"敦煌学"的摇篮》还是第一部。这是河西走廊唯一高等学

---

① 方步和等编著:《河西文化——"敦煌学"的摇篮》,北京:中国文史出版社,2004年,第100页。

② 如前述河西宝卷只是东南沿海及华北等地流传过来的说法就很被许多学者接受。此问题详细论述见下章。

府河西学院教授们集数十年力量贡献给世人的一部有影响力的成果。它由"总论""分述"和"研究"三部分构成，皇皇55万言，"体大精深"，充分地探讨了"敦煌学"产生的历史文化背景及其独特内蕴。其总论说："河西文化是产生'敦煌学'的基础，或者说'敦煌学'产生于河西文化，是在河西文化这个摇篮中诞生、成长和壮大的。河西文化与'敦煌学'是母子关系。怎么体现？本书将它分成三编，第一编概括性地将河西文化剖析为'河西经史文化'和'河西佛教文化'。这两类文化恰是'敦煌学'两个内容产生的直接根源，也是两个内容的深厚基础。它们像两条巨臂烘托起了'敦煌学'。这是将概述而成的结果放在首编，称总论。"[1] 在此认识下，该著以人物及其故事的新颖历史书写构成方式，以110个和17个"河西经史人物篇"勾勒了河西文化的深厚内涵，从而探索了"敦煌学"何以兴盛、诞生和发展的问题。千里河西走廊，一个"世信佛教"（自前凉张轨以来至明代）之地，2000多年来它的文化唯有如此演说，才能研究透彻。比如"河西经史人物篇"的17篇（东灰山人东徙环江、周穆王与剻柏綮西王母相会、月氏人灿烂的马文化、汉武帝的儒家和河西文化、窦融的"行河西五郡大将军事"、邓训与第五坊的信誉、三国徐邈的移风易俗、"敦煌五龙"与太学、玄学与河西文化、十六国五凉群儒璀璨、隋代帝王的儒佛统治、唐时河西的儒佛道、西夏与河西文化、元代统治者的民族歧视、明代的河西、明时古浪县的文化、清时的河西）分述文章，"河西佛教人物篇"的110篇（金日䃅与祭天今人、月氏伊存回娘家、白马驮经过河西、羌族起义安侯经河西……一直到古浪峡的"甘州石"到从仙姑庙到香古寺）文章，就强有力地撑起了河西文化大厦，从而揭示了"敦煌学"诞生的深厚文化基础。这种探索说服力强，令人信服。因而，我们可以毫不夸张地说，方步和《河西文化——"敦煌学"的摇篮》，不仅是"敦煌学"研究的里程碑著作，也是河西宝卷研究的新创获。

三

当然，国内外宝卷研究的专家对于河西宝卷也有比较多的涉猎。如车锡伦先生的研究，他作为宝卷研究的权威专家，站在全国宝卷研究的高度，为河西宝卷研究提供了非常多的启发。如他在研究宝卷渊源时就否定了郑振铎关于"宝卷是变文的嫡系子孙"的结论，给我们探讨宝卷渊源以

---

[1] 方步和等编著：《河西文化——"敦煌学"的摇篮》，北京：中国文史出版社，2004年，第1页。

深刻的启示；又如他通过明清民间教派与教派宝卷（经卷）在甘肃的流传研究，证明了"河西地区的民间念卷和宝卷与内地同源同流"关系，为从全国大范围角度来研究河西宝卷提供了启示。濮文起教授的宝卷研究也别开生面，他20世纪90年代就依据李世瑜提出的"宝卷学"范畴，撰写了《宝卷学发凡》，致力于从民间宗教哲学层面、历史文化和思想史层面对于宝卷作全范围的研究。他近年也在这一研究背景下关注河西宝卷，开始专注河西宝卷的收集整理研究。然而，这些研究尽管推进、丰富了河西宝卷研究，对于我们研究河西宝卷还是提供了不少启示，但就河西宝卷研究来说，他们也只是外围的突进，方法论上的推进，对于河西宝卷的研究并没有进入真正底里，与方步和先生的上述研究还是有差异的，就是说，我们要研究河西宝卷，方步和先生的这两部里程碑式的专著无论如何是绕不过的——它们为河西宝卷研究奠定了基础，也开拓了新的研究方向与路径。

"宝卷学"的兴盛正当其时。进一步说，如果要使河西宝卷研究在前人收集、整理研究上有所深化和延伸，那么，从资料收集整理、版本鉴别研究向文本内涵和文本故事性形式的研究上转化，就显得尤为重要了。因而，本书第三、第四、第五章，就力图从宝卷的思想主题入手，阐释河西宝卷的一些复杂的思想内容；像第七章，我们就在河西宝卷形式研究的基础上把研究方向聚焦于现代出现的一些宝卷了，甚至把它们放到中国民间讲故事传统这一链条上作阐释了。现代宝卷，是中国民间讲故事传统的重要一环。这里所谓的现代宝卷，指的是利用宝卷这种古代艺术形式，反映中国近现代社会及其历史生活的宝卷。这类现代宝卷，目前河西各地出版的不同版本宝卷中，收录比较多的是反映1929年甘肃武威大地震灾难的《救劫宝卷》。《山丹宝卷》中收录了反映现代上海共产党公安反对国民党特务故事的《沪城奇案宝卷》。实际上，在其中反映近现代军阀横行时乡村社会生活的宝卷《姊妹花宝卷》也是很有价值的现代宝卷。近年来出现的《红西路军西征宝卷》《战瘟神宝卷》，也很有启示意义。这类宝卷的发现与收集整理，也具有重要的价值意义。第一，从这些宝卷我们会发现宝卷从古到今的演变轨迹，比较出古今宝卷内容和形式上的演变情况；第二，从这些宝卷被用来反映现代社会生活的功能来看，可以找到"旧瓶装新酒"这样的古为今用的比较传播发展的有效途径，从而为现代民间文学的发展提供一些创造性的启迪；第三，可以用来分析宝卷这种民间形式式微的原因，从而为非物质文化遗产保护和现代转化提供一些现实启迪。从这一意义上讲，方步和等先辈的宝卷研究，显然对于我们今天的宝卷研究仍有现实指导意义。

第二章　丝路河西文化与河西宝卷

　　于是另一个世界打开了。肉体死后灵魂继续存在，就渐渐成为罗马世界各地公认的信条。同样，死后的灵魂将为其生前的行为受到某种报偿或惩罚这一信念，也越来越为大家所接受……古代世界具有强烈的自发唯物主义，它把人世生活看得比冥土生活宝贵得多；希腊人则宁可把死后的永生看作是一种不幸。可是，基督教出现了。它认真地对待彼岸世界里的报偿和惩罚，造出天国和地狱。一条把受苦受难的人从我们苦难的尘世引入永恒的天堂的出路找到了。

　　　　　　　　　　　　——恩格斯《论早期基督教的历史》

　　俗讲有仪式，但已失传。根据敦煌石室发现的P.3849号卷子所载，以及唐时日本僧人圆仁的《入唐求法巡礼行记》的记载，俗讲不但有仪式，而且很威严。将这种威严的仪式与宣念河西宝卷的仪式对照一下，河西佛教宝卷来源于俗讲，也就更容易理解了。

　　　　　　　　——方步和等编著《河西文化——"敦煌学"的摇篮》

　　河西，在本论域范围内主要指丝绸之路甘肃段的"河西走廊"。如前所述，河西走廊，既是一个军事走廊，又是一个经济文化走廊，是古代陆上"丝绸之路"的一个重要关节点。在我们所熟知的中国宝卷流行的四大区域内的宝卷——江浙吴方言区的宝卷、河北、山西介休宝卷和丝绸之路河西宝卷中，闻名世界的丝绸之路——千里河西走廊流行的宝卷以其数量的多样（有300多种，除去重复的有100余种）、抄卷观念、念卷形式的独特（以念为主要表演方式）、区域文化习俗的独特和语言审美个性的特别而引人注目。

　　众所周知，与南国文化、楚文化、吴越文化和中原文化不同，河西文化首先是一种非常独特的地域历史文化。作为丝绸之路文化的有机组成部分，这一文化是源远流长的，具有辉煌的历史和文化传统。如绪论所言，位于河西走廊的河西学院的方步和教授等古典文学教学和研究团队专家认为，河西文化孕育了举世闻名的"敦煌学"："河西文化是产生'敦煌学'的基础，或者说'敦煌学'产生于河西文化，是在河西文化这个摇篮中诞生、成长和壮大的。河西文化与'敦煌学'是母子关系。""河西文化与'敦煌学'是母子关系",河西文化产生了有世界性文化意义的"敦煌学"。① 这些考辨以历史地理学理论为依据,从发生学角度已清晰地说明,河西文化与河西宝卷存在非常密切的关系,甚至可以说,"河西宝卷"也是在河西文化影响下产生、发展与演变的。

因为河西文化是古代丝绸之路上的河西走廊的人文地理、历史造就的文化。这种文化与中国传统文化核心的"三教"(佛道儒)思想存在着极其复杂的关联。而且,河西走廊联通西域,佛教从丝绸之路连接西域的河西走廊传来,走向中原,成了中国传统文化的重要组成部分。佛教这一中国传统文化思想的重要组成部分在东传过程中,丝绸之路上的河西走廊起过举足轻重的作用。河西走廊是佛教中国化的中转站,它向东传播了佛教,佛教也成为它的重要文化因素。丝绸之路的河西文化是包含着浓厚的佛教思想的文化。因此,既然宝卷是从佛教及其思想传播中演化而来的,那么,它就与包含佛教这种文化内涵的河西文化有极大的关联——河西宝卷深受它的影响,河西宝卷就是河西文化的产物。

河西文化是中国传统文化的组成部分,这一独特的地域文化形式孕育了河西文化精神气象,孕育了河西甚至整个西部粗犷、真率、放达、质朴的地域文化品格,也孕育了河西宝卷。因为,当我们从宝卷文本内涵而不仅仅从其来历考辨和功能角度来看河西宝卷的时候,我们还会发现河西宝卷具有独特的思想结构形态和价值倾向。具体说来,河西宝卷的主题、思想文化,是儒释道结合的"三教"文化,这种文化中包含有河西为代表的佛教文化,有长安为标志的儒家文化,还有浓厚的道家文化。从文明发展类型上看,它又是传统中国农耕、牧羊时代的一种独特的通俗民间文学艺术形式。它也比较直观地反映了这个农耕、牧羊时代的特有价值倾向。比如我们通常认为的几个河西的典型宝卷《仙姑宝卷》《张四姐大闹东京宝卷》《观音宝卷》《救劫宝卷》等其基本思想,就不外上述几个方面。佛教思想、道家思想和儒家思想是其基本内容。

进一步说,所谓河西文化,其基本内质也是由儒释道文化融合交织而成。这是研究河西宝卷首先需要明白的一些前提条件与基础,需要充分地认识清楚。目前,河西宝卷也引起了民间宗教文化学者、俗文学学者及宝卷研究学者的高度重视,对于它的研究,也有不少学术争议性问题:如丝绸之路河西走廊的宝卷是内地传到河西走廊的还是河西人自创的?宝卷

---

① 方步和等编著:《河西文化——"敦煌学"的摇篮》,北京:中国文史出版社,2004年。

就是通常的佛经卷本吗？宝卷的故事包含极其复杂的文化内涵，它的构成编制需要诗词、韵文、曲调、唱腔、曲艺等丰富的文化修养，落后、边缘的丝绸之路的河西人能够创作出来吗？与流行的完全成熟的江浙吴方言的宝卷相比，河西宝卷自身的特色是什么？它与敦煌宗教文学有何关联？与主流传统文化存在怎样的关系？丝绸之路的河西宝卷的存在究竟有什么意义？它具有什么样的价值倾向？对于河西宝卷研究来说，这些问题首先就值得我们特别重视。

第一节　河西走廊、佛教与河西宝卷

"丝绸之路"是指起始于古代中国，连接亚洲、非洲和欧洲的古代陆上商业贸易路线。"一带一路"的"一路"即指"丝绸之路"。狭义的丝绸之路一般指陆上丝绸之路。广义的丝绸之路则包括陆上丝绸之路和海上丝绸之路。陆上"丝绸之路"是连接中国腹地与欧洲诸地的陆上商业贸易通道，形成于公元前 2 世纪与公元 1 世纪间。它直至 16 世纪仍保留使用。历史上，它是一条东方与西方之间经济、政治、文化交流的主要道路。汉武帝派张骞出使西域形成其基本干道。它以西汉时期长安为起点（东汉时为洛阳），经河西走廊到敦煌以西。"海上丝绸之路"是古代中国与外国交通贸易和文化交往的海上通道，该路主要以南海为中心，所以又称南海丝绸之路。海上丝绸之路形成于秦汉时期，发展于三国至隋朝时期，繁荣于唐宋时期，转变于明清时期，是已知的最为古老的海上航线。

丝绸之路上的河西走廊，东起乌鞘岭，西至玉门关之外，东西长约 1000 余公里。这里主要的历史文化名城从东到西有武威（古凉州）、张掖、酒泉、嘉峪关和敦煌，等等。它们自古就是西北地区最主要的欧亚大陆的交通要道，汉唐时的"丝绸之路"经这里通向中亚、西亚，是中西文化交流史上的一条黄金通道，也是国际性商贸、经济、军事及文化走廊。

丝绸之路上的河西走廊，地貌丰富多样。它南有巍巍祁连，北有内蒙古大漠，西接古西域，东望长安。河西走廊南为海拔四五千米的古代昆仑之东、之北的祁连山脉。祁连山山峰海拔多在 4000 米以上，最高峰疏勒南山团结峰海拔为 5826 米。这是青藏高原大多数山峰的高度。祁连山北侧和南侧分别以大起大落的明显断裂呈现——由高山延缓降至平原，北坡与河西走廊的相对高度在 2000 米以上，而南坡与柴达木盆地间仅 1000 多米。在祁连山 4500 米以上的高山上，有着丰厚的永久积雪和史前冰川覆盖。这些积雪和冰川在每年特定的季节融化，为这一地区大量的绿洲和耕地提供了源源不断的源头活水。其北侧为龙首山——合黎山（《仙姑宝卷》的故事发生地）——马鬃山（北山），绝大多数山峰海拔在2000～2500米之间，个别高峰达到了3600米。这里山地地形起伏，逐渐趋于平缓，是被称作戈壁的地方。也有可以算作准平原的地方。这里介于祁连山与马鬃山（北山）之间的狭长平地，因其位于中国最大河流之一的黄河以西，因而被称河西走廊。

在西汉初期，丝绸之路的河西走廊就是汉人和匈奴人游牧的地方。公元前138年，通西域有功的汉武帝使者张骞第一次西去，就在这里被匈奴截住，软禁了十年，娶妻生子。张骞壮志未酬而心有不甘，最后终于逃离西去，完成了使命，但在归中原途中，又在这一带被匈奴截留，一年多后，才回到长安。通西域必须经过河西走廊。公元前121年，骠骑将军霍去病两次鏖战河西走廊，将匈奴驱赶出去，因而，中西文化交流的咽喉之道得以畅通无阻。就是说，河西走廊不仅是中国的地理重镇，也是东西方贸易的中转站，是宗教、文化和知识的交汇处，也是古代中国西部的战略要地。在这条鸠摩罗什、玄奘输入佛教的必经之路上，佛教文化传播相当充分。目前，世界艺术宝库敦煌莫高窟和佛教圣地武威罗什寺塔便是它传播佛教的有力证据。

千里河西走廊自古繁盛。今天这里仍有敦煌莫高窟佛教艺术，也有中国旅游标志的"马踏飞燕"为核心的代表中国汉唐文化特征与精神气象的奔马形象。现代氢弹、原子弹从这里产生，卫星在酒泉发射。它南有青海湖，北有巴丹吉林沙漠、腾格里沙漠，西接吐鲁番盆地。它景象阔大，文化丰富。在这里，我们能够看到小桥流水的江南看不到的大天大地：雪域高原，漫漫戈壁，千里漠野，沙海绿洲；能够看到长期历史存留下来的大量文化历史遗迹，比如说它存留浓厚的佛教文化、道教文化，甚至能够看到孔圣人的雕像。闻名世界的敦煌莫高窟，就在千里长廊河西走廊西段。它始建于前秦建元二年（366），是一座举世闻名的佛教与艺术宝库。这座艺术宝库至今仍有保存完整的洞窟492个，里面珍藏着历史壁画45000多平方米，彩塑2400多身，还有唐宋木结构建筑五座。莫高窟的艺术是融建筑、彩塑、壁画为一体的综合艺术。它是我国也是世界现存规模最宏大、保存最完整的佛教艺术宝库。1991年被联合国教科文组织列入"世界文化遗产"名录。这实际上也是佛教文化在河西走廊传播的最主要见证地之一。

提到佛教，鸠摩罗什可能是一个标志性人物了。罗什祖师七岁"出家"，九岁从师修学佛法，博览诸经，精研佛旨，西域东土，无不景仰他。

前秦建元九年，苻坚因钦仰罗什祖师之名，遣将率兵征伐龟兹，以迎请罗什祖师至凉州（今武威）。当时适值国内政变，他即驻锡凉州，共计十七年之久。到了后秦时，姚兴再派兵伐凉，礼聘罗什祖师至长安，待以国师之礼，并诏集大德沙门跟从学习和翻译佛经。罗什祖师一生翻译三藏经论七十四部凡三百八十四卷，史称四大翻译家之首。他对于佛教传播贡献极大，为世所共钦。罗什祖师在凉州驻锡期间，不但精通了梵汉语言，而且广开译经弘法之门，最早把大乘佛法传播到中原，并使当时的凉州成为高僧云集、开坛说法与东西文化交流的主要场所和活动中心。鸠摩罗什寺塔，位于甘肃武威城内，又称倒影塔，就为他所修筑。实际上，鸠摩罗什寺塔创建于东晋十六国后凉时期，为著名佛经翻译家、西域龟兹高僧鸠摩罗什祖师初入内地译经弘法演教之处。其至今在武威城内高高矗立，为世人敬仰。

中国佛教，尤其是西传佛教，是从丝绸之路的河西走廊上来的。在丝绸之路上，佛教石窟遍布各地，佛教塔寺星罗棋布。就名塔而言，西有罗什寺塔，东有大雁塔。佛教石窟、佛教塔寺，皆为佛徒活动场所。佛徒的活动传播了佛教思想。这样我们便看到，佛教在河西走廊传播的过程中，就变成了河西地域最主要的思想文化之一了，也变成河西文化的重要元素了。从汉代到魏晋南北朝，河西走廊的佛教思想，比唐都长安还兴盛。实际上，现在国人知道的佛门圣地法门寺、慈恩寺（大雁塔所在），只是后来大唐帝国弘扬佛教的产物：大唐利用帝国之威、之力，把罗什寺塔变成了今日恢宏的法门寺和千古高耸的长安大雁塔，但这与河西走廊密切相关。

进一步说，丝绸之路上的河西走廊的各个地区所在，佛迹处处。佛寺、佛像遍布各地。这是中国地域文化史上的一个奇观。而且，在古中国河西走廊这个人烟稀少的地方，高尊大佛数量有4座，占全国之最。莫高窟有九层高楼内的弥勒佛像，山丹大佛寺有高达35米的泥塑坐佛，张掖大佛寺的涅槃睡佛长30多米，武威天体山的石佛与四川乐山石佛雕塑大小还是精美程度，都可以相互媲美。实际上，在丝绸之路上，仅仅一个张掖泥塑卧佛，就可以称为世界之最了。这座卧佛头北脚南，面西而卧，安睡于大殿正中1.2米高的佛坛之上。这身释迦牟尼涅槃像，初建于西夏崇宗永安元年（1098），身长34.5米，肩宽7.5米，乃亚洲最大室内木胎泥塑卧佛。其耳朵就长4米，脚长5.2米。造像头枕莲台，两眼半闭，嘴唇微启，金妆彩绘；右手展于脸下，左手伸于身侧，形象丰满端秀，姿态恬静安详；胸前饰斗大"卍"字符号，梵文寓意"吉祥海云相"。卧佛木胎泥塑中空，木制骨架，外钉木板，再塑泥肤，最后金妆彩绘而成。腹内框架有上、中、下三层，前后十一间，头部单独有一间藏宝间。传说卧佛里面曾经藏满了佛教珍宝和历史文物。卧佛首足处塑有大梵天和帝释天立像各一尊，通高7.6米，身体微微前倾，以此表现对佛祖的虔诚与崇敬。卧佛身后是他十大弟子群像，南北两侧是十八罗汉像，共有大梵天、帝释天等塑像三十一尊。完全像佛像雕塑群。与武威天梯山坐佛、张掖卧（睡）佛建造年代相近，与之齐名的山丹坐佛高达35米，则是全国室内最大的坐佛。坐佛存于山丹大佛寺。山丹大佛寺旧名"土佛寺"，位于县城西十里，依山而建。据明代《重修土佛寺碑记》载，明英宗朱祁镇为该寺赐名"土佛寺"。明正统六年重建，凿山塑土佛13丈。清代数次修葺，易名"大佛寺"。河西走廊，佛教石窟、佛教塑像极多。从这些佛教石窟、佛寺、佛像，就可以看到河西走廊佛教兴盛的状况了。

佛教是世界三大宗教之一。其创始人为古印度迦毗罗卫国（今尼泊尔境内）王子乔达摩·悉达多（公元前565—前485年）。乔达摩·悉达多20岁时离家修道、成道，此后被尊称为佛陀。在所谓佛陀示现涅槃后的数百年间，佛教传遍印度次大陆。其后经过原始宗教和部族佛教时期，又传遍世界各地。佛教作为一种宗教学说，其主要观点却是通过释迦牟尼的一生、释迦牟尼十大弟子（舍利佛尊者、目犍连尊者、阿那律尊者、阿难陀尊者、罗睺罗尊者、摩诃迦叶尊者、迦旃延尊者、富楼那尊者、优波离尊者、须菩提尊者）和五大菩萨（弥勒菩萨、文殊菩萨、普贤菩萨、观世音菩萨、地藏王菩萨）的修行修炼逐渐建构起来的。其四谛法门、十二因缘法门、六度法门、缘起与因果等思想以及不同戒律，构成其完整的戒定慧三学。这些学说的核心是缘起和因果。所谓四谛、十二因缘法门，其实就是佛教对于人们的主观世界与客观世界的唯一正确的解释。"欲无烦恼须学佛，知有因缘不慕人"。如何解脱人生烦恼，求得人生的快乐呢，了解这种缘起，是一种方法。这种宗教思想，沿着丝绸之路而传播到中原，形成我国文化的重要组成元素。

按照现代宗教哲学观点来看，佛教的主要观点体现在三个方面：（1）缘起论。《中论》说："因缘所生法，我说即是空。易名是假名，亦是中道义。"一切事物都是因缘和合而生。什么是因缘？因者即是主要的条件，缘者就是辅助的条件，主要的条件和辅助的条件都不具备的时候，就没有事物的存在。因此，任何事物的存在都具备一定的主因和辅因。当因缘具备的时候，事物就存在，因缘不具备的时候，事物就消失。（2）主张因果循环，又否定宿命思想。佛教认为，人有命运，但不鼓励人听天由命，而是希望人开辟命运。命运有好坏，但却可以通过修炼而改变。（3）反对末日邪说，强调人身修炼而达圆满的拯救思想。

佛教的出现，如基督教一样，如出一辙："于是另一个世界打开了。肉体死后灵魂继续存在，就渐渐成为罗马世界各地公认的信条。同样，死后的灵魂将为其生前的行为受到某种报偿或惩罚这一信念，也越来越为大家所接受……古代世界具有强烈的自发唯物主义，它把人世生活看得比冥土生活宝贵得多；希腊人则宁可把死后的永生看作是一种不幸。可是，基督教出现了。它认真地对待彼岸世界里的报偿和惩罚，造出天国和地狱。一条把受苦受难的人从我们苦难的尘世引入永恒的天堂的出路找到了。"[①]"河西地区，尤其是敦煌佛教的兴盛，固然是由于敦煌乃丝绸之路的咽喉，是我国汉族聚居区最先接触佛教的地方，但与当时的政治形势也有很大关系。东汉以后，社会矛盾、民族矛盾、阶级斗争日益尖锐复杂，十六国战乱时期，政权更迭无常，统治者不仅需要寻求新的思想武器来加强对于人们的统治，而且其本身也需要自我麻醉，乞求冥冥之中的神灵保护；而广大的劳动人民更是劫难深重，苦海无边，为乞求来生的幸福，便向往西方极乐世界。同时，佛教经过汉魏长时期的传播、发展，也逐渐与儒家思想融合，适应了当时的社会需要。佛教徒中的一些有识之士为了自身发展，也学习研究中国文化，重新阐释佛教教义，宣扬忠孝观念。在多种因素的作用下，佛学遂成为河西文化的重要内容。举世闻名的敦煌佛教艺术，就是在河西文化的基础上推陈出新，兴盛和发展繁荣起来的。"[②]"统治者不仅需要寻求新的思想武器来加强对于人们的统治，而且其本身也需要自我麻醉，乞求冥冥之中的神灵保护；而广大的劳动人民更是劫难深重，苦海无边，为乞求来生的幸福，便向往西方极乐世界。"正是在这一意义上，佛教被河西走廊的广大乡民接受。

河西走廊有深厚的佛教文化积淀，也是盛传佛教的热土。在东汉至晚清的2000多年中，佛教文化取得了辉煌的成就：有丰富的佛教译经（从"敦煌菩萨"竺法护到鸠摩罗什、到玄奘），有众多的佛教学派和宗派（般若学、涅槃学、毗昙学、成实学、十诵律、菩萨戒、净土崇拜、弥陀崇拜等），有丰富的石窟艺术（五佛岩寺、天梯山石窟、张掖马蹄寺石窟、文殊山石窟、肃北昌马石窟、安西东千佛洞石窟、安西榆林石窟、敦煌莫高石窟等），有多样的佛教塔寺建筑（景泰双龙寺、天祝寺院、武威罗什寺

---

① 恩格斯：《论早期基督教的历史》，《马克思、恩格斯、列宁、斯大林论宗教》，北京：中国社会科学出版社，1979年，第517页。
② 刘进宝编著：《敦煌历史文化》，兰州：甘肃人民出版社，2000年，第47页。

塔、民勤镇国塔、圣容寺、张掖土塔、万寿寺、敦煌白马塔），有辉煌的佛教音乐，有多部佛国游记，有精湛的佛教文学，以及佛教神话、传说、故事和寓言。这些佛教文化深刻地影响了河西走廊及其人民，已经浸透在他们深层心理了。如前所述，罗什在凉州译经修炼17年，后达长安，就已把佛教观念浸透到这一区域人们的思想意识深处。如今，武威高高耸立的罗什寺塔仍能说明这一切。佛从西域来，佛先出现在河西人面前，后在陆上中原传播开来。佛教源于印度，佛教进入中原——中国，河西走廊是必经之路之一。河西走廊人也最先接受佛教及其思想意识。

宝卷是佛教变文、讲经文演变的产物，与佛教有极大的关联。宝卷在民间即称为因果故事。宝卷最常见的语汇即为"阿弥陀佛"。人们对于佛教的信仰从弥勒崇拜、观音崇拜、弥陀崇拜开始。"他们相信灵魂不灭，又信三报，故于刘遗民等一百余人，在阿弥陀佛像前发愿往生西方净土，开始了对弥陀的念佛。那时的念佛，是禅法之一，是要坐定入禅的，不是后世光唱佛名。不过僧佑的书中，已记有唱佛名，可能来自民间；僧佑在昙鸾之前。就是说，昙鸾在提倡口念之前，民间已经有口称佛名的'口念'了。经昙鸾的提倡，口念普遍流行。这种念佛传到河西后，河西对于西方净土信仰也逐渐达到高潮。在河西的方言中，常可听到'阿弥陀佛'一词。明清时的河西宝卷，由佛经演变而来，其中口念的'阿弥陀佛'不绝于耳。可见阿弥陀佛在河西民众中影响之深。"[①]河西宝卷开头的"引诗"就逼真地反映了这种内在毗连关系："双喜宝卷在展开，诸佛菩萨降临来。天龙八部坐天界，大众听了永无灾。"宝卷是佛教及其相关活动、思想的直接产物，宝卷在佛教盛行的河西走廊流行也就是天经地义的事。同时，念卷、抄经、抄卷乃是佛教和民间认为的积功积德行为，佛教盛行的河西走廊一带，这种念卷、抄经、抄卷就很流行。因此，这里的逻辑关系在于，佛教盛行，念卷、抄经、抄卷就盛行，念卷、抄经、抄卷活动盛行，就会导致唱念为特征的佛教宝卷的产生。从念佛号到念讲有实质内容的佛经的讲经文再到念唱有因果故事为主体的宝卷，有一个逐渐演变的过程。而这一过程就是把佛教思想世俗化——向大众宣讲，把佛经教义演变成故事创造出来的一种俗文学文本宝卷的产生过程。所以，尽管宝卷内容后来增加了儒家文化，传播贤孝思想，但宝卷由佛教演变而来，却是一个无法否认的事实。所以，当佛教文化成了丝绸之路上河西走廊重要的文化因

[①] 方步和等编著：《河西文化——"敦煌学"的摇篮》，北京：中国文史出版社，2004年，第31页。

素的时候，后来以"三教"思想，尤其是佛教思想为主的宝卷这一民间通俗文学文本便必然受到丝绸之路河西文化的影响，传播"三教"思想的宝卷便必然流行起来。[①]事实上，这种思想与艺术相互生发的循环进程是思想文化史上常有的事。比如今天我们谈到西部文学，尤其是丝绸之路的河西文学等当代文学的时候，就往往能够发现佛教元素与地理文化的深刻影响。雪漠的《大漠祭》《猎原》浸透西部地理的文化精神，李学辉《末代紧皮手》《国家坐骑》也如此。像赵兴高《在青海湖仰望星空》《站在敦煌的风中》《四月》等这类现代诗，受佛教文化思想及其地域文化的影响就极深。

夜已深，青海湖入睡了／而青海湖的天醒着／那空中的蓝／仿佛另一个世界的青海湖／／银河灿烂／酥油灯万盏／天上也有一座塔尔寺吧／／月亮升起来了／月亮是塔尔寺里的第九座白塔／／星星闪烁着光／它们在闭目诵经的瞬间／偶尔睁一下自己的眼睛／／一小朵白云飘过，一小朵乌云飘过／白色和黑色的鸟儿／走在通往塔尔寺的路上／／天空之上，应该有一片／只有光明没有黑暗的地方／星星漏光，漏一粒人影／在青海湖边冥想／／那里只宜佛和人的灵魂居住／寺院被打制成镂空花饰的塔尔寺形状／雪山悬在空中／青海湖被雕琢成一粒粒蓝色的光芒／／佛的脸庞是花朵的脸庞／鹰的飞翔是经卷的飞翔／灵魂在酥油灯里燃烧着／／我看见一颗流星／为佛的事忙碌着／／青海湖的浪花相互拍打着／我把自己想象成一只穿着礼服的鸟儿／拍打着灵魂的翅膀／／可我的灵魂到不了高处／明天，我将去塔尔寺／为酥油灯添油／把自己的灵魂点亮／／当我这么想的时候／我看到启明星／已摆在了黑夜的祭台上。

敦煌，总有风／总有沙子在风中／谁能从一粒沙子上／找到庙门／谁就能成为得道高僧／我是站在了风中／但我只听到风里的沙子／诵经的声音。

和风在一起／二月的沙子／学会飞翔／三月的羊群／已经上路／而四月的草／还走在草根的半道上／五月啊／请收回你的手／一朵马莲花／把她留给蝴蝶的翅膀。

[①] 本文研究河西文化及其与河西宝卷的一些内在联系，可能与一些宝卷研究专家的观点有些背离。佛教及其讲经活动、佛经的传抄等与河西宝卷这一与佛教密切相关俗文学民间讲唱形式必定有关。这是否定不了的事实。

佛教对中华文化产生过很大影响和作用，它不仅给中华文化增添了靓丽的辉煌，也加强了民族间的团结和融合，充分展现了民族的向心力和凝聚力。"佛教为各族人民接受后，民族间可以发生矛盾，但对于佛教是尊敬和保护的。虽然各民族人民对佛的信仰不同，祈求也不一样，但在敬佛上，却都能相互谅解，互相包容地围绕在佛的周围。各族人民都认为佛不分阶级，不分等级，不分男女，都同样关怀和关爱。……再比如，吐蕃（今西藏）人难于统治敦煌，将它说成是'获罪之邑'，为了加强统治，就派大德僧人去掌管。既提高了当地僧人的地位，又团结了当地的民众等。所有这些例子都说明，在佛的名义下，以'法'为亲，各族民众的相互融合，很大程度上，促进了各族人民的友好相处。"[①] 佛教文化遗产甚至催生了伟大的文学作品。"数千卷由梵文翻译过来的经典本身就是伟大富丽的文学作品。马鸣的《佛所行赞》带来了长篇叙事诗的典范；《法华经》《维摩经》《百喻经》诸经鼓舞了晋唐小说的创作；般若和禅宗思想影响了陶渊明、王维、白居易、苏轼的诗歌。变文、俗讲和禅师的语录体都和中国俗文学有着很深的关系。"[②] 所以，即是从文学这一领域来说，佛教及其佛经故事的流传，对于河西宝卷这一俗文学形式产生，也产生过重大作用，甚至它就是宝卷在内容方面的发生、发展的一个先决条件。

丝路河西宝卷源于佛教及其变文，方步和在郑振铎、李世瑜和段平等研究基础上对其有深入的阐发。他认为俗讲（含佛变文）是河西佛教宝卷的源头，俗变文是河西神话传说、历史民间宝卷的源头，敦煌《燕子赋》等是河西寓言宝卷的源头。[③] 宝卷与佛教最有关联性的标识，还体现在两者形式上的极度相像上。对此，方步和的研究非常理性和科学。例如，他将河西宝卷的结构形式与佛经变文形式做的比较，就十分详细与具体。实际上，如果我们把佛经和任何一部宝卷对比，佛经的起诵仪式、结诵仪式和宝卷的押座文、收尾话（诵和诗）仅仅在表面上就完全一致。像《妙法莲华经》"起诵仪式"的"炉香赞""炉香乍热，法界蒙熏，诸佛海会悉相闻。随处结祥云，诚意方殷，诸佛现全身"在一般宝卷中都存在。所以，根本上说，敦煌文化就是西部文化、佛教文化、中西多民族融合文化、中

---

① 方步和等编著：《河西文化——"敦煌学"的摇篮》，北京：中国文史出版社，2004年，第85～86页。
② 见"知网""佛教"介绍之文字图谱。
③ 方步和编著：《河西宝卷真本校注研究》，兰州：兰州大学出版社，1992年，第377页。

西民族的商贸经济文化，而敦煌文化是河西文化、佛教文化的必然结果。也许可以说，河西走廊深厚的佛教文化积淀，突出的佛教文化成就，比如丰富的译经，众多的佛教学派和宗派，辉煌的石窟艺术，高超的塔寺建筑，丰富的佛教音乐，多样的佛教文学①，都是在佛教文化影响下的产物，宝卷当然也不例外。因此，一些学者关于河西边缘地区也有宝卷流传，宝卷是东南传入河西的说辞，实际是遮蔽了宝卷与河西地域文化的一些内在关联的。因为既然河西能够产生诗僧王梵志等的一流诗歌，丝路能够产生中华文学的辉煌的行旅诗篇，能够催生汉魏十六国及唐诗的风采，五凉文化能催生和哺育莫高窟艺术和天马文化，那么河西怎么就不能产生民间俗文学的宝卷呢？所以说，丝绸之路上的河西走廊是中国宝卷的源头地之一。②河西宝卷就是传统河西佛教文化在此孕育出来的民间通俗艺术奇葩。

第二节　长安文化、河西经史文化与河西宝卷

在传统中国，某种程度上讲儒家文化就是长安文化。长安文化与儒家文化合二为一，而且毫无异议，它还是中国传统主流文化的代表。③而在我们研究的民间俗文学形式的宝卷中，长安文化与儒家文化也合二为一。宝卷作为中国文化的组成部分，弘扬的也是这种文化。

这似乎与我们的前述观点存在矛盾？因为宝卷源于佛教讲经文、变文

---

① 我国学术界把《杂宝藏经》《百喻经》与《贤愚经》合称为"汉译譬喻文学三大部"，河西就翻译了《杂宝藏经》与《贤愚经》两部。
② 有一些宝卷研究者，比如车锡伦先生就认为，河西宝卷是明清时代从内地传入河西各地的，像江浙一带，是元明清以来思想及技术发达的地方、商业繁盛的地方，文化的繁荣也胜于北方和西北，刻印刊本从他们那里开始，各种刻印刊本宝卷也印证了这种说法。但是，20 世纪 80 年代以来河西宝卷惊现的意义及其价值，却是需要我们重新思考的，因为对于宝卷出现及其存在时间以刊本时间为准来推测，这是很值得商榷的。实际上，手抄本大多不写时间、时代，尤其是河西宝卷，它以手抄本为主，因此，很难断定。能不能这样来推断，西北和中原的手抄本流传到江浙，由于印刷业发达，在明清以后江浙印刷了大量宝卷，才传到内地甚至丝绸之路的河西走廊一带呢？就是如此推断的话，也不能推断河西走廊就诞生不出河西宝卷。河西走廊能诞生敦煌文献及其艺术，诞生宝卷似也可推断。
③ 关于长安文化的有关论述，这些年随着国学研究热的兴盛，见解纷纭，尤其是把它与儒学和当代意识形态联系起来的时候，探讨的东西可能更多，但本议题旨在探讨丝绸之路的河西宝卷与它的关系，所以并不具体参与讨论。有关它的谈论可参见现代学者匡燮《唐诗里的长安风情》（西安：西安出版社，2009 年）、朱鸿《关中是中国的院子》（西安：三秦出版社，2009 年）等专著和李震《长安文化是什么》等文。

和因缘，与佛教有密切关系，怎么又张扬长安文化、儒家文化？为什么会形成这种文化格局？探讨这些问题，事实上能够把宝卷研究引向深入。实际上，这也是我们研究宝卷无法回避的问题。简单说来，其最主要的原因也许在于，长安以其十三朝古都的辉煌而成为中国漫长的传统社会的主流文化主阵地。丝绸之路的河西属于汉以后的长安所辖，河西文化是长安文化的必然从属部分。换句话说，河西宝卷尽管是丝绸之路的河西走廊一带的通俗文学性民间文化形式，文化地域色彩非常浓厚，尤其是佛教思想非常浓厚，但其文化思想的主导仍是诸子百家学说兴起后以汉唐文化精神逐渐建构起来的长安文化与儒家文化。丝绸之路的河西宝卷实际上也是长安文化的产物，与儒家文化也有密切关系。

这在河西宝卷文本里，也是有比较充分的反映的。如所有河西宝卷的因果故事的主要情节中，主人公求取功名的首要区域或地方就是长安、洛阳等京都皇宫。而到长安、洛阳考中状元，求取功名富贵，是宝卷程式化结尾的基本叙事模式。长安，是宝卷的一个中心名词和关键词。如在《唐王游地狱宝卷》里，我们就看到唐王鼓励资助唐僧玄奘西天取经，把佛教思想融化在了长安为中心的汉唐的主流思想儒家文化里。玄奘取经后，在唐圣地长安建慈恩寺，修大雁塔，大雁塔修筑在长安，更是其象征。长安，已经凝结在我们文化的血脉里。而且，即使到现在也如此，像现代诗人蔡克霖的《大雁塔》，就是这种血脉的经典回应：

> 再不怀疑什么/前面就是大雁塔了/有几只大雁盘旋/是我亲眼目睹的/钟楼和鼓楼/尚未奏起音乐/我已攀上了塔顶/如果展翅/也青空里腾飞/该是件幸福的事了/我压根儿不想//在没有英雄的年代里/充当什么英雄/只想掸去世间浮尘/心，平静下来/听佛说话/多少回梦里/都梦见你是智慧的长者/思维不枯，供众生/仰望和解渴/而我总爱比划雁的姿态/飞回长安。

它如杨炼的《大雁塔》、韩东的《有关大雁塔》无不如此。在杨炼的《大雁塔》里，长安、大雁塔，是民族悲剧的见证者、记录者，民族文化积淀的象征。一个平平凡凡的人都对于古老文化象征的长安如此渴念，梦回长安，仰望高塔、青天；听佛说话，可见长安文化浸透国人心灵的程度！长安文化的影响有多大！

从历史上看，从汉代设置"河西四郡"以来，丝绸之路的河西走廊这个西部中国的重要区域，遵循的基本思想就是这种以长安文化为代表的儒家文化。这种情形我们在现今还完整的武威文庙的存在中就可以得到合理的解释。武威文庙也叫圣庙、孔庙。位于武威市区东南隅，是一组造型雄伟的儒家文化建筑。始建于明正统二年（1437），历经扩建，规模庞大，号称"陇右学宫之冠"，是目前西北地区建筑规模最大、保存最完整的孔庙，属全国三大孔庙之一。产生于河西走廊的河西宝卷，尽管脱胎佛教讲经文、变文等，佛教文化思想浓厚，但其思想就深受孔子及其文庙传播的儒家文化思想的影响。宝卷产生于唐宋以后，兴盛在明清。这个时候，以长安文化为标志的儒家文化已经融合了佛教、道教文化的有益成分，使佛教道教文化为其服务，成为中国文化的主流思想，所以，儒家文化逐渐取代佛道思想，宣扬儒家的忠孝仁义观念，成了河西宝卷的基本内容。这也是我们所统计的三类宝卷中"日常世俗类宝卷"多，而"宗教神话传说宝卷"逐渐变少的原因之一。因此，在这个意义上来讲，河西宝卷又是儒家思想的产物，是长安文化的产物，而且时代越晚近，这种倾向越明显。

儒家文化或儒教，是指以儒家思想为指导的文化流派及其代表的文化思想。创始人为孔子，将其发扬光大者为孟子。这两位中国伟大的先驱创造了所谓的"孔孟之道"，儒家学说。孔孟之道代表了中国的儒家文化精髓。这种文化倡导血亲人伦、现世事功、修身存养、道德理性，其中心思想是孝、悌、忠、信、礼、义、廉、耻，其核心是"仁"。儒家学说经历代中国各个朝代统治者的推崇，以及孔子后学的发展和传承，对中国传统文化的发展起了决定性的作用。中国传统文化的深层观念无不打着儒家思想的烙印。换句说法，儒家文化及其思想，是东方乃至世界文化中最有价值的知识系统，以至于今天在某种意义上说它是国学（传统文化）、汉学的代名词。儒学也是国学的核心与主体。所以，宝卷虽然是包含浓厚儒教思想的民间通俗文学说唱艺术形式，它本来源于佛教，但后来却成为宣扬儒家贤孝思想的民间教化文本了。这是我们认识宝卷，研究宝卷的一个无法回避的关键性问题之一。

回到本节开头提到的问题：为什么源于佛经变文并以佛教思想为灵魂的宝卷文体中，佛教思想不是主流而儒教思想文化成为主流？这里的原因当然极其复杂，但主要原因却在于，宝卷的佛教劝善的思想，后来转化成了儒家的忠孝节义、礼义贤能和仁爱的思想，甚至佛教的一切思想成了帮助说明儒家文化的工具了。这种情形几乎是宝卷文体思想的一个基本特征。其主要表现在，在具体的因果故事宝卷中，我们看到，儒生求取功名富贵，靠的是精读儒家经典四书五经，靠的是通过唐代铺设的科举之路，而菩萨神灵普度救人的方法之一也是传授儒家文化及其写作能力给救赎的主人公，所以，以儒家思想为代表或主要内涵的文化就支配着河西宝卷的基本内容和关键细节了。

同时，回顾河西历史演变之内里，我们也还是看到，长安不是河西，长安文化与河西文化还是有重要的差异。河西文化是在长安为代表的中原文化影响下发展起来的："河西的经史文化植根于河西的经济基础。什么样的经济基础就有什么样的上层建筑，就有什么样的文化。东灰山人、月氏人创造了河西最原始而辉煌的农业和畜牧业文明，河西就有了最原始而辉煌的文化。东灰山人种了第一棵小麦，还可能成了周人的祖先；月氏人第一次统一了河西，又在中亚建立了贵霜王朝，创建了至今为人称颂的犍陀罗艺术。如此辉煌的文化，值得大书特书。汉武帝统一河西后，在大力提高生产力的同时，也在上层建筑中，将'罢黜百家，独尊儒术'的儒家统治思想传入河西。中原文化是由百家思想构成的。汉武帝独尊儒术，中原文化也就成了儒家思想为主的思想，传入河西的中原文化，也就可以说是以儒家思想为主的文化。反映儒家思想的各种经典著作传到河西，与河西的原始文化结合相融，得到了提升，便产生了独具特色的经史文化；这就是称它'河西经史文化'的原因。像河西经济发展具有里程碑式意义一样，'河西经史文化'的发展，也同样具有里程碑意义。"[①] 就是说，与长安文化相比，河西文化显然更影响河西宝卷的产生、发展与演变。因为河西文化除了其灿烂的佛教文化外，另一组成部分就是这里提及的"河西经史文化"。河西经史文化除了汉武帝儒学到明清两千年来的中原文化外，还有其东灰山人文化、月氏人灿烂的马文化、周穆王等关中帝王带来的文化。是这些多样的文化造就了"敦煌学"，之所以如此，才有方步和等学者关于"河西文化和'敦煌学'是母子关系"的结论。"当然儒学是和其他学派并存的，汉武帝再怎么罢黜，其他学派的思想也是罢黜不了的。事实上，随着儒家思想的传播，其他学派的思想也同时涌入了河西。不过，儒家思想作为统治术，得到了河西各代统治者的青睐。我们也只是抓住了能决定矛盾性质的主要方面而已，绝不表示'河西经史文化'内不包含百家文化中其他诸家的精髓。如此丰富、悠久的河西经史文化，敦煌藏经洞中能出现那么多'遗书'，就是很自然而然的事，不出现倒是很奇怪的。"[②]

---

① 方步和等编著：《河西文化——"敦煌学"的摇篮》，北京：中国文史出版社，2004年，第11页。

② 方步和等编著：《河西文化——"敦煌学"的摇篮》，北京：中国文史出版社，2004年，第13页。

河西宝卷就是那其中的"遗书"之一。因此，如果说河西文化能诞生、孕育"敦煌学"，那么，河西文化能孕育河西宝卷这样的敦煌"遗书"也就是自然的事了。这实际上也说明了长安文化、河西经史文化与河西宝卷之间的内在关联性。

第三节　道教文化与河西宝卷

道家创始人为老子（又称老聃、李耳，著有《道德经》。庄周将其学说发扬光大。道教与其相关，但神仙方术内容更浓厚）。道家文化不同于儒家文化，它直接从天道运行的原理切入来论证其要义，而天道运行又有其"自然而然"的原理在。道的哲学即是解释此原理的内涵。道家重视人性的自由与解放。这有两方面内容。一方面是人的知识能力的解放，另一方面是人的生活心境的解放。前者提出了"为学日益为道日损""此亦一是非彼亦一是非"的认识原理，后者提出以"谦""弱""柔""心斋""坐忘""化蝶"等的生活功夫来面对世界。道家讲究"人天合一""人天相应""为而不争，利而不害""修之于身，其德乃真""虚心实腹""乘天地之正，而御六气之辩，以游无穷""法于阴阳，以朴应冗，以简应繁"等生活哲学。道家还主张"齐物""逍遥"，对万物的态度是"无所恃"。在庄周的《逍遥游》中，庄子认为天地万物都是有所恃的，大至鲲鹏，小至蜩鸠，都需要凭借一定的外部条件才能活动。而他的最高境界是无所恃，这样才是真正的"逍遥游"。

道教文化在生死观上区别于佛教的往生涅槃，主张长生不老，羽化成仙，而在处世哲学和价值观上，则与儒、佛一致，主张德、让、礼、谦，但道家又超越儒家的功利，抵达佛家的空无。佛家讲离世——去极乐净土，道家介于两者之间，讲驻世与养生之道。道家崇尚老庄无为思想，但他们的教主更古老，是皇天后土，是传说中的神仙。神仙无生死，他们具有超越的生死观。当《易经》和《老子》把佛老中国化的时候，它们就越加深刻影响先民的人生宇宙观了。这样我们看到，儒教、佛教文化与道家文化共同构成中国传统文化，但道家文化在生死价值观上却凸显超越了走向色空的佛老，达自然，又超脱，面对现实而又能够积极超越。这就显得更为可贵。我们也知道，古中国的原始信仰和方术思想更多来自道教。道教的多样的术数，如"九九之数，以合天道"思想信仰等已经渗透到乡民灵魂，成为其民俗的一部分。乡民们以此去附会人事，推断流年和预言吉凶，以此求证人事未来。

丝绸之路的河西走廊，汉代开始归属长安直辖。河西文化的基本品格及其文化，当属汉唐为代表的中国儒家文化。但是，这种文化除儒家及其佛教文化外，还蕴含着深刻的道家文化的底蕴。河西文化的基本特征是道佛一体化，并以道教为主。①道家文化是河西文化的最主要元素之一。这在丝绸之路的河西典型的宝卷《仙姑宝卷》里有比较充分的反映。

方步和先生在其《河西宝卷真本校注研究》的专著中清晰地表述了河西文化及其河西宝卷的这个特点。道教文化对于河西走廊及其文化影响极深。道教文化对于河西宝卷的影响也最为深远。方步和认为，产生于明代万历年间的河西宝卷《仙姑宝卷》，是真正意义上的河西宝卷，它最为充分地展示了道教文化对于河西文化及其河西宝卷的深远影响。"她（仙姑）又是道教的仙姑。她的精神品德感动了'黎山老母'，老母收徒，仙姑拜她为师。经过虎、蛇、魔等的生死考验，终于在玉皇大帝跟前挂了号，被封为道教中的仙人。在河西，道教也源远流长。传说'老子骑青牛入流沙'，曾在张掖做过'好事'：黑河水是他引来；黑河边的平原是他所开辟。西晋时的敦煌索袭，'游思与阴阳之术'。索紞'明阴阳天文，善术数占候'，后凉吕光的太常郭黁，'明天文，善占候'，为数不少。河西道观林立，道教势力不小。仙姑宝卷中的仙姑，就是河西道教孕育出来的仙女。"②"仙姑的身上，既有儒家的思想，也有道教的仙味和佛教的灵光。她是从道教的基础上孕育成长，后又受佛教的影响。所以，整个《仙姑宝卷》，三者（儒道佛）都有，又以道教为主。"③

大约是在2007年，我回到母校河西学院，师生相隔多年与方步和先生又谈到河西文化的主要精神。方步和先生这位来自南方杭州的教授，以他在河西走廊30多年的生活体验得出结论说，丝绸之路的河西人，精神、思想的骨子里有的东西是道家。所以他认为，"仙姑宝卷中的仙姑，就是河西道教孕育出来的仙女"。作为其学生，作为河西走廊人，我对此也深信不疑。事实也确实如此。仙姑面对猛虎、蟒蛇和魔王的吞杀，使的全是道教经术。猛虎扑来，仙姑"一心意参悟大道"，"心自定性自静我有主意"，"持大道不闲观料也无妨"，"仙姑口内不言，心中却想，万物自无而又，仍然自有而无，是一般的道理"，"有仙姑不言不语，闭目不看，只是用功夫修炼真性"。正是因为仙姑修道而得道成仙，最后"道高龙虎伏，

---

① 本人认同这一观点。这一主张非凭空断定，河西一些学者也持这种观点。见方步和编著：《河西宝卷真本校注研究》，兰州：兰州大学出版社，1992年，第350页。
② 方步和编著：《河西宝卷真本校注研究》，兰州：兰州大学出版社，1992年，第349页。
③ 方步和编著：《河西宝卷真本校注研究》，兰州：兰州大学出版社，1992年，第350页。

德重鬼神敬"。这被河西乡民笃信——河西人民笃信道教，膜拜仙姑。事实上，长期以来，道家的原始信仰和方术思想已经渗透到河西乡民的日常生活及其精神结构中了。道家仙姑信仰成为河西乡民的基本信仰，仙姑成为河西人的膜拜对象。从这里我们清晰地看到，道家思想与河西文化的关联有多大。道家的仙姑变成了河西传说，成了河西文化的一部分，最终又变成了河西宝卷的基本题材。这就是河西宝卷代表作《仙姑宝卷》产生的内在秘密。

当然，道教文化及其精神成为河西乃至整个西部人的基本精神，与河西走廊乃至西部独特的地域、历史和文化背景也密切相关。如前所述，河西走廊南有青藏高原、祁连雪峰，北有内蒙古雪域，西有戈壁漠风。在绵延千里的西部狭窄走廊里，奇寒暴热的气候和多民族交相控制的历史，造就了河西走廊人独特的地域文化人格。面对奇寒暴热、空旷无垠的大天大地的大自然，耕作兼牧的牧羊人需要练就面对它们的生活功夫。这种功夫至少包含两个方面的内容，一是抗争，二是顺应。受其影响，道教的天人合一及其"坐忘"修持的自然观和人生观便必然被河西人接受。至少，那些原始信仰和不甚有用的方术，在民间还是被乡民坚持。所以，"坐忘"修持、任其自然，某种程度上解放了河西乃至西部人的人性，也是丝绸之路上的河西走廊人的基本精神品格：自然奔放，任性旷达。丝绸之路上的河西走廊人并不全信佛，粗犷的河西人身上更多的是道家或道教的那种旷达、洒脱与儒家的执着、质朴。面对大自然的暴虐与变化无常，丝绸之路上的河西走廊人先信佛，但是又无法全然走向色空、虚无，于是，道教的那种修持和征服自然的种种道术、法术便被多数人信奉。处在边疆，民族纷争不断，今年匈奴，明年西夏，后年羌胡，霍去病不常有，于是，他们想象出一个超越他的神仙道姑——仙姑，以她的道教法术制裁一切暴虐。于是，道教及其人格，成了河西人最为推崇的人格。道教文化在河西盛行。所以，至今河西走廊人内在的精神的基本文化还是道家文化，道家气象。方步和先生在分析《仙姑宝卷》时总结出了能够代表河西文化内在精神底蕴的三个特征：儒释道"三教合流"；民族矛盾与征服精神；一些道家精神人格的呼唤。[1] 这实际上也指出了河西文化、道教文化、河西宝卷与河西乡民精神气质之间的内在联系。

有必要说明的是，河西宝卷的代表作是《仙姑宝卷》。该宝卷是实实在在体现了方步和先生所说的这样一个特征："'三教'文化融合，以道

---

[1] 方步和编著：《河西宝卷真本校注研究》，兰州：兰州大学出版社，1992年，第350～351页。

为主。"因为该宝卷已经不完全是佛经、佛教思想的演绎了，甚至也很难说它是典型的因果故事了，尽管宝卷中把仙姑比作菩萨，主张行善，其中也宣扬了儒教的忠孝文化。《仙姑宝卷》以河西地域、自然天象和河西历史文化为背景，阐释的是一个道姑的道教道术和普度救人的神话人生故事。该宝卷主要的思想是道教文化的思想，尽管它的后几品转向了儒家仁义的内涵了。道教文化是河西文化最主要的组成部分，因此，河西宝卷中的道教文化色彩也就很浓厚，并深刻地影响了河西人的精神气象。这种互动和辩证关系实际上正好印证了河西文化孕育河西宝卷的事实：《仙姑宝卷》就是河西文化孕育出来的。仙姑的"修仙"、仙姑的治"夷"道术，仙姑帮助霍去病征服匈奴，仙姑搭天桥帮助汉兵击败匈奴，所使用的全是道家"道术"。佛教主张烧香拜佛，教化民众做善男信女，河西宝卷几乎都表现这样的文化主题，但在一些宝卷里，道教思想充盈其中。这是丝绸之路的河西文化及其传说变成了河西宝卷的最佳说明。

另外，也许最主要的还在于，宝卷里的神灵、魔法、道术及其戒律，不仅仅是佛教的神学思想及其思维的产物，有许多则是与道教及其思维结合的产物。在这里，佛道尽管名异，其实骨子里都是原始神话、神学的初民思维，是初民关于自然及其人的神化的产物，有许多一致性。什么佛陀、观音菩萨、玉皇大帝、太极老母、土地神、灶神、八仙、王母娘娘、仙姑、雷神、雨神、风神、天兵天将、魔鬼、阎王，这些在宝卷里常出现的佛道形象，宝卷里命运的主宰者，一系列神奇行为的发动者，在在都是我们先祖、乡民想象的产物。这些想象产物的"神仙"，它们展示其神圣、神奇的各种各样的"道术"，是道家之道，是中国的"玄学"，为自然之道，由于它的本土性，与自然的密切联系性，比之佛教的空相逼真，可能更容易为我们的乡民理解、接受。这也是我们今天把握河西宝卷、分析宝卷思想主题时必须搞清楚的东西。

第四节 农耕、牧羊时代及其民间文化艺术

河西宝卷为生活于此的广大农民、牧民所有，也大多为农民、牧民所藏。在千里河西走廊，这些乡民虔诚地念卷、听卷，并抄卷，编制宝卷，已经形成了一个优良的民间艺术传统，但在现代的电视、现代小说、戏剧艺术、传媒和网络数字图像技术出现后，宝卷，尤其是河西宝卷，又很快成为遗迹、遗产。像凉州宝卷，就被列为首批国务院文化遗产名录。为什么会发生如此大的变化？其实道理也很简单，因为河西宝卷是现代工业、

商业和电子数字时代出现之前河西牧羊、农耕时代的产物，它们反映的是那个时代的河西民间世俗日常生活，表现的是农牧文明时代的价值观。一个时代有一个时代的文化产品及其存活方式。也正是因为这个原因，河西地区至今仍然属于半农耕、半牧业、半工业发展的阶段，所以，河西宝卷至今在现代河西乡村存在、存活。就是说，丝绸之路的河西走廊上的民间，一些地方还有人念卷，一些基层政府部门（比如甘肃金昌市永昌县文化局，就把组织念卷作为繁荣现代农村文化的重要举措）也曾经把它搬上舞台，组织乡镇农民观看、听卷。在现代河西走廊，念卷者、听卷者、应卷者实在不少。宝卷在河西走廊还"活着"。

从后者来说，千里河西走廊，有牧草丰美的天然牧场，也有肥沃的绿洲农场，绿洲农业。"河西走廊从原始社会末期，以东灰山人为代表，就创作了辉煌的原始农业经济；战国后期，以月氏人为代表，又创造了辉煌的牧业经济。前者为河西经济的发展开了好头；后者为河西经济的进一步发展，奠定了较好的基础。这是河西经济发展的第一块'里程碑'。"[1] "东灰山人、月氏人创造了河西最原始而辉煌的农业和畜牧业文明，河西就有了最原始而辉煌的文化。东灰山人种了第一棵小麦，还可能成了周人的祖先；月氏人第一次统一了河西，又在东亚建立了贵霜王朝，创建了迄今为人称颂的犍陀罗艺术。"[2] 有什么样的经济基础，就有什么样的文化。宝卷这种基层民间文化，是河西农牧民时代的文化，因而，生于斯、长于斯的河西人民把宝卷作为反映他们心声的艺术形式来欣赏、珍藏。宝卷真实反映了农耕、牧羊时代乡民的所想、所求及其内在价值观，所以宝卷在农牧为主的丝绸之路的河西一带很是流行。

作为一个受这种文化影响的武威（古凉州）人，在我的童年及乡村经验里，从古至今的河西乡村，普遍存在的情景应该是，乡村的那些德高望重的人家，每逢年关或秋后"压地"[3]等农活告一段落后，总带着节日的喜庆或丰收的希望，总会有人把"念卷"人或"瞎弦"（传唱凉州贤孝曲艺）请来，在夜晚通宵达旦地念唱宝卷和"贤孝"这两种通俗民间艺术，或为娱乐，或为教育，或为教化，而且，往往是这家请完那家请，十天半月地在村中演唱、宣讲。这确确实实是丝绸之路的河西走廊乡村

---

[1] 方步和等编著：《河西文化——"敦煌学"的摇篮》，北京：中国文史出版社，2004年，第9页。
[2] 方步和等编著：《河西文化——"敦煌学"的摇篮》，北京：中国文史出版社，2004年，第11页。
[3] 此类仪式，相当于李学辉《末代紧皮手》里的"紧皮手"土地信仰。

文化生活的一个独特景观。这也是世界少见、河西独存的一种基层民间艺术景观。

据河西张掖的民俗学及宝卷研究专家任积泉分析，宝卷代表着河西乡民的一种"文化认同感"，寄托着当下乡民的一种永恒乡愁："当下，许多人一提庙会就和封建迷信联系在一起。其不知，随着农村水利建设、土地整治的进行，农业生产条件已经发生了天翻地覆的巨大变化。原有庙会和'插青苗旗'中的'祈求'内涵也已经彻底改变。祁连庙会也已经转变演变成农民聚会、交流乡情、亲情，共话农事的习俗。这一习俗中，农民借助庙宇这一场所的目的不是真要搞封建迷信那一套，而是渴望相聚进行情感交流，以此来增加群体归属感，文化认同感，寄托自己的乡愁。"宝卷的功能，很长时间来，其实和庙会一致，反映的是乡民的一种信仰和习俗，一种"乡愁"。宝卷及其"念卷"活动，包括"凉州贤孝"表演，主要在乡村流行。宝卷这种通俗民间艺术是牧羊、农耕时代社会形态的产物。现代河西走廊，那些边远乡村，基本上仍然没有走出这种时代文化形态，这种时代的价值观还在这里盛行，所以，宝卷也就有存活的可能。像《香山宝卷》，它产生于宋代，宋时的中国社会形态基本上就是如此。处于社会文化边缘的河西走廊更是如此。河西宝卷的代表作《仙姑宝卷》，产生于明代万历年间，明清时代是宝卷兴盛的年代，这个时代的北方仍是农耕牧羊时代，尽管那时东南沿海一带资本主义商业有所发展。大多数宝卷的灵魂，是"三教"为核心的传统的古旧中国文化思想，这种思想实际上正是那个时代的社会形态——农牧社会所共同信奉的。

河西宝卷代表作《仙姑宝卷》中的一段"念词"充分反映了这种状况："却说仙姑娘娘功行圆满，不增不减，将凡胎脱于板桥西十里边墙以外沙滩之地。远近居民都不知道，只是看见这个地方，常常有祥云缭绕，瑞气腾腾。一日，有个牧羊的老汉到此。忽然有人叫喊：'快将羊远远赶去，不要惊动了娘娘金身。'……我们众人随心布施，把善人的尸骨埋了，就在此地修一座庙宇供奉善人，保佑我们一方风调雨顺，五谷丰登。"这里，我们看到，宝卷里描写的地点，如"板桥"，就是今天河西张掖临泽县的板桥乡；"边墙"，就是今天酒泉高台乡境内的土墙，或说"汉长城遗址"；"沙滩"，就是河西绿洲边缘的沙地。宝卷人物，是天界的神灵护佑的乡民——牧羊人。这是十足的河西走廊农牧社会图景。在这一社会里，"风调雨顺，五谷丰登；骡马成群，牛羊满圈；土地广有，房屋盖满；家财万贯，子女成群"这四种乡民理想追求，实际上是所有宝卷里人物的美好生活目标。[1]这种追求，这种目标，显然是农耕、牧羊时代所有农牧民的最基本理想，也可以说是时代目标。因而，我们可以断定，宝卷就是农牧民社会里基层民间的最基本艺术形式。如同民歌、民间小曲、民间"社火"和不同曲艺。像河西宝卷的姊妹艺术贤孝曲的《王哥放羊》，也是如此。这种形式被民间孜孜以求，也被官方尽力维护。这极其真实地反映了宝卷这种民间文化艺术形式存在的时代氛围。

《救劫宝卷》也是一个典型的河西宝卷。它反映的是民国十七年（1928）甘肃河西武威大地震后乡民逃难的情景，对一代乡民苦难的图景作了逼真刻画："却说众人掩埋了尸首，他母子叩头谢过，便起身随众人一起前往赶路。走了一天，才到一碗泉子。当夜母子便在人家门外宿了一夜。第二天走到了长流水。虽有人家，但无钱住店，只得在外面露宿。清早向当地人要了一碗剩饭。母子三人分餐了些，便跟众人赶路。这一天，跌倒爬起，好不容易翻过了四十里沙梁。从沙梁往下看，到中卫很远，黄河横在面前。经历了千辛万苦，还只是走到了中卫边缘。心中顿时一阵伤痛。想起出门时，有丈夫领着，虽然一路艰难，但全家在一起，谁知丈夫在半路上抛下我们去了，怎不凄伤？如今我母子已到了中卫边上，倘若丈夫还在，到了中卫，我们合家吃上饱饭，那该多好啊！可是天不遂人愿，如今，我们母子在中卫，无亲无故，如何生活？不由泪挂两腮。……逃难人儿无主义，来到中卫找生计，四散匆匆各找门。不争工钱混肚皮，老汉娃娃无处寻，大街小巷讨饭吃。"[2] "宝卷用了很长的篇幅写逃难到中卫的营生，一方面从侧面烘托了大靖人遭难的深重，另一方面更从横向扩大了空间的范围——穷苦人，在天灾人祸的大靖，受灾受难，受压迫受剥削，逃到能观看黄河的中卫，不仅受压迫剥削，还受到种种歧视和侮辱。在国民党反动派的同一个政权下，天下乌鸦不是一般黑？"[3] 该宝卷反映近代农民的灾难，就逼真地展现了一个时代。

宝卷的这种农牧民时代氛围，除了宗教宝卷外，其他宝卷几乎都没有超越。就是说，宝卷的人物——主人公，除了佛教主人公以外，几乎都是乡民、牧民，或者是从乡村走出去的人物。主人公的父亲多为员外，或从耕读出发做了官发了财的人物，地域则无非是乡间城市，而城市的大背

---

[1] 方步和编著：《河西宝卷真本校注研究》，兰州：兰州大学出版社，1992年，第112页。
[2] 方步和编著：《河西宝卷真本校注研究》，兰州：兰州大学出版社，1992年，第221～222页。
[3] 方步和编著：《河西宝卷真本校注研究》，兰州：兰州大学出版社，1992年，第366页。

景就是乡村。另外，除了宗教宝卷外，几乎所有宝卷开头都是乡村家业的介绍，即使神话传说宝卷也不例外。如《天仙配宝卷》的开头："却说这本因果宝卷，出在汉朝年间。黄州董家村有一员外，姓董名善，他妻子冯氏所生一子，单名叫永。他家豪大富，骡马成群，牛羊满圈，土地千顷万亩，说起金银财宝，更是不计其数。在黄州地界，实是首一家富贵之人。但不知何时何因，遭了天火，一份家业被火尽焚。董员外从此气下了一场大病，性命堪忧。"[1] 又如《金凤宝卷》的开头："话说这段故事出在唐朝宪宗年间。河南洛阳城西街，有一员外，名叫段廷，曾做过知府，娶妻陈氏，未得儿女。自觉年高寿满，心中发愁。便同夫人商议道：'我们家豪大富，骡马成群，量有万数不当之家财，但就缺个儿女，莫若许个愿心，到圣母娘娘庙中降个香灯，今天正好三月二十，不免今日就去，你看如何？'陈氏听言便道，老爷即有此意，就随老爷便了。"[2]《刘全进瓜宝卷》开头："却说刘全家豪大富，骡马成群，又在城里开着一个金铺，可他偏不信神佛，毁僧骂道，把一片真心尽都迷失了。一日正在屋中闲坐，见一个道人手拿一个金钗来换。刘全接到手中，认得是他妻子的金钗，又见那道人眉清目秀，心中暗想，'我终日不在家中，我那妻子李氏和这道人私通勾奸'。心中怀恨，有心问那道人，叫伙计们听见，还说我家风不正。只得忍气吞声，见金钗对质分明。那道人接银钱便说：善哉，善哉！扬长去了。"[3]《张四姐大闹东京宝卷》开头："却说这宝卷出在宋朝仁宗年间。那时风调雨顺，国泰民安。东京汴梁城有一秀才，姓崔名文瑞，父亲崔员外，家豪大富，骡马成群，金银广有。不幸父亲去世，家中又遭大火，房屋财宝化为灰烬。母子二人只得讨饭为生。夜里在古庙安身。那些平日和他要好的朋友，也就远远避开。……却说文瑞讨饭奉母，受尽苦难。再说玉皇大帝第四个女儿，名叫张四姐，一日在斗牛宫闲坐，忽见一股恶气冲天，掐指一算，方知金童有难，在凡间受罪。不觉暗动芳心。何不借来东海龙王三太子的镇海宝贝，一来去救金童，二来和他配成夫妻。想到这里，随即下凡向东京而来。"[4] 从这些宝卷的开头我们看到，不管是什么宝卷，是哪一类宝卷，其发生时空皆为乡村（城市，次城市，相当于当今村镇）背景，即使是《天仙配宝卷》《张四姐大闹东京宝卷》这类神话故事宝

---

[1] 《天仙配宝卷》，何登焕编辑：《永昌宝卷》，永昌县文化局编印，2003 年，第 97 页。
[2] 《天仙配宝卷》，何登焕编辑：《永昌宝卷》，永昌县文化局编印，2003 年，第 449 页。
[3] 《刘全进瓜宝卷》，何登焕编辑：《永昌宝卷》，永昌县文化局编印，2003 年，第 183 页。
[4] 《张四姐大闹东京宝卷》，何登焕编辑：《永昌宝卷》，永昌县文化局编印，2003 年，第 77 页。

卷，都不例外。这几乎是宝卷开头的标配，也几乎是宝卷故事的唯一起点，故事发生的唯一背景——乡村，农牧庄园。因此，了解了这个背景，对于我们阅读宝卷、理解宝卷及其价值取向就提供了核心元素。

另一方面讲，商人及其城市的价值观，在宝卷中却被根本否定，甚至读书人孜孜以求的升官发财之路，也被退居田园——在家园村里保守为生和贤孝为大的传统价值观所否定。如在《赵五娘卖发宝卷》中，我们看到，蔡伯喈本有中状元之才，还是不去应考，原因在于父母年老，需要照顾，妻子年弱，难以支撑家庭。"父母在，不远游"这一农村家族观念深深影响着他。后来在父母逼迫、长辈劝说之下才去应考状元。可是，在考取状元，入赘宰相府后，他陷入了更深的痛苦之中，整日夜晚偷偷以泪洗面，为年老父母在难中不能照顾，不能赡养而揪心，为抛弃妻子另娶宰相女深深"自纠"。状元处在道德的谴责中不能自拔。事实上，《赵五娘卖发宝卷》反映的这种价值观，是所有宝卷都持有的价值观。因为在大多数宝卷中，即使宝卷的主人公读书升官发财了，抛弃妻子，不孝敬父母，他们也依然是被谴责的对象，受人诟病。

同时，宝卷是十分平民化、乡民化、世俗化的一种艺术形式，尽管市民化的明清时代导致了宝卷的兴盛，但它不是都市化、市民化的产物，因为就宝卷来说，作为一种农耕牧羊时代的社会形态的产物，它的世俗化就是把佛教思想通俗化，向最基层的乡牧民传播，而不是向商业都市市民传播。当佛教和乡间民俗及其仪式结合，这种世俗化的本质可能就更为明确：避灾祈福、向善清净，超越物质羁绊而向精神的宁静空灵的乡村理想与价值观趋近，这是部分士人和农民的基本价值追寻。另外，宝卷里主要弘扬的也是经过"累世苦修"以成正果、以成佛的农耕牧民价值观，而佛教里向往的"极乐世界"，山上仙界神佛逍遥的世界也被否定，更不要说小巷深处的市商价值观了。比如《金龙宝卷》中，金虎黄氏夫妇不良之人的享乐、机变作风就被彻底否定。他们夫妇得到了神佛惩罚，家产被大火烧尽，沦落到街上讨饭，最后被雷电打死，就是对于佛教极乐世界和市商价值观的否定，对于"累世苦修"的农耕价值观的肯定的充分反映。即使在《双玉杯》这类反映商家之女传统忠贞爱情的宝卷中，也依旧反映出有恩有义、人品超越富贵贫贱的传统农牧民价值观：

你的儿张廷秀南学读书，他现为我兄长收养螟蛉。/我兄嫂恐怕他日后变心，老两口无依靠无人送终。/兄嫂想将玉姐婚配廷秀，不知道亲家你从也不从？/张应廷叫亲家公这是好事，王员外有恩义谁能不从。/但玉姐她本是千金之躯，怎能以嫁与我贫穷之人？/招了王门婿不大要紧，玷污了王家门如何行。/有王惠叫亲公不必推让，配婚姻本不关富贵贫穷。/贫富像打墙板上下翻转，说婚姻总要看孩子人品。①

尽管这里把父母之命、媒妁之言作为孩子婚姻的主导，但宝卷也宣扬了有恩有义、人品超越富贵贫贱的传统农牧民价值观。

人间的小康、秩序、幸福与贤能，世俗的快乐在宝卷里是被充分肯定的。除了"风调雨顺，五谷丰登；骡马成群，牛羊满圈；土地广有，房屋盖满；家财万贯，子女成群"这四种乡民理想外，婚姻美满幸福，超越乡间的仙境生活，也是乡民的最大向往。河西宝卷尤其如此。如《红灯记宝卷》，尽管写赵兰英和孙吉高忠贞爱情及美满结局，但与"乡"相连接的"街景"却成了他们世俗理想和价值观的最好表达。宝卷中，赵兰英寻夫和爱姐相约的七月十五看街灯，就充分表现了农耕牧羊时代的民间向往：

两个人上了马来到街上，乱哄哄观不尽各样花灯。/这一家挂的是有名古人，那一家挂的是三大财神。/这一门挂的是鹿鹤同春，那一门挂的是骏马飞鹰。/这一旁孔雀灯吊在树下，那一旁黄鹤灯格外明净。/这边厢挂的是二十四孝，那边厢舞龙灯张牙舞爪。/在前边挂的是梅兰菊竹，于后面又挂着渔樵耕读。/左边个看见了八仙过海，右边个还有那竹林七贤。

却说小姐丫鬟顺街而来，各样花灯使她眼花缭乱，来到一处，丫鬟言道："姑娘，前面正是灯场，你看那八仙长寿灯真是好看。"正是：

小姐骑马往前行，观看八仙庆寿灯。/师徒八位在空中，各带法宝显神通。/头一洞神仙汉钟离，赤面长须大肚皮。/手拿一把阴阳扇，一扇富贵万万年。/二洞神仙吕纯阳，腰带宝剑放毫光。/阴阳不住空中飘，他与王母拜青朝。/三洞神仙曹国舅，身穿八卦绣龙袍。/手中拿的金沙带，珊瑚插到贵地界。/四洞神仙铁拐李，身穿一身黑罩袍。/身背葫芦腾云起，万福来朝永远喜。/五洞神仙张果老，两鬓白发似银稍。/黑驴不住空中叫，玉鼓介板驴后捎。/六洞神仙蓝采和，头戴玉髻脑后

---

① 《金龙宝卷》，何登焕编辑：《永昌宝卷》，永昌县文化局编印，2003 年，第 488 页。

飘。/七洞神仙何仙姑,头上青丝一顶墨。/身背玉带长春酒,他与王母拜庆贺。八洞神仙韩仙子,手中提的小花篮。/一边开的穿枝莲,一边四季花不断。……正然看到热闹处,忽然灯场乱哄哄。/也有踩了老年枝,也有扯破少年衣。/也有撕掉女裙衫,也有拔掉女青丝。/也有爷爷找孙子,也有丈夫找妻子。/兰英听言吃一惊,观灯男女乱哄哄。

这是中国俗文学中最常见的理想生活场景,也逼真地反映了古代乡村、牧民的生活向往和价值立场。

进一步说,农村有农村生活方式决定的价值观念。真正意义上的丝绸之路的河西走廊,现在大多数乡村依旧处在农耕、牧羊时代,城市化、现代科技影响了这里,城乡结合的现代社会发展也深刻影响这里,但千里河西走廊的主体还是农村以及牧区。河西宝卷反映的是农村以及牧民的价值观念。农民及其牧民的价值观念,往往是传统的最基本的普世价值观念。宝卷具有劝善的基本价值观,也有惯有的道德主题,所以,它往往能够提供一些任何社会都需要的世俗价值。这些价值里,有一些是任何一个时代社会都需要的世俗价值。这些世俗价值,在现代社会文化思想的转型期,可能更是民生社会的精神支柱,因此,宝卷能在现代河西走廊一带的田间、炕头和小巷深处的街区、广场存在着。这也许正是由于它所弘扬的这些世俗价值观念的吸引力吧。我们不能全然否定这种价值观,因为安分守土,避免奔波的劳顿,宁可清静、清虚一些,给精神留出一些空间,多保留些自身精神的守望,心灵才更富有。这不能不说是一种值得特别肯定的幸福观以及价值观。宣扬这种价值观的丝绸之路的河西宝卷,从文化学的角度来说,非常值得我们关注。

第三章 "三教"融合、真经与宝卷
——丝路河西宝卷的思想主题倾向研究（一）

  关于宗教的观念在弗洛伊德概述的文化理论中占有重要的地位。弗洛伊德是作为科学家，特别是作为理性主义者来评论宗教的。他认为宗教是一种幻想，因人类对安全感的需要而产生，又因人类在生活的种种困难面前无能为力而强化。……文化，就是对人进行智力、美学和道德方面的培养。

——〔法〕维克多·埃尔《文化概念》

  新生这个主题现在越来越集中关注这样一个命题，即所有社会集团（尤其是现时代的各种总体性社会）均以历时性模式化的形式定期地遇到以下情景问题：如何使它们的社会经济日常事务的社会结构形式具有意义，并且重新确定这些形式的方向。各社会需要"文化输血"……（社会）的新生和（世界的）活力激发这些主题也许反过来与库恩提出或提供启示的范式转换和问题转换思想联系在一起。

——〔美〕罗兰·罗伯森《全球化：社会理论和全球文化》

  更高的即更远离物质经济基础的意识形态，采取了哲学和宗教的形式。在这里，观念同自己的物质存在条件的联系，愈来愈混乱，愈来愈被一些中间环节弄模糊了。但是这一联系是存在着的。

——《马克思、恩格斯、列宁、斯大林论宗教》

  严格意义上说，"三教"这一概念是缺乏科学性的。因为其中的"儒家"，并非严格意义上的宗教，就是这里所说的道教，其实也是中国本土化的民间宗教，并非像佛教、基督教和天主教那样有比较严密的信仰体系。然而，在谈论中国思想、文化及其各种文学等相关议题的时候，我们却常常会提及这一范畴，尤其在谈论中国民间俗文学形式宝卷的时候，我们就几乎不能避开这一范畴来谈。本论题研究丝路河西宝卷，因而也必须从它的无法回避的这一范畴出发。换句话说，如果能从宽泛的文化意义来论说儒教、道教，那么，把儒家作为"三教"的其中之一，当然就有合理性了。文化是人类在自身的历史经验中创造的"包罗万象的复合体"。按照泰勒的这个文化定义来看，中国传统宝卷，即中国的宝卷这种民间通俗民间文艺形式，确实是以"复合体"的方式展现了中国文化存在的方式的。以此来推断，作为以"三教"思想为灵魂的丝路河西宝卷也就容易被我们把握了。首先，因为宝卷是把佛道儒"三教"思想作为真经、经卷，用佛道儒"三教"的基本教义来劝化世人而行世的。宝卷的重要思想特点就是佛道儒"三教"思想文化融合。大量产生于明清时代的河西宝卷，情形大体如此。所以，河西宝卷研究著名专家方步和在研究了河西宝卷的代表作《仙姑宝卷》后就总体概括道："三教合流，是由于唐代对各种教派均允许发展的结果。儒家不用说，是立国之本，佛教正处在发展的鼎盛期，道教呢？唐王朝是李氏天下，为提高李氏声威，要借助道教尊奉的老祖的李姓，更尊重道教。唐代宗曾下敕，宣布自己为李耳之后，道先佛后，将道教徒排在僧尼之前。唐玄宗李隆基既抄佛经，也为道教书做注，更不忘以儒家为本。自三教合流以来，在河西的影响是深刻的。无论是石窟，是壁画，也无论是雕塑，都出现了互相参合的现象。宝卷也不例外。在宝卷中，道冠佛戴，佛衣道穿的现象，更是层出不穷（如《救劫宝卷》即是一例）。不管它们如何互相渗透，都是时代特征的反映。"[①] 这当是确当之论，也不容我们去质疑。

  宝卷主题思想，其在文化上极为重要的另一个特点还在于，其中的佛道儒"三教"思想在历史上、不同时期的宝卷中所占位置不同，分量也有差异。如明清时期产生的大量河西宝卷，其思想内涵就出现了一些新变化："三教"文化中的佛教思想逐渐淡化、弱化，道教、儒家文化思想逐渐占据上风。而且，好多宝卷的思想已经跃出单一的佛教经典，有些宝卷以道教文化为主，如《仙姑宝卷》，有些宝卷以儒家文化为主，如《鹦鹉宝卷》《苦节图宝卷》《和家论宝卷》等。后来随着宝卷改编题材的扩大，比如历史、神话传说宝卷的出现，现实题材宝卷的增多，宝卷内涵逐渐扩大，虽以宣扬儒家忠孝伦理为主，但思想却更为丰富复杂了。从宣扬佛教的生死轮回、因果报应思想到基于劝善为目的的儒家的忠孝节义思想再到宣扬世俗日常社会伦理道德的近现代思想，宝卷的思想主题实际上有一个比较清晰的演变轨迹和脉络，而且主题程式也比较固定。

  事实上，河西宝卷及其佛道儒"三教"思想和其主题思想变化的这种脉络，既反映了中国传统思想文化发展变化的一些基本动向，也使我们看到了中国文化融合外来文化发展和包容开放的特征。这对于中国文化发展

[①] 方步和编著：《河西宝卷真本校注研究》，兰州：兰州大学出版社，1992年，第350页。

来说影响深远，因为这种融合发展和包容开放，中国文化才生生不息，源远流长。从理论上讲，任何一种文化要得到发展与繁荣，它必须具备兼容并包的特性，独尊一种文化，保守单一，只能使一种文化逐渐僵化，失去它发展的活水源头。因此，佛道儒"三教"融合，或多种文化交融发展，应该是文化发展的最佳形态，它为各自发展预留了空间。文化发展可以你中有我，我中有你，可人格分成外儒内佛，外佛内道，道儒并存。河西宝卷充分地展示了中国文化的这种生动的活的存在形态特征——它的佛道儒"三教"融合样态及其形式，是中国文化存在形态的一个活化石，很值得我们关注。

另外，从文化、文学艺术发展的角度而言，在中国的所有文化、文学及其艺术形式中，宝卷又是以其最通俗易懂的方式——以因果故事这种形式充分展现了中国文化的儒释道"三教"融合的一种艺术形式。宝卷在一个一个系列生动的因果故事中，包含了道教、儒家文化的丰富的人生宇宙之理。这种俗文学文体，极有文化文体学价值，它是一种民间讲唱艺术的脚本，主体是因果故事，但又包含诗歌韵文、词牌、曲调及音乐等多样化的抒情艺术元素，在中国及世界的宗教、文学和艺术形式中，还没有一种艺术形式的存在以其如此多样的文化交融方式与之相比。比如河西宝卷的代表作《仙姑宝卷》，仅仅就思想主题而言，在它通常的9个因果故事中，就非常集中地包含了佛教的因果报应思想，道教的心性修炼哲学和儒家的世俗人生道德学问。这是思想文化的集合，又是叙事及其民间智慧的创造。同时，严格意义上讲，宝卷又不仅仅是宗教艺术，也不是古典的贵族艺术，而是一种平民化的、通俗性民间艺术形式，它在民间流行久远，扎根很深，极受乡民喜爱。因此考察河西宝卷，既可以充分了解中国文化的一些重要特征，能够知悉宝卷这种民间艺术的叙事智慧。后者，我们在因果故事、神奇故事和悲情故事部分专章论述。此章，我们先看第一个方面：河西宝卷的"三教"思想及其文化形态存在的意义与价值，进而从马克思主义宗教思想的观点出发，对其思想主题和文化特性作些辨析和体认。

第一节　宝卷为何被称为"真经"？

如前所述，宝卷来自变文、讲经文、缘起和押座文等古典讲唱艺术形式，是一种十分古老的、在宗教活动和民间信仰活动中按照一定的仪轨演唱的"念唱"性文本。这种文本首先就颇类佛教经卷。其次它又是以因果故事形式存在的。宝卷与这几种文化形式密切相联，但又有自身的身份。其名为宝卷，可能与宝典有关联，与佛教"三宝"范畴也不无关系，本身有很复杂的原因。按照车锡伦和方步和等一些专家的意见，宝卷是源于佛教的佛经演义以及抄经、念经活动，但它又是佛教世俗化后由民间艺人创造或编写的具有一定佛教色彩的民间故事。但是，需要确认的是，宝卷不是佛教的经卷，不是道家的这经、那咒，也不是儒家的四书五经，它也不全是佛教的因果故事。

确实，佛经、因果故事和宝卷，这三个名称及其范畴的关系很特殊。就《香山宝卷》，即《观音济度本愿真经》来看，它们似乎是一回事，但大多数情况下却不是一回事。宝卷就是宝卷，佛经就是佛经。《真修宝卷》《绘图玉带记宝卷》《十殿宝卷》《目连宝卷》《包公宝卷》《黄康宝卷》《观音宝卷》，这些名目并起来一看，我们就知道，这些宝卷不是佛经。而在民间，这些宝卷又称为因果故事。因果故事又被称为经或真经。因此，这里所说的"经"或经典，实际上是广义的或者是泛化了的称谓。大体说来，它如此称谓，第一是说宝卷故事中包含了佛经、道经和儒家经典的一些思想，宝卷只在演绎、念唱一个与佛教思想、儒家思想和道家思想相关的故事。宝卷的故事里包含着佛教、道教和儒家的一些基本思想。第二，把宝卷称为经或真经，是比喻或夸张性的修辞说法，更多它是从功能的角度来说的，如同我们读书读到了文章的精义、奥妙，把它称为得到了"真经"一样。由于宝卷故事劝善抑恶的基本思想是佛道儒"三教"的经典思想，所以基层乡民便把传播这些思想的宝卷当作经典或真经。这是宝卷被称为经典、经卷的主要原因。

就目前看到的各种宝卷目录中，以经、宝忏、卷、善文、经文、科仪、真经、偈、经卷、功课、佛词、宝藏、密章、科书、定式、咒、偈赞、集经等替代宝卷的情形也十分多。如马西沙《中华珍本宝卷》中，135部宝卷里名为"宝卷"的有88部，其他都是以真经、科仪、经文等名目存在。在我们见到的《陇南宝卷》目录中，310部宝卷的总数里，以宝卷命名的只有59部。我所见到的武威杨才年的263部宝卷中，239种以宝卷命名，有24部却是以真经、科仪、佛词、经等命名。值得关注的是，晚清、民国时期及以后出版、印影的宝卷，基本上就是以宝卷命名了。如前述《绘图玉带记宝卷》的"本局发行各种宝卷表"里的79部宝卷，就全部是以宝卷来命名了。这种情形说明了后来宝卷作为一种独立讲唱艺术形式存在的痕迹，也说明了宝卷与佛教、道教和儒家思想逐渐分离的情致。但总体而言，其反映的却是"三教"思想不同层面的理念，尤其反映的是儒家的忠孝观念，甚至可以断言，宣扬儒家的忠孝观念，是宝卷的基本母题。

最早的宝卷《香山宝卷》，即《观音济度本愿真经》就是实例。该宝卷由上卷的1～4品"慈航下世投胎第一，花园受苦得乐之道第二，白雀寺武火焚烧第三，斩绞归阴游遍地狱第四"（写慈航转世得道经磨难而成仙佛的佛教故事）和下卷的5～12品的"还乡山中伏虎第五"到"丹书下诏道成受戒第十二"（写慈航成佛得道后到香山并普度众生的故事）等12个部分构成。它不是"观音济度本愿真经"本身，而是以故事的方式（妙善公主慈航因悟透这些佛理而得道成佛，到达香山灵境而居）演绎了佛经真经、道教的一些经义，如金刚经、无字经、醒心经和心印经等的经义。由于宝卷中包含了佛教、道教的一些基本教义，宝卷故事演绎了佛经的一个通俗故事，因此，被乡民习惯地称为"经"或"真经"。

何谓醒心经？何谓心印之法？从宝卷的具体内容去看，这些"经""法"就是宝卷里人物坚守修炼的佛教、道教和儒家的基本法术。因为在《香山宝卷》中，慈航向白雀寺众僧讲了醒心经文，与黄长老在三清殿悟得心印之法，就是其例。这些"经"的精义就是人的心性修炼法。人经过心性修炼，悟得道、参透经义了，就能得到金刚之身，得到舍利金刚，自此后，火不能烧死，绫罗不能绞死，刀砍不能伤身。该宝卷中慈航投胎的妙善公主就是如此：白雀寺火烧对她无济于事，法场绞刑也伤不了其身。又如在河西宝卷的《仙姑宝卷》中，仙姑喜于念经，修炼那精、气、神，修行养气，心自空性自净，因而猛虎不能侵伤；还因用功闭目端坐，修炼四腑精神，蟒蛇不能吞身；魔王刀枪对她毫无损伤，也是如此。这里的关键在于妙善公主、仙姑得着了"真经"精义——坚守了道教、佛教的一些基本法术。宝卷称为经卷、真经，也与此相关。

《湘子宝卷》在河西宝卷中也显得很是特殊。它可以被看作这里所谓的经卷或真经一类的宝卷，但它不是严格意义上的佛教宝卷，而是神话传奇宝卷。这部神话传奇宝卷基本是在阐释佛道基本的因果原理和"天道"、道教内涵，该宝卷开头就开宗明义地讲修行的人格要求：

> 化气高来化气高，化尽会明得高超。
> 道是一点太和气，气容口中乱唠叨。
> 修行不把会明化，纵然道成打荒郊。
> 吾劝修道人不少，许多脾气甚蹊跷。

宝卷中间部分就借韩湘子度叔嫂和林英妻子形象，集中阐述了佛教、道教的这些基本理念；结尾渲染天堂的九重境界和看破红尘后的色空理念："三花五杰放豪光，车转昆仑入黄房，法即真空色即空，轮回免脱上天堂。"所以，"弱"故事，"强"理念是这部宝卷的基本特色，它以相当铺排的韵文阐释佛道之理，堪称宝卷中的典范。

进一步说，经或真经也是佛教、道教中的道术、宝典等教术。由于佛教宣言人人有佛性，凡人经过修炼也可以变为神佛，达到神佛境界，过上幸福生活，因此佛教的修炼之法、法术就成了一般人都想得到的"经"与宝卷。魔有魔法，神有神道，宝卷不少地方叙述了这一法道，因此被称为宝典、宝卷，又被民间乡民信奉。同时，在中国的传统社会文化语境里，儒家的"四书五经"是最基本的经典，宝卷后期在"三教"文化主导的文化环境中存在，宣传了儒家文化经典"四书五经"的思想及其伦理道德思想，因此，儒家文化经典也被称为经和宝典，所以，把宝卷称为真经、经卷，就是指宝卷中包含了佛道儒"三教"的这些基本教义和经典。今所见《观音真经叙》和《原本读法十六则》的宝卷叙述就证实了这一点。

其《原本读法十六则》主要包含如下内涵：

第一，宝卷是"言因果本福善祸淫之理，讲修炼实返本还原之道"的，它"无非欲人明善复初，修行了命，穷究性命根源"（而演义传奇俗本、弹唱歌曲，则是"悦人耳目，无益身心"的）。第二，宝卷是一种以读、念为主辅以演唱的文本。"自读须为人读，人读又须经为我读。何以故？成人成己，互相砥砺，籍他人之吟咏，开自己之尘蒙。"第三，宝卷带有训诫性质。"从来'三教'经典垂训，教人字字隐义，句句藏玄，旁引曲喻，告诫不一。"第四，念宝卷，听宝卷，带有比较庄严的特性。"所关最重，读者须当净手焚香，诚敬开诵。读闭掩卷高供，不得亵视。"[①]这是民间把宝卷作为庄严的"经"与经典的具体反映。宝卷既然是真经，是经典，于是，家中藏卷，请人抄卷、念卷，通习经典的要义，就成了民间的一个庄严活动，因而经久不衰。

因此，把宝卷作为经典，当作真经，是基层乡村民间的一种基本信念，也是一些念卷者、编写宝卷的人和听卷人的基本信条。这在一般宝卷而言，似乎是通则，如《牡丹宝卷》在叙述了牡丹的贤孝美德后，它的"劝贤诗"部分就直接说道：

牡丹花在凡间先苦后甜，黑蜜蜂在人间枉活一场。

---

① 《凉州宝卷·民歌》，李学辉主编《凉州文学》增刊，2005年第2期。

>郭狗子狗咬星降落凡间，有李氏犯贼星打落凡间。
>今留下这宝卷劝化人心，人活上一百岁就如梦中。
>有善男并信女细听经卷，一句句一字字都是实言。

在这里，不管是念卷者还是听卷者，都是把宝卷当作经卷的。这也充分说明，在民间一些人眼里，宝卷的作用不亚于学府、庙堂、衙门、皇室大力推广的"四书五经"的作用，也因此，在这个意义上，它在民间被称为"真经"和"经"一样的文字。例如，当我们听到说到谁家听卷子去，哪里有人念卷了，不管它念的是什么宝卷，是《仙姑宝卷》《方四姐宝卷》《烙碗计宝卷》，还是《鹦鹉宝卷》《寻父宝卷》，大多乡民都把他当作听"经"去，就像在听和尚念经和学堂老师读"四书五经"一样，把一些得到的经验、教训都当作得到了真经。所以，在民间，宝卷被当作"经卷"或"真经"，当是很容易理解的事情。

所以，就现存的河西宝卷来讲，整体上讲述或论述佛道儒"三教"思想精义的《涅槃经》《妙法莲华经》《玉女经》或"四书五经"的讲义式的文本是没有的。类似这里所谓经卷或真经的，只有那些故事性很弱的几部。在河西宝卷近100部里，也只有《观音宝卷》《仙姑宝卷》《湘子宝卷》《和家论宝卷》《新刻岳山宝卷》5部，经义成分比较重，但它们数量只占总数的5%。《观音宝卷》大体叙述观音修炼成佛度化的故事，《仙姑宝卷》宣扬道教思想，叙述仙姑修炼成仙成道度化世人的故事，《和家论宝卷》和《新刻岳山宝卷》宣扬儒家伦理和忠孝节义思想，《湘子宝卷》叙述韩湘子度化其叔韩愈和其妻林英的故事。这几部宝卷重心在阐述儒释道"三教"之理，故事性很弱，很难说是通俗文学文本，但也不是全部讲经。这说明了宝卷的一个基本特性，它是佛教、佛经俗讲，把佛教思想俗化的结果。现存留的河西宝卷，95%是民间传说故事、妇女修行故事，而且大多是世俗民间尘世的故事，佛道天界的成分还是很少，所以，被称为经卷或真经，还只是夸张的说法，比喻、隐喻的修辞成分比较多。但无论如何，乡民信奉宝卷，还是有弗洛伊德对于宗教解释的那种内在原因在——"因人类对安全感的需要而产生，又因人类在生活的种种困难面前无能为力而强化。""……文化，就是对人进行智力、美学和道德方面的教养。"① 通过宝卷，乡民们获得了面对世界人生的智慧，获得了佛教、道

---

① 转引自〔法〕维克多·埃尔：《文化概念》，康新文、晓文译，上海：上海人民出版社，1988年，第17页。

教和儒家文化的思想经义或精义。所以，从这个意义上讲，把宝卷称作经或真经，或者把宣扬这些真经和经典的书籍、民间读物称为宝卷，是"名至实归"的，因为在传统中国，尤其是在丝绸之路的河西走廊一带，它是支配着浩瀚的民间思想的最主要读物之一。它有鲜明的神佛思想，但它又把凝聚了中国传统文化精义的佛道儒"三教"思想在神话的外衣下极其有效地灌输给了万千下层民众。这是中国传统文化中除了民间戏曲外再没有一个文体能够相比的。像《黄糠宝卷》，就反映张贤文坎坷多难的人生故事，张扬了其妻贫贱不能移的高尚品德，批判了其父母的狭隘心胸和短视浅陋，侧面烘托了丫鬟春喜和张贤文义父的扶弱济贫精神。一部《黄糠宝卷》，尽管书写父母子女借债生怨的世俗恩怨，但它把俗世间的冷暖沉浮、人性的悲催与傲昂演绎得淋漓尽致，还告诫它的听众：

黄糠宝卷宣完成，/诸天大圣喜欢心。/奉劝眼前诸大众，/一生休做势利人。/大众志心勤朝礼，/增延福禄永团圆。

又如《十殿宝卷》，演绎生死阴阳两界格局，展现阎王殿、十八层地狱和种种人间酷刑，把古代社会的戒律宣扬得如此生动，实在是了不起的民间创造，显示了基层民间的高度灵感与想象力！我们这样推断是因为，如果我们这个民族的广大民间文人缺乏灵感，就不会把这种个体生命深层次的恐怖披上神话的外衣展现得那么富有情趣，尽管它残酷而血肉淋漓，且恐怖残忍。所以，因果故事——宝卷，凭借神秘的阎王殿、黑暗的十八层地狱、严酷的刑律，才起到了威慑大众、教化大众与启蒙民众的神奇魅力！

第二节 "三教"融合与宝卷思想

一、"三教"及其融合现象

"以儒为表，以道为里，以释为归，故称三教也。"在中国思想界，"三教"这个范畴是比较有争议的，尤其是儒家，是否成为宗教也确实值得探讨。但一般而言，"三教"一般指佛教、道教和儒教。如前所述，儒释道中的儒，指的是孔子开创的学派，也称儒教。儒教曾长期作为中国官方意识形态存在，居于主流思想体系地位，其影响波及朝鲜半岛、日本、中南半岛、中亚、东南亚等世界不同的地区。释是古印度乔达摩·悉达多创立的佛教，因悉达多为释迦牟尼佛，故又称释教。道指的是东周时期黄老道神仙家依据《道德经》《南华经》而长期演变创立的宗教，是中国本土宗教。因为其是中国土生土长的宗教，因此，在中国境内的传播也相当广泛，影响巨大。

儒、佛、道"三教"合一的思想，或者"三教"并盛的时代，是唐代。因为"三教"论，虽肇始于北周武帝时，然直至唐代始，儒、佛、道"三教"才真正地融汇调和。具体存在格局为儒学正统，提倡佛教，支持道教，三教并存。如罗香林的《唐代三教讲论考》一文，就通过对唐代"三教"论的具体考察，指出"三教"归一在唐代"久已普遍朝野"。这种"三教"论，导致了学者以释道义理解释儒家经义，从而促进了儒家思想的转变局面。宋人理学，唐人已开其先绪。但至宋，其儒师周敦颐等人，援佛入儒，革新儒学，形成了影响后世的理学。这已为学术界公认的事实。到了晚明时期，"三教"合一的思想更成为重要思潮。其中"三教堂"的存在，就足以说明这种现象。

"三教"各有信仰体系，思想内涵极其复杂。宝卷的基本思想就是儒释道"三教"的思想，尽管"三教"思想在宝卷中是有成分差异的。要了解宝卷的思想主题，就必须了解一些儒释道"三教"思想。因此，确知"三教"所指，就是理解宝卷母题及其主题的前提。下面在前节基础上再做一些申述、说明。

佛教共有的信仰主张，是众生只要信仰阿弥陀佛，并从事念佛修行，那么，死后就可以凭借阿弥陀佛拯救世人的愿力，往生于西方极乐世界。该教的基本教义主要有"四谛""五蕴""十二因缘""三法印"、因果报应和生死轮回等。所谓"四谛"，指的是佛教所谓的四条真理，即"苦谛""集谛""灭谛"和"道谛"。它们基本概括了佛教对于人生和现实世界的认识和价值判断。"苦谛"是对于苦的种类和表现形式的概括，如生老病死等；"集谛"则探索苦的根源，认为人的贪欲、渴求等使人陷于苦恼、生死轮回的境地；"灭谛"指的是超脱生死轮回、苦恼的境界；"道谛"指解脱痛苦、达到解脱的途径。所谓"十二因缘"，是指一切事物的产生、变化和消亡，都要依据一定的条件（因缘）。这是佛教缘起理论的基本观点，也是佛教的核心观点。用缘起理论观察人的生死轮回的过程，构成十二个因果关系的学说，就是"十二因缘"。所谓"三法印"，是指世界上的一切事物都是变化的，没有什么东西是永恒不变的；"诸法无我"，是指一切事物和现象都是因缘和合而成，没有独立的实体和主宰者；"寂静涅槃"，是指超脱生死轮回的涅槃，是永恒清静，没有烦恼的。而因果报应、生死轮回，是指善因得善果，恶因得恶果，现世的境况由前世行为决定，现世的行为决定后世的命运。命运由神和自己的前世决定，但是，人的富贵夭寿也来自个人的行为，个人对自己的一切负责，改变自己的命运只能靠自己，无法依靠外人和外力。

道教，是东汉末年形成的中国宗教。严格意义上说，如前已经反复论述的，它与道家不尽一致，但以道为最高信仰，以奉道守戒，修仙得道为修持目标。道教信徒崇拜人格化的神，并从这一角度来理解道，贴近道，追求道。道教徒认为，一旦得道，获得种种符箓及其行持方术，即可度人度世，人得道而成仙，仙因道以济人。如河西宝卷《仙姑宝卷》里的仙姑，就因黎山老母导引成道成仙，后助霍去病将军灭"鞑子"（匈奴），救渡普通世人，成为一方神人。

道教的核心内容是其创世论与人生观。道教创世论认为，太上大道君开天辟地，化形降世，辅助帝王，传经受戒，教化生民。意思是说，天地万物的化生，人类社会的王朝更替，都可以用太上道君及其降世来解释。道教的人生观认为，人所追求的首先是个人自身的生存，一切客观事物的意义仅仅在其是否有利于保全自身生命的存在。如果那外在的物或天下与自身相比，则自身的生命为重，而身外之物和天下为轻。因此，保全自身生命，使之不受名利物欲的牵累和损害。这是首要的行为准则。道教又融合佛道二教思想，对于道体有无、形神关系、性命修炼进行探讨，旨在指导信徒修仙证道，安定身心，解脱生死烦恼，达到顿悟的境界。

在中国文化思想史上，佛、道思想往往又是和儒家思想被一起体认的。如明僧德清（1546—1623 年）在其《观老庄影响论》说："余幼师孔不知孔，师老不知老，既壮，师佛不知佛。退而入于深山大泽，习静以观心焉，由是而知三界唯心，万法唯识。既唯心识观，则一切形，心之影也；一切声，心之响也。是则一切圣人，乃影之端者；一切言教，乃响之顺者。由万法唯心所现，故治世语言，资生业等，皆顺正法；以心外无法，故法法皆真。迷者执之而不妙，若悟自心，则法无不妙。心法俱妙，唯圣者能之。"[①] 德清在识度意义上谈论三教，晚明僧侣智旭则力图以佛法来解释《中庸》："一部《中庸》，皆是约生灭门，返妄归真。修道之事，虽有解、行、位三，实非判然三法，一一皆以真如理性，而为所悟、所观、所证。直至今文，结归'无声无臭'，可谓因果相符，性修不

---

① 曹越主编，孔宏点校：《憨山老人梦游集》（下册），北京：北京图书馆出版社，2005 年，第 330 页。

二矣"。① 又如元末明初著名道士王道渊《道玄篇》的这一段："君无臣不举，臣无君不主。君臣同心，天下莫能取。君视民如子，民视君若母。子母相亲，天下莫能语。我之于道，生之若母，保之若子，子母相守，长生不死。"② 虽然讲述的是人通过修炼达到与道为一从而长生不老的道教理论，但其比喻则为传统的儒家学说。因而，从这一意义上说，儒家思想文化同样是"三教"的内涵之一，它是中国文化的主流，传统文化的根基。中国文化的基本形态是佛道儒"三教"统一、融合，而以儒家文化为灵魂。宝卷所谓的"三教"，就是佛教、道教和儒教。在一般宝卷里，基本思想就是这种佛道儒统一的"三教"思想。这是宝卷的基本思想主题及其特征。

换句话说，宝卷的最基本思想就是这种佛道儒统一的"三教"思想。"三教"（佛、道、儒）思想，尤其是儒家的忠孝观念，是河西宝卷思想的灵魂。方步和先生在其《河西宝卷真本校注研究》的专著里，曾经专门研究产生于明万历年间的河西宝卷的代表作《仙姑宝卷》，总结过该宝卷的思想形态特点，其中一个特点就是儒道佛"三教"合流。总体而言，佛教以劝善为主，道教以重玄之道为核心，儒家思想则以贤孝为道德核心。在宝卷中，"三教"的这些核心因素是被巧妙地统一起来的。它们三者融合。这一特点与趋向，在最早的宝卷《香山宝卷》中也体现得最为充分。如《香山宝卷》中黄龙真人与太白金星奉劝妙善，妙善回答的一段对白就如此：

> 公主曰："修行是为了脱生死，讲甚富贵之分。只要心真，有甚不便……。"老人曰："你休想长生不死。有菩萨护持庇佑，我看你不修行倒还活得几十年。今为长生，现即死路也。"公主叹曰："真乃愚见，不明大道，不明富贵如花，转眼即谢。人活百岁恍如梦兆，生死皆无了期。"不思孔子云："朝闻道，夕死可矣。依此看来，只要得道，明觉生死之义，直超三界，躲脱轮回，长享天福，不生不灭，是谓长生也。岂色身不死之说。"老子云："吾所以有大患，为吾有身。若吾无身，吾有何患。"老人曰："时下人心习顽，恶毒非常，恐遭其害。然佛法远而蛮法近也。"公主曰："修行人，九九之难，听天安排。"孔子曰："知者不惑，仁者不忧，勇者不惧，佛法虽远，功成显应，亦有定期，蛮法虽

---

① 曹越主编，孔宏点校：《灵峰宗论》，北京：北京图书馆出版社，2005年，第782页。
② （明）《正统道藏》，第40册，第32136页，台北：艺文印书馆，1977年（转引自方立天《中国佛教哲学要义》，中国人民大学出版社，2012年）。

近，作恶满盈，天理岂容？"二真人私自叹息曰："果真树大根深，天性毫不昏昧！"老人叫声公主："你修行心真，绝无退志，若不嫌路途远之苦。我们老家有个香山古寺，却是妇女修行之所。我等现今归家认祖，你可同我们去么？"公主闻之，十分欢喜。①

因为妙善公主的修炼真心与坚决意志得到神佛认可钦佩，所以神佛引她"归家认祖"，到了神佛所居的香山。《香山宝卷》的这段文字对白，表现妙善公主信佛、修行以及修炼意志的坚定，也写她对佛法的深刻参悟与理解。这段文字也相当明确地表明，观音——妙善公主"菩萨"本人是个通透道家、儒家之理的菩萨，"三教"思想已经集于一身。事实上，这段文字奉劝信佛修炼、坚守道体、奉行儒家伦理道德的思想相当明确。这在所有丝绸之路河西宝卷中具有相当的普遍性，因为除了《救劫宝卷》《沪城奇案宝卷》和改编自明清小说的《武松杀嫂宝卷》等外，中国宝卷，尤其是100余种河西宝卷无一例外都表达这种思想，都具有这个特点。

二、"三教"融合与宝卷思想

实际上，从宝卷的比较本源的角度来说，它来源于佛教俗讲、变文、缘起，它多为因果故事，它的主题核心应该是佛教思想。但众所周知，宝卷诞生在宋元时期。这决定了其思想就不仅仅是佛教了，因为中国那时佛教、道教和儒家文化已经成了你中有我、我中有你的交融形态了。那时的中国文化，至少从唐以后，儒家思想就为主流，道教、佛教思想也流行，"三教"思想融合。到了明代，这种三教合一不分的状况已经成为主流："明代后期三教合一的风气十分强劲。佛教内部教禅合一、性相合一、禅净合一、台贤合一之风气亦十分强劲。儒者借用佛道思想来诠释儒学，佛门中人借儒学思想来诠释佛教，已经成为这时期的主流学术形态。儒释道三家的第一流学者都能抛弃僧俗之壁垒和家风门派的隔阂，从终极之道来认识和阐发自己的理论。其理由简单说来，是因为由科举的发达引领的儒学向社会各个角落的渗透，及民间讲学蓬勃发展、书院林立所带起的儒学前所未有的普及，由寺院宫观中的俗讲流行，忠孝节义观念无所不在，及由善书宝卷的流行而带来的儒释道三教合一不分的思潮，在在皆是融合成为明代中后期的思想主潮。"② 因此，儒释道三教合一，构成中国文化的基

---

① 《香山宝卷》，何登焕编辑：《永昌宝卷》，永昌县文化局编印，2003年，第43页。
② 张学智：《中国儒学史·明代卷》，北京：北京大学出版社，2011年，第708页。

本特征，也构成民间俗文学的宝卷基本的思想文化特征。

首先，一些佛教类宝卷，基本内涵就是宣扬佛教思想及其意识。如《观音宝卷》就表现了佛教的菩萨崇拜[①]，主要写观音菩萨的自度、度人。这反映了佛教宝卷传播佛教思想的总体趋向。又如，目连救母的故事，最早出自西晋竺法护译的《佛说盂兰盆经》。宝卷《目连救母宝卷》就借佛教为载体，表现佛的大弟子目连获得六神通而救起母亲的故事：看到死去的母亲（青提夫人）转生为恶鬼，不得饮食，饿得皮包骨头。目连十分悲哀痛心，因此以钵盛饭送其母亲。但母亲接过钵饭，未及食口，饮食转化为炭灰。目连悲痛至极，求佛救度。目连母亲何以会入地狱，到了饿鬼道？盖在其母（青提夫人）破戒吃荤，咒骂僧人僧尼，所以被罚入地狱。该宝卷就借"盂兰盆经"故事，极力宣扬了佛教的因果报应思想。就是说，该宝卷表达的是善恶轮回，行善才能得到佛缘，超越生死，升天做仙的佛教思想。

其次，大部分宝卷，基本上表现"三教"融合的思想。《新刻岳山宝卷》是"三教"融合的一个典型佐证。宝卷的主人公李敖，是读儒家诗书出身的知县，但他不信佛、道，蔑视佛、道，板打信佛信道之人，并致死其人，结果阎殿仙佛界神人招他下殿，叫他亲历了母亲污秽神灵遭报应，在阴界地域受苦的情形，于是他才辞官求佛，吃斋念佛超度母亲及九族，成了一个佛道儒"三教"至理通达之人。这部宝卷以生动的事实，奉劝世人信佛信教，其让儒家文化人也信仰佛的思想相当明确。又如宝卷中仙童拜尸首的细节，就是以仙童得道教育李敖："李敖听说回头就要跪，却被鬼伎叫住，见前面有一位仙童在拜叩一个死尸，李敖问此人已死，你拜他做什么？仙童答曰，那是我的前身，我前生在阳间多行善事。广积阴德，修桥补路，吃斋念佛，是个求道之人，曾得仙家点化，得受先天大道，不畏劳苦，勤修苦练，明了生死，修成大罗真仙，超凡入神，乐道逍遥。我要报答前生受苦之恩情。"佛教色彩浓厚的宝卷《目连救母宝卷》来自佛经故事，但是，目连救母的内在动机却是儒家的孝敬父母，报答深恩的意识。这个宝卷的基本思想清晰地展示出了"三教"融合的思想，应该是这类宝卷中极有代表性的一个例证。

[①] 与小乘佛教的崇拜罗汉不同，大乘佛教崇拜菩萨，大乘修行者的主要样板是菩萨。菩萨，是梵文音译，全称为"菩提萨垂"，意译为"觉有情""大士"等。菩萨的修行，以自度度人为特点。中国佛教信仰中，菩萨崇拜非常流行。最受崇拜的菩萨有四位，即文殊、普贤、观音、地藏。四大菩萨各有分工，文殊代表大智，普贤代表大行，观音代表大悲，地藏代表大愿。

我们知道，中国传统文化的一个重要特点是海纳百川，兼容并包。宝卷作为中国传统文化的重要体现，也有这个特点。它的佛道儒"三教"思想融合的情形，正是这个特点的集中反映。就是说，宝卷的基本思想实际上相当明确，其形态特征也很清晰。明白了这些特点，我们就会对宝卷里丰富复杂的思想有所把握，对于每一部宝卷思想的独特性有新的认知。再如《方四姐宝卷》，其本意是写四姐这样受恶婆婆虐待致死的儿媳的贤德，却仍又为其维护超度的儿媳树碑立传。为什么要为她树碑立传？原因是在她身上具有儒家贤孝的一切品德，吃斋念佛，忍辱负重，向善而不以德报怨，笃信佛道神灵。所以，该宝卷根本上弘扬的也是"三教"并举的思想。在《红罗宝卷》中，张进荣、杨海棠夫妻多年无子女，忧心如焚。一怕无子女老来无人照料，二怕无人传宗接代，断了香火。他们是儒家文化思想的忠诚维护者，但他们同样相信佛道。神是很灵验的，让他们得子花仙哥。花仙哥后被招为驸马。这个结局也表明，儒家读书人只要信佛，也能得到好结果。张进荣、杨海棠历尽磨难后，在儿子解救下求神拜佛，安度晚年。因为他们原本是卷帘星和同德星下凡，就是修道成佛之人。《红罗宝卷》这个神话传说的宝卷，也借三郎和二郎神故事，宣扬了神灵灵验的思想，但其儒道思想也融合其中。下面这段宝卷韵文就清晰地体现这种情形：

  观音菩萨发慈悲，苦口良言劝世人。/众位善人往前站，唱个道曲把心散。/贫人来去无影踪，家住南海普陀山。/紫台林中把身安，吃斋念佛做神仙。/西方路上一双鹤，乌鸦都有行善意。//人不行善待何时，消灾免难念阿迷。/若有诚心成正果，善恶到头终有报。/不是早来就是迟，奉劝世人仔细听。/先在家中孝双亲，父母恩情重如山。/叫我跟你说根源，十月怀胎受担惊。/一把屎来一把尿，一岁两岁转怀抱。/一日一日长成人，娶了妻子不认娘。/翎毛干了翅膀硬，东飞西跑各管各。/这种儿子无人道，枉在人世走一遭。/羊羔吃奶双膝跪，乌鸦反扑报娘恩。/飞禽且有行善意，何况人怎不如禽。/奉劝世人早回头，孝顺父母最重要。/父母就如佛前灯，一口吹灭无影踪。/家中活佛你不敬，何必上山去修行。[①]

而在《和家论宝卷》这部宝卷伦理里——它是河西宝卷中比较集中

[①]《凉州宝卷·四姐宝卷》，李学辉主编《凉州文学》增刊，2005年第2期，第128页。

表现儒家和家伦理的一部宝卷,仍有佛道思想意识,仍然是"三教"思想融合统一的宝卷范型。

像《唐王游地狱宝卷》这个宝卷,更是以儒家为主的官方意识形态推动儒佛道结合的典型例子。唐王,这个一代国王、皇帝,他在朝廷里大讲教理,以加官晋爵方式鼓励"西天取经"行为,弘扬佛道思想,也反映了中国文化"三教"并举的重要特点。实际上,像《唐王游地狱宝卷》这样的宝卷,只能出在唐以后,但这说明,唐代佛教兴盛,以儒家文化为主的中国文化里佛道文化已经全面地渗透了。宋代开始,"三教"之间的深层融合成为主流。① "三教"融合成为统治阶级,佛教僧侣和社会各阶层的共识,② 一些僧侣,如禅僧契嵩等,就主张释不违儒、儒能容道,倡导佛道儒共有的"善事利人"思想,并把儒家伦理的孝置于佛教戒律之上,"三教"思想在这种互动中得到发展。"三教"思想成为传统思想文化的核心。宝卷正好反映了中国文化中"三教"融合的独特景观。上面提及的《红罗宝卷》就反映了这种情形——有家业而无人丁,活到老只落得孤独。孔圣人常对弟子讲得清楚,"不孝有三无后为大"。所以,在宝卷中,"和家"团圆的和谐思想,为官清正的世俗道德,忠孝观念,仁爱观念等都是世俗儒家伦理思想。在该宝卷中,"三教"思想是紧密地融合在一起的。同时,《红罗宝卷》的另外一个特点是,将神佛泛化,赋予神佛两层寓意:第一,父母是神灵,是佛的思想:"父母就如佛前灯,一口吹灭无影踪,家中活佛你不敬,何必上山去修行。"第二,神佛代表良心善恶,神灵也遵循儒家道德。这是"三教"思想在一个宝卷里巧妙融合的最佳例证。从这些宝卷的思想构成我们看到,中国传统文化的基本思想是"三教"思想,"三教"融合是中国文化的一个基本特点。民间说唱艺术脚本的宝卷很充分地反映了中国文化的这个特点。

张学智先生在其《中国儒学史·明代卷》一书中认为:"当时(明代弘治、正德年代以后)善书、宝卷十分流行,城市里寺院讲经活动很普遍,所讲多为通过佛经中因果报应故事来劝善,里面掺杂有大量的儒家孝悌忠信的内容。"③ "三教"融合的这种情形,在河西文化中有逼真的反映。"中国的哲学向来以朴素的唯物主义著称,到魏晋时,为适应新的形势,

---

① 中国社会科学院世界宗教研究所等主编:《中国五大宗教知识读本》,北京:社会科学文献出版社,2007年,第59页。
② 中国社会科学院世界宗教研究所等主编:《中国五大宗教知识读本》,北京:社会科学文献出版社,2007年,第58页。
③ 张学智:《中国儒学史·明代卷》,北京:北京大学出版社,2011年,第684页。

由'三玄'发展成了客观唯心主义的'玄学'。此'玄学'和佛教中最先传来的'般若学',都讲'本无',两者异曲同工,各尽其妙。般若学成了披着袈裟的玄学,玄学成了披着老庄外衣的般若学。双方的哲学旗鼓相当。这样相互融合和渗透,必将出现新的文化品种。印度和中国虽都是近邻的文明古国,但印度文化和中原文化隔远。它们的互相渗透与融合,属远亲繁殖。据生物学的观点,双方都优秀而健壮的远亲繁殖,必将产生最优良的品种。'敦煌学'即其所属。"[1] 文化融合,产生新的文化品种。"敦煌学"这种文化品种是文化融合的产物。河西宝卷,作为"敦煌学"的俗文学形式,实际上逼真地反映了中国文化儒释道融合的思想。因而,认识清楚这些,对于了解宝卷思想及其主题将有深刻的启发。

第三节 从佛儒杂糅到"抑佛扬儒"

《续金瓶梅》第三十八回《大觉寺淫女参禅,莲华经尼僧宣卷》描述了"宣卷"的一些场景[2]:

> 不上二三里路,望见沿河一带翠馆青楼,几条小巷穿过,却是师师府了。正值福清请了白衣庵里有道行的师姑说法,宣卷的吕师父法名如济,来宣一卷花灯佛法公案。……却说这吕姑子年将六十余岁,生得黄面长眉,挂一串金刚子数珠,穿着袈裟,手执九环锡杖。两个小小尼姑打出一对黄绫幡来,引上法座,离地有三四尺高,中间焚香,供着一尊锡金观音,香炉金磬,烧着檀香小断。两边小桌坐下八个尼姑,俱是白面缁衣,僧鞋僧帽,在旁管着打磬和佛。只见法师上座一毕,这些尼姑女众俱来问讯参拜。那法师只将锡金佛观音略一举手,便稳坐不动,把双眼闭着,搭下眉毛来,做出那坐禅的气象,得道的威仪,大声说道:"今日堂头和尚要讲甚么佛法,听老僧粗讲西来大意。"便道:"人身易失,佛法难逢,夫妻恩爱,一似同林鸟,大限来时各自飞;儿女情长,好似烧瓦窑,一水和成随处去。石火光中,翻不尽没底筋头,海沤波里,留不住浪荡形骸。披毛戴角,转眼不识爷娘,吃饭穿衣,忘

---

[1] 方步和等编著:《河西文化——"敦煌学"的摇篮》,北京:中国文史出版社,2004年,第10~11页。
[2] 《续金瓶梅》不是《金瓶梅》,而是清代丁耀亢依据宗教轮回思想和灵魂说对于原《金瓶梅》人物的再书写。该作思想和艺术上无甚可取之处,但其用因果报应思想演绎《金瓶梅》人物,对于理解佛教及其相关的宝卷还是有帮助的。

却本来面目。无明火里,生出贪淫妒狡四大轮回;无常梦中,历遍生老病死七情孽债。因此阎罗老子伤心,无法救地狱中饿鬼,释迦牟尼出世,愿度尽阎浮上众生。三藏八乘,火池处处见莲花;十地六尘,苦海沉沉流贝叶。黄氏女看经,宝盖金桥迎善女,目莲僧救母,铜蛇铁树报冤魂。吃斋念佛,袁盎超几世沉冤;礼忏斋僧,郗后证三生正果。一失脚成千古恨,再回头是百年人。因说偈曰:如是甚深微妙法,百千万劫难遭遇。我今见闻得受持,愿解如来真实意。"又问:"堂头和尚,今日从何处问起,老僧放参?"只见首座有一尼僧上前问讯,说道:"佛法参禅,先讲过行住坐卧。请问和尚如何是行?"答曰:"行不与人同行,出关两足云生。为看千峰吐翠,踏翻古渡月明。"又问:"如何是住?"答曰:"住不与人同住,茅屋青山自去。庭前老鹤吟风,门外落花无数。"又问:"如何是坐?"答曰:"坐不与人同坐,婆娑影儿两个。雪花扑面飞来,笑我北窗纸破。"又问:"如何是卧?"答曰:"卧不与人同卧,葛被和云包裹。孤峰独宿无聊,明月梅花与我。"又问:"如何是色中人?"答曰:"嫫母西施共一身,可怜老少隔千春。今朝鹤发鸡皮媪,当年玉颜花貌人。"又问:"如何是人中色?"答曰:"花开花落两悲欢,花与人同总一般。开在枝头防客折,落下地来有谁看?"又问:"如何是人中镜?"答曰:"沧海尽叫枯到底,青山只代碾作尘。"又问:"如何是镜中人?"答曰:"翠竹黄花非外镜,白云明月露全身。"又问:"如何空即是色?"答曰:"莺啭千林花满地,客游三月草连天。"又问:"如何色即是空?"答曰:"万象全归古镜中,秋蟾影落千江里。"①

这是清代宣卷前的念佛做场。"做场"以后,开始宣讲一个宝卷(因果)故事《花灯轿莲女成佛公案》。该宝卷是一个典型的佛教类宝卷。讲张善人夫妇四十了还无子女,但他们吃斋念佛,感动释迦牟尼佛祖,于是佛祖派散花天女传《妙法莲华经》给他们夫妇二人。此对夫妇吃斋念佛,后来果然生了莲花女。莲花女在十六岁出嫁时轿中坐化成道升天。张善人夫妇也升天成道。该宝卷比通常的《观音宝卷》等佛教宝卷简单多了,但却是纯粹的佛教宝卷。因此,《续金瓶梅》这一回(第三十八回)对于我们了解宝卷提供了许多启示。就是说,这一回既提供了一种"宣卷"场景,又提供给了我们一个"宣卷"的脚本。就前者说,它使我们马上想起

---

① (清)丁耀亢:《续金瓶梅》,济南:齐鲁书社,2006年,第265~266页。

乡村的做道场，跳大神，祈福禳灾等场景。从后者说，它可以使我们对比手头收集的许多宝卷脚本，来探索研究佛教宝卷的一些基本面向以及佛教宝卷逐渐向儒家思想占主导的宝卷演变的一些趋势。

如前所述，目前我们收集到的河西宝卷，类型很多。其中佛教类宝卷只占少数，大部分宝卷的思想非常复杂。在宝卷中，既有佛教的因果报应思想，又有儒家的"女儿经"及其"三从四德"等思想观念。宝卷中佛道儒思想杂糅。而且，后出现的宝卷的基本主题倾向却是"抑佛扬儒"，宝卷的主题有一个明显的以佛教思想为主到儒家思想统领的演变过程。这当然由中国思想主脉决定。即唐代儒释道三教开始融合合一，尽管唐代统领释道的仍然是儒家思想。如唐代的情形是儒家正统，提倡道家，佛教辅助。其后，这种情形有了变化：宋代成功地将佛道意识归于儒家思想系统，这个特点就明显明确了。到了明代，儒学与各种宗教思想融合汇通，儒学仍是正统。既然儒学为正统，其他宗教思想就只能被辅助、倡导，在融合中儒释道还是有主次的。就是说，在中国文化思想的发展过程中，儒学思想的正统地位一直没变。这就决定了作为一种文化现象的宝卷的主题思想的"抑佛扬儒"倾向的必然性。即宝卷宗教思想逐渐淡化，而主流儒家思想渐成主流主题。丝绸之路的河西宝卷即以其比较原生态的形式，比较充分地体现出这个特点。

《余郎宝卷》（又名《方四姐宝卷》）就是如此。该卷选自《酒泉宝卷》。这部宝卷的开头写道：

> 余郎宝卷才展开，诸佛菩萨降临来。
> 听卷之人仔细听，听了莫当耳边风。
> 善男信女一同坐，念卷之人讲明白。
> 用心听了此宝卷，父慈子孝一家贤。
> 信佛之人听此卷，贵子贤孙辈辈传。
> 这些闲言且莫讲，再把贤良说一番。

它的歇座文写道：

> 头顶青天不可欺，你做恶事神仙知。
> 善恶到头终有报，只争来早与来迟。
> ……
> 行善之人记阴德，作恶之人害儿孙。

不听不信都由你，余郎宝卷到此终。

这个开头和歇座文表明，在这个宝卷中，佛教思想与儒家贤孝思想已经紧紧联系在一起了，它们相互杂糅，浑然一体地交织在一起，但重心有了偏移。整理现有的河西宝卷，不管是时间上较久的宝卷还是近现代的宝卷，我们都发现，就文本外在存在形态看，几乎所有宝卷都有称颂诸佛、菩萨名号等现象存在，它结尾的歇座文也如此，而其内部文本，包括题旨，则大多呈现着佛道儒思想杂糅又偏重"扬儒"的思想倾向。

这在《鹦哥宝卷》的开头表现得尤为明显：

鹦哥宝卷才展开，诸佛菩萨降临来。
天龙八部升天界，听了宝卷永无灾。（《酒泉宝卷》）

其歇座文写道：

把鹦哥这绿毛改作白毛，度上了普陀山紫竹林中。
住在了菩萨的莲座台下，时时间随菩萨常受香灯。
孝顺的小鹦哥成了大道，今世人不孝顺实为畜牲。
有一等忤义子不怕皇天，不孝母生儿女多为疾病。
有一等忤义子不孝父母，有好吃有好喝不顾父母。
自顾得他亲守的妻子儿女，行孝的上古人对你细表。
有剡子接鹿奶孝敬双亲，有王祥为他母身卧旱冰。
有郭巨他埋儿天赐黄金，有子路他百里负米奉亲。
小安安他送米孝敬母亲，有董永为行孝典身葬父。
有丁郎刻木母孝敬母亲，过去的上古人千千万万。
今世人不行孝所为哪般，如今人无善行口损阴功。
赚金钱到后来只顾一人，年幼人不信佛双眼睁大。
还说我小鹦哥无故咒人，这宝卷做的是真通天文。
奉劝你男共女好好存心，行善人听一遍增福延寿。
世间男女仔细听，吃斋念佛孝双亲。
若不尽忠行孝道，看经念佛也无功。（《临泽宝卷》）

《鹦哥宝卷》是一部宣扬孝道的宝卷。在《鹦哥宝卷》这样的寓言类宝卷中，称神念佛不仅存在，宣扬儒家日常伦理秩序及其孝道思想更是大量存在，并且这种思想已经是宝卷的主要思想。像郭巨埋儿、负米奉亲等故事宣扬的儒家贤孝思想，已经是宝卷的显性主题。而且宣扬儒家思想已经成为宝卷真正的叙事目的。在这里我们看到，宝卷已经不单纯是一个宗教故事了，它实际上披着宗教的外衣，在讲述儒家的日常伦理与日常生活的道理。因此，如果假定全部删去宝卷的"起文"："鹦哥宝卷才展开，诸佛菩萨降临来。天龙八部升天界，听了宝卷永无灾"，那么，这时候的《鹦哥宝卷》，就活脱脱是一个宣扬儒家意识形态，即孝道的说唱型寓言故事了。这也充分印证了宝卷的主题以宣扬儒家思想为主的倾向特征。

丝绸之路的河西宝卷何以会呈现出这种状况与特点呢？这其实与佛教东渐通道的凉州、敦煌、张掖的地域位置有密切的关联。河西在古代，既是边塞，又是前沿。这种地理地域的二重性决定了它文化的多样性。由于行文主题的关系，这里无法详细谈及，但凉州（今武威，是汉代设置的河西四郡之一）与河西四郡在清代以前中国的地位，却相当于改革开放以来中国的香港、深圳，是经济文化的前沿地带，就是说，它是张骞通西域后中国最为重要的对外经济文化交流的州郡。这些地方在十六国时期是北方佛教文化的中心，有世界上唯一以我国四大佛经翻译家之一的鸠摩罗什命名的罗什寺，佛教盛行，而西晋永嘉之乱后，关中及中原儒士纷纷前来避难，将中原文化传到河西，凉州成为中国西北地区的文化中心，儒家思想更盛行。《通鉴》（胡三省注）说："永嘉之乱，中州之士避地河西，张氏礼而用之，子孙相承，衣冠不坠，故凉州号为多士。"[1] 这样，凉州一带，自然形成了佛道儒思想杂糅而儒家思想更盛的局面。后来历代统治者出于民族交流、文化交流等多种动机，沿袭并发展了这种局面。如明英宗为罗什寺院颁发了大藏经，并下圣谕："刊印大藏经，颁赐天下，用广流传，兹以一藏安置陕西凉州大寺院，永充供养。"康熙二十六年（1687）有《重修罗什寺碑记》就是事实[2]，他们都在借推行佛经来张扬儒家思想。这与前述明代以后中国思想文化发展的主潮完全一致。

河西宝卷"抑佛扬儒"倾向出现的另一个依据则在于，以讲究善恶报应为主的宝卷中的佛道思想，后来又逐渐被行孝为主的儒家思想取代的趋向。这隐隐包含着中国古代思想史演进的内在脉络。因为，从佛道的"神鬼"之治到儒家的"仁德"之治，"神的迷雾"是渐趋消隐的。从目前的

---

[1] 郭承录主编：《武威史话》，兰州：甘肃文化出版社，2005年，第7页。
[2] 郭承录主编：《武威史话》，兰州：甘肃文化出版社，2005年，第229页。

研究及其大量的文献资料看，宝卷这种民间文学及其说唱艺术，大量产生于明清以来。宋元明清以来，汉唐的尊佛趋向得到扼制，"存天理，灭人欲"的宋明理学，否定了佛道的神灵拯救人类思想，加快了宝卷"抑佛扬儒"的思想进程的发展。同时，明清时期的主流意识形态是儒家思想，儒家思想的核心内容在宋明理学里仍然坚守。这是思想史与宝卷文本共同呈现的事实。

河西走廊新出现的《山丹宝卷》中的《沪城奇案宝卷》就证明了这种必然性。《沪城奇案宝卷》写解放后上海公安机关抓国民党潜藏特务的故事。它完全颠覆了过去宝卷善恶相报，人世轮回，命由天定，神灵决定一切的佛道思想，以全新的现代国家、人民意识的张扬，成为宝卷这一民间说唱艺术形式革新利用的里程碑式的作品。这也从一个侧面印证了宝卷这种民间通俗文学与艺术、历史、思想同步发展的规律，以及叙事艺术发展沿革的深刻命题。因此，由宝卷的为宗教服务转变为劝善人心的社会意识形态服务，是宝卷这一特点出现的最为内在的原因。因为除去那些纯粹的因果故事外，在我们丝绸之路河西宝卷中看到的更多的情形是，穷人发奋读书，饱读四书五经，结果中了状元，成就功名，成为国家的栋梁，光宗耀祖，改变命运。这是典型的积极入世的传统儒家思想与经验模式。就是说，当那些因果故事宣扬的思想、观念遭到了经验的失败后，人们转向现实人世，开始直面现实，用积极入世的儒家思想求得现实的印证。这种求证就导致了宝卷利用佛道神助来完成劝善人心的社会意识形态服务的宗旨，而逐渐地，一个个因果故事也就成了张扬儒家忠孝观念的民间文艺形式了。因此，佛儒杂糅、"抑佛扬儒"的思想倾向也就必然出现，宣扬儒家的忠孝观念也就成了宝卷，尤其是河西宝卷的基本母题了。

第四节　神灵·魔法·地狱·戒律

在宝卷的"三教"思想中，儒教文化是最容易被我们理解的，而且正如前述，佛教和道教的基本信仰也容易为一般人理解、信奉，但是，按照现代科学理性理论，佛、道文化中的神灵、魔法、道术、阎君、地狱、戒律却并不一定会被我们理解。因为如果我们不从劝化人心，不从寓言的角度来看多数宝卷，我们会发现，宝卷大多写神灵道术、佛道魔界的事情，写这些神灵、佛道魔界如何左右世俗现实以及地狱世界的超现实神奇行为。所以，我们有可能疑问骤升：宝卷中的神佛存在吗？弥勒、玉皇大帝、菩萨、仙姑、阎君究竟是如何被塑造出来的？他们真的创造了这个世界？地狱世界也有十八层次？神佛真能够决定尘世人的命运？真能够呼风唤雨撒豆成兵？灵魂真能够出窍？借尸真能够还魂？从科学、理性的角度来讲，这些几乎没有一个经得起考验，也早被我们现代思想哲学界作为封建迷信作了彻底否定，如马克思早就果断地认为，宗教、神话是人民的鸦片（原话为"宗教是人民的鸦片"），毒害我们的心灵，神只是我们人类本质的异化现象，宗教的发展和出现，与人类物质生产力发展水平一致，它是社会发展到一定阶段的产物。宗教消亡是历史发展的必然规律。世界不是神创造的。我们应该不倦地进行无神论宣传，唤起人民对于宗教迷雾的警觉，引导人民群众自觉地认识宗教的特性，并进而不遗余力地批判宗教。① 但是，如果我们认真阅读会发现，这又是宝卷内容的重要组成部分，甚至就是宝卷主题思想的重要组成部分，全然否定、忽视或无视显然不利于我们的研究，我们不能不重新审视它，因而，先来梳理、界定这样一些现象，也许是我们理解河西宝卷这一传统文化遗产——一种所谓"绝学"的一个关键性问题所在。

让我们先从宝卷文本的具体情节入手来看这些问题。在宝卷中，具体情形是神灵魔法道术、阎君和地狱世界的想象与描写大量存在。神灵、阎君、地狱、戒律比比皆是。就是说，神灵、方术内容在宝卷中书写得相当多，甚至是有些宝卷的基本内容。如在《长城宝卷》里，有四个情节就颇具典型性：（1）范其郎被黑风卷走，卷到许孟姜家花园树上。（2）许孟姜哭倒五百里长城。（3）许孟姜指血认夫尸体。（4）范其郎棺材漂浮海上，范其郎、许孟姜夫妻双双成仙升天。在《黄氏女宝卷》里，也有下列五个神奇因素：（1）月兰道人贪财变成千尺长蟒。（2）长蟒投胎，变成黄五姐，吃素诵经。（3）观音菩萨使死猪化成人形，劝化赵令芳。（4）黄氏与阎王对经，黄氏游十八层地狱。（5）黄氏投生张员外家，学名张世亨，中进士。在《目连救母幽冥宝卷》里，有九个神奇因素：（1）梁武帝前生是樵夫，因为乐善好施有佛缘，贵为帝王。（2）神光面壁九年，达摩授先天

---

① 马克思关于宗教的著名观点是"宗教里的苦难既是现实的苦难的表现，又是对这种现实的苦难的抗议。宗教是被压迫生灵的叹息，是无情世界的感情，正像它是没有精神的制度的精神一样。宗教是人民的鸦片。"列宁作了进一步发挥，认为"对于工作一生而贫困一生的人，宗教教导他们在人间要顺从和忍耐，劝他们把希望寄托在天国的恩赐上。对于依靠他人劳动而活的人，宗教教导他们要在人间行善，廉价地为他们的整个剥削生活辩护，廉价地售给他们享受天国幸福的门票。宗教是麻醉人民的鸦片。宗教是一种精神上的劣质酒，资本的奴隶饮了这种酒就毁伤了自己做人的形象，忘记要求稍微过一点人所应当过的生活"。《马克思、恩格斯、列宁、斯大林论宗教》，北京：中国社会科学出版社，1979年，第105～106页。

大道。(3) 上帝下旨,雷劈肖自然显化李伦。(4) 破败二星下凡傅家,金果、银果被雷打死。(5) 群鬼入宅,手举铜锤打死李伦,烧其房屋尸体。(6) 傅崇之妻遇到神象,怀胎傅象。(7) 道长点化傅象,傅象生子傅萝卜(目连)。(8) 地盘业主点化刘氏,被罚入地狱。(9) 目连冥府寻亲,救母。在《白虎宝卷》的迷信因素里,也有七个神灵方术:(1) 张龙阴魂暗中护佑其子、其女。(2) 土地神打碗救张龙子女。(3) 白虎背观音奴,神救观音保。(4) 白虎咬死恶人刘彪。(5) 刘氏子村哥被烧成焦灰。(6) 燕子说人话救姚氏。(7) 刘氏变白狗。在《忠孝宝卷》里,这样的神奇情节有三个:(1) 土地神为柳迎春止血。(2) 龙王杀叶保救柳迎春父媳二人。(3) 土地神点化柳迎春。在《唐王游地狱宝卷》里,这样的神奇情节也有六个:(1) 天罡知风雨。(2) 龙王到人间。(3) 唐王梦中受托。(4) 魏徵魂杀龙王。(5) 龙王告状,唐王游地狱。(6) 冥府阎君断案。等等。这种神灵魔法、道术的书写,使得宝卷看起来几乎就是在宣扬神灵世界的魔法。宝卷描写的世界全由神灵控制,毫无例外。

地狱情景也是宝卷中书写的最主要的内容。这些情景在《唐王游地狱宝卷》《香山宝卷》等传统宝卷中大都出现过,描述也大致相仿。其中的九层地狱及其存在之人分别是:(1) 血池狱:它里面的人是妇女,因为生儿女时,人前不躲避,神前走动,遭此罪孽的人。(2) 寒水地狱:它里面是不守本分,不敬不孝,作践媳妇,做了后娘欺凌儿女的人。(3) 拔舌地狱:它里面的人挑拨是非,是说假话、瞎话、闲话的长舌人。(4) 铁床地狱:它里面的人是好吃懒做,蛮干不听劝阻,赌博,家破人亡的人。(5) 拔肠地狱:它里面的人是心术不正,坑蒙拐骗,到处杀生的歹恶之人。(6) 刀山地狱:它里面的人是杀人放火,欺害忠良,鱼肉相邻,横行霸道的人。(7) 剜眼地狱:它里面的人是容貌好心肠不好,怨天尤人,撇嘴瞪眼,摔碟摜碗的人。(8) 锯截地狱:它里面的人是不守贞节,与男人鬼混,撩病过阴的人。(9) 油锅地狱:它里面的人是不敬不孝,不知报恩,贪财害命的人。这些地狱情景及其收留的各种恶人,在宝卷中被书写得触目惊心,恐怖异常,令人毛骨悚然。

从源头上讲,这些内容——神灵的道法魔法,实际上是佛、道文化的重要内容,是佛教、道教想象出来的,或者是佛教、道教时空观念下的"三界"观念、超越意识、轮回意识的产物,也是其复杂内涵的重要方面。它们是宗教戒律或道规的再现,显示了各类宗教的神秘荒唐以及一切所谓的超自然的力量。但它们只是初民时代神性思维、原始思维的结果,如同所有的宗教一样。"宗教是一种梦幻,因人类对安全感的需要而产生,又因人类在生活的种种困难面前无能为力而强化。"[1]"其实神不过是由于人在不发达的意识的混乱材料中的反映而创造出来的。"[2]但是,真正的宝卷又不是宗教,也不是宗教讲经文、变文或因缘等,尽管其中的一些宝卷源自于佛教的变文等,它是一种民间通俗讲唱艺术,它是在借助神、神灵——释迦牟尼、菩萨、道人讲说人、自然界的故事,"神只是人的虚幻的反映,人的映像。但是,这个神本身是长期的抽象过程的产物,是以前的许多部落神和民族神集合起来的精华。与此相应,这个神所反映的也不是一个现实的人,而同样是许多现实的人的精华,是抽象的人,因而本身又是一个想象的形象"[3]。因而,宝卷就在这个逻辑基点上具有了独特的思想和价值。就是说,宝卷只是在利用佛道的各种内容、思想和戒律劝诫世人,劝诫、劝善是其根本目的,它表达了更为丰富的内涵与思想。如《长城宝卷》,写秦始皇修长城祸国殃民、活埋百姓,被百姓嘲弄、遭报应而死的故事,也写主人公孟姜女贤惠贤良,万里寻夫,哭倒长城,制裁奸将,嘲弄始皇,夫妻双双成仙升天的故事。宝卷对于边将、皇帝的贪婪愚蠢作了辛辣的讽刺,而对于许孟姜的贤惠贤良、忠于爱情、嫉恶如仇的个性及其聪明睿智尽情赞美。这是宝卷在"三教"思想和其各种想象的道术、戒律外也被充分表达的思想。这实际上是我们今天面对宝卷时,应该追索、玩味和要深入探讨的内容。

进一步说,宝卷里的有些神灵,佛道,往往被赋予了某种思想,具有了某些深刻的寓意。比如一些宝卷中的神灵、佛道,它们比正人君子还正人君子,往往站在正义一边。从玉皇大帝、佛祖到观音、仙姑、太白金星和土地神,无不如此。他们被想象成了人类的拯救者,被赋予了神奇的魔力。他们以其神奇的魔力,对于正义、公正的维护,造就了一种迷信,使众生信服。这样的神灵,可亲可敬,"神是完美的人的形象"[4]。例如《金龙宝卷》,它叙述的是金龙兄妹在父母死后,金龙又丢掉儿子桂哥,他亲自外出寻找的情况下,他们姊妹在金虎及其不良妻子梅氏的暴力及其迫害下

---

[1] 〔奥〕弗洛伊德:《论宗教》,王献华等译,北京:国际文化出版公司,2007年,第180页。
[2] 《马克思、恩格斯、列宁、斯大林论宗教》,北京:中国社会科学出版社,1979年,第241页。
[3] 《马克思、恩格斯、列宁、斯大林论宗教》,北京:中国社会科学出版社,1979年,第242页。
[4] 《马克思、恩格斯、列宁、斯大林论宗教》,北京:中国社会科学出版社,1979年,第246页。

的凄惨命运。在这个故事里我们看到，金龙及其妻子黄氏、弟弟金豹和妹妹兰花在金虎及其妻子梅氏的迫害下出现生命危急的时候，总是有神灵相助。"却说桂哥在庙里祝告一毕，又哭了一夜五更，到天明出了庙门，西面看了看，欲往东走，觉得不妥，欲往西走，也觉不妥。东走不好，西走也不好，心里悲伤，长声短气。桂哥一夜啼哭，早惊动了太白金星。金星架起云头来到庙边路旁，摇身变了个白头老公公。桂哥上前便问，老爷爷，你见过我的爹娘没有？金星说，你是哪里的孩子，我又不知你爹娘是谁，就是见了也不认识。桂哥说，我家住在河南开封府金家巷口。金星说，这是山西临汾州地界，你为何到了这里来了？桂哥说，我同父母上武当山降香，回家路上遇了一阵怪风，刮到这里。金星说，我指你一条路，你自己去吧，从这里往东走就是临汾府，唱个莲花落，一路讨饭就能到家。金星说罢，化为一道金光去了。"[1] 桂哥为太白金星所助，后面的黄氏和兰花妹为真武大神相助，最后金豹和金龙却为玉皇大帝帮助得以解脱苦难。神灵、魔道在这里，是众生的解救者，正义的化身。"头顶三尺有神明"，这一古训在这里得到充分验证。因此，这样的神灵魔道，我们无论如何又不能简单地说就是封建迷信，因为这里，神灵，恐怖和可亲可信性集于一身，尽管按照科学的思想，神及其宗教应该被彻底否定。在宝卷等传统文化的一些古代典籍里，这是个极其悖论性的存在。

也许弗洛伊德分析的摩西及其一神教的情形对于我们理解宝卷里的这些神灵道术有所启发。因为神在这里，成了初民的保护伞，一个正义的化身："原始人非常需要一个（万能的）上帝来作为世界的创造者，作为部落的头领，也作为个人的保护者。这个上帝是那些死去的父亲的后盾……后代的人类——例如我们时代的人类——在这方面的表现依然如故。他同样保留着孩子气，并且需要保护，甚至当他完全长成大人时也是如此；他感到自己不能没有上帝的支持。如此众多的事实是不用怀疑的。但是，人们心目中为什么只能存在一个上帝？为什么从择一神教到一神教的发展能够获得如此压倒的优势？这却不是容易为人所理解的问题。当然，如前所述，那些信奉上帝的人分享着他的伟大，这个上帝越有力量，它所给予的保护也就越可靠。"[2] "摩西的天马行空般的学说最初只是很不经意地被理解或执行，直到在许多世纪的发展过程中，它才越来越深入人心，最终在

---

[1] 赵旭峰编：《凉州宝卷·金龙宝卷》，兰州：甘肃人民美术出版社，2014年，第248页。
[2] 〔奥〕弗洛伊德：《论宗教》，王献华等译，北京：国际文化出版公司，2007年，第292页。

那些伟大的先知们中寻找到了知音，恢复了元气，这些先知们继续恢弘着这位孤独的创业者的业绩。"①宝卷里的这些神灵、阎君、地狱、戒律想象，如同摩西一神教的摩西的"天马行空"的想象，其作用也可以如是观。在宝卷中，这些所谓的神灵的存在、地狱的设置、阎王的想象，把人类对于生命深层次的恐怖与爱披上了神话的外衣来表现，给人以极其深刻的影响，也使宝卷具有了巨大的阅读挑战性。"把客观的本质看作主观的东西，把自然界的本质看作有别于自然界的、人的本质，把人的本质看作有别于人、非人的东西，——这就是神的存在，这就是宗教的本质，这就是神秘主义和思辨的秘密。"②

所以，我们无论如何也不能忽视宝卷里出现的这些神灵、魔法、地狱、戒律及其"三教"思想本身的价值。要了解"三教"为核心的中国文化在中国民间基层的传播，宝卷显然是个最佳范本，而要了解宝卷，我们则不能不重视它里面反复描述和出现的这些神奇情节及其思想。中国人为什么接受宝卷宣扬的佛教？那是因为佛教教义提供了一套解脱人世困境苦难的思想原则和方法，包括它所想象的这些神奇情节。

进一步说，释迦牟尼及其弟子们关心的是解决人生的苦难问题，而不是说些不切合实际的抽象理解问题。③佛教有自己的宇宙人生观、认识论和宇宙有无、色空等辩证法，像心无宗的"诸法皆空"思想，讲的是心不执着于外在事务，注重排除外在世界的干扰，强调人的精神修养，对现世人生有非常积极的作用。道教由老庄思想发展而来。它的道生万物，天人合一的宇宙论，它的对立统一，相互转化的运动观，它的斋心精修，体道合真的认识论和自然无为、清廉朴素的治国修家法则，虽然有保守局限性，但是包含的深刻人生智慧，是对无数普通民众有极大的吸引作用的。尤其是它的"重己贵生"的人生观，众生皆有道性论、性命双修的生命哲学和坐行观忘的修道方法，对于世俗人生是有积极指导意义的。至于儒家文化，长期以来，它已经是官方和民间共同遵循的信仰，它包含的这些思想，至今仍然有一部分是值得我们深入研究和借鉴的重要思想，我们不能把它全部否定掉，因此，在这个前提下认识宝卷及其"三教"思想，甚至

---

① 〔奥〕弗洛伊德：《论宗教》，王献华等译，北京：国际文化出版公司，2007年，第214页。
② 《马克思、恩格斯、列宁、斯大林论宗教》，北京：中国社会科学出版社，1979年，第244页。
③ 中国社会科学院世界宗教研究所等主编：《中国五大宗教知识读本》，北京：社会科学文献出版社，2007年，第5页。

包括它的神灵、阎君世界和地狱戒律，可能更为理性、科学，对于宝卷的价值意义的认识也就更为清晰一些。

同时，如果我们从宝卷的文体特征考虑，对于其神灵、魔法、阎君、地狱、戒律等的作用会有新的认知。因为宝卷是一种传奇性文体，虚拟是其最大的特征。它所构成的世界是一个虚拟的世界，幻想的世界，所以，其形象、情节、细节和所有故事都可以凭编者的想象去虚拟，而其现实根据则完全可以由象征去实现。《西游记》《聊斋志异》等里的神话故事，就是如此，许多人物形象、故事情节都是想象出来的。宝卷也如此。从这个意义来说，神灵决定人的命运，神灵世界与人世交往，显然出自编卷者的大胆想象，而这种想象又最终是为"道德教义"服务的。因此，前述弗洛伊德从心理科学出发对神灵、魔法和巫术的认识，实际上对于认识宗教里的这些因素是有帮助的。因为在此，我们看到了它的存在的心理精神的合理性。弗洛伊德认为："如此乃可说魔法的支配性原则，即万物有灵论思想模式下的某种技术，是一种思想万能的原则。"①这种理念与认识使我们能够看到宝卷在宣扬"三教"之理时选用因果故事的一些内在契机：宝卷利用因果故事的神奇性，神仙天界的魔法性，能够直接宣扬"三教"思想，让"三教"思想被乡民接受。这可能是宝卷这些神奇因素出现的重要原因，实际上，这也是宝卷的一个重要特点：在中国的所有文化、文学及其艺术形式中，宝卷大多是以其最通俗易通的方式——以因果故事这样生动的艺术形式最充分地展现了中国文化的儒释道"三教"融合的一种艺术形式。"大海蜃楼，空中梵阁，画影无形，系风无迹，齐谐志怪，庄列论理，借海枣之谈而作菩提之语，奇莫奇于此。唐人纪事则藻绮风云，元人说海则借谈鬼神，虽快麈谈，无裨风化。此则假饮食男女讲阴阳之报复，因鄙夫邪妇推世运之生化，涤淫秽而入莲界，拨贪欲以返清凉。不坠划黄狐禅，不落理障，衮贤鞭佞，崇节诛淫，上翊天道，下阐王章，正莫正于此。以漆园之幻想，阐乾竺之真宗，本曼倩之诙谐，为谈天之炙毂。齐烟九点，须弥一芥，元会恣其笔底，鬼神没于毫端，大莫大于此矣。"②在这一意义上，宝卷之目的，与丁耀亢《续金瓶梅》之目的一样，"假饮食男女将阴阳之报复，因鄙夫邪妇推世运之生化，涤淫秽而入莲界，拨贪欲以返清凉"。由此可见，宝卷叙事，包括宝卷里出现的这些神灵、魔法、阎君、地狱、戒律等神奇因素，显然有其自身的历史、心理以及叙事的美

---

① 〔奥〕弗洛伊德：《论宗教》，王献华等译，北京：国际文化出版公司，2007年，第89页。
② （清）丁耀亢：《续金瓶梅》，济南：齐鲁书社，2006年，第1页。

学依据。

　　当然，我们这里也不能不以马克思主义宗教观来对待宝卷中的这些因素。"宗教按其本质来说就是剥夺人和大自然的全部内容，把它转给彼岸之神的幻影，然后彼岸之神大发慈悲，把一部分恩典还给人和大自然。只要对彼岸幻影的信仰还很强烈很狂热，人就只能用这种迂回的办法取得一些内容。……信仰逐渐削弱了，宗教随着文化的日益发展而破产了，但人还是不了解，他在崇拜自己的本质，把自己的本质神化，变成一种别的本质。人处于这种不自觉而又没有信仰的状态，精神上会感到空虚，他对真理、理性和大自然必然感到失望，而且这种空虚，对宇宙的永恒事实的不相信，会一直存在下去，只要人还不了解，他当作神来崇拜的本质就是他自己的本质，但直到现在他还不认识的本质……空虚早已存在，因为宗教就是人的自我空虚的行为。"① 我们认识到了宗教的本质，却也不能犯反对宗教问题上的机会主义："他们为了证明自己比谁都激进，于是像1793年那样，用法令来取消神：'让公社使人类永远摆脱这个过去灾难的幽灵（神），摆脱人类现今灾难的原因（不存在的神是原因）。——在公社中没有神甫的位置；一切宗教宣传和宗教组织都应遭到禁止。'……取缔手段是巩固不良信念的最好手段！有一点是毫无疑义的：在我们时代能给神的唯一效劳，就是把无神论宣布为强制性的信仰象征，并以禁止一切宗教来胜过俾斯麦的关于文化斗争的反教会法令。"② 任何极端的做法带来的将是极端的结果。换句话说，我们只有以马克思列宁主义的宗教观、宗教思想和宗教策略来认识宝卷的思想，才能较好地把握宝卷内涵及其主题思想，否则，就有可能拜倒在这种佛教的认识论怪圈中，把本来是一些迷信的东西当作圭臬和至宝，而把本来是进步的、现代性的理念全部都送到垃圾堆里去了，从而再蹈历史的覆辙。在这一点上，我们是有着深刻的历史教训的。

第五节　历史、时事宝卷及宝卷主题演变

　　按照惯例，宝卷内容宣扬"三教"思想，是利用"三教"思想劝人劝世，叫人遵循社会伦理道德，从而按照佛教及其儒家的行为原则做事做

---

① 《马克思、恩格斯、列宁、斯大林论宗教》，北京：中国社会科学出版社，1979年，第25～26页。

② 《马克思、恩格斯、列宁、斯大林论宗教》，北京：中国社会科学出版社，1979年，第224页。

人。《唐王游地狱宝卷》即是这样的宝卷。但是，在《康熙宝卷》这样的历史神话宝卷中，我们却看到了宝卷内容主题和功能的巨大变化。即该宝卷的内容、主题重点在书写赞美一代帝王、有道明君康熙的治国方略上（反奸亲民），而不在宣扬"三教"思想上，宝卷的功能也由奉劝点化世人转移到赞美一代皇帝的行为上。换句话说，以往宝卷的中心内容是佛家、道家修炼成仙得道，世人在佛、道观念引导下按照儒家的忠孝节义做事为人，由此宣扬女性的苦节，人子的贤孝，读书人的功名利禄，世俗人间的吃斋念佛，行善得到报应。而明清以来的一些神话、历史宝卷则把宝卷的内容扩大了，一个个神佛、世人的因果故事变成了历史人物故事，神话人物故事，家国、民族和社会的更为广阔的内容被添加到或置于宝卷内容之中了。进一步说，历史神话宝卷尽管还有浓厚的"三教"思想，但中心内容已经不是神仙修炼和神佛助人，而是历史事实与实实在在的日常生活事件。康熙微服私访、昭君和亲、唐王派人取经、包公断案就是明证。

而且，随着这些历史神话及其大事件进入宝卷，按照过去的神佛主宰命运，因果报应和生死轮回等佛道思想观念解释这些事件的逻辑就有问题了，也不能不使人质疑了。康熙是被人称为佛爷了，所以得到神的帮助？私访时一个个神都保护他？昭君和番是神仙到凡间受难？唐王派人取经是为了得到佛教《受生经》？包公能够断案是因为他能够出入阴阳三界？因为事实是，康熙私访，是因为其官僚制度及其腐败的政治体系蒙蔽了他，他才微服私访；本来大旱，大臣说成丰收，为辨真假他才假装商人私访山东府。又如《昭君宝卷》内容所言所示，昭君的不幸完全来自皇帝的荒淫、自私和大臣毛延寿的贪婪奸害（有外国学者认为是写"宫廷的背叛"的），而唐王取经也不能不说来自于一种文化控制的需要。而包公的廉洁公正基于对于政权的维护和个人的人格力量，张四姐大闹东京则是本于对于个人爱情婚姻的维护和追求。由此我们看到，历史、神话宝卷的出现，昭示了宝卷思想内涵变化的全新的思想逻辑，神话、神学思维被弃置，日常生活的近代思维出现。这是对于宝卷内涵及其功能的全面全新的扩张，也是其主题程式的新变化。

事实上，正是它们的出现，使我们对于宝卷的"三教"观念及其世界观、认识论、价值论、人生观和逻辑思维产生了根本的怀疑。天宫仙界存在吗？人的命运由神决定？善人、求神念佛者总能得到善果？"金凤宝卷才展开，观音圣母降临来。……行善之人芳名传，作恶之人把命断。先苦后甜轮流转，富贵贫贱各有源。生死福祸皆有天，劝人莫可强求财。无义之财贪不得，贪财缩命划不来。"①"作恶之人把命断"？"生死福祸皆有天"？"先苦后甜轮流转"？这一切在现实中实在是难以印证的。因为《天仙配》里的七神姑爱慕董永，也许出于自然需要的年轻人的本然的爱情，一旦解释成佛教神话的触犯天条被下放人间，或看到人间有一股怨气就下凡去看，就把根本的动机给扭曲了，《张四姐大闹东京宝卷》也是如此，她的下凡，并非救人家的金童，实际包含着女性对于爱情的追求倾向："再说玉皇大帝第四个女儿，名叫张四姐，一日在斗牛宫闲坐，忽见一股恶气冲天，掐指一算，方知金童有难，在凡间受罪，不觉暗动芳心。何不借来东海龙王三太子的镇海宝贝，一来去救金童，二来和他配成夫妻。想到这里，随即下凡向东京而来。"②所以，"和他配成夫妻"的个人动机才使她下凡。后来，她的斗王钦、知县、包公、天兵天将甚至对抗父母，都是她对于个人爱情婚姻的维护。因此，一旦把这样的故事写成"三教"观念支配下的因果故事，就显得既悖理又陈腐。

由此我们看到，历史、时事生活宝卷出现后，宝卷也出现了一些新思想、新倾向。首先是它给宝卷注入了新内容。历史及其历史人物、历史事件进入了宝卷，包公及其知识分子、廉政官吏进入了人们视野。而那些改编自明清小说的宝卷，如《武松杀嫂宝卷》《张四姐大闹东京宝卷》《野猪林宝卷》等，它们的出现，则把明清以来的个性解放思想和现代性禅宗新思想注入了宝卷，而像《救劫宝卷》《沪城奇案宝卷》这样的民国、现代宝卷，则将社会生活中的灾害事件、历史变革中的新动向写入了宝卷。这是宝卷内涵丰富的表现。其次，是宝卷的功能发生了变化，就是说，"念卷"、听卷和读卷并不能驱灾、辟邪，祈福保安，也不能教化世人了，相反，它倒使听卷者读卷者心智得到启发，思考官僚体制建设的问题，人的欲望如何控制的问题，年轻人如何去争取正当的爱情等更为个性化、个人化的问题。《康熙宝卷》《四姐大闹东京宝卷》《唐王游地狱宝卷》《救劫宝卷》和《沪城奇案宝卷》的出现，就昭示了这样的价值、意义生成及其取向。

进一步说，宝卷是一种相当古老的民间世俗社会的艺术形式。它从佛教思想的传播到历史、现实内容的注入，应该说是它发展的一个重要阶段。如明清时期产生的大量河西宝卷，其思想内涵就出现了一些新变化：

---

① 何登焕编辑：《永昌宝卷·金凤宝卷》（下册），永昌县文化局编印，2003年，第449页。
② 《张四姐大闹东京宝卷》，何登焕编辑：《永昌宝卷》（上），永昌县文化局编印，2003年，第77页。

"三教"文化中的佛教思想逐渐淡化、弱化，道教、儒教文化思想逐渐占据上风。而且，好多宝卷的思想已经跃出单一的佛教经典，有些宝卷以道教文化为主，如《仙姑宝卷》；有些宝卷以儒家文化为主，如《鹦鹉宝卷》《苦节图宝卷》《和家论宝卷》等。后来随着宝卷改编题材的扩大，比如历史、现实生活传说宝卷的出现，现实题材宝卷的增多，宝卷内涵逐渐扩大，虽以宣扬儒家忠孝伦理为主，但思想却更为丰富复杂了。从宣扬佛教的生死轮回、因果报应思想到基于劝善为目的的儒家的忠孝节义思想再到宣扬世俗日常社会伦理道德近现代思想，宝卷的思想主题实际上有一个比较清晰的演变轨迹和脉络。明清时期，尤其是清代晚期，是宝卷发展的一个黄金时期。目前收集到的大量河西宝卷，大多产生于这一时期。车锡伦《中国宝卷总目》收集的宝卷也大多是这个时期的。[①] 从阅读的角度而言，这个时期的宝卷，我们发现，其主题大多偏向后者，除了宣扬儒家的忠孝节义观念和伦理道德外，大都偏向对现实政治的揭露批判和个人生命、命运的思考向度上了。如它激发了我们对于"三教"思想的根本的怀疑，而这种怀疑又促使我们对于"三教"思想，尤其是儒家忠孝节义观念及其思想做辩证与理性科学的思考。进一步说，晚清时期历史传说、时事宝卷的出现，是非常有助于我们了解宝卷这个民间通俗性读物的主题演变轨迹的，因为真正意义上的宗教宝卷，这个时期已经非常少了。这个时期多的是反映近代生活的《救劫宝卷》《姊妹花宝卷》《沪城奇案宝卷》（后文有专门分析，此处不再赘述）等。这也许与时代、生活的发展变迁有关吧。

第六节　宝卷"故事"内涵及其文化性体认

宝卷思想内涵除了"三教"思想外，其实内涵相当复杂。河西宝卷大量产生于明清时期，明清时期，中国传统文化又重新面临新的机遇与危机。因为，经过元蒙时代以后，唐宋时代以儒为正统的"三教"融合的中国传统文化形态先是被充分利用，后来又遭到多方面的挑战。这种文化走向也反映在宝卷这种民间艺术形式的基本思想里面。

例如，朱元璋即位之初，先是广招天下贤哲，为自己的政权服务，后又加以威胁、利用。像高启被杀，宋濂几被处死，就是典型文化事件。接

---

① 《中国宝卷总目》是对于中国民间文献中尚未发现的目录又作了补充的新著书。目前学术界通用的目录是傅惜华编撰的《宝卷总目》、胡士莹编撰的《弹词宝卷书目》和李世瑜的《宝卷综录》。

着,他推崇程朱理学和八股文,随后在思想文化领域尽复汉唐之旧。然而,这个被王夫之称之为"天崩地解"的时代,从经济领域到意识形态,都发生了前所未有的深刻而剧烈的变化。一切传统的道德、理想、观念都遭受了巨大冲击,既冲突又融合的多元思想文化产生了;在经济领域,是资本主义因素的发展及市民阶层的兴起;在思想文化领域,是泰州学派的兴起及禅宗的流行,结果是出现了一个轰动一时的、以个性解放为中心的思想解放运动。[①]

这种思想文化的深刻变迁,在宝卷中也反映了出来。比如,《香山宝卷》(《观音宝卷》)这个被学术界认可的最早的宝卷之一,集中展现了佛教的修炼济世思想;《仙姑宝卷》这个典型的河西宝卷,表现的是道教心性价值、思想;《岳山宝卷》则集中反映了忠孝为主的儒家思想。"三教"思想构成了宝卷的基本思想体系。然而,它们反映的这种"三教"思想,在明清思想文化变迁中遭受了多方面的挑战。第一,在宝卷这种农耕、牧羊时代的民间通俗艺术里,我们看到了大量的商人、政客、术士形象,尽管在大多数的宝卷中,它们是被否定的对象。第二,佛教、道教和儒家的一些价值观念遭到了挑战。如对于女性的妇德、贞节的怀疑,对于皇帝、奸臣等腐败政客的反抗,对于人的个性、尊严的初步要求,等等。第三,对于宝卷故事发生的内在逻辑,即对于从佛道儒思想和原则解释宝卷人物行为的内在逻辑发生了质疑,认为善有善报、恶有恶报这样的佛道儒思想逻辑在现实面前得不到证实,人的一些内在要求及其欲望、贪婪,有了正面的表现,这甚至成了宝卷故事细节的主要内容。《康熙私访山东宝卷》《张四姐大闹东京宝卷》《包公宝卷》《武松杀嫂宝卷》《野猪林宝卷》等河西宝卷,就呈现出了这种极其重要的变化。

我们以《包公宝卷》为例来看这种情形。

《包公宝卷》包含了包公断严察案和锄奸救石义两个公案,但是,此宝卷中也包含包公三下阴曹和宝葫芦告状两个主要情节。这些情节就包含了浓厚的佛道神色彩。宝卷开宗明义地讲,这是一个神佛因果故事:柳金蝉因为月经来临,不在意污秽了神灵,因而遭奸人图财丧命磨难,王恩因作恶多端而遭斩首报应。所以,该宝卷的重心并不在宣扬文曲星的公正,包公断案的英明,他的铁面无私和公正廉明,而在宣扬佛教的因果报应思想。在这个因果故事中,佛教神灵直接惩恶扬善,是行动的主体,柳家、严家甚至石家等儒家诗书礼仪之士家皆得到神佛相助。但

[①] 敏泽主编:《中国美学思想史》,长沙:湖南教育出版社,2004年,第251页。

是，该宝卷与此前一些宝卷比较，比如与《香山宝卷》相比，其"三教"思想及其内在的结构、重要性有了新变化。即在《包公宝卷》中，儒家思想出身的文曲星成了惩恶扬善的主体，包公形象重于菩萨形象。佛、道都助儒，包公甚至可惩治十殿阎君等，神佛主要角色都受其质疑、惩罚。也就是说，在宝卷的儒释道"三教"中，儒家位置成了主导，同时，在宝卷的儒家思想之外，又包含了法大于儒的新思想。这部宝卷形成的时间是明清时代，其思想的变化也反映了那时出现的一般宝卷的大致情形。

就是说，在《包公宝卷》中，尽管善恶有报的思想没有遭到质疑，但是其必然论的根基却发生了动摇，柳金蝉命运变故的发生基于偶然暴风吹刮；如果没有阴曹地府设想，包公也断不准无头案；如果没有龙宫太子和宝葫芦告状等荒唐情节，恶人王恩还在世上大行其道。是私欲让人利令智昏，不辨是非。柳父母爱女心切，才枉告严家；张洪包庇外甥，才被压至阴山下；王恩见钱眼开，因而作恶多端；神佛庙堂得神灵一怒，暴风折杀生灵，兴风作浪，伤害天良。所以听卷、看完《包公宝卷》，我们必然会深刻地怀疑佛道甚至"三教"的根基。如前所述，"三教"兴盛及其被接受，有其深刻的历史现实逻辑，但是"三教"中尤其是佛道的神秘主义的神灵思想，它的神灵创世说及其相关的认识论思想，从根本上说是非理性的。从大量产生宝卷的明清时代开始，这种宗教信仰的根基就被动摇。所以，这种根基一旦动摇，宝卷讲述的因果故事，人们就不再相信了，而被当作迷信看待。

《蜜蜂计宝卷》按开头情节设计，应该重点写吴氏后母不贤良，因她太年轻，与丈夫相差几十岁和儿子儿媳同岁，后无生子，怕丈夫死后前妻儿子主宰家产，她自己受罪，所以设计让丈夫把前妻儿子勒死，她就可以顺利地得到家产，结果，她图财害命遭报应。这是典型的佛教思想主题——吴氏作恶遭报应，儿子死亡，自己受到打击，吴良才、苗凤英好人得神助，终成正果。该宝卷也把重点放到儿子儿媳吴良才和苗凤英上，因为神助不死，他们历经磨难中状元，同样反映了这种主题思想。在这部宝卷中，苗凤英神助游地狱，借刀还魂，神授儒家"四书五经"得济世之才中状元，道家儒家思想又融合其中。但是，此宝卷主题除了上述表现的思想外，还包含了更为复杂的主题：一是对神佛僧侣的不轨恶性做了揭露。吴良才得到秦素梅资助上京赶考，在寺庙过夜，却遇和尚歹人，法空等一群罗山寺贼僧就是图财害命之人。揭露僧侣之恶，这在佛教思想为主的宝卷中显得十分突出。二是对赃官大臣的腐败做了揭露。这体现在两个细节上，如曹知县的贪财糊涂与腐败，秦总兵的教子不良和祸害国家、祸害良民。三是宣扬了梦兆寓言等迷信思想，如秦李梅的梦郎梦，凤英的梦儒理、四书五经和考试才能，苗凤英和邓小玉的灵魂附体。四是对于多妻制度的附合，以及男性崇拜。五是描述了当时民不聊生、上山做寇的不良社会环境和人心畸变的不良社会风气。

又如《白马宝卷》，甚至包含了深刻的人文主义思想的光辉。这部宝卷的独特在于，它以一个简单的因果故事，对于男性的卑劣、虚伪、自尊做了嘲讽，并作了彻底充分的否定。而对在男权主义压迫下的女性的大度、慈爱、宽容无私及其人性的善良则做了充分的肯定。男人可以休妻子、卖子女，对女性暴力虐待，无能而尊，在妻子烛照下更显卑劣。而女性杜金宝，却是人间福星，忠诚丈夫，怜爱子女，信守承诺，体贫怜病，信佛性善，大度而仁义。在"三教"这种本质上是宣扬男权主义的思想体系中，是显得相当难能可贵的。因此，《白马宝卷》思想深刻而复杂，它溢出"三教"思想的这些新思想，具有人文主义光辉，值得我们深刻反思。

所以，对于宝卷的思想，尤其是它的"三教"思想主题，我们念卷、听卷者，还是需要辩证看待。一方面，它包含相当露骨的落后封建思想，充满宗教的乌烟瘴气，尽管它的宗教内容、神权主义思想已经过时，它的麻醉性已经失效。另一方面，它里面又具有一些合理的思想资源，新的思想意识，我们必须慎重对待。就是说，宝卷内容丰富而复杂，既有它得以存在的思想根基——"三教"思想文化中的合理成分，又有"三教"之外的上述丰富内容。因为从宝卷文本本身内容来看，"三教"及其思想，不是严格意义上的教规式和理论形态的东西，而是以故事形式反映出来的世俗理解的教义、观念、精神。对于这些因素，如果理性地看，它可能还是一种超越现实政治权力和一切势力的道与理性。"举头三尺有神明"中的"神明"，它可能是一种善的意识形态，是一种超越世俗、国家和任何个人偏见的价值观，具有形而上学的性质。同时，它又冲破了"三教"思想，融进了来自历史、社会、日常生活的真理与"道"。因此，宝卷内涵相当丰富，不仅仅包含"三教"思想，这也是它长期流行基层民间的重要原因。这是我们念卷、听卷者大多能够体会到的，也是近日研究者必须清楚的。

《观音宝卷·观音古佛原叙》说："然书愈多而世之醒者愈少，岂书之不善哉？抑以其文深、其义隘、其词奥，可以为上智训，不可以为中下迪；可以为文士英俊观，不可以为与愚夫愚妇劝也。吾思以深论，不若以浅论，论人以施教，不若以身施教……还阳香山，功成了道，自度度世，亦可以现身说法，为天下后世告矣……"①宝卷缘于劝化世人的自由民间艺术形式的现实功能的实现，是要靠"故事"传播——宝卷表现的"三教"思想、世俗道德伦理以及来自历史、社会、日常生活的真理及其"道"要依靠故事来实现。宝卷所以在基层乡村大为流行，是因为其包含丰富复杂思想的故事。立于天地之间，如何做人，如何处世，遵循什么样的伦理道德，即使不识字的农民也要了解，那就要靠这种因果故事。这些因果故事张扬这些伦理道德，张扬这些复杂深刻的人生哲理，因而，它才流传在民间，在农民手中传抄，在农家院落、乡民炕头演唱。

实际上，宝卷存在的根本功能，是为了改变社会风气，叫人向善，叫人"转心"："此地念了包公卷，无头案件不出现。众人听了该宝卷，以后干事想着干。人活一世如一梦，无论干啥要凭心。"②但宝卷实现这一功能，却要靠神佛故事，神佛的灵验，目的是为了宣扬儒释道的做人道德、伦理思想。《白马宝卷》即是范例。在《白马宝卷》中，主人公忠孝节义，信守承诺，怜贫体弱，要借神佛灵验情节及其故事来演绎。这是宝卷区别于变文、讲经文、缘起等讲唱艺术形式，又从它们那里借鉴有益成分而发展（故事性是宝卷特性之一），在民间受人欢迎的内在逻辑之一。在这个意义上，宝卷故事才成为"宝典"。

按照人类学视角来看待故事，故事实际上是一种人类文化学现象。人需要故事，是本能性冲动。宝卷故事受乡民喜爱，有这种十分内在的原因。宝卷活动中，"念卷"和"听卷"二者合一，讲故事和倾听故事同时进行，甚至倾听故事者还应和故事的相关细节。这是非常有趣的艺术现象。从这个意义上讲，宝卷这种故事已经不是现代意义上的静态的阅读型故事，实际上成了一种行动意义上的"行为"。所以，乡民在宝卷活动中会获得超越阅读的多种乐趣，哪怕不识字也能够得到这种乐趣。这使得宝卷成了边远乡村百姓的最爱，宝卷因此在乡民中流行。比如河西宝卷的代表作《仙姑宝卷》，在通常的九个因果故事（仙姑修行成道故事、仙姑修桥渡汉兵的故事、仙姑三次惩治蛮夷之兵的故事、周秀才遭遇丈人陷害而被神明救治的故事、恶媳妇改嫁害婆婆被惩治的故事、王志仁救人行善终老而死、单氏母子受嫁长寿得牌坊）中，佛教的因果报

---

① 王奎、赵旭峰搜集整理：《凉州宝卷（一）·包公宝卷》，武威天梯山石窟管理处编印，2007年，第246页。
② 《张四姐大闹东京宝卷》，何登焕编辑：《永昌宝卷》（上），永昌县文化局编印，2003年，第77页。

应思想，道教的心性修炼哲学和儒家的世俗人生道德学问就集中地包含其中。因为故事通俗易懂，形式简明，便被不识字的乡民喜爱。在这里，听卷、听故事的行为，成了一种文化行为。宝卷都"为"故事，故事的文化价值功能在宝卷这种说唱、念唱结合的艺术形式中得到充分发挥。《仙姑宝卷》如此，河西宝卷的上百部宝卷无不如此。这是思想和文化的集合，又是叙事及其民间智慧的创造。宝卷这种民间的说唱艺术形式，是向乡民传播"三教"里合理的人生智慧的一种奇特艺术形式，极富创造性。

近代以来，学堂取代庙堂，科学思想取代了"三教"思想。随着时间推移，这一实践的进程越长，庙堂家藏的宝卷也就被遗忘得越多。然而，在一个科学的时代，人却失落得越多，于是寻根，重新寻省。于是，人们发现了宝卷故事的"三教"文化中自有的文化资源。这是近代以来的科学和新思想自然无法取代的，西方的基督教也不能取代"三教"，中国文化自有其存在的根本意义。因此，在一个多元文化发展的时代，认识"三教"思想为核心的河西宝卷，倾听宝卷故事，有深刻的文化价值与现实意义。因为我们在其中仍然能够发现一些我们祖宗的东西，比如忠孝节义思想，它仍旧是和谐社会需要的道德文化建设内涵。我们在其中能够深刻领悟到一些做人修身养性，幸福指数增加的因素。这是宝卷及其表现的"三教"及其复杂的世俗思想在民间受乡民欢迎的原因之一。如今，宝卷这种传统文化及其民间艺术形式仍然有积极的意义。它是基层乡民文化建设的基本材料之一，也是乡民从民间创造的一种独特意识形式，是我们珍贵的文化保护遗产。从这个意义上来说，那些不识字的基层乡民，把宝卷故事这种民间艺术形式的抄本当作"真经"，实际上具有重要的现实价值与意义。拥有抄本，家家珍藏，甚至把它当作传家宝，这是文化的力量。

也许教皇保罗二世的一个看法对于我们有所启发："正因为有了文化，人类才真正过上了人的生活。文化就是人类生活和存在的一种特有方式。人类总是根据自己特有的文化生活着；反过来，文化又在人类中间创造了一种同样是人类特有的联系，决定了人类生活的人际特点和社会特点。在文化作为人类生存的特有方式的统一性中，同时又存在着文化的多样性，而人类就生活在这种多样性之中……文化是人类之所以成为人类的基础，它使人类更加完美或日趋完美。"[①] 在漫长的人类初期生活中，生活是被故

---

① 〔法〕维克多·埃尔：《文化概念》，康新文、晓文译，上海：上海人民出版社，1988年，第27页。

事化了，听故事，就在学文化，也在化人。因此，关键在于，我们必须对于宝卷故事本身的丰富复杂的内涵认识清楚，不要把宝卷故事仅仅当作因果故事，既要认识清楚宝卷故事的佛教内涵、"三教"思想，还要认识清楚其中随时代变化而出现在宝卷中的新主题、新思想以及特有的价值观。唯其如此，我们关注宝卷，就不仅需要了解宝卷故事本身，更要正确对待宝卷的丰富思想文化内涵，尤其是正确对待宝卷中那些具有现代性特质的思想内涵。如前述《香山宝卷》《包公宝卷》《白马宝卷》和《仙姑宝卷》中已经出现的那些丰富复杂的思想内涵，甚至对于神话、历史宝卷出现的意义，对于佛教宝卷中的神灵、魔法、地狱、戒律本身的象征作用，我们都要认识清楚，才能真正认识宝卷的现实价值和意义。

同时，宝卷的这种思想文化的特征，也充分体现了中国文化发展包容开放的品格。所以，文化学者钱穆才津津乐道于这种文化品格。实际上，这种文化存在的特征，在长期存在发展过程中，已经深深地影响了中国民间人格个性的形成。人格可分成外儒内佛，外佛内道，道儒并存，从知识分子到民间个体，中国文化人格的这种形态已经普遍化了。宝卷的这种文化存在形态特征及其功能性结果，给我们深刻的现实启示。文化发展可以你中有我，我中有你，有了这种包容开放，中国文化才生生不息，源远流长。

多种文化交融发展，是文化发展的最佳形态，因为它为各自发展预留了空间。文化的多样性发展，是文化、文明充分发展的前提。独尊一种文化，保守单一，只能使一种文化逐渐僵化，失去它发展的活水源头。当我们以此现代文化确立的准则来推断的时候，我们会发现宝卷这种中国传统文化的民间艺术形式很符合这种存在形态的思想的发展。丝绸之路的河西宝卷提供给我们生动的例证，它们中的一些经典宝卷就充分地展示了中国文化这种生动的存在形态特征——佛道儒"三教"融合发展的鲜明文化特征。从这个角度而言，宝卷这种既非单纯意义的宗教文学，又非古典贵族文学的平民化的通俗文学文体，实际上是中国传统文化"三教合一"融合发展的一种典型文本，也为世界文化如何融合发展提供了范例。

钱穆在其《中国文化史导论》中，还充分分析了中国文化这种融合更新能力。他以中西文化对比的方式指出，中国文化能够接受基督教，而基督教文化却排斥中国文化。这正是中国文化的融合创新能力的反映。此段文字后他接着论述道："再以儒家思想与佛教教理言之，儒家思想之终极目标为'修身、齐家、治国、平天下'，佛家的终极目标为'入无余涅槃而灭度之'。在儒家思想的系统下，尽可容受此种'无余涅槃'之观念,无论大乘教义的或小乘教义的。宋明新儒家便常有此种理论,这无异于成了'生而不有,为而不恃,功成而弗居'的境界。因此儒家尽可谈佛参禅,在儒家的功业上,再加以佛家的胸襟是不相妨的。依然不害其为儒。但佛家却不能轻易接受儒理,若佛家亦来讲修身、齐家、治国、平天下,则必蓄发回俗,不成其为佛,而转变为儒了。我们若明得此理,便知中国社会上有所谓'三教合流'乃至对于一切宗教之容忍,是不足为奇的了。"[1] 这是颇有见地的理论和认识,因此,如果我们了解了钱穆的这种中国文化发展演变理论,那么,我们对于反映了这种中国文化发展的典型文本——宝卷文体便会有全新的认识与理解:宝卷文体以其鲜明的"三教"融合文化形态反映了不同文化融合的景致,尽管近现代有所变化,比如《沪城奇案宝卷》以来的变化,但在中国其他文体中,很难找到像宝卷这样融合了多样文化思想,并以其综合性的多样艺术文体而配制起来的文体了。可以这样说,宝卷是目前为止中国文学中展现文化融合发展最典型的通俗性文学文本之一了。

---

[1] 钱穆:《中国文化史导论》(修订本),北京:商务印书馆,1996年,第222页。

第四章　儒家忠孝观念及其宝卷母题

——丝路河西宝卷的思想主题倾向研究（二）

  观音菩萨发慈悲，苦口良言劝世人。/众位善人往前站，唱个道曲把心散。/贫人来去无影踪，家住南海普陀山。/紫台林中把身安，吃斋念佛做神仙。/西方路上一双鹤，乌鸦都有行善意。/人不行善待何时，消灾免难年阿迷。/若有诚心成正果，善恶到头终有报。/不是早来就是迟，奉劝世人仔细听。/先在家中孝双亲，父母恩情重如山。

——《红罗宝卷》

  自上个世纪末，我国学术界出现了对中国传统文化研究重视的趋势；而进入二十一世纪则逐渐称为一种社会潮流，"读经""读古典诗词"，恢复优良的道德修养传统蔚然成风，不少中小学设有读《三字经》《弟子规》《论语》《老子》等等的有关课程内容。

——张学智《中国儒学史·明代卷》

  现在，我们再来研究一下文明的实质了，它作为幸福分配者的价值已经受到怀疑。……我们只想重申，文明是指全部的道德行为和组织机构而言，他们的建立是我们脱离了祖先的动物状态，并且还为下述两个目的服务：保护人类免受自然之害和管理人类内部的关系。

——弗洛伊德《文明和不满》

  宝卷源于宗教，尤其是源于佛教。正如郑振铎所说，它源于依据宗教演变而来的"变文"；也如宝卷研究专家车锡伦所言，它源于佛教俗讲。[①] 所以，宣扬神佛意识、佛教思想是部分宝卷最主要的主题。但是，在宗教和教派宝卷以外，在一般宝卷里，它们又不全宣扬佛教思想及其意识，宝卷的思想内涵其实相当复杂。在那些占80%、90%的民间修行宝卷和文学类宝卷中，它们的基本思想往往是教导人们修行，却不主张佛教的出家修仙，它引导人们向往天堂，却不主张都成为神仙，它极力追求道术，目的

---

① 车锡伦：《中国宝卷研究》，桂林：广西师范大学出版社，2009年，第625页。

却在于追求与自然的和谐相处，宁静生活，从而求得人生的长生不老。人间的小康、秩序、幸福与贤能，并非全被佛教"苦"的思想所能否定，世俗的快乐在宝卷里是被充分肯定的。

进一步说，宝卷尽管只是脱胎于佛教俗讲、变文等古代传统的一种讲唱艺术，是一种民间的通俗文学及其说唱艺术，但这种民间通俗艺术形式并非只是乡民们求神拜佛、信神信鬼的描述与反映。这种讲唱艺术形式的思想主题丰富复杂。作为一种因果故事[①]，它基本上在宣扬佛教生死轮回、因果报应、扬善除恶的观念。但大部分宝卷，却并非只讲因果，有些传奇、神话以及民间故事改编成的宝卷，它们的主题思想就复杂得多了，而劝善、讲传统忠孝、宣扬传统节义思想，则成为这种宝卷的基本母题。唐代开始，儒家正统，提倡佛教，倡导道家成了时代主旋律后，中国文化及其艺术的许多形式的主题与这一主旋律相一致了。宝卷这种艺术形式的主题思想也是如此，特别是宋元明清以后儒家思想成了正统以后，许多宝卷都在借因果故事之壳宣扬儒家的贤孝、忠义思想与主题了。

> 留一本二度梅千古传名，劝众人做事情三思而行。
> 劝世人多行善莫学奸贼，学陈梅两家人都来受封赠。
> 你若是做恶事学了黄嵩，到头来只落个头挂午门。
> 你做官要清正不要害民，若害民学卢杞不得善终。
> 今夜晚你听了这本宝卷，把闲话记三分莫过耳边。
> 听完了二度梅送神上天，众人回我们也来把觉眠。[②]

这是《忠孝节义二度梅宝卷》的结尾，清楚地表现了一般宝卷表达思想母题的模式。所以，根本上讲，宝卷是以比较原生态的、比较通俗的艺术形式表现了中国传统文化的某些精髓：它以简单的因果故事形式阐释佛儒道"三教"之理，利用佛神思想充分弘扬了仁义道德以及贤孝节义为主的儒家思想。这几乎是除了民间秘密宝卷以外大部分宝卷的基本母题及其表现模式。

第一节　丝路河西宝卷与忠孝等儒学思想

就丝路河西宝卷而言，它除了宣扬神佛意识、生死轮回、因果报应

---

① 一般宝卷开头大多有"话说此一段因果报应，出在大宋仁宗年间""话说此一因果，出在大唐年间""话说这部奇书出在大唐肃宗年间"等。
② 《二度梅宝卷》，《西凉文学》增刊，1999年，第36页。

及其密切相关的善恶相生等积极内容外，与中国其他地区（吴方言区、山西介休和河北等地）存在的宝卷一样，它的基本思想主题倾向是"抑佛扬儒"，弘扬儒家社会文化思想，宣扬儒家道德伦理意识、妇女修行及其价值观念。这几乎构成了宝卷思想的主旋律。而且，越是晚近，尤其是明清以至民国出现的大量宝卷，这种价值取向越是明显。

丝路河西宝卷的突出特点是，少有民间秘密宗教的宝卷，也少有主要宣扬佛教、道教思想的宝卷。河西宝卷大多是神话、传说、历史故事和民间生活的宝卷。在思想倾向上，河西宝卷专门宣扬神佛意识的不多，但宣扬生死轮回、因果报应思想的比较多，宣扬儒家传统的忠孝观念与贤能意识的更多。正是这一点，将它与甘肃陇南一带和全国其他地方的宝卷区分了开来。

第一，丝路河西宝卷的思想灵魂就是宣扬儒家的忠孝意识。《孝经》说："身体发肤，受之父母，不敢毁伤，孝之始也，立身行道，扬名于后世，孝之终也。夫孝，始于事亲，中于事君，终于立身。"（《孝经·开宗明义》）"孝子之事亲也，居则致其敬，养则致其乐，病则致其忧，丧则致其哀，祭则致其严。五者备矣，然后能事亲。"（《孝经·纪孝行》）河西宝卷通过一系列因果故事的讲述，就非常突出地弘扬了传统儒家的这种孝道思想。这类主题比较典型的宝卷是《忠孝宝卷》《苦节图宝卷》（又名《白玉楼宝卷》）、《忠孝节义洪江宝卷》《忠孝节义二度梅宝卷》和《鹦鸽宝卷》等。这类宝卷尽管有十分突出的佛道思想，但儒家传统思想已经成为其最主要的主题因素。

比如《忠孝宝卷》（又名《买苗郎宝卷》）。《忠孝宝卷》写孝顺儿媳柳迎春的故事。柳迎春的丈夫周文宣赴京赶考，考取状元后被有权有势、专横霸道的宰相召为女婿。由于叶相和其女儿借势压人，周文宣有苦难言。其时恰逢湖广连旱三年，无数乡民被饿死，柳迎春难养年老的公婆和弱小之子周苗郎，于是，她卖了亲生儿子苗郎，以其资侍奉公公、婆婆。婆婆死后，为了养活公公，她又切割自己身上的肉，养活公爹。为躲过叶相的追杀，她又以瘦弱之躯，身背年老的公公行走，讨饭度日。由于其孝心感动了神灵，在神灵帮助下，她的儿子苗郎中状元，得到皇帝赏赐，得到高官厚禄，最后，状元除了奸相，最终与儿子、丈夫团聚。这部宝卷，就通过柳迎春孝顺长辈公公、婆婆的故事，充分展示了儒家的忠孝观念。

《鹦鸽宝卷》写一位孝敬母亲的鹦鸽的故事。这是一个典型的寓言故事。母亲病了，小鹦鸽为了给母亲治病，于是千里迢迢去汴梁盗桃，结果被人捕抓。由于它聪明伶俐，能言善辩，被转卖多次，最终被卖给包公、皇上，但这只小鹦鸽不慕荣华富贵，一心想救回母亲。可是，等它回到家里来，母亲已经死去，不知所终。于是，它历尽千辛万苦寻找母亲，最终找到了母亲的骸骨，并埋葬了母亲尸骨。相对于其哥哥八鸽，以及野鸽子们的贪图安逸富贵，不报娘恩，小鹦鸽身上具有了十分令人感动的品格，孝顺母亲，不辞劳苦，甚至不惜身家性命，其孝心足以感动天地鬼神。该寓言宝卷与《忠孝宝卷》一样，也从正面宣扬了儒家的传统忠孝观念。事实上，因果宝卷基于劝善的目的，有许多是从反面强化忠孝意识的，如《乌鸦宝卷》（又名《哑巴告状宝卷》）就以刘玉莲的通奸杀夫、诬告加害父母兄弟，最终得到严厉的惩罚与报应，从而宣扬了儒家的忠孝观念。所以，几乎所有的宝卷都讲忠孝，通常所说的宗教宝卷、神话历史民间传说、世俗生活宝卷和寓言宝卷等，宣扬忠孝思想观念是基本旨意。

又比如《香山宝卷》，尽管它以宣扬佛教的修行、超度与引渡众生意识为主，并凸显了佛法高于世俗的伦理（忠孝）思想价值，但其对于妙善的忠孝还是给予了积极肯定。又如，现代典型的河西宝卷《救劫宝卷》，尽管作为一部现代产生的民间说唱艺术作品，客观上它是"古浪大靖天灾人祸的纪实"[①]，但是，该宝卷的基本思想却是宣扬儒家的伦理及其忠孝观念。在《救劫宝卷》中，一家人灾后逃难，丈夫饿死沙漠中。在中卫要饭乞讨中，陈氏夫人教育女儿，具体内容就是贤孝之经：

一学针工二绣花，三学茶饭四品行。
五学礼貌招待客，六学人前莫张狂。
七学剪裁缝补强，八学待人要周详。
九学受苦李三娘，十学历代女贤良。
吃饭莫可你先吃，先让长辈理应当。
洗锅莫要碗筷响，人家笑你疯婆娘。
扫地莫要尘土扬，别人说你太张狂。
污水切莫门内泼，冲破门户少儿郎。
锅头灶台要干净，冲了灶爷罪不轻。
五谷米面要爱惜，抛撒五谷天雷响。
日光之下莫晒裤，晒了裤子遭雷击。

---

① 1927年，武威大地震过后，瘟疫盛行，天旱绝收，农民流离失所，过黄河，穿越沙漠，到宁夏中卫一带逃荒。《救劫宝卷》把武威古浪一带饥荒年代的惨象——尸横遍野，卖儿卖女卖妻，如实地记载了下来。

>   望着灶爷莫提裤，提了裤子灶爷怒。
>   早起洗手再生火，怕是脏手冲灶爷。
>   妯娌之间要和气，团结小姑爱小叔。
>   自古老天一大天，丈夫也是一小天。
>   家有公婆要孝顺，父母好像佛前灯。
>   时时刻刻要拨亮，一口吹灭永无影。
>   为娘把话都说尽，望你牢牢记在心。
>   大当大来小当小，将来婆家留贤名。①

在本来是讲述天年大旱、地震是因为人间作恶多端的因果故事的宝卷中，传统儒家的忠孝意识、贤良观念却成了其突出的内容。

第二，河西宝卷也充分地弘扬了儒家崇尚贤能的意识。"却说赵学士听了兰花女、桂哥二人情由，嗟叹一声，便将此与同朝官员说了。官员言道，世上竟有如此好人，不免奏知天子。天子龙颜大喜。说吾国中有此贤人，应加封赏。当时下诏，把赵学士加官一品，准刘英回家祭祖探乡。桂哥领旨，同兰花女辞别了赵学士，即日起程。"贤能之人赵学士得到官员及皇上赏识。这成了一种社会共识。《金龙宝卷》就相当突出地表现了中国传统文化最值得肯定的贤能意识。

如同对于忠孝之人加封一样，皇上对于那些贤能之人也同样加封。这是《金龙宝卷》的主要内容。主人公金龙因为烧香拜佛、历经千辛万苦寻找子女、替别人偿命、捡钱还人、出资救人、重诺还愿、救济穷人，看重同胞情分，就得到了神助。赵学士救济桂哥、兰花女，其行为充分地表现了儒家贤能者救弱怜贫的品格，因而得到了皇上的封赏。所以，《金龙宝卷》几乎就是贤能的金龙、赵学士的赞歌。又如《和家论宝卷》，也是这类宝卷。该宝卷以"妻贤夫过少"为逻辑起点，张扬了女性贤能的意义与价值。

再如《忠孝节义洪江宝卷》，也以善有善报、恶有恶报的宗教观念，宣扬了宰相之女、陈光蕊夫人的忠孝节义思想。《包公宝卷》则以包公这个忠臣形象的塑造，宣扬了传统的忠孝观念和贤能意识，而且，张扬儒家的贤能意识，在这部宝卷中表现得更为充分。因为包公这个家喻户晓的人物形象，其首要特征就是贤能。他斗胆三下阴曹，终于为严查山案查明真相；他不畏权贵，面对柳天官的权势，毅然给以惩治，对于阎王、张

---

① 方步和编著：《河西宝卷真本校注研究》，兰州：兰州大学出版社，1992年，第361页。

洪这类魔王的恶性，也敢清查，断然动铡刀；他查明石义受害案，给石义平反昭雪，又玉成严查山、石义婚姻大事，为平民百姓做主，是朝廷最贤达之人。《包公宝卷》中，包公是正义的化身，也是贤达能人的化身。《忠孝节义二度梅宝卷》也是如此，一代忠良梅璧，被奸相所害，其子梅良玉历经劫难，逃脱追杀，中状元告倒奸相，得到好报。这是一个忠奸争斗、以忠良胜利告终的故事。其胜利，是贤能者的胜利。值得特别称道的是，《忠孝节义二度梅宝卷》除了写贤能的状元梅良玉之外，还写了一群忠诚贤能之人，如吏部尚书陈日升（其对于梅璧思念的"二度梅"情节，反映了对于朝臣忠臣的维护）、都察院御史冯乐天、右相都御史党进、大名府贤德邹荣等。他们与忠诚刚直的梅璧一样，为人刚直，做官清正，有真才实学，是宝卷中极力推许的人物。与其他宝卷不一样，《忠孝节义二度梅宝卷》宣扬的"忠"，是对于国家之忠，对于人民之忠。尽管该宝卷的核心故事是梅璧之子梅良玉和陈日升之女陈杏元之间的坎坷爱情婚姻故事，但在他们身上也表现出父辈们的刚直、反抗与为国尽忠的品性。如梅良玉中状元后对于太师卢杞的指斥，陈杏元和番中展现的民族气节，都扩大了一般宝卷中"忠"与"贤"的内涵。实际上，该宝卷正是通过对于这些贤能之人的忠孝节义书写，宣扬了儒家意识形态的主流观念。

　　第三，河西宝卷主要弘扬儒家三纲五常、三从四德等伦理意识和仁义思想。何谓三纲五常？何谓三从四德？何谓仁？何谓义？这些儒家思想的核心，在宝卷中几乎是以常识来普及的。如《和家论宝卷》中，梅知府和夫人蒋碧莲劝告翰林院大学士沈中义和沈中仁兄弟不和案件时，就直接拿三纲五常来说事："却说梅知府听了夫人这一段故事，心想此二贤人（伯夷叔齐和赵王兄弟）也可与沈家二兄弟相比。又问夫人，再要写什么呢？夫人说再写上三纲五常。三纲者，君为臣纲，父为子纲，夫为妻纲。五常者，天九常，地十常，父心疼常，母心疼常，夫妻恩爱常。最后写上：乌鸦反哺乃是仁也，蚁闭户而知雨也。下坠上：沈中仁做事有些不仁，沈中义做事有些不义。"儒家的三纲五常思想不仅是宝卷宣扬的思想，也是宝卷中人物基本遵循的做人标准。这在《金凤宝卷》中表现得相当清晰：当贞洁女段凌英撕毁了父亲逼迫她指腹为婚的丈夫张文焕写的退婚文约后，就直接拿儒家三纲五常、三从四德的伦理批驳父亲，读来令人心碎神伤，为那个时代女性的专一、执着等个人品性所感动——尽管这些"感动"在今天人看来可能五味杂陈：

凌英下楼与父辩，撕碎文约惹祸端。
小姐听言怒气生，叫声父亲你当听。
你今做事理不通，皇天难容你的身。
今日我若退了婚，万古相传扬丑名。
……段小姐叫父亲听儿细言，这件事你做的理上不通。
你只见它父死家中贫迫，嫌贫穷爱富贵情理不通。
退亲事你仔细想想清楚，你死后怎样见张家他父。
天配就圣为媒不该胡做，全不想为儿孙积贤积德。
皇王爷科场上未曾中过，尘世上未曾见有你几个。
坏人论败纲常这全不说，到后来天报应你躲过。
要修身要齐家安邦治国，将仁义礼智信全不晓得。
枉在那人世上把人活着。①

在接下来的父女辩难中，段凌英甚至给她父亲普及三纲五常的思想，并坚信三从四德：

小姐开言泪纷纷，你进说话理不通。
儿是三从四德人，为何叫儿嫁别人。
段廷听言怒冲冲，你把三从四德明。
小姐开言叫父亲，先把三从四德听。
奴家在家从父命，出嫁再将丈夫从。
丈夫死后从儿子，从古至今美变更。
段廷听了忙点头，你把四德讲分明。
小姐开言叫父亲，你听孩儿说原因。
一德清廉要贞洁，二容衣履要干净。
三言说话要真实，四工要把翁婆奉。
儿要学那孟姜女，泪珠点点送寒衣。
段廷又把小姐问，你把四顺说我听。
小姐开言泪满腮，叫声父亲听儿言。
顺妇待客不看人，顺妇担水不湿衣。
顺妇扫地不起尘，顺妇做饭不弃米。

---

① 《金凤宝卷》，何登焕编辑：《永昌宝卷》，永昌县文化局编印，2003年，第459页。

这个四顺儿能知,难道你不知装糊涂。①

父亲出于对女儿未来生活的处境担忧,听信奸人污蔑、耍奸计让曾经指腹为婚的张文焕做出悔婚文约,女儿却上升到道德伦理的高度对于其父作了彻底否定——父亲成了罪人、女儿的敌人。因此,如果我们了解了一般宝卷中妇女修行宝卷占绝大多数的情况,又了解了宝卷中劝妇宝卷的普遍情况,了解了宝卷中宣扬的主题思想的儒家主流思想,也许就会对于宝卷主要的思想倾向有根本的把握。

第四,河西宝卷,表达惩恶扬善的儒学思想主题。从这一角度来说,宝卷又可以称为民间的劝善书。这类劝善书的思想及主题,大体有以下几类:一是一些宝卷表达惩奸除恶主题,如《忠孝节义二度梅宝卷》,描述朝廷重臣——奸贼卢杞、黄嵩污蔑梅璧、陈日升等刚直大臣,使其被杀、入狱,受尽迫害,后来梅璧后代梅良玉、陈春生联合举人揭露真相,才使奸贼得以斩除。这颇类现代的反腐篇,表达了明确的反腐反黑恶主题。二是一些宝卷表达女戒一类的道德主题,如《乌鸦宝卷》,描述乡下已婚妇女刘玉莲通奸杀夫(通奸商人杨龙,合伙杀死丈夫小泉),诬赖父兄一家使其入狱受刑,后来真相大白,淫妇刘玉莲被处死。刘玉莲父母兄弟也被谴责:"你生下这等淫妇,总是教养不到,你等也有罪,念你们受了这一场屈刑,免你们无罪。"三是一些宝卷表现兄弟和善、妯娌相亲相爱而非互相仇杀的主题,如《烙碗计宝卷》,描述员外刘子明不良妻子马氏教唆丈夫分家,破坏兄弟情分,谗言逼走弟媳李氏,虐待侄儿,火烧、碾杀侄儿却误杀丈夫,栽赃侄儿告官府,最后包公查明真相,不良妻子马氏被包公铡刀处死。宝卷通过这一世俗故事,表达劝善惩恶的鲜明主题:

> 这件事众凡子没当闲言,兄爱弟弟敬兄理之当然。
> 如今人只爱的舌尖嘴巧,一个个心不良口似蜜甜。
> 人害人人不知天地可鉴,若伤天又害理天地除斩。
> 我这里将众生好言相劝,十八层地狱中免受磨难。
> ……兄弟们要多念手足之情,要学那刘们的子明子忠。
> 妯娌们要学那李氏夫人,莫学那马氏女天良丧尽。
> 行善的有善报迟早不等,作恶的有恶报无不分明。

---

① 《金凤宝卷》,何登焕编辑:《永昌宝卷》,永昌县文化局编印,2003年,第461页。

假若是孝父母兄弟相爱，必一生享平安到老归天。①

这类宝卷还有《紫荆宝卷》。该卷描述田家三兄弟在父亲富豪大家里平安度日，父亲死后按照父亲遗嘱三兄弟不分家同居过活：

> 弟兄亲妯娌贤家财茂盛，一家儿团圆过渐上兴隆。
> 要分家除非是天意折散，两件宝不做主任人所行。
> 大厅上要死了紫荆宝树，后花园走脱了土地尊神。

不料三弟田清之妻焦氏却执意分家。先是骂丈夫书呆子，教唆他与哥嫂分家；一计不成，又唆使奸人用钉子钉死紫荆，挖坑偷埋土地尊神；三是买通算命先生，与其合谋迫使哥嫂不得不分家。分家之后焦氏好吃懒做，不上三年光景，家业田产几乎荡尽，又被大火烧了一次，将一份家业房产一损而光。后因为贫穷又对于丈夫起了二心，唆使丈夫休了她。因为年轻貌美跟了王木匠，结果王木匠被铐砍伤，过不下去又跟了师公，师公因她遭殃，贫穷过不下去，她又跟浪子王便，王便害病她又别处打主意了。最后，焦氏走一家败一家，无人收留，沿乡乞讨，无人施舍，饥寒交迫，冻死荒郊。《紫荆宝卷》的价值就在于，通过描述焦氏败家女形象，充分地表达了"做恶之人终有报，只是来的迟与早"的善恶报应主题。四是一些宝卷则表现继母仇杀养女养子的悲剧，从而奉劝世人行善。如《继母狠宝卷》，描述李雄再娶不良夫人，儿女受尽折磨的悲剧。宝卷的结尾写道：

> 这一本继母卷到此完终，众男女听了后要记端详。
> 做后母也要把心放平和，前妻儿和亲生一样看待。
> 倘若是像焦氏一样狠毒，到日后自丧身报应终生。
> 劝男子若丧妻想娶继室，要择个老实人年岁方称。
> 没学了李雄样错选焦氏，只看她年纪轻容貌姿色。
> 踢家产害儿女毒如蛇蝎，貌虽好心肠毒杀生害命。
> 这些话语不通意义重大，望众位莫当了耳旁之风。
> 此卷儿本头大一念半夜，雄鸡唱五更天各自回家。②

---

① 《烙碗计宝卷》，何登焕编辑：《永昌宝卷》，永昌县文化局编印，2003年，第537～538页。
② 《继母狠宝卷》，何登焕编辑：《永昌宝卷》，永昌县文化局编印，2003年，第734页。

第五，是一些宝卷表现儿媳迫害公公被雷击遭报应的故事，从而劝善。这一层面的典型宝卷是《闫小娃拉金笆宝卷》。该宝卷描述儿媳王贵花和丈夫虐待公公，因父亲年老没用而送父山中迫害，结果被其儿子闫小娃听到。聪明的闫小娃救出爷爷，严厉痛斥父母使其改邪归正。但恶媳王贵花毫无人性，毫无教养。因而，宝卷对于恶媳王贵花的恶行作了多方面刻画。王贵花除了唆使丈夫毒死父亲，栽赃公公骚扰外，在其儿子闫小娃得中状元相见途中，遭遇天灾，与丈夫分散时，又耐不住诱惑，与王和尚私通，不仅如此，当寺院之耻被人发现后，为逃命遮羞，还放火烧了寺院。王贵花罪大恶极，最后被雷击而死得到报应：

> 书中善恶表分明，听卷之人仿着行。
> 人人要学闫小娃，不可照着贵花行。
> 善有善报应得真，恶有恶报雷焚身。
> 小娃为何中状元，孝敬祖父尽忠心。
> 贵花为何雷焚身，订（定）计害父罪恶身。
> 文大为何耳朵焚，听信妻言害父亲。
> 和尚为何火焚身，出家之人不修真。
> 李黑狗为何得官星，讨饭为生救难人。
> 朱洪为何得官封，人有冤事他争辩。
> 听卷之人常记心，不可过了耳边风。[①]

河西宝卷中，这类惩恶扬善的宝卷数目不小。除了这些外，像《紫荆宝卷》《蜜蜂计宝卷》等也非常典型。这类宝卷的主题与前述表达忠孝节义的主题基本一致，但更多从反面着手，从佛教戒、禁和魔道恶果层面奉劝世人忠孝进贤，诚信做人，敬老奉亲。修身齐家治国平天下。这是这类宝卷的精华，也是儒释道思想的精华。这些是不能作为封建迷信全部否定掉的，尽管我们对于儒家的三纲五常、三从四德、忠孝节义思想要用现代意识来重新审视。从这个意义来说，长期以来，这类宝卷对基层民间乡风乡俗的改变起过重大作用。也正因为如此，这类宝卷在民间相当流行，也成了河西宝卷的一大特色。

由此看来，大量的河西宝卷，虽言神佛之事，也讲佛道思想，宣扬无常及生死轮回、因果报应思想，但实际上，大量宣扬的却是传统文化

---

① 《闫小娃拉金笆宝卷》，何登焕编辑：《永昌宝卷》，永昌县文化局编印，2003年，第812页。

中的忠孝观念与贤能意识，宣扬的是儒家的仁义思想和三纲五常、三从四德的道德伦理。作为劝善书，它对于民间世俗风气的醇正起了很大作用。就是说，在通常所说的宗教宝卷、神话历史民间传说、世俗生活宝卷和寓言宝卷中，宣扬忠孝节义及贤能意识，宣扬儒家的三纲五常、三从四德伦理，是宝卷基本的叙事目的。如兼顾这类主题情形的《忠孝节义洪江宝卷》，就比较充分地展示了这种情形。此卷讲到了玄奘的渊源。金元长老念佛，打瞌睡，被罚投胎陈夫人，陈夫人被贼人逼压，只好作木匣投江保护。陈夫人之子就是后来的玄奘。玄奘后来在金山寺念佛，获唐王准许去西天取经。这个宝卷虽然讲神佛之事，重点却在写状元陈光蕊孝敬母亲（买鱼熬汤，鱼流泪，陈光蕊善心大发放鱼），从而得到神助报应的故事。其妻殷夫人照顾婆婆，设法为其抚养、保护孩子，最后消灭奸贼，夫妻团圆。她也因为孝敬父母，知恩图报，神灵感念其恩德而相助。这里，得到好报之"果"的"因"是"忠孝"，就是说，宣扬忠孝观念也是该卷表达的主要思想。就目前收集整理到的河西宝卷的100余部来说，我们可以发现，大凡宝卷，其重点大多在于宣扬儒家的忠孝观念和贤能思想及其儒家伦理思想，甚至可以说，因果故事就是张扬儒家的忠孝观念及其伦理的。这是宝卷这种民间文化形式，作为一种非物质文化遗产，今天最值得肯定的地方。所以，如上所述，宝卷名为说因果，实在讲忠孝；看似宣传宗教，其实也包含着仁爱德义的儒家人文理想追求。与中国传统文化的其他存在形式一样，宝卷最值得肯定的地方大概在这里。像感恩、孝顺意识，对于国家民族的忠诚与爱，包括慈悲情怀，宝卷就是充分宣扬的。实际上，河西宝卷在今天仍然会有生命力，其原因除了因为河西地处边缘，农民文化生活单调与它的通俗易懂的故事外[①]，其最主要的原因还在于宝卷中宣扬的忠与孝的观念，贤能意识以及传统伦理道德。这是值得肯定的，因为它们作为一种积极的文化意识在规范着人们的行为，甚至影响着今日的文化伦理及道德重建。不识字的农民们很喜欢宝卷，老人们很喜欢宝卷，甚至年轻的喜欢者也不乏其人，大概隐隐包含着他们这种真实的文化渴望。像《和家论宝卷》《金凤宝卷》《救劫宝卷》这类宝卷，就真实显示了一般河西宝卷表达的这种文化渴望，因而它们才流行。

---

① 徐永成主编：《金张掖民间宝卷》（二），兰州：甘肃文化出版社，2007年，第682页。

第二节　孝道、"凉州贤孝"与孝理现代性议题

一

"孝道"是中华民族最主要的文化思想之一，也是中华民族生生不息延续的主要思想之一。孝道的内容主要包括：（1）养亲与敬亲。（2）顺亲与谏亲。（3）传宗接代。（4）丧亲与祭亲。（5）立身、立功，以显父母。由于现代中国文化复兴策略的影响和核心价值观的实践，对于这些内容，目前中国知识界、民间无不大力张扬。如果我们到陕西蓝田王顺山这座"天下第一孝山"旅游，你会看到世界上没有一个民族会像中国这样弘扬"孝道"的情景：沿着孝子祠而上，我们会看到"埋儿奉母"（汉朝的郭巨，灾荒年中粮食短缺，为了使母亲免于挨饿，狠下心欲活埋儿子，挖坑时发现天赐黄金百两）、"单衣顺母"（周朝闵郯幼年丧母，继母偏爱亲生儿子而虐待他，数九寒天，闵郯身着芦笋衣，父亲知晓内情，要赶走继母，闵郯苦心力劝为其求情感化继母）、"行佣供母"（东汉江革在动乱中身背母亲逃难，路上遇到贼人抢劫无果而欲杀之，江革泣言有母无人奉养，贼人被感化免于被杀）、"卧冰求鲤"（晋朝人王祥，时值隆冬母亲生病，欲尝鲜鲤鱼，河水冰封，王祥寻鱼未果，一时心急解衣，卧于冰上欲化求鱼，河冰自破跃出鲤鱼，母亲食鱼病后痊愈）、"尝粪忧心"（南齐高士庾黔娄为救治父亲，辞去官职尽心服侍父亲，为了解病情，亲尝粪便）、"弃官寻母"（宋朝的朱寿昌为寻找五十余年未见的母亲，辞去官职，历尽苦难，终于在陕西与已有七十余岁高龄的母亲团聚）、"乳姑不怠"（唐时有唐夫人嫁到崔家，善待婆母事无巨细，婆母年老齿脱无法进食，唐夫人以自己的乳汁供奉进食）、"涤亲溺器"（宋朝大学士黄庭坚虽身为显贵，伺候母亲总亲力而为，每晚为母亲洗涤溺器，从不嫌弃）、"恣蚊饱血"（晋朝人吴猛，家贫床无蚊帐，为了父亲安睡，吴猛赤身坐于床前，任凭蚊虫叮咬而不驱赶，唯恐蚊虫叮咬父亲）、"扇枕温衾"（东汉时，九岁的黄香丧母后对父亲孝顺备至，夏天为父亲扇凉枕席，冬天又用身体为父亲暖热被褥）、"亲尝汤药"（汉文帝刘恒身为皇帝，在治理政务之余，陪伴在母亲病榻前，为母亲尝试汤药，仁孝之心感动天下）以及"拾椹供亲"（东汉末年连年战乱，庄稼歉收，蔡顺天天拾桑椹，挑出熟透的桑椹给母亲充饥，赤眉军表示敬意，送给他们母子粮食以度灾荒）、"扼虎救父"（晋朝人杨香，十四岁同父亲遭遇猛虎，杨香扑上前去扼住虎脖颈，父亲得以解救）、"刻木事亲"（东汉时丁郎自幼父母双亡，他常思念二老养育之恩，便刻木为像，每日供奉，以寄托自己对父母的养育之恩）、

"哭竹生笋"（三国时孟宗母亲生病，冬日思念鲜笋，孟宗无计可得，往竹林中扶竹恸哭，顷刻间地裂笋出，孟宗的孝行被四方传诵）、"闻雷哭坟"（王襄晋朝人，母亲生时性怕雷响，去世后每逢打雷下雨，王襄就跪在母亲坟前，安慰母亲有自己陪伴着不要害怕）、"鹿乳奉亲"（春秋时的郯子，为医治父母眼疾，身披鹿皮入深山，混进鹿群取鹿乳，险被猎人误伤）等十七个贤孝雕塑。这些雕塑，以极其生动的雕塑情景，向游人诉说源远流长的中华孝道。这是中国文化里极为独特的现象，孝道已经被中华民族以极其艺术的方式，用艺术雕刻形象生动地传播着，已经被深入到现代人最现代的生活方式——在旅游和风景观赏中浸透了。

河西宝卷与凉州贤孝是姊妹艺术。丝路河西宝卷表现的忠孝观念，在凉州贤孝这一武威地区的另一种文化民间艺术形式中集中体现出来。因此，通过观察凉州贤孝的一些经典作品，我们就可以比较清楚地把握河西宝卷里表达的孝道意识及其思想的一些本质内涵。

凉州贤孝是一种古老的民间说唱艺术。它和河西宝卷一样，广泛流行于河西走廊的丝绸之路重镇的武威城乡。凉州贤孝在与武威毗邻的古浪、永昌等地也深受当地群众喜爱。作为一种植根于武威民间的古老说唱艺术，"凉州贤孝"具有极强的生命力与艺术感召力。一踏上凉州的土地，不论是乡里城里，农舍庭院，还是街头巷尾，茶坊酒肆，只要是人群聚集之所，几乎随处都可以看到这样一幅乡土味十足的民俗风情画：一位双目失明的盲艺人，怀抱三弦，席地而坐，自弹自唱。周围或站，或蹲，或坐，围满了听众。盲人动情的演唱，时而低沉，时而欢乐，时而悲愤；人们的心被他深深地牵动着，或怒，或喜，或悲，或愁，或感叹唏嘘，或自言自语。人们在这种乡土艺术的浓郁氛围里，咀嚼着人生的酸甜苦辣，体味着命运的悲欢离合，无奈与沧桑。"凉州贤孝"以极其朴素的艺术形式，作为一种通俗的基层审美活动在武威城乡存在，影响深广。作为一种地方音乐艺术形式，武威著名作家补丁（李学辉）认为它的魅力不亚于《二泉映月》。[①] 值得注意的是，宝卷的孝道主题在"凉州贤孝"里被专门化，这是一种非常奇特的艺术现象：当一种民间艺术形式专门以"贤孝"命名的时候，我们无疑会看到官方和民间对于它的首肯和看重，也会发现宝卷与"凉州贤孝"的一些内在关联。

凉州贤孝的内容大抵是颂扬古今英雄贤士、淑女烈妇、孝子贤孙、帝王将相、才子佳人等。它寓隐恶扬善、喻时劝世、因果报应、为贤行孝等

[①] 补丁：《谁续凉州贤孝曲》，《西凉文学》增定本《凉州宝卷·民歌》，2005年，第5页。

宗旨于其中，故名为"贤孝"。凉州贤孝的唱本十分丰富，多以古典、传统的贤孝内容为主。从源头上讲，凉州贤孝源于秦腔。[1]其内容也与秦腔的基本内容——谈贤说孝一致。凉州贤孝分段子和大戏两种。段子的内容较少，多为一事一唱，在小故事中加入大量的教说、劝诫内容，直抒胸臆，简洁明快。如《劝妹子》《小姑贤》《目连生孝母》等，夹叙夹议，曲调也始终不变，一般是四句一段。大戏则适合农闲季节演唱，内容多为野史演义，可唱数十小时至上百小时。大戏一般有家书和国书两大类。前者以反映人情世故、悲欢离合的生活故事为主，如《白鹦鸽盗桃》《丁郎刻母》《汗巾记》等；后者以帝王将相、国事兴亡为主要内容，如《薛仁贵征东》《五女兴唐传》等；也有的反映近现代的政治事件，如《鞭杆记》《打西北》《解放武威》等。中华人民共和国成立以来，由一些群众文艺工作者专为盲艺人创作的新唱本如《王婆养鸡》《盲艺人重见光明》等，也深受广大听众的喜爱。[2]所以，了解凉州贤孝这一民间艺术形式，对于我们认识宝卷及其性质有很大的帮助。因为它们的基本功能性主题就是道德性主题，宣扬儒家的忠孝节义思想及其伦理观念。

《丁郎刻母》是凉州贤孝的经典曲目。这一曲目的叙事内容和主题思想，就是宝卷与凉州贤孝倡导和宣扬的孝道思想。《丁郎刻母》讲述的就是一个孝子的故事。[3]为了便于分析，我们先来看这一贤孝的故事梗概：古时候，赤水河边有个彝族妇女，年纪轻轻的就死了丈夫，丢下一个儿子叫丁木林。这个妇女决心不再改嫁，孤苦伶仃地带着儿子过日子。她省吃俭

---

[1] 这是一个有趣的学术议题，但目前很少有学者详细研究。李学辉上文中曾经提及，但没有论述。武威文化人赵旭峰把一些"贤孝"称为"小宝卷"，也值得关注。

[2] 李武莲主编，冯天民、李武莲搜集整理：《凉州贤孝精选》，北京：中国文联出版社，2011年，第6～8页。

[3] 凉州民间贤孝曲《丁郎刻母》有不同的版本，不同的演唱风格、演唱内容，情节变动也很大。盖因它的演唱的随意性，演唱者不断添加新内容等演唱者的行为所致。李武莲、冯天民《凉州贤孝精选》的《丁郎刻母》的时间、地点和情节与此有很大区别。故事情节如下：山东省定阳县流水巷有个丁百万，家境富裕，不料在生下儿子后暴病，临死时嘱咐23岁的年轻妻子不要改嫁，守寡精心照顾丁郎。丁母遵从丈夫遗嘱，供丁郎读书。后给丁郎娶妻王素珍。然而其妻王素珍心肠歹毒，嫌弃婆婆年老无能而能吃，因而教唆丈夫把她打死。丁郎听其妻子王素珍教唆，用牛鞭刺魂几乎打死母亲。后来神灵点化，懂得了孝敬之道。可是，第二天当母亲送饭时他前去接应，母亲以为又遭儿子毒打，因而触木而死。丁郎伤心欲绝，后给母亲发丧后刻木孝敬。后来，丁郎上蒲城做事，嘱咐王素珍给母亲木像烧香供拜，可是丁郎走后，王素珍刀砍斧刹母亲雕像，极尽虐待，母亲托梦丁郎诉苦，后来丁郎回乡休掉王素珍，上终南山修行，终成正果。王素珍被雷电击中烧焦而死，母子二人成仙、成神。这是凉州贤孝曲里最感动人的曲目之一。

用，让儿子穿好吃好，自己却穿麻布衣，吃糠咽菜，过着艰苦的生活。日月如梭，光阴如流水，慢慢地，这寡妇老了，儿子长成一个大小伙子。可是，儿子从小娇生惯养，嫌母亲年老不中用，经常打骂母亲。母亲却依然疼爱儿子，儿子去做活后，母亲在家料理家务，给儿子做饭。儿子却并不领受，母亲给他送饭迟了，他拿起棍子就打母亲；送早了，也打母亲。天长日久，弄得老母左右为难，这也不是，那也不是。后来，丁郎娶了妻子王素珍。王素珍是个恶媳妇，嫌婆婆吃得多，教唆丈夫打死婆婆，并以死相逼。

这天，丁木林在地头犁地，看见老母亲一歪一歪地送饭来，忙解下犁架，准备去接老母亲，他忘记放下手中的牛鞭子，就跑上前去迎接母亲，母亲看见儿子拿着牛鞭子朝自己走来，以为是饭送迟了，儿子又来打了，忙放下饭箩，掉头就往山林中跑去。儿子在后面追着，她在前面跑着。母亲想到儿子对自己越来越不孝，活着遭罪受，不如死去算了。她钻过一蓬棠梨树，看见前边有一棵白花木，于是一头撞在上面。丁木林跑到时，母亲已气息奄奄，他把母亲抱在怀中，痛哭流涕地说："阿妈，我错了，对不起你！今天我是来接你的呀！你快睁开眼睛！"不等他说完，母亲看了他一眼就断气了。丁木林悔恨自己对母亲不孝，造成了今日的孽障。他把母亲背回去后，用最隆重的礼节安葬了母亲。最后又到山中砍来了母亲撞死在上面的那棵白花木和一棵棠梨木，用白花木做了一个小木人，刻上眼、耳、鼻、嘴和心脏器官，分别在上面安上一粒银子，然后给小木人穿上一套新衣服，再用棠梨木做成靠板，把小木人绑在上面，最后把小木人供在灵堂上。每天吃饭时，先献小木人，然后才吃饭；天气冷了，给小木人烤火。太阳出来了，把小木人背出屋外晒太阳，一年三百六十五天，天天如此。

有一天，丁木林把小木人背到屋外晒太阳，并在院坝里晒了一场谷子，天公老爷有意试一下丁木林的良心，如果是假心对待母亲，就要打雷把他劈死。天公老爷施展法术，顿时天昏地暗，狂风暴雨，雷电交加，丁木林看见下雨了，就不顾一切地冲进风雨中，忙把小木人背回家中，在屋中烧起大火，给小木人烘烤衣服取暖。当他把一切做完再到院心里收谷子时，谷子已全部漂在水中。天公老爷试出了丁木林是真心实意地孝敬母亲，没有打雷劈他。一晃又是天朗气清，火红的太阳挂在天空，把他的谷子又晒干了。从这以后，丁木林怕小木人再淋雨，就把小木人绑在灵堂的篱笆上，不再背出背进，每天按时给它烧香献饭，对小木人非常虔诚。为赎回对母亲的罪过，丁木林每天都要出外化缘来祭奠母亲。他挑着一挑经书，从南到北，从东到西，跑了一个山寨又一个山寨，不辞辛苦。有一天晚上，他做了一个梦，梦见母亲对他说："木林，我已托生转世，变成一条大白狗，你如果想我，可以看到我。"他拉着母亲的双手，正要问她托生在何处，梦就醒了，他感到非常惋惜。

几天后，丁木林挑着经书来到一户有钱人家化缘。主人家养着一条大白狗，平时这狗非常恶，主人怕白狗咬着人，就用铁链子把狗拴在柱子上。恰好这天主人忘记拴狗，丁木林进去时，大白狗不但不咬他，却向他摇头摆尾，用嘴去含他的裤子，表现非常亲热。主人感到非常奇怪，只见丁木林对大白狗说："如果你是我母亲，就请跳到我的肩膀上来，不是就请走开。"狗听了他的话后，前脚一跳就跳到丁木林的左肩上，主人打也打不下来。主人看大白狗和丁木林交谊很深，就把大白狗送给丁木林。丁木林腾出一只箩筐用来装狗，把经书并在一个箩筐里。他挑起担子，觉得把经书挑在后面不对，换换肩；又觉得把大白狗挑在后面也不对，于是把担子做横挑。从此，丁木林走到哪里就把担子挑到哪里，吃东西时，都要分给大白狗一份。

《丁郎刻母》演绎传唱的这个故事，其主题与宣扬贤孝的宝卷的主题一致[①]——在这个以抒情为主的时间性艺术里，它的从佛道生死哲学观和时间的终极意义上来阐释儒家贤孝的价值意义的理路，与宝卷在民间世俗日常生活里寻找存在意义的理路非常一致：

  人生一世路不平，
  高的高来低的低。
  人是世上的浑水鱼，
  抓了儿子领孙子，
  任何人看不见西去的路，
  唉，唐王天子游地狱，
  先选生来后选死。……
  有朝一日你去了世，
  阳世三间再好也把你留不住。
  妈妈活着你孝敬好，
  死了哭着不知道啊。……

[①] 《丁郎刻母》，李武莲主编，冯天民、李武莲搜集整理：《凉州贤孝精选》，北京：中国文联出版社，2011年，第207页。

> 又是披麻又是孝，
> 死了哭着不知道。
> 哪个天子活百岁，
> 临完了死了都化成灰。
> 忤逆种，你好好听，
> 活着你打着不孝敬，死掉了还得给妈妈报个恩啊。

活着要孝敬，死了要报恩。这里，从人世认识和体验以及时间出发对于人子贤孝的认识，可谓理智清晰，尤其对于现世的"孝"的重视及其感恩的吟唱，体现出深刻的人文内涵。饮水思源，人子、妇女的生命来自父母，对于人子、妇女来说，他们的贤孝比生命更重要，更有价值。贤孝把宝卷的这种思想理念传达得也更为透彻，尽管这种价值观还值得商讨。其他贤孝如《小姑贤》和《兰桥相会》等，也是如此，都把贤孝作为人的基本道德及其价值立场坚守。

"劝贤行孝，隐恶扬善"，是贤孝的基本主题。比较而言，凉州贤孝《丁郎刻母》的基本主题、基本功能，如因果报应思想、贤孝思想、劝善惩恶等，与河西宝卷并无二致。《丁郎刻母》贤孝曲以丁郎的悔悟为中心，拿他对母亲生前的不孝和死后的孝敬作对比，充分地宣扬了儒家的忠孝思想。再如贤孝曲《白鹦鸽盗桃》，它也如此：白鹦鸽不顾自身性命出生入死为母亲盗桃的行为，是把孝敬置于个人生死之上的行为。贤孝的这种价值倾向感人肺腑。因此，与同样宣扬孝道思想的宝卷《赵五娘宝卷》的基本主题思想相比，凉州贤孝表现儒家的贤孝道德的主题更为集中，也更为深刻。因为贤孝以弹唱为主，而宝卷则以念、讲为主。"劝贤行孝"是其核心。从这个意义上讲，如果孝道是丝路宝卷里宣扬的最主要的思想，那么，宝卷的这种主题倾向就已经被一种河西武威（古凉州）的民间通俗艺术形式凉州贤孝所继承与发展了。

二

社会秩序的中心要素是文化价值的制度化和内化。儒家社会自上而下的有识之士深晓此种伦理建构策略，他们充分地发挥了宝卷、贤孝这两种文学、艺术形式的功能，将其文化价值体系灌输给了基层社会。从社会伦理建构的意义来讲，凉州贤孝宣扬的这种贤孝意识实际上是颇值得反思的。因为儒家文化及其贤孝观念，它们的盛行，自有中国文化发展的深刻根源所在。钱穆认为这与中国人的人道观念密切相关。他说："中国人的人道观念,却另有其根本,便是中国人的'家族观念'。人道应该由家族始,若父子兄弟夫妇间,尚不能忠恕相待,爱敬相与,乃谓对于家族以外更疏远的人,转能忠恕爱敬,这是中国人所绝不相信的。'家族'是中国文化一个最主要的柱石,我们几乎可以说,中国文化,全部都从家族观念上筑起,先有家族观念乃有人道观念,先有人道观念乃有其他的一切。中国人所以不很看重民族界线与国家疆域,又不很看重另外一个世界的上帝,可以说全由他们看重人道观念而来。人道观念的核心是家族不是个人。因此中国文化里的家族观念,并不是把中国人的心胸狭窄了、闭塞了,乃是把中国人的心胸开放了、宽大了。中国的家族观念,更有一个特征,是'父子观'之重要性更超过了'夫妇观'。夫妇结合,本于双方之爱情,可合亦可离。父母子女,则是自然生命之绵延。由人生融入了大自然,中国人所谓'天人合一'正要在父母子女之一线绵延上认识。因此中国人看夫妇缔结之家庭,尚非终极目标。家庭缔结之终极目标应该是父母子女之永恒联属,使人生绵延不绝。短生命融入于长生命,家族传袭,几乎是中国人的宗教安慰。……夏朝王统是父子相传的,商朝王统是兄弟相及的。父子相传便是后世之所谓'孝',兄弟相及便是后世之所谓'弟'。孝是时间性的'人道之直通',弟是空间性的'人道之横通'。孝弟之心便是人道之'核心',可以从此推广直通百世,横通万物。中国人这种内心精神,早已由夏商时代萌育胚胎了。"[①]钱穆特别看重中国人的家族观念,分析了这种家族观念根深蒂固的深刻原因。这种分析,当有合理之处,尽管他有意无视或者掩饰了中国家族观念的狭隘化倾向,放大了家族观念的正面价值。换句话说,如此源远流长的儒家贤孝文化,尤其是孝道文化,是深刻地影响了中国文化的发展动向的。凉州贤孝中的一些曲目,如《丁郎刻母》,丝路河西宝卷中的一些经典宝卷,如《赵五娘宝卷》,它们都以佛教的因果报应思想为基础,相当深刻而生动地弘扬了儒家的忠孝观念,使儒家思想深入人心。

宝卷与贤孝一样,在民间发挥了重要的教化功能。它是乡间长期存在的一种文化活动,能够移风易俗,对于乡村个体和乡村社会生活组织运行起过重要作用。将《丁郎刻母》和《双花宝卷》作比较,可能会更清楚地看出来。《双花宝卷》注重家族观念的宣扬,深刻地影响了人们的道德文化心理建构:(1)兄弟、夫妇观念并重的强调,强化家族观念。(2)敬老养老思想被主流意识形态强化——马氏父亲逼女儿改嫁被女儿

[①] 钱穆:《中国文化史导论》(修订本),北京:商务印书馆,1996年,第50~51页。

原谅，被千岁宽恕。（3）女性从一而终的道德规范被褒扬——文虎之妻马氏入寺庙修行。（4）贤能得到宽恕，邪恶得到惩罚——曹良被凌迟。宝卷里文龙千岁的贤能得到皇帝赏赐；文龙、文虎的兄弟情被皇上褒扬；文龙之妻对文虎的照料被无限地表现；文龙、文虎后辈兴旺，子孙满堂的传宗接代思想被无限夸大。所以，《双花宝卷》在这一意义上讲，就是一部家族兄弟亲情颂。这是儒家文化及社会的主旋律。明清以降宝卷大体包含如此主题。这是中华文化里值得肯定的传统思想资源——文化伦理建构的思想及其实践。因而，这些对于认识宝卷主题思想，无疑会有重要启发。

三

"自上个世纪末，我国学术界出现了对中国传统文化研究（重新大力）重视的趋势；而进入二十一世纪则逐渐成为一种社会潮流，'读经'、'读古典诗词'，恢复优良的道德修养传统蔚然成风，不少中小学设有读《三字经》《弟子规》《论语》《老子》等等的有关课程内容。"[1] 以现代文化观对待传统文化及这里论述的"凉州贤孝"和宝卷的主题思想，有以下文化原理——借鉴传统文化发展现代文化的实践、文化新生和文化输血原理来做支撑："新生这个主题现在越来越集中关注这样一个命题，即所有社会集团（尤其是现时代的各种总体性社会）均以历时性模式化的形式定期地遇到以下情景问题：如何使它们的社会经济日常事务的社会结构形式具有意义，并且重新确定这些形式的方向。各社会需要'文化输血'，……（社会的）新生和（世界的）活力激发这些主题也许又反过来与库恩提出或提供启示的范式转换和问题转换思想联系在一起。"[2] 这当然反映了我们时代的一种现代性及其价值取向，然而，从另一方面来说，我们却需要对于儒家文化里的贤孝、孝道思想理性审视，因为儒家强调的孝道与我们现代社会理解的孝道内涵，其内在逻辑依据是不同的。而且，儒家的贤孝完全建立在家族社会伦理建构上，而并不考虑其个体和总体人类人性发展的要素。其内在局限也是明显的，比如它有以下四种缺陷：愚民性、不平等性、封建性、保守性。就是说，儒家的孝道思想作为中华民族文化的核心，从政治上来说，在封建社会后期演变成统治阶级的思想武器，强调

---

[1] 张学智：《中国儒学史·明代卷》，北京：北京大学出版社，2011年，第4页。
[2] 〔美〕罗兰·罗伯森：《全球化：社会理论和全球文化》，梁光严译，上海：上海人民出版社，2000年，第62页。

对圣贤的思想理念的守成,是扼杀创新力量的;从文化上来说,它的文化守成主义,不思进取,给中华民族文化蒙上落后的色彩,而且,其根深蒂固,即便是在今天,仍然难以肃清其保守性的影响。换句话说,在封建专制意识形态下,宝卷宣扬的儒家文化,尤其是它的贤孝思想以及社会理想,长期以来也阻碍了思想文化的进步,束缚甚至制约了文化社会发展的蓬勃生机,有违基本人性常识。例如《赵五娘宝卷》中儿媳妇亲自割自己大腿肉以侍奉公爹、公婆的孝举,郭巨埋儿等大义行为,终究经不起人性和人文的现代推敲。因为人人关心的养老等终极性人类问题仅仅靠子女的孝心,是无法维持下去的,相反,这种孝,如果缺乏制度和物质的支撑,终究空泛,也违背文化人类学中人高于道德的基本原则。[1] 因此,这样建立起来的伦理及其观念,也只能在一定文化及其生存境遇里发生,难有普适性。因为事实是,贤孝需要人性及物质、经济、法理共同来维护。贤孝需要道德人性和物质法理来支撑——至少需要二者互动,相互补充,共同支撑。这已经被现代社会及全球性人类的实践反复印证,因此,如何以现代理性来审慎地对待儒家文化的这种贤孝、孝道思想,对待传统文化中的这种人性与物质性悖论,依旧是一个重大的思想文化问题,而且还涉及我们对于传统文化遗产的态度问题。

所以,对于传统的贤孝文化,我们有理性的现代国人,当以现代理性科学态度对待,对于"养亲与敬亲、顺亲与谏亲、传宗接代、丧亲与祭亲、立身、立功以显父母"的传统孝道文化,也必须经过现代性社会伦理的鉴别,以现代社会伦理思想及其价值观来分析对待。这是孝理现代性的重要议题。实际上,这也是我们现在阅读宝卷、念卷、聆听"贤孝"及所有古典传统国粹应该有的态度。

---

[1] 〔法〕维克多·埃尔:《文化概念》,康新文、晓文译,上海:上海人民出版社,1988年,第129页。

第五章 "善男信女"与主题悖论

——丝路河西宝卷的思想主题倾向研究(三)

> 男性身躯让人对其断语深信不疑,而女性的肉体却让人对其失去信心。
> ——玛丽·埃尔曼《思考女性》

> 妇女们还急不可待地对于文明教化的潮流群起而攻之;她们施加影响,企图放慢和阻挡这一潮流。然而,正是这些妇女最初通过对爱情的追求建立起了文明的基础。她们只是维护着家庭的利益和保持着性生活的兴趣,而文明事业日益变成男人们的事业,他们逼迫承担越来越艰巨的任务,升华他们的本能(冲动)。妇女们几乎没有能力完成这种升华。
> ——弗洛伊德《文明及其不满》

玛丽·埃尔曼在《思考女性》一文中从生理出发分析了过往初级社会文化中性别文化建构的理论依据:"男性身躯让人对其断语深信不疑,而女性的肉体却让人对其失去信心。"弗洛伊德在其《文明及其不满》中也曾辨析过欧洲一些地方性别文化建立的文化基础:"妇女们还急不可待地对于文明教化的潮流群起而攻之;她们施加影响,企图放慢和阻挡这一潮流。然而,正是这些妇女最初通过对爱情的追求建立起了文明的基础。她们只是维护着家庭的利益和保持着性生活的兴趣,而文明事业日益变成男人们的事业,他们逼迫承担越来越艰巨的任务,升华他们的本能(冲动)。妇女们几乎没有能力完成这种升华。"长期以来,这种从生理出发对于女性的定义和性别文化的建构,构成了从精神、文化角度压抑女性、奴役女性的顽固谬论。然而,时代在进步,文明在逐渐开化,人们的思想认识也在逐渐转化。20世纪以来,随着妇女解放思潮的兴起,随着妇女解放思想的出现,一种新的性别观和性别理论诞生了。"女人不是天生的"[1],波伏娃在其《第二性》中开宗明义地宣言了一种新的性别文化观念——从

---

[1] 〔法〕西蒙娜·德·波伏娃:《第二性》,陶铁柱译,北京:中国书籍出版社,1998年。

社会、历史文化来重新界定女性，为女性解放及其观念变化确立了新的标准。自此以来，一种标志着文化文明发展的新的性别文化及其观念就发展了起来。

在中国，在五四新文化运动以后，首先接受了波伏娃等西方女性主义思想的，是一批台湾的女性作家。台湾的一批女性主义作家也以此开始了她们对于自身处境及其命运的书写。像廖辉英《油麻菜籽》、李昂《杀夫》《迷园》、简媜《女儿红》、西西《像我这样的女子》等，就是这类现代性经典作品。在中国大陆，继承丁玲、张爱玲、苏青等新的性别意识创作，于1980～1990年后也大量出现，林白、陈染、翟永明、铁凝、王安忆、海男等一系列作家的作品，就显示出了这种新的世界性的性别文化曙光——女性已经浮出历史地表，被重新打量。关怀伦理学的奠基人、美国著名心理学家卡罗尔·吉利根说："妇女不仅在人际关系下定义自己，而且也根据关怀能力判断自己。妇女在男人生命周期的位置，一直是养育者、关怀者和帮助者，是这些她轮流依靠的关系网的编织者。"[1]歌德在《浮士德》中说："永恒的女性，引领人类上升。"用这种现代的性别文化来反观宝卷这种传统民间通俗文学艺术形式的思想内涵，我们会发现，宝卷所宣扬的无所不在的传统文化里的男性中心主义思想是非常浓厚的，它也基本反映了千百年来中国传统女性真实的处境，我们也发现，在我们的传统文化中，一些比较保守的性别文化观念是如何压制和残害女性的普遍性处境的。

我们知道，魏晋以至唐代以来，中国文化的基本思想是佛道儒"三教"融合的思想，然而又以儒家文化为主导。在佛道意识形态里，女性的地位并不高，也长期处于被压抑的处境。而传统儒家文化，依据现代性别文化来看，从本质上讲，也是一种男性中心文化。尽管长久以来，这种文化是中华文化的主导，也使中华民族生生不息，但它强调男尊女卑，以男性为社会、家庭核心的思想却也是事实。男性拥有无上的权利。男性对于女性，尤其是对于婚姻女性，具有绝对的生杀予夺的权利。

正如前文埃尔曼所言，男性是天生的，女性也是天生的。这是这种文化现实与文化思想的根基。这种不以"全人"或以人的科学认知为前提，而以人类生理及其性别特征为基础设想或想象而建立起来的偏执文化，对于女性的基本要求就是三从四德。宝卷作为这种文化形态下的产物，宣

---

[1] 〔美〕卡罗尔·吉利根：《不同的声音——心理学理论与妇女发展》，肖巍译，北京：中央编译出版社，1999年，第54页。

扬的就是这种男性中心主义文化。宝卷强调忠孝节义思想，大多针对女性。宝卷中的妇女修行宝卷，更是宣扬男性中心主义思想的典型宝卷。事实上，在我们已经见到的河西宝卷中，除了《和家论宝卷》这部宝卷宣扬了蒋碧莲表达"妻贤夫祸少"外，大多宝卷几乎都在宣扬男性中心主义思想（现代的《沪城奇案宝卷》具有些许的现代男女平等意识外，也大多都是在宣扬这种男权中心文化及其思想）。《香山宝卷》《仙姑宝卷》《救劫宝卷》《苦节图宝卷》《牡丹宝卷》《葵花宝卷》等等，都是如此。具体说来，河西宝卷宣扬的这种性别文化思想主要表现在以下五个方面：

第一，在宝卷中，在佛教思想构筑的文本世界里，天界与人间的至尊统治者都是男性，男人拥有这个世界绝对的权力。救苦救难的观世音也是无男女分别。第二，对于家庭来说，同样以男性为中心，男人是家庭的主要支撑者，是家和女性的天空。河西宝卷从最早的《仙姑宝卷》到现代的《救劫宝卷》，无一例外都宣扬这种思想。第三，唯有男性才可以传宗接代，把社会、历史和人类延续下去。儒家文化强调"不孝有三，无后为大"即为佐证。第四，男性尊贵，女性下贱，男人大，女人小，男性强，女性弱，男刚女柔，男外女内，男尊女卑意识构成宝卷的基本思想。第五，男婚女嫁才是天经地义，男性可以拥有女人，女人可以成为男人财产，成为男性的奴隶。女性还是男性欣赏的对象，女为悦己者容，女性的三寸金莲就是为了男性。在一般的宝卷里，男权中心意识是渗透在几乎每一个情节、细节之中。河西走廊的大多数宝卷中，这种情形尤具代表性。

研究宝卷、阅读宝卷，这是避不开的话题。因为在宝卷里，妇女修行的卷子特别多，宣扬三从四德的贞烈节女以及伦理道德几为宝卷普遍性主题。在宝卷因果故事中，几乎都有一个女性主人公承载着因果的终端；在善男信女的人间烟火中，离开女性就几不成人间；在公子小姐的情爱故事框架中，女性几乎承载所有苦难；方四姐（《方四姐宝卷》中的主人公）、段凌英（《金龙宝卷》中的主人公）、昭君（《昭君宝卷》中的主人公）、陈杏元（《忠孝节义二度梅宝卷》中的主人公）、侯美英（《侯美英反朝宝卷》中的主人公），都毫无例外是男性的附庸，命运由男性主宰。在一切宝卷中，这又几乎天经地义。前述弗洛伊德、玛丽·埃尔曼的观察具有普遍性。因此，在现代性性别文化观念下来观照宝卷及其包含的男性中心主义思想及文化性悖论现象，考察宝卷的思想主题，将会使我们对于传统中国文化，尤其是宝卷宣扬的经义及其思想有更为深入的了解，对于宝卷这种在河西走廊仍旧存活的俗文学文化遗产的文化功能及其局限性有新的认识。

第一节　贤良女性与女性悲情

如前所述,"讲唱"故事是宝卷的基本形态。其中,每一宝卷必含故事,或包含多个故事,是其特征之一。如光绪十八年的《忠孝节义二度梅宝卷》就被当成以故事为本质的"章回小说",因为它把宝卷压缩成了40回的故事小说行世,以"掌形"绣像本流传。[1]宝卷乃因果、民间故事,也正是这一点,把宝卷与变文、讲经文、俗讲和所谓押座文等其他讲唱艺术区别了开来。而不管是因果故事还是基本民间故事、历史故事、神话故事,宝卷的主人公大体可以分为两类:善男、信女。其中,善男,是指有忠孝节义思想及其行为的男性;信女,则为念经信佛的女性,也为具有忠孝节义及贞烈思想行为的贤良女性。当然,宝卷人物正反形象区分也很明确。忠奸对立,贤良与不良对立,善恶分明,孝与不孝对立。一般宝卷里,这两类人物是以贤良女性和状元郎形象出现的。

进一步说,贤良女性、状元郎形象是中国宝卷里塑造的两个最主要的象征性人物形象系列。宝卷表达的佛道儒思想、忠孝观念、儒家基本伦理思想,尤其是它的男性中心主义思想,就是通过贤良女性和状元郎两类形象的塑造体现出来的。人物形象的塑造构成宝卷故事最为主要的特征。宝卷最为吸引人的因素就是其人物形象的塑造了。换句话说,在宝卷人物形象系列里,贤良女性形象和读书人形象——状元郎形象的塑造最引人注目。这两类人物形象充分地反映出了宝卷这种民间通俗文学艺术形式最主要的思想特征。下面,我们从这两类形象——贤良女性和状元郎系列入手,来考察宝卷在这两类形象背后根深蒂固的、也被深深掩盖的男权主义思想及其意识。

先说贤良女性形象。在丝路河西宝卷中,贤良女性形象很多。她们甚至是宝卷里最主要的形象系列之一。我们阅读宝卷,或者是有幸参与听卷、念卷活动,最为心仪的宝卷人物,也许是那一个个光彩照人的贤良女性形象,同时也会为她们的苦难而悲伤,为她们的孝心而感动,为她们的幸福而喝彩。形成这个特点的原因可能有两个。首先是丝路河西宝卷中,

---

[1] 该宝卷前有序,序中称该卷为"小说":"夫天地之间不外乎父子君臣,为人之道莫先乎忠孝节义。横览古今来奸险之徒,结局岂无定论?忠良之辈,事后自有明文爱辑。是书写心情以阐义旨之微,虽小说可合圣贤之道,观夫感神明达于上帝可以悟君相,可以励群臣。名教攸关,自宜笔诸书而传世。身心获诸益。是以绘之图而为之序。"这个由淮海居士谨题于"光绪十八年孟冬月上浣"的序里,把宝卷称为"小说"。此处"上浣"指上旬。

尤其是最主要的几部宝卷，如《香山宝卷》和《仙姑宝卷》，其主要原型人物就是女性。由于受到宝卷中影响深远的佛道教的《香山宝卷》和《仙姑宝卷》的影响，她们的贤良、济世和修行行为可以作为楷模，所以"妇女修行故事"宝卷在整个河西宝卷中占有很大比例。其次，妇女修行宝卷的兴盛及其贤良女性形象的多样，与漫长的封建社会女性的处境相关。女性（她们）匍伏在家中，一些信仰的要求，大多在民间宣卷、听卷的活动中获得。她们接受的"女德"，在一些历经艰难的悲剧女性形象身上表现得最充分。身为女性，"那些女主人公苦难重重的遭遇却极易引起她们的同情和共鸣；那些女主人公历经苦难而得到善终的结局，也使她们的精神得到愉悦和鼓舞，为她们悲苦无告的生活带来一线希望"[①]。如西门庆的妻妾们之所以请莲花庵的薛姑子们讲《黄氏女卷》等宝卷，大概在于宝卷的一些内容能够满足她们的信仰和身心娱乐的要求，也与她们自身在那一社会中普遍的遭遇有深刻的关系。所以，这类妇女修行宝卷就相对多，宝卷里就出现了一大批贤良女性形象。

贤良女性形象多是河西宝卷的一大特点。宝卷里被掩盖得很深却宣扬的男性中心主义思想，首先在这类贤良女性形象的塑造中被充分地体现出来。因为长期以来，掌握文化的男性们（解放前，河西地区受教育的女性极少），为了向女性灌输封建礼教及其三从四德思想，编造了这类宝卷，塑造了一大批贤良女性形象，作为女性学习修行的榜样。而且，宝卷树立的贤德女性，首先是以男性的立场和观点来树立的，女性是天生的。这是这种观点的基本立足点。她们天然地会生育，天然地精于家务；她们天然地会照顾家人，服务家人；厨房灶台、针线绣衣是她们所长；家庭是她们一生的家园，一生的天地；贤孝是她们的美德。所以，劝孝多为劝诫女孝，宝卷中女性的身影就特别多，尤其是贤良女性。

河西宝卷里的贤良女性形象，主要有三种类型：第一类是有好名节的女性（好媳妇，贤德夫人）。第二类是天仙女式女性。第三类则是不良女性（继母、后娘）形象。这三类形象中，第三类是作为对立面的形象来补充丰富前两类形象的。如《苦节图宝卷》里白玉楼的妯娌钱氏（钱赛花），作为一个不守妇德的淫邪夫人，和屠夫周刚明来夜去，好吃懒做，贪婪奸坏，陷害贤良的恶女子，就是为了很好地反衬宝卷里的贤良女白玉楼、张瑞莲和驸马女秀云等女性的。宝卷宣扬贤孝思想，主要是通过书写贤

[①] 车锡伦先生将文学宝卷的故事分为五类，其中第二类就是"妇女修行故事"。参见车锡伦：《中国宝卷研究》，桂林：广西师范大学出版社，2009年，第16、9页。

良女性及塑造贤良女性形象来实现的。像《牡丹宝卷》《赵五娘卖发宝卷》《苦节图宝卷》等,是书写贤德女性的代表宝卷。这些宝卷塑造的赵五娘、牡丹(石桂英)和白玉楼等形象,是充分体现了儒家贤孝思想的贤良女性形象及其特征的。

我们先看白玉楼。白玉楼是《苦节图宝卷》塑造出来的一个中国封建社会女性典型形象。[①] 这一形象是通过主人公白玉楼沿街要饭支持丈夫张彦读书、受淫贼婶娘污蔑被丈夫所休、遭周刚拐卖逃难、周济别人反被抢夺、自杀被金驸马所救、在驸马家画苦节图寻夫和夫妻奇特团圆等一系列事件塑造出来的。这是一个贤良女性,具有那个时代要求的多方面美德:作为童养媳,白玉楼对丈夫张彦忠心伺候,承担一切家务,沿街要饭支持丈夫读书;她被婶娘陷害,被丈夫误解所休,苦苦下跪哀求毫无怨言,住进观音堂守节丈夫,把苦、怨、磨难都一人承担,默默忍受;白玉楼贞洁如初,在淫妇婶娘对比下,她的贤良更为彰显;她也聪明有心气,即使处在家徒四壁讨街要饭的情况下,处在婶娘周刚的通奸氛围中,她依旧叫丈夫读书以光宗耀祖;她被江夏骗诱,仍能设计逃出;在驸马府的优越条件下,仍然苦寻丈夫,而且寻的还是那个休了自己、伤了自己的丈夫。所以,逆来顺受,死死苦守丈夫成了她的贤良品格。

另外,白玉楼的贤良品质还表现在其对婶娘——那个最后被斩杀的对象的宽容上。她为其求情,更是其不以怨报怨的美德的体现。这是一般女性很难有的男权制下的女性美德。"苦节图"是其一生经历的反映与书写。《苦节图宝卷》在正反对比中展现了贤良女性白玉楼的美德,成了修行女的典范。

该宝卷反映出的女性的贤良,性格、内涵十分丰富,有非常感人的情节内涵,可以作为这类宝卷的代表。进一步说,如果说白玉楼的忠贞贤良是从对丈夫的忠贞守节体现出来的,那么,《牡丹宝卷》和《赵五娘卖发宝卷》的贤良女性石桂英和赵五娘形象,则由对公公婆婆的态度上体现出来。其形象塑造更为感人。如她们自割身上肉以奉亲,卖头发安葬公公、婆婆,为公婆修坟等,其孝心感天动地。

《牡丹宝卷》写的是牡丹仙女石桂英的贤良人生故事。对石桂英来讲,她的丈夫极具男权意识,婆婆支持儿子,她受到了双重伤害。丈夫好吃懒做,又无能粗暴,她忠心守护婆婆和丈夫,却得不到好报。即使这样,她仍然割自己身上的肉奉养婆婆,其孝顺无以复加。她全力支持儿子,东借

---

① 《苦节图宝卷》,张旭主编:《山丹宝卷》,兰州:甘肃文化出版社,2007年。

西凑供儿子读书，直到受尽磨难，儿子最终中状元。儿子中状元，她皈依佛教，走向慈善，并宽容了那些白眼过自己的所有人，包括最亲近的姊妹，一切亲朋好友和敌人。她的不幸来自两个方面，一是败家子丈夫，二是婆婆等周围环境。她面对不幸、超越不幸，最终得到好报。在此宝卷中，牡丹仙女石桂英的形象十分感人，其根源就在她的贤良。

《赵五娘卖发宝卷》中的赵五娘是河西宝卷里另一个贤良女性形象。赵五娘的孝顺与贤良，则集中体现在丈夫离家后杳无音信，她独自持家，侍奉年迈的公公、婆婆上：她自己吃糠，用精良白面侍奉二老，二老还误解她，认为她吃细粮私偏。婆婆知道真相后，后悔气绝身亡。她身背公公为其治病，公公死后无钱发丧，只好卖自己头发买棺材，在丈夫缺席情况下她承担了一切，完成了丈夫应该有的贤孝，最后，牡丹仙女和赵五娘的贤良得到了应有的回报，前者以其儿子中状元得到官方肯定，后者以其中状元丈夫的驸马妻子的支持而被封为一品夫人。这实际上是宝卷塑造出来的最贤良的女性形象之一。像白玉楼、石桂英和赵五娘这样的贤良女性形象，她们构成宝卷形象最主要的一种类型。

宝卷里的女性何以贤良，就是因为遵循了儒家三从四德的女性伦理，具有了忠孝节义品格。换句话说，宝卷是以通过贤良女性形象的塑造来宣扬儒家三从四德的女性伦理，普及儒家的忠孝节义思想的。为了说明这一特征，我们以《永昌宝卷》的32部作品为例来说明。在《永昌宝卷》中，除了《香山宝卷》《仙姑宝卷》《张四姐大闹东京宝卷》《天仙配宝卷》《劈山救母》《昭君和番宝卷》《唐王游地狱宝卷》《包爷三下阴曹》《康熙宝卷》等9部佛教色彩的宝卷没有以表现贤良女性形象（妙香公主、仙姑、仙女张四姐等是另一意义上的贤女）为主外，其他23部宝卷都塑造了贤良女性，如《忠孝节义二度梅宝卷》中的陈杏元、梅夫人，《刘全进瓜》中的李翠莲，《包爷三下阴曹》里的柳金婵，《吴彦能摆灯》中的罗凤英，《朱春登征西》中的赵锦堂，《蜜蜂计》里的苗凤英、秦素梅，《金凤宝卷》里的段凌英，《双玉杯宝卷》中的玉姐，《烙碗计》中李氏夫人及爱姐，《双喜宝卷》中的豆千金，《方四姐宝卷》中的方四姐，《女中孝》中的柳迎春，这些女性形象大都是大德大贤，女中贞烈。这些贤女形象，代表了农耕牧民时代女性的最高道德风范，也被那个时代所津津乐道，成了一代代人学习的榜样。宝卷也由此流传开来。

贤良而得到好报，这是宝卷给定的在无常社会、无常人生里贤良女性——信女们的一般命运，也是佛教恶有恶报思想的最好诠释，尽管这必须要我们以理性的现代性眼光重新阐释，但那是我们先民一个时代的美好愿望，今天阅读尽管五味杂陈，而我们研究它也许还是有必要的。

阅读河西宝卷，另一个叫我们五味杂陈的议题是，在河西宝卷里，这些贤良女性又无不具有悲苦的命运。这些悲苦命运的哭诉，也在最常见的《哭五更调》里表现出来。如《金凤宝卷》中，段凌英就如此感叹自己的命运：

> 且说段小姐来到郊外，双足疼痛，见一棵重阳树，便在树下歇息，坐了一阵，天便黑了下来，想起母亲，连夜哭泣：一更里，好伤惨，重阳树下把身安，金莲疼痛难挣扎，谁知凌英哭苦难。我的天，娘在家中怎知晓，我的天！二更里，好伤心，哭声丈夫更心疼。丢母忘妻去归阴，你这一去永无踪。我的天，妻在外面受苦辛，我的天！三更里，恨父亲，设计陷害逼退婚。杀死丫环赖人命。送到县衙受酷刑。我的天，老天为何不公平，我的天！四更里，终睡着，梦见丈夫对我说，你且再等三五月，遇见清官放我出，我的天，惊醒来却是南柯一梦，我的天！五更里，天渐明，前思后想无路行。抱住金莲双流泪，我今痛苦到五更，我的天，满腹冤屈对谁明，我的天！[①]

"哭五更"是河西宝卷的一个基本曲子，几乎河西宝卷里都有。贤良女性，为何苦难重重？有苦难了为何哭天抢地？这不是在怀疑佛教的因果报应思想吗？我们如何理解宝卷的这种悖论现象？

要理解这种种质疑与现象，我们当然必须知悉有神论和无神论的思想及其区别。按照佛教思想，人有难，神必救。《香山宝卷》其实就在宣扬这种有神论思想。贤良女性因为行善，当她们处在困难中的时候，她们就"哭五更"，被神听到，必然会得到神（观音）的拯救。这也是一般宝卷的基本故事思路，因为善有善报恶有恶报。但是，这种报应论有时又无法解释这些贤良女性的不幸，因为皇上、神灵不能最终拯救她们——尽管许多宝卷中贤良女性命运，都应神灵相助和皇上敕封而得救，但无论是念卷人还是听卷人都知道，那是编卷人的美好想象，是神学思维的产物。因此，如果我们拿无神论思想来观照这种现象，我们会发现，这里的根源，不在贤良女性的行善，求佛问道，也不在于其毁佛骂道上，而是来自于根深蒂固的以男性为中心的社会及其文化。如前所述，基于"女人是天生的，男人也是天生的"这样一种生理机能论建构起来的性别文化，根本上

---

① 《金凤宝卷》，何登焕编辑：《永昌宝卷》，永昌县文化局编印，2003年，第474～475页。

说就是男性中心主义文化。宝卷就依赖于这样的文化塑造了一系列贤良女性形象。这些贤良女性形象，命运完全掌握在男性手中，经济不能独立，没有独立人格，一旦她们失去丈夫，财富丧失，她们的生活无以为继。正是基于这种文化，宝卷故事里的贤良女性故事才都是悲情故事。

仔细分析，我们会发现，宝卷里贤良女性悲剧的根源，在于其按照男性标准和意志给她们设立的各种束缚上。段凌英（《金凤宝卷》的主人公）为什么会贤良？是因为她相信的是父母"指腹为婚"的婚约，也因为父亲毁了她的婚约，她才痛恨父亲的嫌贫爱富、不守诚信，她遵循三从四德，才让人感到她品行高尚而贤良："儿是三从四德人，为何叫儿嫁别人？"赵五娘（《赵五娘卖发宝卷》的主人公）何以贤良？是因为丈夫抛弃她后她一如既往地孝敬公婆公爹，甚至卖发、割自己身上肉伺候双亲，还因为她容忍丈夫三妻四妾；豆千金小姐（《双喜宝卷》的女主人公）贤良，也是因为她信奉父母指腹为婚的"婚约汗襟"，信奉男人可以三妻四妾的皇帝封赦；白玉楼（《苦节图宝卷》里的主人公）能在丈夫休书休掉后不改初衷侍奉丈夫；杜金定（《白马宝卷》里的主人公）面对丈夫暴打，在休书面前苦苦哀求丈夫，都被认为是女性的贤良。所以，我们看到，这些女性悲剧的根源，就在于她们遵循并死死坚守男性为她们设定的"贤良"准则上。

贤良女性，命运必定悲怆。这是一些河西宝卷里女性人生的基本模式。追溯原因，当然不仅仅是佛教里"苦谛"观影响的结果，从文化的角度来说，我们基本可以追溯到传统中国社会的男性文化中心及其存在的社会文化。如《孟姜女哭长城宝卷》《昭君和番宝卷》，甚至像《天仙配》《劈山救母》与《仙姑宝卷》等的女性，都像河西宝卷的《救劫宝卷》一样，因忠心男权社会，而命运悲苦。河西宝卷包含这样透彻的思想意识。贤良女性形象，大多以悲剧性命运结局。这大概是宝卷里女性形象的人生命运的特点，也充分反映出中国儒家文化包含的一些内在创伤，一些掩盖极深的固有毒素。

第二节　状元郎形象与男权意识

宝卷张扬的男性中心主义思想，又是通过读书人——状元郎形象来完成的。

中状元、做驸马、夸官三日，官至极品，然后是三宫六院，妻妾成群。这是河西宝卷中所有男性成功者的典型，也是河西宝卷里基本的男性形象及其命运模式。换句话说，状元郎形象，河西宝卷里塑造的这个极具有寓言性质的男性形象，充分反映了科举制度兴盛以来中国文化中偏颇的男权主义思想，也反映出中国文化极其浓厚的官本位思想及其隐秘的男性潜意识心理。

众所知悉，隋唐以来开启的科举制度，促进了中国文化的发展，尤其对于古典中国文治政府和平民化政府的建构起过重大作用。它一方面为政府官僚体系选拔了一批德才兼备的管理人才，使其为国家政治服务；另一方面，这种教育的举措，教育优先发展的策略，也促进了整个国家政治、文化的繁荣发展；同时，这一制度还克服了先前朝代"上品无寒门"的官员结构，从而为寒门的后代预留了向上奋斗的道路，由此也创造了整个国家竞争向上的汉唐时代氛围。然而，由于观念、认知的原因，尤其是性别观念与认知的原因，加上女性受教育机会的被剥夺，这一制度根本上是为男性设计的。所以，宝卷这一诞生于男性文化、男权文化环境的产物，便必然地塑造了一系列男性读书人——状元郎形象。

同时，男主外，走出家庭、走向更为广阔的天地，成为这个世界的主宰者，成为男性不二的选择。对于男性来说，功名声名比生命重要，有时比贤孝更重要。所以，我们在一些河西宝卷里便看到，一些中了状元、做了驸马的男性，宁可委曲求全，依附在权宦门下，成为其中的一员，贤孝倒是其次。如《赵五娘卖发宝卷》里的蔡伯喈就是如此。进一步来说，在一个农耕、牧羊时代，男性应该是能手。这不是想象，而是由其生理体质等多项因素决定的。但是，男性要更大的发展，还得靠文才武略，因此，河西宝卷里男性多走读书求功名这条路。而求取功名之路最重要的就是勤奋读书，中状元。

仔细分析，河西宝卷中的蔡伯喈这类中了状元的男性形象，是有其总体的形象特征的。以《永昌宝卷》为例，该宝卷集有32部宝卷，除了《香山宝卷》等6部宗教宝卷、《小老鼠告状》等2部寓言宝卷和《乌鸦宝卷》等3部民间故事宝卷外，其他21部宝卷皆为男性中状元升官得道结局。再以《临泽宝卷》的25部来说，该宝卷中除了《护国佑民伏魔宝卷》等12部宝卷外，其他13部宝卷也以男性中状元升官得道结局。这些状元也有其基本特征。第一是他们体貌端庄，聪颖好学。他们是文曲星，像包公一样，他们是按皇帝形象来塑造的，因为皇帝是男性。好男性绝不是歪枣曲柳，也非粗鄙武夫，而是文质彬彬，富有涵养。仙女或公主、小姐抛绣球寻找的，都是这类男性形象。第二，虽然出身寒门，但这类男性发奋读书，有心智与毅力，能够成为国家栋梁之才，具有较好的独立思考的能力和较为独立的人格，理性胜过情感，是现代意义上知识分子的基本雏形。第三，熟悉佛道思想，精通儒家四书五经思想，佛道皆通，修身齐家治国平天下是其基本的责任、义务。同时遵循儒家思想及其道德体系，能贤能孝。第四，大多具有根深蒂固的男尊女卑意识、主奴思想等封建意识。

另外，读书人、中状元者的思想，无疑是主流官方崇奉的思想。这种文化思想，具有根深蒂固的男尊女卑意识和主奴思想，所以，状元们把这种男权主义思想也就体现得更为彻底。状元们自身认为，妻子们尽管可能贤孝，身份总比自己低一等，自己是主子，妻子是自己的奴隶，作为男性，他可以随时、任意据自己好恶娶、休妻子，对女性具有生杀教导的权力，而且他也和皇帝、官员、有钱员外一样，可以妻妾成群。在河西宝卷中，那些中了状元的读书人，可以自由娶公主、小姐，可以大房二房三房房外房夫人尽可拥有。而且其中最为凸显的，要属皇帝大臣男性们对此的津津乐道，尤其是掌握一切人生杀权力的皇帝，对状元拥有的女人可以分品称赞，立碑彰显，让男性们跟自己一样，三妻四妾，将其合法化。

《苦节图宝卷》中的读书郎张彦状元就有这样的形象特征。作为一个穷读书人，由妻子讨饭供其读书，但他忠孝，追求君子风范，在孔门中做读书人，学读四书五经，学孔圣人及七十二贤，最终中了状元，做了金府驸马，夸官三日、斋戒酬谢神灵。但张彦状元郎思想性格的最大特征同蔡伯喈一样，是个大男子中心主义者。在他是个穷读书人时，就听信谗言、误言休掉结发妻子，在忏悔寻找白玉楼妻时和少女刘蕊莲成亲，中了状元做驸马又娶其府上小姐千金。张彦把这当成天经地义的事，也当成一个男性必须具备的权利。白玉楼是其奴，刘蕊莲是其贱内，金秀云仍是他的玩物。没有性别平等意识，有的是男尊女卑思想，和那些男性大臣、皇帝一样，还对此津津乐道。所以宝卷中塑造的状元郎形象，本身就是男性中心主义者，没有一个状元郎能逃脱出此窠臼。状元郎即是掌握了女性生杀教导权力的太上皇，女性是他们的奴仆、玩弄的对象。所以读书人、状元郎在男性男权中心思想下，也不过是一些男性自我崇拜主义者，欺凌压迫女性的男性自大主义者。蔡伯喈如此，张彦如此，历史宝卷中的唐王天子李世民如此，康熙皇帝、乾隆皇帝也是如此。在河西宝卷中，这类宣扬男尊女卑思想的主题表现得相当露骨。金庸《鹿鼎记》的主人公韦小宝是个聪明绝顶的文盲无赖，拥有女人，带有种种传奇色彩。而所有宝卷中的状元们，却都是读书人，是官方称赞下拥有女人的，是合法的。二者相比，后者的男权主义思想更为严重。

而且，宝卷里的读书人——状元郎形象，不仅暴露出中国文化的男权中心色彩，还暴露出国人极其明显的崇官意识及其官本位思想。是男性，就能够通过读书拥有权力，而且还是合法获得的。这成了惯例、通则。例如，几乎所有写状元的宝卷，全都以中状元被皇帝封官加爵为结果。这实际上助长了国人尤其乡民"万般皆下品，唯有读书高"的思想意识。按照惯例，宝卷以宣扬佛理，扬善惩恶为宗旨，但神佛也以帮助封建皇帝加官晋爵为乐，这就从根本上又宣扬助长了国人基层乡民的官本位思想。如《忠孝节义二度梅宝卷》，神能使忠臣得助，能使自然界梅花重开，本来是宣扬神力无边的佛教思想，但客观上，它在写忠奸斗争的过程中，又宣扬了官本位思想，尤其是梅良玉和陈春元两个人中状元后的加官晋爵，更把读书为官的这种狭隘封建意识推向了极致。这部宝卷的典型意义还在于，它反复渲染了这种思想意识："却说唐天子当殿发落二贼完毕，冯公同三法司把卢杞、黄嵩二贼押赴刑场惩罚，上殿交旨。天子言道，梅壁家中还有何人？冯公说道，新科状元穆荣便是梅壁之子梅良玉。天子又问，陈日升家中还有何人？冯公说道，陈日升现在押在天牢受罪，新科榜眼邱云便是陈日升大人长子陈春生。天子听了，龙颜大喜，便叫军校前去放出陈公夫妻。陈公上殿谢恩。唐天子封陈公官复原职。又宣状元、榜眼上殿，面封梅良玉为翰林院学士，封陈春生为都察院御史。赐他们青龙尚方宝剑一口。"[①]这种思想在这部宝卷中先是散文叙述，后是两段不厌其烦的韵文叙述，反复陈述，一唱三叹，将宝卷情节推向高潮——

> 梅良玉来到了北门以外，找到了喜童坟泪珠涟涟。
> 你替我梅良玉命丧黄泉，我今天要给你修座牌坊。
> 不是你我必定命丧黄泉，梅公子只哭的泪洒衣襟。
> 修牌坊哭祭奠喜童亡魂，梅良玉回京城前去面君。
> 唐天子一见了龙心大喜，你两家老和少都有忠心。
> 我这里当殿上把你封赐，官封你在朝廷治国安民。
> 你五位老大人加官一品，当殿上赐给你凤冠霞帔。
> 梅良玉我封你掌管翰林，陈春生我封你礼部尚书。
> 修一座状元府十分整齐，给四个新贵人来完婚姻。
> 自古说行善的自有善报，作恶的有恶报不差分毫。
> 梅良玉陈春生受尽苦难，难受尽双双儿得中功名。
> 花花轿又齐整旗帜鲜明，天生的对对女各个俱贤。

---

① 《凉州宝卷·民歌》，《西凉文学》增刊，2004年，第36页。

> 陈杏元邹云英生的贤良，她二人配良玉鱼水难分。
> 周玉姐邱云仙美貌端正，生就的榜眼妻合好百年。
> 四小姐当殿上配红挂彩，谢隆恩成就了花烛之庆。

中了状元既封妻妾又封官衔宝剑，还得到神的赏赐，可谓风光无限。这就是多部河西宝卷反复渲染的思想。这种思想被反复唱、反复念，在漫长的封建社会里，这种思想意识也就由此渗透进国人尤其是基层乡民的深层精神心灵里，影响着国人思想，形成中国文化的重要特点。因此，露骨的非理性的神灵魔道思想，浓厚的男权意识，包括集权主义影响下的官本位思想，已经影响国人思想。状元郎形象无疑承担了这个载体。

因此，我们看到，如果与此前分析的贤良女性形象结合考察，状元郎形象和贤良女性形象实际上就是"两体一面"的关系，它们共同形成或有机构筑了宝卷的男权主义思想价值体系。因为所谓贤良女性，毫无疑问是按照男性（男权）的标准树立起来的道德女性形象，而状元郎形象，是比较充分地体现了传统中国男性中心文化的形象典型范式。就是说，状元郎与贤良女性是中国传统文化的两个重要标记。这两个标记鲜明地标示出中国传统儒家文化的男权中心主义思想本质。① 事实上，在所有宝卷中，尤其在河西宝卷中，状元郎和贤孝女这种金童玉女模式在河西宝卷中占到总数的十之七八。又如，张掖宝卷第二卷的17部宝卷中，有13部宝卷是这个故事模式。它们塑造的状元郎形象，实际上就在为男权思想做示范。因此，由这两类形象系列，我们显然能够看到中国儒家传统文化男权主义主导的特征，从中我们也可以清晰地看到男权主义思想意识给女性带来的深重灾难：贤良女性，大多悲情，状元郎形象，其思想的主宰是男权主义思想及其价值体系，以及浸透到中国人心灵深处的官本位意识。这是我们在宝卷这两类形象体系里可以相当清晰地推演出的结论。

第三节 善男信女：宝卷正面形象及其文化悖论

由民间宝卷的信仰特征及其教化娱乐的功能决定，河西宝卷在基层民间却有非常重要的存在意义。比如宝卷为了宣扬和传播民间信仰，其依

---

① 如果从"性别平等""两性平等"或"性别平等主义"去衡量，而且为了达到最终的平等和寻求妥协的方法，并以改善男性、女性之间的关系出发来谈论这个问题，那么，这里的谈论并无性别歧视等立场问题。

据佛道儒"三教"思想建立起来的一整套信仰体系,对于民间社会制度和文化道德礼教建设就有非常重要的价值与意义。它的等级制的神话形象系列、官僚体制系列,实际上强有力地维护了封建社会制度及其体制建构;它的神佛行正义,以佛以道为准则修行的思想,它的圣人追求,它的神佛人模糊的同一性,它的人人有佛性、神性的思想,确实为基层民间社会树立了人格建设的榜样。比如,在宝卷中,大量塑造的贤良女性形象,满腹经纶的读书人形象,实际上也从正面为社会文化建构树立了楷模。车锡伦先生在分析研究宝卷的"民间宝卷的信仰特征及其教化、娱乐作用"中指出:"民间宝卷中架构的神鬼体系,不是建立在严谨、缜密的宗教观念之上,而是出自实用和功利的目的,出自平民百姓现实生活中困扰和需求。宝卷引导人们追求的是道德、行为的修养和完善,'去恶扬善',以调适平民社会人际关系的和谐、社会的安定。而'善有善报恶有恶报'的判断和赏惩由上述天界、人间、地狱中的各路神鬼来执行。这种善恶的因果报应,又可以延伸至前生、来世,作宿命论的解释。这就是民间宝卷中的信仰特征,它使平民百姓暂时摆脱现实生活中的困扰,追求自我道德的完善,把希望寄托于今生的善报或来世的福报,并因而获得心灵的慰藉和生活的信心。"[1] 所以,宝卷这种民间通俗文学艺术形式,尽管其思想存在许多悖论,甚至荒谬的结论,但从其叙事倾向来分析,它还是有其重要的功能性目的的——它以正面人物形象的塑造,以榜样的力量达到教化的功能目的。

这可以从三个方面来看。第一,由于宝卷基本上是因果故事,其宗教色彩还是比较浓厚的,尤其是一些佛教宝卷,它所设想的拯救人类的方式之一,就是教人们相信佛教的世界观、人生观和价值观,教信徒烧香拜佛,做善男信女。善男信女是社会的榜样,宝卷塑造这样的人物就是为了达到教化目的。第二,宝卷的主导思想是儒家思想,宣扬儒家思想及其贤孝观念使其塑造了大量的儒家圣人及贤孝女和秀才形象,这些人本身就是传统儒家社会的道德模范,具有重要的宣传教化作用。第三,无论是佛教的观音菩萨,还是道教的仙姑及其有道得道之人,甚至儒家"修身、齐家、治国、平天下"的圣人,这些形象的修身及其个人修炼境界,也为俗世社会树立了榜样,达到了很好的教化功能,所以,无论从修行成道的观音菩萨、仙姑道人还是善男信女,甚至读书郎、贤孝女,这些宝卷里塑造的正面形象,是很好发挥了其教化功能的,换个角度来讲,宝卷树立的正

---

[1] 车锡伦:《中国宝卷研究》,桂林:广西师范大学出版社,2009年,第20页。

面形象是具有十分积极的现实意义的。它的积极意义至少体现在如下两个方面。

第一，它以一种信仰体系的方式，又通过正面人物形象的塑造，指引了现实人生的日常行为规范，为儒家社会道德体系建构做出了重要贡献。因为，如果说宗教是信仰，那么，"三教"就都有自己的思想信仰体系，这种信仰体系为人生提供了一种人生观、世界观及其生存的理由与方式，贤良女性和状元郎就是示范。

车锡伦和方步和两位宝卷研究专家都认为，宝卷充分发挥了这种功能。"劝善惩恶的教化作用强。无论是哪一类型的宝卷，群众都把他当成立言立德的标准：有的把它当为'家藏一卷，百无禁忌'的镇邪宝，有的把它当成风调雨顺、五谷丰登的及时雨，有的把它当成惩罚恶人的无私棒。甚至儿女不孝，媳妇不敬，用在她家念卷的方式，使其受到教育，幡然悔悟。河西宝卷在河西人们中的根子之深，影响之大，权威之绝对，都到了使人不容质疑的地步。"[①] "对于一般庄户人家来说，能设局请先生说唱宝卷，是家门兴旺和崇尚文化的标志。主人首先要清扫房屋，在炕中央铺上红毯，炕桌上摆好红茶、油果子等食品招待念卷先生。每当夜幕降临，左邻右舍，亲朋好友，上至老人，下至少年儿童，都集中到念卷人家，相互致礼问好。先生在念卷前先要漱口净手，上香向西方或佛像跪拜，待平心静气后才开始念卷。念卷人念念唱唱，旁边有一位接卷之人，一本卷不管长短如何，都必须在一夜之间念完。念者身心投入，绘声绘色；听者兴趣盎然，如痴如醉，通宵达旦，意犹未尽。人们把念卷不仅作为一种文化娱乐的方式，还把它当作立言、立品、立德的标准。"[②] 确实，河西宝卷在河西乡村对承载文化建设和重建淳朴民风有重要作用。

在宝卷中，"三教"都有一个最高的境界追求。从平凡人到好人恶人到善人再到成佛、成仙，一步步走向高境界，"三教"都设计了人生世界的向上步阶。佛教最终强调的是善、慈和爱，道教追求通过修身养性，经由"悟"而达到道德境界，儒家强调从忠孝而达到仁与义。所谓"三教"融合，追求的实际上也就是这种境界的融合。在宝卷中，观音和道姑等是经由修身养性、乐善好施达到了这种境界的。作为人类的拯救者，观音和道姑等成佛成仙的人物，一直是世俗人生社会的引领者，他要凡人吃斋念

---

① 方步和编著：《河西宝卷真本校注研究》，兰州：兰州大学出版社，1992年，第2页。
② 徐永成主编：《张掖民间民俗文学——宝卷》，《金张掖民间宝卷》，兰州：甘肃文化出版社，2007年，第1页。

佛，敬神尊人，静心修炼，修桥补路，乐于助人，随性而适，性命双修，忠孝全身，知礼知耻、知节知世，坚守信用，达到仁义慈航境界。对于达到了这种境界的人，他们考验、点化，帮助其成神成佛。如前分析的那些典型形象，无不受到神佛帮助，就是惯常做法。所以，宝卷中，"三教"以它的信仰体系建构、榜样力量的引领，为现实人生指明了一种可以达到的人生目标和生命实现方式。

第二，贤良女性和状元郎形象的塑造造就了基层民俗、民风，从而引导了整个基层良好社会风气的形成。如武威西凉奔马一样的积极向上与粗犷大汉豪放的西部气象，如基层普遍的忠孝节义世风的形成，如孝敬父母，"老者安兮少者怀"的乡村终极愿景的普及。在河西宝卷的典型之作里，《救劫宝卷》中最引人注目的，如果我们不从事件的意义看，而从人物形象塑造的意义看，首先是陈氏夫人身上贤良女德的展扬。逃难中，丈夫饿死沙漠之后，她最看重的是比生命意义更为重要的女性的苦与节，把教育女儿当头等大事。她把儒家贤良女性意义已经深刻地植耕在女儿身上。在宝卷中，人们最为尊敬她的也是这个。她女儿肯定不比《苦节图宝卷》中的白玉楼和《赵五娘卖发宝卷》中的赵五娘逊色，也是个十足的贤良女性。宝卷在河西，尤其是凉州武威流行，这种形象深刻地影响了其民风的构建。河西民风淳朴，女性贤良，忠诚厚道，勤俭持家，孝顺仁义，盖来源于这种形象塑造的影响。

从汉通西域，设河西四郡以来，霍去病征服匈奴后，河西地区长久以来为汉唐长安管辖，在这个以农耕牧羊为特征的区域，边塞重镇多事之地，男性一直以发奋读书、中状元走向长安和征战沙场为出路。征战沙场，充分地展现其时代精神形象的应是铜奔马马踏飞燕——这一最能展现汉唐气象的塑像。宝卷中的状元郎形象，也应该具有这样的意义，作为文学文本中的主要正面人物形象，它一直激励着一代代男性发奋读书，"修身、齐家、治国、平天下"，对中国文化精神在河西丝绸之路的传承起了非常积极的作用。

然而，对于宝卷的价值功能及其文化建构的意义，对于宝卷的这两类人物形象，我们又必须以现代意识来甄别。因为它们是历史现象，是复杂的文化现象，充满着文化的悖论。在漫长的中华文化进程中，它们也许发挥过积极的文化建构功能，但其包含的男性中心主义思想及其意识，我们必须摒除。因为它是女性受压迫、妨碍妇女解放的总体思想根源，也是现代和谐两性文明建设的最大思想观念障碍。贤良的白玉楼、忠贞的赵五娘、牡丹女石桂兰，她们受虐待、遭遇不幸以及悲剧的根源，正是她们坚守的男权主义意识及其理念；当这些"存天理，灭人欲"的总体思想（如贤孝、忠贞）成了压抑她们人性欲望，成了她们人生悲剧的根源时，她们的坚守只是自落陷阱、自毁人生与命运。

比如《苦节图宝卷》《方四姐宝卷》，都是这类金童玉女式的状元、贤良女故事宝卷。它们总体上是宣扬男权中心主义思想的宝卷。在这类宝卷里，女性受虐待及其悲剧的根源，就是这种男权主义思想。白玉楼的命运由其丈夫决定，张彦一纸休书，就将其赶出家门，男人赵刚可以随意将妇女拐卖。这就是男权主义思想意识之下的社会里女性的命运。一部《方四姐宝卷》，就是男权主义思想的罪恶的控诉书。为了做一个贤孝女，方四姐把自己的婚姻命运交给父母，也为了做一个好媳妇，她受尽婆婆一家折磨，隐藏自己所受的一切磨难，直到自杀身亡：

> 方公夫人失了色，只得前厅把礼行；实想要礼退了婚，谁知他家多金银。送过礼来把亲定，转眼到了二月中；于家择了良辰日，要把四姐娶过门。一猪一羊双合礼，花红礼物抬上门；不说方家待客话，再把四姐表分明。母亲开言把她劝，说声女儿你当听；明天你到婆家去，不比你在娘家中。在娘面前随你性，啥事由你自己做；行走丫鬟伺候你，你到婆家伺候人。迟些睡来早些起，梳妆齐整出房门；公婆面前常问安，低头走路要从容。言差语错要让人，针对针来害死人；啥事还需你先做，不可推脱靠别人。小姑小叔莫较劲，就是惹你要宽容；大当大来小做小，休在床前变舌根。内外房中要清净，锅头灶爷要干净；母亲吩咐还未尽，金鸡报道到天明。……，……方四姐受疼痛自思自想，实在是受不住这般折磨。罢罢罢不如我寻个自尽，手拿着青丝巾拴在梁上。哭一声生身母和我父亲，怎晓得你孩儿受这磨难。

方四姐最终被折磨至死，其惨状不忍睹，就连其丈夫于郎（未中状元前）也在那里"哭五更"。在家父母管，出嫁丈夫及其家人是其总主宰，男权思想主宰下女性命运早就被决定了，方四姐无法逃脱这个命运。当然，所有贤孝女也无法摆脱这个命运。男权主义思想及其意识，这些人类文化里的糟粕，应该被清理掉。我们阅读宝卷，对待这样的文化遗产，必须保持清醒，否则，人类性别伦理及其文明是建构不起来的。阅读者也可能由此被误导，被动地接受那些人类思想的糟粕理念，变成一个振振有词的男权主义者。

最后，我们不得不说，宝卷最大的弊端还在宣扬有神论思想，宣扬了虚妄的神学思想。在此前提下，它的盲从神灵，消灭个体生命存在的价值与意义，与近代科学、民主、自由思想的传播严重相左。而且，宝卷的大汉族中心意识相当严重。它是前国家、民族意义时代的产物，如《仙姑宝卷》《昭君宝卷》《忠孝节义二度梅宝卷》等，诅咒边远民族、边缘夷人，嘲弄夷人落后愚昧，骂其为"骚狗"、鞑靼恶人，宣扬大汉族主义，受过五四启蒙一代的现代人难以接受。一般而言，作为俗文学的宝卷，理应站在基层民间立场，以民间为本位，可是，流传下来的宝卷，却大都宣扬王权思想、王道思想、官本位意识，以庙堂为中心，夸耀权力的伟大，甚至极度宣扬权力，给人以为王权唱赞歌的深刻影响。如大多宝卷结尾，那夸官三日，那尚方宝剑草菅人命的暴力宣扬，许多都令现代人蒙羞；而宝卷的大团圆结局，尽管传达善有善报、恶有恶报思想，满足国人虚妄心理，但却很少悲剧的力量，是有神论思想的垃圾，它不是美好想象的产物，反而令人怀疑其叙事能力。这是民间通俗文学固有的缺陷。

第六章　因果故事及其叙事模式

——宝卷叙事、叙事形态及其叙事文本艺术构成

宝卷音乐源远流长，在漫长的岁月中虽不断演进，更趋于民俗化，但未失其本源。比如，把曲调分为佛音（佛教音乐）、卷音（民间小曲）两种。当采用佛音时，听众还要伴唱（民间称接下音）并配有碰铃、木鱼等击乐，部分卷音配适当击乐也可伴唱。所以，念唱具有群体性，念卷者和听卷者心声融合，共鸣强烈。念唱到悲苦之处，念者动情，听者声泪俱下，不知有多少人曾被他们所感动，曾为宝卷中的主人翁落泪、叹息、着急，乃至放怀而祈祷；念唱到欢乐之处，一场人皆大欢喜。这无疑是宝卷内容和音乐的共同魅力。

——《临泽宝卷·宝卷音乐》

一种叙事失去了信誉和魔力或者说失去了合法性，但它会把这些传递给另一些在观念结构上相临近的叙事模式：基督教叙事衰落时，拯救的希望和能量传递给了解放叙事和解放运动及其暴力革命。解放叙事曾经寻求的理念的变体，被传递给了物质财富的积累和社会的发展进步的进化论的叙事。

——耿占春《叙事美学——探索一种百科全书式的小说》

宝卷是中国敦煌俗文学的一个重要分支，也是古典民间文学里一种独特的文学文体形式。宝卷作为典型的讲唱文学之一[①]，其与一般讲唱文学的戏曲、诸宫调、弹词、民间俗曲（如"凉州贤孝"等）却又不同。这种不同，主要就在其"念卷""听卷"上。因为"念卷"是宝卷活动所独有的，"念卷"即拿宝卷卷本（脚本）来念读，中间夹杂唱、听等抒情、叙事成分。像河西宝卷中常见的"哭五更""莲花落""十字符""山坡羊""耍孩

---

① 车锡伦对此界定很明确。他认为宝卷是"按照一定的仪轨演唱的说唱文本"。这当然是确当结论。本文认为，这种说唱文本，也是一种通俗文学文本形式。因此，后文的分析重心在文本形式上，而不在演唱诸环节上。

子"等，即是唱的，是抒情的。宝卷活动与讲唱文学的另一个不同，还在于听卷者的参与。宝卷文本中的"接佛声"，实际上是听卷者的应和声。这是念卷活动中的互动活动。

作为一种讲唱文学，宝卷的文体形式非常特殊。与敦煌变文、讲经文、因缘等有相似的地方，但也有了变化。其中文本外延伸的因素，包括抄卷、听卷也有非常值得研究的地方，但本章重心在于探讨文本，重在形式研究。

如前所述，在现代乡村社会，宝卷这种文体形式在河西走廊的基层民间大量存在。前述已经收集的300余部宝卷，100多种都散布在河西走廊各地，足以说明其流播的状况了。对于这种艺术形式和文学文体形式，前面各个章节，我们主要从主题及其思想文化学角度，选择了几个重点角度，探讨了其思想方面的一些复杂的情致。事实上，作为一种非物质文化遗产，它在艺术存在形式上也有非常重要的特征。因为仅仅从审美的角度来说，这种民间通俗说唱艺术形式，既包含神话故事、传奇故事、民间故事，又包含许多离奇的宗教故事，在叙事上也就既有文学神奇故事的娓娓动听，神奇迷离的表现效果，又有抒情艺术如叙事韵文、诗歌、音乐和曲艺等的重复性和一唱三叹的复杂美学特征，非常值得关注。

首先，在叙事形态上，宝卷，尤其是河西宝卷，具有初期民间艺术大多有的那种因果故事、神奇故事、寓言和悲情喜剧故事的程式化特征。这种程式化特征可从两个方面来看。一方面是主题的程式化，即宝卷有一个基本母题，表现佛教、道教、儒家文化的忠孝节义思想，并由此去对民间初民劝善行孝；一方面是表演形式的程式化和宝卷脚本的程式化。这由它的教化和娱乐等多项功能决定，尤其是由它宣扬的"三教"思想的性质决定。事实上，具有这些程式化特征的民间通俗艺术形式，仍然是敦煌俗文学、民间通俗艺术形式的发展。因为这种民间艺术形式及其文体形式，是在长期的艺术实践中形成的，并有了固定的程式。在现当代不同时期出现的宝卷，依然延续着这种程式。如民国时期的《救劫宝卷》《姊妹花宝卷》，解放初期的《沪城奇案宝卷》[①]，近年的《红西路军征西宝卷》，新冠疫情时期出现的《战瘟神宝卷》等，都沿袭这种程式。由于它们出现在民间，又在通常所说的边陲之野出现，长期以来并没有被学术界发现与重视。其实，研究这种民间通俗艺术形式的叙事套路及其形式的程式化特征，是具有重要的学术价值的。之所以这样讲，是因为一种艺术形式的诞

[①] 张旭主编：《山丹宝卷》，兰州：甘肃文化出版社，2007年。

生，它走向程式化，并非仅仅是它走向单调衰落的标志，相反，倒是它走向成熟、精进的表现，尤其是民间的通俗文学，其程式化又可以说是其重要特点。因为一些"通俗小说（文学）之所以被普遍接受，一个重要的原因就在于它的模式化。事实上，所有通俗的、大众的文化都一定是模式化的。一个被大众熟悉的模式才有可能被大众接受，他们阅读、观赏、倾听的过程，就是他们的期待心理不断兑现和接受的过程，也就是获得快感和满足的过程"[①]。宝卷这种民间通俗文学形式，它的程式化特征形成的内在逻辑，完全可以如此来看。

具体说来，宝卷的程式化体现在多方面，既体现在它的主题的程式化上，如其固定的母题：劝善、忠孝；又体现在它的形式方面，如它的入韵程式、渐进叙述程式、散韵结合程式、固定描写程式、固定对仗程式、固定的叠词程式和结尾程式（大团圆）等。进一步说，这种程式化如同音乐、诗律、词牌等纯粹性形式艺术一样，往往相对固定，因为固定化、规律化，所以往往被人们拿来运用，即"后来者"可以利用这些形式，传达特定的思想内涵及其情感和经验。这也是文学史上常见的情形。如乐府新题等诗的创作就是如此，它们的固定形式被重新填制新内容——新的主题、新的思想而流传。事实上，宝卷恰恰就是这样一种民间叙事形式，故事的程式化特征明显，其内部结构中的程式化也如此。

其次，宝卷是一种民间通俗艺术形式，也是一种特定的文学文体形式。《金瓶梅》中潘金莲、李瓶儿等人请人在家中演唱宝卷，郑振铎《中国俗文学史》和《插图本中国文学史》等文学史编著中罗列讨论，即是明证。我们知道，把宝卷上升到文学史体式高度来论述的第一人是胡适，胡适在其《白话文学史》中提到了敦煌变文、俗讲等，其中的宝卷就是变文、俗讲的演变形式。郑振铎《中国俗文学史》也如此，把它放置在俗文学中看待。郑振铎的贡献还在于，他把宝卷当作文学史中一种古老的特有的文体形式来谈论，从而对于这种文体形式的演变形成做了分析研究。事实上，宝卷是一种独特的文学史形式性艺术，是民间为了传播"三教"思想，尤其是为了传播贤孝思想而被创造出的一种既通俗易懂又喜闻乐见的民间形式性曲艺性文学艺术。它从佛经变文、俗讲等传统艺术形式演变而来，但是却又对它们进行了改造，与它们有了重大差异。这种差异表现在主题、形式上。就是说，宝卷这种通俗的民间艺术形式，是在它们基础之上的新创造，是一种在形式、内涵及功能方面完全不同于其他形式的民间

[①] 严家炎主编：《二十世纪中国文学史》，北京：高等教育出版社，2010年，第88页。

通俗文学及其艺术新形式，也是中国民间俗文学和宗教文学的一朵奇葩。

再次，宝卷这种民间说唱艺术形式及其文体在文本构成上具有综合性特征。[①] 作为一种独特的俗文学文本形式，第一，它以散文叙述为主，以韵诗重叙的固化的叙事方式，是这种民间通俗艺术形式综合性的表现，也是宝卷这种民间通俗说唱艺术形式在叙事上的显著特征。第二，它把诗歌、音乐（民间歌曲、佛曲）和曲艺等抒情艺术形式固有的叙事特性与小说叙事结合，呈现出多艺术品类共同构筑文体的独特景观。就是说，它是一种将特有的叙事形态和抒情演唱形态结合的综合性文学文本。

现代河西宝卷《沪城奇案宝卷》《姊妹花宝卷》《战瘟神宝卷》等的出现，则接通了以现代意识利用旧形式发展新文学（尤其是通俗文学）的动力源泉的新理路，为现代民间俗文学的发展树立了可资借鉴的榜样。基于此理路，下面讨论相关的四个问题：（1）因果故事、神奇故事及其功能特征；（2）散韵交错、以韵为主的叙事模式；（3）宝卷文体与文本构成；（4）"哭五更"调与悲情故事。事实上，只有清楚了这四个问题，我们对于河西宝卷这种流行于河西的民间通俗艺术形式的构成、程式化特征及功能就会有基本的把握了。

第一节　因果故事及其功能特征透析

从原初意义上来说，宝卷就是说"因果"的，因果故事就是宝卷。这首先从宝卷开头的两个形式要素即可看出来：第一个形式要素，是每一部宝卷开头的"引诗"：

金凤宝卷才展开，观音圣母降临来。
此事说来不平凡，故而留世把人劝。
自从盘古到现在，世代流传数万年。
世人具各不一样，愚的愚来贤的贤。

这一形式要素比较固定，一般宝卷大多具备，即念宝卷就是从称佛念佛说起，且以韵文形式的"诗"导引。第二个形式要素，是大多数宝卷叙事开

[①] 车锡伦认为，宝卷"是一种以七言诗赞为主的说唱形式"。其构成部分有"散说""偈赞""唱词""流行曲调"和"特殊的偈赞"等。参见车锡伦《宝卷的形成和早期的佛教宝卷》，《文史知识》2006年第1期。

头的话语几乎一致："话说这段因果故事出在唐朝宪宗年间""话说这段因果故事出在大宋年间"。这一元素直接点出其"说"的故事就是因果故事，且以叙述开始。这两个形式要素，都提到了佛教及其话语。其一个"观音圣母降临来"，一个"因果故事"，都指向了这一点。因而，从故事形态角度来说，宝卷这种因果故事形态，是一种极其特殊的故事形态。这种故事形态通常以因果故事、人类拯救故事的形式存在着，并且程式化特征非常明显。

如同圣经叙事和童话、神奇故事一样，宝卷这种因果故事也有神奇故事的特点。这成为宝卷叙事的又一个重要特点。进一步说，宝卷故事不同于一般故事的地方在于：（1）从故事属性上讲，它属于宗教故事，主要传达佛教因果报应、轮回思想，神话色彩浓厚，与传奇、童话颇类同；（2）宝卷故事的说教色彩浓厚，教化功能强，而且其神魔世界想象的非理性因素颇多。

这些特征首先由宝卷这种文体从佛教变文、讲经文等而来的特定的叙事功能决定，就是说，受佛教因果逻辑观念影响，宝卷故事叙述的一个重要特点，是其内在结构的线性化和结构型形态的固定化：因为行善，所以得道成仙，因为作恶多端，所以在地狱受虐，在阎王殿受惩罚，遭受血狱之灾。宝卷故事基本上都采用这种佛教因缘、轮回思想来演绎宗教人物、历史社会和人生的故事。因而，宝卷故事基本上首先都是这种佛教理念的因果故事。

同时，由于宝卷的编写者大多从佛教因果、善恶报应观念来阐释故事，它们的情节或人物行为的逻辑，也基本遵循因为某些原因，必然导致这个结果的两节式或两段式的结构框架，且理路相当清晰。这被一般宝卷编写者所共同遵循，所以一般宝卷开头就直截了当地说，宝卷故事就是因果故事："话说这一段因果故事出在大宋年间"等就成了宝卷基本的开头叙事程式。如河西宝卷中的《吴彦能摆灯宝卷》《天仙配宝卷》《唐王游地狱宝卷》和《烙碗计宝卷》等，都以这样的叙事程式开始叙述。因此，从渊源上来看，宝卷故事演绎佛教善恶报应、因果报应观念，大体上是固定的叙述理路。即使是宝卷中的神话故事、历史民间故事、日常生活故事、寓言故事也大体如此。

比如《烙碗计宝卷》，可以称为一个典型的因果宝卷，它宣扬了"善恶到头终有报，明有王法暗有神"的因果报应观念：刘自忠与刘自明是同胞兄弟，即使哥哥娶不大贤良的妻子马氏，其带回的不良儿子马宝珠的教唆使其兄弟不和分家，当其哥哥犯法杀人，他仍以身替代哥哥，为其偿命。这种同胞情深行为，深深感动了菩萨神灵，因此暗中保护他。最后包公受地藏王菩萨旨意，将其拨活还阳，还在皇帝面前赞其仁义行为，皇帝因此封他为仁义将军。在该宝卷中，马氏母子由于不贤良，哄骗丈夫，折磨刘自忠妻女，吊死丈夫，因此，被包公铜铡铡死，倒骑木驴，抽筋扒皮，因为害人而害己，到阴司而永不超度。该宝卷明显宣扬善有善报恶有恶报的佛教因果观念。这类因果故事占了宝卷故事的百分之七八十。

一般而言，民间通俗文学及其说唱艺术，它的接受对象决定它的审美表现方式的选择，并有其独特的发挥审美功效的途径。不识字或识字很少的农民，接受宝卷及其"三教"思想，就靠听故事。因此，有个完整的故事，就成了宝卷叙事的第一要求。因为这个原因，于是，简单的、线形式的、因果报应的、有个必然结局的故事，就成了基本的故事模式，内在结构的线性化也就成了它们的一个重要叙事结构特征。所以，一方面，所有宝卷都讲述一个因果故事，"话说此段因果故事出在××年间"，构成其基本的起句式；另一方面，由其劝善人心的功能决定，宝卷故事都有一个圆满结局，"用心听了此宝卷，父慈子孝一家贤"。这种结局模式解决了冲突矛盾，邪恶者得到惩罚，贤能者中了状元，受害者得到保护，以大团圆结局。所谓因果故事，就是十足的传统叙事的大团圆形式。

另外，宝卷这种因果故事通常又都是人类拯救的叙事。神佛能够叫人脱离苦海，拯救人类，所以，宝卷的故事情境往往是这样设计的：人类处在灾难中，苦不堪言，只有行善、行孝，敬神明，修炼自身，消除过多的贪嗔欲念，勤奋劳作，尊神遵法，在神佛的帮助下即可脱离苦海，拯救自身。比如《香山宝卷》这部至今被确定为最早的宝卷，就是这种人类拯救的叙事。

《香山宝卷》开头即申述了妙善公主——菩萨修行的旨意，道出了这种因果故事基本的叙事方式及其动机：

> 尔时慈航尊者，在大罗天宫逍遥胜景，坐八宝金莲，受用无疆。慧眼遥观，见东土众生，贪恋酒色财气，利锁名缰，造染罪愆，六道轮回，转报不一，醉生梦死，冤冤相报，皆无了期。尊者不觉慈心悲念，"吾自混沌分判，以至于今，为救众生，托化东土，劫劫度人，功证无上，正等正觉。今乃周末之际，人心大变，杀淫滔天。观此众生冤孽，何能消解！黑气盘空，真真赫人。吾观男子，亦有知觉三教之理，明善穷源。唉，但视女子，不明天理循环，世所禁戒，有坠落不堪者也！细

思尘苦，可悲可叹。吾不如下世，解此五浊之灾，以作后世榜样。使妇女亦好知非改过，逃脱轮回之苦，免却地狱之刑，血河之报；同登菩提觉路，共享极乐美景，方如吾愿！"①

因此，宝卷叙事往往通过这种佛教信仰的逻辑假设，运用一些因果报应命运符文，设计这种故事叙事模式。像河西宝卷中最有代表性的《仙姑宝卷》，采用的仍然也是这种人类拯救叙事模式。这与《圣经》式的人类拯救叙事颇为一致，尽管从根本上来说，《圣经》是关于起源的叙事。

如果按照普罗普"故事形态学"方法来看待宝卷这类民间故事及其说唱艺术，在结构性形态上，宝卷故事就颇类他研究过的神奇故事。②甚至可以说，宝卷故事也是一个个神魔故事和神奇故事。普罗普认为，根据角色的功能来研究故事是可能的，因此他通过俄罗斯神奇的故事，观察到了以下四个问题：（1）角色的功能充当了故事的稳定不变的因素，它们不依赖于由谁来完成以及怎样完成。它们构成了故事的基本组成部分。（2）神奇故事已知的功能项是有限的。（3）功能项的排列顺序永远是同一的。（4）所有神奇故事按其构成都是同一类型。③在此基础上，他把神奇故事的功能项分成了外出、禁止、破禁、刺探、获悉、设圈套、协同、加害、缺失、调停……惩罚、举行婚礼等31项。由此，普罗普研究了《天鹅》等100个神奇故事，从而为故事研究开拓了新途径。

宝卷中的因果故事，实际上颇类普罗普的神奇故事。首先，许多宝卷，故事的核心是"公子小姐"的婚恋故事（同传统中国的"天仙配"故事、"西厢"故事、"牡丹亭"故事、"梁祝"故事一致），或隐含的神仙世界的金童玉女故事，只不过有时又换成了世俗的"善男信女"而已（有些宝卷里，男性大多是文曲星，女性大多是粉团星、破败星、天上仙女等）。这些善男信女、公子小姐和金童玉女故事，在相似的情节套路、神奇巧合方面颇类俄罗斯神奇故事。如公子小姐故事中，公子戏小姐、小姐抛绣球、少男少女相思成疾等细节，套路非常一致。

其次，一般宝卷结局中男女中状元相会，这种大团圆结局的结构形态与相当程式化的童话、传奇等神奇故事有着惊人的相似。在这些宝卷

---

① 《凉州宝卷·民歌》，《西凉文学》增刊，2004年，第39页。
② 原名为《俄罗斯神奇故事研究》，〔俄〕普罗普：《故事形态学》，贾放译，北京：中华书局，2006年。
③ 〔俄〕普罗普：《故事形态学》，贾放译，北京：中华书局，2006年，第19～21页。

里，先是男女主人公受难，经过种种考验，最后男主人公考取状元，得到皇帝赞赏，封官加爵，男女相会，幸福结合。故事结束。而且，由其因果报应的佛教内在思想作依据，由因而果，因果故事的形态结构特征更为明显。第三，有些宝卷故事的功能项也相当明确，如主人公遇难、外出求功名，神拯救，皇上封敕，升官发财等，因而可以说，这是宝卷故事，尤其是河西宝卷故事一个非常明显的形式、形态特征。例如《忠孝宝卷》（又名《苗郎宝卷》等），写小姐柳迎春卖儿、割肉奉亲、身背公公逃难、寻夫孝敬公婆，后丈夫中状元，他们夫妻相会。这个故事的程式化编写规程就相当明显。按普罗普的理论，此故事的结构形态应该是在初始情景（宝卷的初始情景一般是：员外之家，生活幸福，金银财广，骡马成群，主仆和谐）后，接着主人公遇难、经受了考验、神助、获救、中状元，最后皇帝敕封，夸官三日，举行婚礼（夫妻会面，奉为一品夫人），以大团圆的喜剧化情景结束。这与普罗普研究的民间神奇故事《天鹅》惊人地相似，并无二致。

进一步说，由于宝卷故事都是悲情故事，所以大多从主人公受难写起，中间几经波折，孝心感动神灵，主人得到神助，然后女性丈夫或子女中状元夸官三日，男女结合，享受荣华富贵。所以，程式化特征及其结构特征就更为明显。《忠孝宝卷》如此，《仙姑宝卷》《张四姐大闹东京宝卷》《侯美英宝卷》《牡丹宝卷》《白马宝卷》和《葵花宝卷》等莫不是如此。而且，如果我们深入研究，还会发现宝卷的这个叙事形态特征比神奇故事更为明显。神奇故事的结尾是举行婚礼等，宝卷故事几乎是清一色的得到神助、中状元、做官或夫妻团圆而结束。这反映出中国传统文化的一些内在本质，而这个特点在宝卷叙事上都体现得淋漓尽致。因此，在这个意义上讲，宝卷故事也就是一个普罗普所说的神奇故事，尽管它的神奇主要还体现在神佛魔道的"呼风唤雨、撒豆成兵"、一根猴毛变万千猴娃以及神灵的神奇道术和魔幻超现实力量上。所以，宝卷这种因果故事形态，确实是一种极其特殊的故事形态。这种故事形态通常就是以因果故事、人类拯救故事等神奇故事类型存在着。即在叙事艺术产生的初期时代，宝卷故事与神奇故事一样，它们大量存在，构成了中国俗文学的一个普遍特征。

我们如何看待它的这些特征呢？宝卷讲述的因果故事，把现实、自然中的偶然当作必然的虚假逻辑，正如为劝善人心而采用的悲情哭诉、恐怖恐惧手段一样，农民们当然知道，他们为什么就接受了？仔细分析，这里的根本原因在于，宝卷故事讲述者或者接受者都知道，这些宝卷故事不只是，或主要的不是起源论而是目的论意义上创制的，它们所具有的艺的虚构及其假设性因素还非常明显。所有宝卷前的"起讲",后面押座文的"××宝卷念团圆,劝化世人男女贤",都是劝善的,劝善功能非常明确。一些宝卷后面还有非常正规的劝善文,如《双喜宝卷》后面附的《劝善文》:

> 宝卷到此终,请听《劝善文》。
> 一劝人在世上安分守己,坏良心到时候定会报应。
> 二劝人见识广心存良善,且勿做亏心事莫行短见。
> 三劝人在世上莫要眼欠,贪财物害性命神催鬼缠。
> 四劝人在世上尊敬长老,人生在天地间孝顺为先。
> 五劝人且莫做害人之事,坑害人必报应一命归阴。
> 六劝人有成见面对面讲,且莫要放暗箭背后伤人。
> 七劝人做高官明镜高照,且莫要受贿赂冤枉好人。
> 八劝人交朋友交心为重,且莫要背良心害友伤情。
> 九劝人且不要说东道西,说闲话惹是非家门不顺。
> 十劝人对父母赡养到老,且不能重言语顶撞不孝。
> 其十劝都是为善男信女,且莫当耳边风口是心非。
> 双喜卷虽繁琐古人流传,不伤军不害民劝化众生。
> 王志福好行善头名状元,张春贼他作恶白骨献天。
> 且不说王志福全家团圆,接圣旨上京城做了高官。
> 人留儿孙防备老,佛留经卷劝世人。
> 双喜宝卷到此终,今听之人记心中。①

因为承认或接受了这种劝善的目的,所以宝卷编制者、念卷者、听卷者就不去追究其逻辑上的谬误了,反而把它当成有意义和价值的有益行为。这样,这种故事形态就如童话、神奇故事一样,就有了它存在的理由了。

同时,宝卷叙事还包含着相当复杂的功能目的。一方面它要宣扬因果报应思想,劝化人心;另一方面它要劝人忠孝,宣扬世俗道德、儒家及其主流意识形态思想。上面谈论的河西宝卷叙事的佛道儒思想杂糅、"抑佛扬儒"的思想倾向以及劝善人心的功能的不断转换,从根本上来说,就是由功能性目的决定的。这也是宝卷这种古老的叙事仍然在民间盛行的原

---

① 《双喜宝卷》,何登焕编辑:《永昌宝卷》,永昌县文化局编印,2003年,第562页。

因。①所以，叙事发展的这种历史事实、演进历程，实际上充分地展示了这种理路：当上帝神话叙事没落时，解放、暴力革命的叙述就兴盛起来，当暴力革命并不能拯救人类自身时，人们又把幸福的希望转移到财富的积累上。一种功能目的决定一种叙述及其形式的产生，甚至决定一种艺术形式的兴衰。宝卷叙事，在思想文化多元化的时代，由于它的民间形态，它必将会在某些地方以一种独特的方式存在，甚至至今在现代文学语境中存活，似乎是一种实证。

利奥塔认为，民间叙事的语用学具有把社会体制合法化的功能。宝卷这种民间通俗文学艺术形式在乡村基层的流行原因就是如此。例如《金龙宝卷》这个文本，它叙述吃斋念佛的金龙一家由于行善得到神助，也得到一系列好人相助，尽管弟妻不良使他们姊妹、妻子受尽灾难，但由于他捡物还主的行为使他见到了自己苦苦寻找的儿子桂哥——原来桂哥正是被他的失主所救所养。兰花妹被赵学士所救，赵学士被官民称赞，还得到皇封："却说赵学士听了兰花女桂哥二人情由，嗟叹一声，便将此事与同朝官员说了。官员道，世上竟有这等好人，不免奏知天子。赵学士便上朝禀奏此事，天子龙颜大喜，说吾国中有此贤人，应加封赏。当时下诏，把赵学士加官一品，准刘英回家探乡祭祖。"②桂哥中了进士，官至开封府知府："从此一家人安居乐业，富贵荣华，桂哥又被册封为开封府知府，走马上任，风光无限。"③宝卷故事具有如此"正能量"，既得到了老百姓的认同，又得到官方的认同，为基层市民社会民风培养、文化建构起了非常积极的作用，因此，它被继承并在河西走廊流行也就是必然的事。当然，作为一种故事形态，它能够被继承、流传，也有它形式方面的特征，如叙事方式、故事构成等，尤其是当我们把宝卷这种民间通俗艺术形式放到文化及其民间社会来研究的时候，就不仅需要了解它的主题、思想，而且也应需要更加明晰它的一些构成规律、形式特征。

第二节 散韵交错、以韵为主的叙事模式

宝卷是"念卷""唱卷"的文字读本或脚本，由宝卷作为一种民间文

---

① 耿占春：《叙事美学——探索一种百科全书式的小说》，郑州：郑州大学出版社，2002年，第190页。
② 《凉州宝卷·民歌》，《西凉文学》增刊，2004年，第60页。
③ 《凉州宝卷·民歌》，《西凉文学》增刊，2004年，第61页。

学与通俗曲艺艺术的这个特征决定，宝卷故事最为重要的形式特征，就是以散文、韵文形式交错的固定程式化的叙述故事方式。这是中国俗文学里一种相当独特的形式，也是民间通俗文学具有的一个重要特征。如《天仙配宝卷》开头：

　　因果宝卷才展开，诸佛菩萨降临来。
　　天龙八部神欢喜，保佑大众永无灾。
　　善男信女仔细听，不可当做耳边风。
　　不要交头又接耳，时刻要听口中言。

　　却说这本因果宝卷，出在汉朝年间。黄州董家村有一员外，姓董名善，他妻子封氏所生一子，单名叫永。家豪大富，骡马成群，牛羊满圈，土地千顷万亩，说起金银珠宝，更是不计其数。在黄州地界，实是首一富贵之人。但不知何时何因遭了大火，一份家业被火尽焚，董员外从此得下了一场大病，性命堪忧。

　　董员外他本是黄州富翁，每日里行善心感动神灵。
　　赐给他一男孩名叫董永，自此后一家人好不高兴。
　　敬天地谢神灵报答神恩，早上香晚叩头更加尽心。
　　……
　　无后人生儿女煞是高兴，谁知道这员外却遭不幸。
　　合该是已富满天把祸降，一份子好家业被火焚尽。

《天仙配宝卷》这个开头，是比较有代表性的。因为除了一些常见的宗教类宝卷以外，大部分宝卷叙述故事，都是以这样的开头方式来展开叙述的。这个开头，有三个固有的程式化特征：一是押座文固定。几乎所有宝卷开头都有这种押座文，且形式固定，都从说神灵开始，叫善男信女仔细听并回应；二是散文、韵文交错叙述。这个开头的叙述，交代故事发生时间、地点和人物等。这种叙述一般不长，简洁明了是其特点；三是诗歌式的韵文重复叙述散文叙述的内容，或在其基础上引申这个叙述的内容，但内容更加丰富，细节更详细，有了固定的节奏化的方式，并且常常以十字句或七字句为主。

　　这是宝卷惯常的开头方式，在一节诗歌式的押座文后，就基本上以这种散韵交错的方式来叙述故事了。① 比如《天仙配宝卷》，叙述董永、七仙女的人神婚姻故事，除去开头的押座文和结尾的劝诫外，中间是 19 篇散文叙述部分，19 首诗歌韵文叙述部分（比较长的大宝卷②，叙述和抒情分别能达到 58 次以上，且散文叙事、韵文叙事内容互相重复得多，如《红灯记宝卷》）。③ 散韵叙事部分是宝卷文本的主体部分。就是说，整个宝卷文本以这两种叙述方式穿插，完成了这个故事的整体性叙述。如《天仙配宝卷》，就用这种散韵交错叙述而成——它以散韵交错、以韵为主的方式来叙述故事。当然，这种叙事中间也插进了许多佛曲、"曲调"、"小调"与"诸宫调"来强化叙事的抒情氛围。又如《唐王游地狱宝卷》，叙述唐王李世民因误了龙王所求而被告去游地狱，见证了地狱灾难从而信佛求经劝化世人的故事。该故事宣扬了"三教"思想，但其叙述完全遵从一般宝卷的叙述方式——除了开头押座文以外，它有 13 个散文叙述段落，13 个诗韵文叙述段落。它们交错地叙述了唐王李世民游地狱的因果故事。这已经构成宝卷叙述的惯例、固定套路（有些变文、讲经文也采用这种叙事模式，但并非散文叙事与韵文叙事交错，有的散文叙述多一些，有的诗歌韵文叙述多一些，并且不是一对一对称）。④ 这是宝卷这种民间文学与通俗艺术形式最主要的外显特征之一。

宝卷叙事的这个特征，不同于传统的话本、小说，也不同于叙事诗，更不同于音乐、戏剧等过程性叙事艺术。宝卷叙事首先是把它们上述几种

---

① 在目前见到的近 100 部河西宝卷中，95% 的宝卷都以这样的方式叙事，唯独重在阐述佛道教教理的一些宝卷，如《观音宝卷》《湘子宝卷》等才打破此类叙述规范。《观音宝卷》有佛教变文的"品""第"分段的痕迹，《湘子宝卷》基本上是相当规范的韵文阐释教理，散文叙事成分极少。就此而言，宝卷叙事文本可以划分成两类：一类是《湘子宝卷》类，弱故事，强说理，是通常所说的经或真经、经卷；一类是《苦节图宝卷》类，故事性强，是典型意义上的民间通俗文学文本，是典型的因果故事。该节即阐释后者的叙事形态及其特征。
② 大宝卷、小宝卷，是武威宝卷收藏家和表演者赵旭峰提出来的一个概念。他曾编过一部《凉州小宝卷》。
③ 《红灯记宝卷》是河西宝卷中较长的一部宝卷，约有 4 万多字。情节较为复杂。有指腹为婚故事、继母迫害故事、公子小姐闹情故事、中状元故事、朝廷攻打贼匪故事、女装男扮故事等多个，其核心故事是赵兰英、龙素珍从一而终的孝节故事。
④ 如《伍子胥变文》，在散文叙事之后，往往不是直接与此相关情节的诗歌韵文叙事，而是加了人物的赞叹或"歌"，相当于加了一个"曲调"或诸宫调、小曲，然后再跟诗歌韵文叙事或散文叙事。"（伍）子胥告令三军，单行引队。今既天下清太（泰），日月贞明，玉鞭齐打金鞍，乃为歌曰：我天兵兮不可对，塞平川兮千万队。/ 一扫万里绝尘埃，征讨楚军如瓦碎。"见周绍良等编著：《敦煌变文讲经文因缘辑校（上）》，南京：江苏古籍出版社，1998 年，第 46 页。

的艺术形式，尤其是叙事形式进行了综合化处理，高度融合了它们之间的可用因素，从而形成了它的"这一个"的典型性形式特征。就是说，宝卷叙述的这种独特性在于，它吸收了传统小说、诗歌叙述与音乐曲艺叙述多种艺术形式叙述之长，以简单的加深性重复来完成一个因果故事的叙述。上述宝卷叙事几乎全部如此。

宝卷的这种叙事具有特殊的审美效果。它既强调了因果故事的故事性特征，又强化了它的抒情性成分，二者相得益彰，成为一个极具感染力的民间通俗文学艺术形式。从审美表现的角度讲，采用这种通俗民间艺术形式既有文学神奇故事的娓娓动听，神奇迷离，又有抒情艺术诗歌、音乐曲艺等的重复性和一唱三叹的叙事效果。其中间穿插的"哭五更"等调的戏曲唱曲，又使这个特征更为突显。所以，当念卷者以这样看似复杂精致的方式来叙述一个关于贤孝的劝善故事时，听卷者会全身心投入故事的情境之中，与"念卷"者同唱、同吟，自动发出念卷过程程序的"接佛声"——"阿弥陀佛"来回应。

大凡丝绸之路的河西宝卷，单就文本形式构成来看，就都有这种叙述审美效果。如《葵花宝卷》，叙述的故事其实很简单。它写贤良女性孟日红在丈夫高彦祯考取状元，在做了宰相府女婿后不能回家的情况下，在荒年割肉侍奉婆婆，婆婆饿死后寻找丈夫被宰相所害，却被其妻月英所救，后夫妻团聚的故事。但该宝卷除了开头、结尾的韵文外，中间叙述这个故事，就相当充分地展现了这种散韵叙事的审美功能。即《葵花宝卷》，有27段散文叙事，有27个诗歌韵文叙事的段落，中间穿插了"哭五更"曲调，然后以情节发展线索为经纬，后面的诗叙述重叠强化散文叙述内容，以此推进，交错叙述了这个简单的故事。这样一来，这个过程就具有了综合艺术所具有的文学神奇故事的娓娓动听，神奇迷离，抒情艺术如诗歌、音乐曲艺等的重复性和一唱三叹的叙事效果。《牡丹宝卷》也如此。该宝卷叙述牡丹花神石桂英在嫁了败家子丈夫张川峰后历经磨难，侍候婆婆、丈夫和男童孝哥艰难生存，后来孝哥中状元得以长寿的故事。它也由35个散文段叙述、35首诗、曲段叙事的70个段落构成，它们也依次交错，完成了故事的完整叙述，并同样具有这样的审美效果。

实际上，这也是宝卷叙述的基本构成法则。从创作论的角度来说，我认为宝卷编写者或念唱者，就是因为掌握了宝卷叙事的这个秘密，才创作出大量的宝卷，也因为这个原因，宝卷，尤其是河西宝卷这种民间通俗艺术形式才被乡民创造了出来。至少，河西宝卷的大量存在及其在乡间仍旧存活、流传的事实，就非常符合这种创作情形。另外，宝卷这种独特的固定化了的讲故事的形式，尽管来自于话本或明清以来的章回小说，来自于叙事诗的抒情传统，也借鉴了民间音乐小曲小调的诸多元素。但是，河西宝卷的这种特征又与它们完全不同。原因在于前者，像话本、章回小说以说、讲或读为主，宝卷则以念、唱为主，而后者是曲艺的主要特征。所以，正是这一点区分开了它们之间叙事方式的差异，也构成宝卷一个鲜活的外在特征。

宝卷叙事文本具有的这些特征，事实上又与宝卷的功能性特征与传播活动的念卷者、听卷者活动有直接联系。因为念卷者要把一个宝卷因果故事"念"完，至少得小半夜、一夜或数夜，短的至少要3至4个小时。很长的一个卷子，仅仅由念卷先生单纯以散文叙事方式念故事，很难达到它的功能性目的，首先是念卷人会感到单调乏味，其次是听卷者也容易厌倦。尽管宝卷的故事神奇、情节曲折，也很难一直保持它的诱惑力、吸引力，因此，宝卷编写者或念卷者自然便会在宝卷叙事的方式方法上想办法。这种办法之一就是用韵文叙事：在散文叙述了一个情节后，马上来一段韵文叙述，韵文叙述与散文叙事内容大体一致，甚至重复散文叙述内容，并增加新情节以延续故事的充分展开。好的宝卷叙事在此时的做法是引用诗句点化故事的旨意与哲理，然后穿插固定的唱腔曲调，再引出散文叙事的下一个情节，依次环环相扣，散文、韵文交错叙述完一个完整的因果故事。这是念卷人能够在乡民炕头把他们吸引住，令他们喜乐感叹的主要原因，也是宝卷这种民间通俗性文学艺术形式采用这种叙事方式并形成这种叙事特征的主要原因。因为这个原因，宝卷文本自然地就采用了这种叙事形式。宝卷的这种叙事形式，是一种极具艺术魅力的叙事艺术形式，一种独创的民间叙事形式。它是对于古典叙述艺术形式的一种可贵探索实验，丰富了传统的古典叙事艺术形式。也许，当代影视、网络新传媒的"短剧"及"说法""讲坛"等新叙事方式，在其中也有它的影子存在，尽管我们这里没有必要去追索去演绎。

第三节 宝卷文体及其叙事文本构成

宝卷作为一个非常独特的民间通俗性文学（讲念文学）文体[①]，除了其独特的故事形态特征、叙事方式外，其文本构成形式的综合性也是其一个重要特点。

---

① 此处称宝卷文体的"文体"，主要是在弹词、诸宫调以及诸如戏剧等层次上讲。

事实上，宝卷的文本构成也相当特别。方步和先生在《河西宝卷调查》一文中，对于宝卷文体的这种结构形式就做了比较充分的分析。他说："宝卷的基本形式，主要是开头、结尾、过渡、韵白结合（的正文——著者加）和调子等部分。"① "韵文部分是重复说白部分的故事而稍有发展。它是念卷者依据一定声律念的。文字要有韵，虽不是非常严格的格律，但平仄大致要有个安排，使念起来铿锵有致，朗朗上口，听起来和谐悦耳。它是故事突出的重点部分，听卷者心领神会的要害部分。"② 方步和先生认为，宝卷的开头、韵白部分、过渡、结尾以及调子，都有特定的格式，"宝卷的过渡很讲究"③。在此基础上，他以河西宝卷中比较优秀的《赵五娘寻夫宝卷》《花灯宝卷》《长城宝卷》《呼延庆打擂宝卷》《绣红罗宝卷》《余郎宝卷》《忠孝节义二度梅宝卷》《鹦鸽宝卷》和《继母狠宝卷》等大量实例，论证了河西宝卷结构的讲究性。当然，这里的"过渡"和"讲究"，实际上是从宝卷写作和编制的整体构成说的，并没有涉及宝卷文本的构成要素等问题。其实，宝卷的结构形式不仅很讲究，它的构成要素可能更有趣味。因为后者对于我们从文体形式上认识宝卷更有启发价值。就是说，我们研究宝卷结构，当然得深入研究文本文体，分析其构成因素。因为我们只有从这一角度来看宝卷的形式构成，对其讲究性，我们才有可能会有较为深刻的理解。仔细分析，一部宝卷的构成元素，大体上有以下成分：（1）开头的引诗。（2）正文的韵白叙事。（3）过渡的引诗和词牌。（4）正文中的大量唱调（音乐）。（5）一些宝卷的品、章分类。（6）宝卷中的偈言、谶诗等成分。（7）教义及其经典语录等。比如《达摩宝卷》，就基本上包含了导语（开头的引诗）、话本式叙事方式、韵文式叙事、古典诗、词、曲、令、诸宫调、五更调唱词、偈语、格言、顺口溜等诸多复杂形式。

这些形式品类很复杂，大体有五种方式：（1）导语式开头。《达摩宝卷》导语就是一种常见形式："达摩宝卷初展开，诸佛菩萨下凡来。大众同心齐念佛，现在增福又消灾。"河西宝卷的大部分宝卷都以这样的方式构成，并起头。（2）话本式叙事。《仙姑宝卷》话本式叙事是第二种形式："却说仙姑宝卷（当为仙姑故事，非仙姑宝卷出现时间。按方步和考证，仙姑宝卷出在明万历年间）出在汉世年间。仙姑自苦修板桥，越发为善，感动黎山老母，黎山老母说：'善哉，仙姑娘娘，原是东岳泰山青阳宫内

---

① 方步和编著：《河西宝卷真本校注研究》，兰州：兰州大学出版社，1992年，第322页。
② 方步和编著：《河西宝卷真本校注研究》，兰州：兰州大学出版社，1992年，第323页。
③ 方步和编著：《河西宝卷真本校注研究》，兰州：兰州大学出版社，1992年，第325页。

仙女，起名仙姑，前去西方显化，普渡众生。她今在彼岸之处修作，无人与她指点说破，我老母前去走（这）一回。'说罢，就在仙姑的跟前，变成一个白头老婆，望仙姑施法。黎山老母渡化，说我今细说，修行有五命。"这实际上是因果故事讲述的开头。这也颇类话本小说的开头形式。

（3）韵文式叙事。《沪城奇案宝卷》的韵文叙事方式是第三种形式：

　　李金玲骑车子顺路前行，日头爷早落尽西山之中。市郊区没路灯一片漆黑，李金玲见天黑更加心惊。不一会来到了坟院当中，金玲女栽下车摔倒尘埃。胳肘子屁股蛋擦掉皮油，灰褂子涤卡裤沾满泥汀。李金玲顾不得身上疼痛，扶起了自行车急忙前行。她思谋骑车子继续赶路，快离开吓人的这些荒坟。岂不知自行车掉了链子，越是吓越出事不能前行。李金玲心里怕身上颤抖，坟场中走来了年轻后生。我也是刚下班寻路回家，来帮你装车链与你同行。我与你同住在一个城镇，要害怕我把你前送一程。那青年和金玲并肩而行，霎时间来到了市区中心。路灯下姑娘把青年细看，人英俊衣整洁气质不同。大眼睛洋鼻梁瓜子脸皮，新理得运动头香气喷喷。红润润嘴唇儿能擦出血，嫩生生肉皮儿比雪还白。穿一套咖啡色毛料衣服，新新的擦油鞋尼龙袜子。这小伙长相好衣服时兴，大姑娘李金玲一见倾心。

这种方式一般跟在散文式叙事的后面，如前节所述，这种方式与话本式叙事交错，构成宝卷主体。（4）诗、词牌与诸宫调交错。《仙姑宝卷》等的诸宫调是第四种形式。该宝卷有［炉香赞］、［驻云飞］、［浪淘沙］、［傍妆台］、［清江引］等12个宫调。这种形式一般在散韵叙事部分穿插，一为散韵叙事调节节奏，二为加强抒情，同韵文叙事一起构成宝卷演唱的基调。（5）抒情唱调式。"五更调"等唱调等形式是第五种形式。这是宝卷音乐的主要模式。

　　一般而言，在一部宝卷中，这些品类和形式在交代宝卷故事缘起、叙述故事、刻画人物形象和词牌接引方面都很恰当确切，精彩而得体。它们完整而有序地构成了这类宝卷的总体形式特征，制作是相当精心的。事实上，它们是僧侣和基层读书郎的创造，极有形式感，并且又包含诸多艺术及文体品类，充分地反映了宗教艺术和民间通俗艺术的叙事智慧，因此，就形式构成及其念卷效果来看，宝卷是以其最通俗易懂的方式——以因果故事这样生动的艺术形式最充分地展现了中国文化的儒释道"三教"融合的一种复杂的艺术形式。这在中国的所有文化、文学及其艺术形有必要说明的是，宝卷的这些构成元素中，故事显然是主体①，其他元素都是为故事服务的。例如《仙姑宝卷》就如此，它的12个故事是主体，其他元素都是为故事服务的，从而构成宝卷文体特有的形式。这些形式或说明故事寓意，或强化故事氛围，或讲述故事的背景、构成故事的完整性。而且，其他一些元素在宝卷中所占份额可多可少，以故事主体寓意决定。基本趋势是越是久远的宝卷，那些附加元素就越多。比如较早的《仙姑宝卷》，它的附加元素是很多的，而现代的宝卷，像《姊妹花宝卷》《沪城奇案宝卷》，除了故事主体的散韵交错部分外，其他元素就基本没有了，基本成了一个纯粹性的叙事文本，跟现代小说故事已经大体接近。我们说宝卷文本结构极为讲究，当然包含对于这种元素的多样性方法的处理。比如，有些元素可能是宝卷必不可少的，如故事、唱调（音乐的）、诗韵等。实际上，有些元素的丰富或增加，对于增强宝卷艺术性及其功能的发挥是有极大效能的。比如《仙姑宝卷》里的12个词牌，就充分地揭示了其故事的内在意蕴。下面看其12个词牌及其内容：

1.［炉香赞］炉香乍热，法界濛薰，诸佛海会悉遥闻。随处结祥云，诚意方殷，诸佛显金身。

2.［驻云飞］妙绝玄机，几人参透几人知？若得离尘世，早把凡心弃。贪爱与真痴，家缘家计，一边又修持造。（这）话并非容易，唯有仙姑世间稀。

3.［浪淘沙］起初世，苦修行，立志功行。九转还丹大道成，不生不灭，永天寿，正直为神。（南无佛）志广大，显威灵，福庇苍生。耕读乐业，代代洪恩。伏祈秋报年年盛，五谷丰登。（南无佛）

4.［傍妆台］阅古书，汉武动兵事远图，将军报国心丹赤，血染征袍期献符。逞英雄，夸丈夫，一将功成万骨枯。

---

① 笔者始终认为，宝卷的核心特征是"故事"，在这一点上它与"变文"、"讲经文"、押座文和因缘区别了开来。而且，也正是这一点，它与宗教的讲经、忏仪、道场宣讲不同，而与现代小说意义的故事有了本体的一致性。例如，在清末光绪年间印行的《忠孝节义二度梅宝卷》中我们看到，宝卷故事形态已经与小说接近了。这部宝卷按照古代章回体小说形式印刷，共有40回。第一回是"忠孝良衙齐自叹，圣天子钦召梅公"，第四十回是"钦赐完姻排花烛，大家封赠庆团圆"。而在其序中更称其为"小说""……是书写性情以阐义旨之微，虽小说可合圣贤之道。观夫感神明，达上帝，可以悟君相，可以励群臣。名教攸关。自宜笔诸书而传世，身心获诸益，是以绘之图而为之序"。在这里，宝卷作为故事的特征及其本体意义更能够得到证明。

5.［清江引］奉劝世人当自省，凡事顺理行，莫要过逞能。凛凛神明近，到头来，自作自受还自损。

6.［皂罗袍］人心想，人情变幻，全不思造孽无边。祸到头来叩神，天焉能得过心改正？得过一日，一门且欢；不知改过，畏难苟安。那神明不怕你欺凌。

7.［耍孩儿］丹进台吉心思想，告娘娘听心间，人心不足由天降。三番两次心不定，面是心非口又谎。从今后，再不敢欺心灭，像修庙堂。

8.［一枝梅］人人都有一间房，边里边外人都观。玲珑八面都开窗，冬亦清凉，夏亦清凉，一轮明月到中央。里也风光，外也风光，主人入室坐中堂。地久天长，山高水长。

9.［锁南枝］世人常是利熏心，只见钱财不见人。时不来，亲也不亲，时来了，不亲也亲。阿弥陀佛救渡人。

10.［挂金锁］父母养儿，防备老年。为娶儿妻，操心问。操心费力，万万千千。寻娶媳妇，要贤良。为媳不孝，前世冤枉。孝敬翁婆，无灾难。

11.［画眉序］万事总由天，妻财子禄怎能全？你若强求善，总安然。除非是，心作良田；除非是，广行方便。积阴功，天昭彰，从人愿，管叫你福寿绵绵；管教你财发万千。

12.［驻马听］同枝连根，人生莫如弟和兄。一母同胞，血脉均平。痛疾相关，兄友弟恭。莫学吴越是仇人。骨肉残忍，无义无情。

《仙姑宝卷》里的 12 个词牌，相当讲究地配合了 12 个故事，对于故事内蕴做了概括性说明。在有些宝卷中，词牌少了，但其中诗句多了。越是明清以来的宝卷，词牌越少，诗句越多。因为词牌和诗句，往往是说明或重复故事内容的，有些又是以警句、格言式方式存在。它们概括故事内容、思想，或点明题旨。这使宝卷活动中的听卷者往往有豁然开朗的艺术功效。

宝卷文本由多元素构成，这形成了宝卷文本形式的综合性特征。一般而言，宝卷大多包含好几个故事，有些宝卷长度很长。就本书所选的 2 部宝卷而言（见附录三），古代宝卷《仙姑宝卷》有 18000 字，《沪城奇案宝卷》有 20000 多字。《仙姑宝卷》是比较久的宝卷，它有 12 品，即 12 个故事。一般宝卷的故事大体上都这样多，大故事套小故事，故事层出不穷。一部宝卷就是一个故事群，这是宝卷的一个特征。这一特征从宝卷本身的来源及其功能方面可以得到说明。从渊源上看，宝卷本身来自佛教故事，本身就是一个因果故事，故事是其本体构成特征；从功能上来说，宝卷是用故事来教化大众，人爱听故事的本性，使那些教化者、宝卷编制者充分利用了这种元素。试想，一部宝卷往往需通宵达旦，甚至需要几个晚上讲与念，没有几个丰富生动的多样化的故事，听卷者为何而来？所以故事为主及其综合性也就成了宝卷这种文体的又一个重要特征了（另一个特征是它作为"讲念文学"标志的"念"的韵文和唱的调子。下节专论此特征，此处从略）。

宝卷为什么会有这样的文本特征呢？为什么有这样的构成形式并形成它的特点的呢？这实际上是由宝卷这种文学形式产生的时代所决定。首先，宝卷产生于明之前的宋（有学者把它追溯到元代），宋代的时候，中国文学形式诸体都发展起来了，并且传到了基层民间，走向了成熟。宝卷文体是综合了中国文学各种形式发展起来的一种文体，所以就吸收了它们的各种元素，其综合性特征也就体现出来了。这和其前身变文一样。钱穆在分析所谓近代的宋元明清文化时说："在唐时又有一种'变文'，乃以诗歌与散文合组而成之通俗文，亦用口语体写出。它们采取佛经中所讲，或中国民间原有故事，敷陈演说，使之活泼生动。近代在敦煌石室中发现有《大目犍连冥间救母变文》，《舜子至孝变文》等。这一种文体演变到宋代，便成当时的所谓'平话'。这已是纯粹的平民文学，完全脱离了宗教性的面目了。但平话体的出现，同时也可说是古代贵族文学转移到平民文学之一征。汉代的赋体，本亦重在敷陈演说，只是在宫廷中向皇帝贵族们作一种消遣玩赏娱乐的文学作品。宋代的平话，亦可说从宫廷贵族里面解放到平民社会的一种新赋体，这是白话文学兴起之又一支。此下由平话渐变而成章回体的'演义小说'，如元代施耐庵的《水浒传》，便由《大宋宣和遗事》脱胎而来。明代吴承恩的《西游记》，便由有诗有话的《大唐三藏取经诗话》脱胎而来。此外如明代之《三国演义》，清代之《红楼梦》等，都成为有名而普遍的社会读物。由此演义小说遂成为中国近千年来平民社会白话文学之又一大宗。其次再要述及的，则为宋、元'戏曲'之盛行。戏曲在古代，起源亦甚早，《诗经》里的'颂'，本属一种乐舞，这便是古代的戏曲了。但此后经历汉、唐时代，戏曲一项极少演进，直到宋、元，戏曲始盛。宋、元戏曲有一特殊的要点，便是都带着音乐与歌唱，无宁可以说，中国戏曲是即以音乐与歌唱为主的，这亦是中国文学艺术一种特有的性格。"[1] 钱穆这里所论，当然主要从文化及其文学发展的角度立论，

---

[1] 钱穆：《中国文化史导论》（修订本），北京：商务印书馆，1996年，第193～194页。

但宝卷文体，多样的文体构成，尤其是戏曲形式的唱念音乐因素的增加，无疑与它的时代的各种艺术发展所达到的程度有关。就河西宝卷来说，它与西北一地的秦腔就有联系。有些宝卷卷目与秦腔戏目完全一致，像《烙碗计故事》《白蛇故事》《王宝钏故事》《窦娥故事》这些民间传说的故事，两者相通的很多。又如，宝卷的韵文叙事部分，也与秦腔一致，句型大多是三三四结构的诗叙述句。当然，宝卷与戏曲侧重点不一样，宝卷侧重故事，偏向文学，戏曲（秦腔）偏向音乐艺术，宝卷宗教色彩浓厚，秦腔、凉州贤孝等戏曲世俗平民色彩浓厚。因此宝卷这种文体，构成形式的综合性特性的形成，无疑与它产生的时代及其文学艺术的综合发展有关。这也是不言自明的。

如前所述，宝卷这种文学文体，或者说俗文学文体，尽管有现代的创制，像河西宝卷中的《救劫宝卷》《姊妹花宝卷》和《沪城奇案宝卷》，但最终还是成了文化遗产，这当然有复杂的原因，但其衰落的首要原因是宝卷内容的虚拟性、假设性、神的逻辑的荒谬性、迷信、脱离现实，必然会无人问津；其次是形式的繁杂，叙事、韵文诗词、词牌、唱调等戏曲音乐混合，没有精心的制作，恐怕难以创制。而且，它的受众也因为各种文化原因很难接受。再次，传统的文体分化，章回小说、戏曲等取代它，也是必然趋势。与中国文学各种文体在现代的转型联系，这一原因可能会得到更清晰的解释。中国文学从古代到现代的转型，就是如此：第一，文学精神及其类型转换，贵族文学向平民文学转换；第二，文学文体转换，白话自由体诗取代古代格律诗，话剧取代戏曲，西方小说体式取代注重讲唱的通俗话本和章回体成为主流，而词、曲、变文、话本、宝卷等，皆为旧文体而被崇尚新风气的现代文风置于边缘了。

当然，河西宝卷现在依然在河西存活，也有特殊的原因。从内容方面来说，现代伦理学建设的基础（包括机构）及其观念在这里没有得到流传，可能是主要原因。因为宝卷，尤其是河西宝卷，宣扬儒家思想、贤孝思想，根本上说宣扬的是与乡村落后的生活方式及其现代养老制度不一致的旧的伦理观念。养儿防老在这里根深蒂固，现代养老理念及福利制度理念在这里也没有完全建立起来。儒家的贤孝忠恕敬爱理念为乡民所尊奉，宝卷便在这里存活，灌输和强调这种伦理的神佛信仰成了他们最为推崇的理念。另外，相对于中国整个广大地区，丝绸之路的河西走廊相对落后，新文学、新文体在这儿没有余响，新文学是什么样，现代文体有哪些，小说是什么，乡民根本不知道，宝卷故事就被奉为至宝。

第四节 "讲唱文学"："哭五更"调与悲情故事

一更里，月将明，怨恨汉皇太狠心。舍奴和番保太平，心中绝无夫妻情。我的天啊，没有一点夫妻情。我的天！

二更里，月转高，想起父母无人管。生的儿女在北番，终年无人谁奉养？我的天啊，一肚子冤枉向谁讲？我的天！

三更里，月正中，想起护送刘文龙。他虽早早回朝廷，也多受苦为我身。我的天啊，丢下娇妻也伤情。我的天！

四更里，月偏西，昭君娘娘哭昏迷。内侍宫女都来齐，急叫我醒都离凄。我的天啊，哭断肝肠又且涕。我的天！

五更里，月落山，自幼苦命多大难。思想故土难回还，一家骨肉都离散。我的天啊，一抔黄土思梦乡。我的天！①

在丝绸之路的河西宝卷中，在反映主人公遇难的时刻，或者在难中的时候，悲情难抑，往往会以"哭五更"调来抒情。因此，在河西宝卷中，大多数都有一个用来发抒感情的"哭五更"调。像《方四姐宝卷》《孟姜女哭长城宝卷》《昭君和番宝卷》《烙碗计宝卷》《丁郎寻父宝卷》《白长胜逃难宝卷》《苦节图宝卷》等，都包含这一曲调。这一曲调是宝卷音乐的重要曲调，也是宝卷作为讲唱艺术的一个重要标志。

河西宝卷唱调很多，有五更转、十二时、十二月、百岁篇、山坡羊、儿郎伟、傍妆台、耍孩儿、雁儿落、画眉序、刮地风等无数种，甚至有许多佛曲音乐，但"哭五更"调出现得最频繁。这是一个典型的悲调，它一唱三叹，能够把悲情抒发得淋漓尽致。就是说，"哭五更"调最能体现"宝卷故事就是悲情故事"和讲唱艺术的这一特征了。"零零落""哭五更"调，就是宝卷故事里最常见的调子②，当宝卷人物处在灾难中的时候，它往往出现。例如，在前引的《昭君和番宝卷》里，当王昭君在番王逼婚之日迫近时，感到时日已经不多，悲伤难耐："却说昭君娘娘感到吉日越来

---

① 《昭君和番宝卷》，何登焕编辑：《永昌宝卷》，永昌县文化局编印，2003年，第254页。
② 在现已经整理出版的河西宝卷中，《临泽宝卷》集对于宝卷音乐有比较充分的整理与研究。其整理出来的宝卷音乐曲调有20余种，如《小上楼》《浪淘沙》《金字经》《黄莺儿》《驻云飞》《傍楼台》《清江引》《罗江怨》《一剪梅》《锁南枝》《驻马听》《画眉序》《折桂令》《皂罗袍》《耍孩儿》《山坡羊》《红莲儿》"哭五更"《莲花落》等。其整理意识也很明确，在其附录中专门介绍了"宝卷音乐"。（中国人民政治协商会议临泽县委员会编：《临泽宝卷》，第594页）

近，想起自己短促而多灾多难的人生，不免伤感万分，哭干的眼泪，又止不住地流将下来。夜深人静，在呼啸的北风中，更显得寂寞和孤凄。闻见远远传来刁斗声，悲声难咽，就唱起哭五更来了。"在这段"白文"（叙述）后，就马上出现了上述的"哭五更"调。事实上，与圣经故事和神奇故事不一样，几乎所有的宝卷故事，叙述的都是这种包含许多"哭五更"调的悲情故事。这构成了宝卷这种"讲念文学"的一个重要特征：宝卷叙述悲情故事，而故事悲情又通过"哭五更"调来体现。就是说，在宝卷里，叙述悲情故事和"哭五更"调互为成就，构成完美的闭环。如《赵五娘卖发宝卷》的故事，就是一个典型的悲情故事。它叙述的是赵五娘作为儿媳在饥荒大难中赡养公婆二老艰难生存的悲情故事。新婚夫妇的离别悲情，饥荒中贼人抢劫荒粮的悲情，白发至亲相继去世的悲情，坟头埋葬至亲的悲情，丈夫弃置不顾的悲情，赵五娘一股脑在宝卷"哭五更"调中得到尽情抒发。从一更唱到五更，一唱三叹，天地为之哭泣。这里，宝卷"哭五更"调极其充分地表现了人物悲情，也把故事情节推向新的发展阶段。

河西宝卷的代表作《仙姑宝卷》，也很充分地表现了这一特征。我们在其中看到，汉朝征西大将霍去病将军也在"哭五更"：

> 一更里，好伤心，将军独坐在中营。河宽水大隔住人，十万大军无吃用。十万兵，十万命。我的天。// 二更里，好心惊，无有粮草无救兵。马匹乏弱不能行，走起路来挣不动。跌倒地，不能行。我的天。// 三更里，好心酸，哭声惊营众好汉。父母妻子不相见，黑河岸边命交天。水西流，几到头。我的天。// 四更里，好凄惶，忽然一梦到家乡。白头我母在高堂，见了我母诉冤枉。惊醒来，泪汪汪。我的天。// 五更里，好苦情，十寸肠子九寸沉。腿又酸来头又昏，饥饿难耐又加病。爬起来，走不动。我的天。

"哭五更"是河西宝卷中加进来的民间地方曲调，为发抒悲情，在宝卷中被大量使用：

> 一更里来泪纷纷，想起丈夫好伤心。/ 自从那年来逃难，丈夫死在大路边。/ 我的天呀！可恨苍天不睁眼。// 二更里来月东升，逃难人儿离家门。/ 怨我命穷八字硬，克死丈夫路途中。/ 我的天呀！越思越想痛烂心。// 三更里来月正中，丈夫嘱咐记心中。/ 誓不改嫁是我志，一双儿女都成人。/ 我的天呀！你若有灵知我情。// 四更里来睡朦胧，见我

丈夫笑盈盈。/手拉儿女细端详，说我真是女贤良。/我的天呀！惊醒原是梦一场。//五更里来天将明，女儿长大要成亲。/背井离乡无亲人，远在异乡谁照应？/我的天呀！远在异乡谁照应？①

这是河西宝卷中另一部代表性宝卷《救劫宝卷》中的"五更调"。《救劫宝卷》写武威大地震之后，荒旱、兵祸致使古浪大靖一带老百姓逃荒、乞讨受压迫的情状。它的"哭五更"调，主要表达河西人在大难后怨天尤人的悲凉情绪。在并不算长的《救劫宝卷》中，"哭五更"曲调这一宝卷音乐就间隔出现三次，将悲情的气氛渲染到极点。

《救劫宝卷》在河西一带流行很广。目前印刷出版的《酒泉宝卷》《张掖宝卷》《永昌宝卷》《山丹宝卷》《河西宝卷真本校注研究》中，都收集了这一宝卷。这是一部最能代表这一倾向的民间说唱文学作品。它把千古以来居于河西走廊一带人民埋在心底蕴藏已久的悲情淋漓尽致地表现出来，是颇具典型意义的河西宝卷。第一，它写河西之事，是"古浪（武威下属的一个县）大靖天灾人祸的纪实"（方步和语）。第二，它相当逼真地再现了河西人民生存的苦寒难耐。第三，它书写了生于斯、长于斯的河西人民悲剧性精神情结，尤为引人注目。陈三夫人在逃难途中失去了丈夫，在沙地埋了丈夫后，带着一对儿女继续逃难。在宁夏中卫遭受了种种乞讨的冷遇，饱经人世的荒凉。袁三无力养活自己妻子，卖掉妻子苟活。无数古浪大靖人都遭遇这种苦难。《救劫宝卷》逼真地展示了人类经受的这种灾难。这构成了河西宝卷这一民间说唱艺术的一个主要外显特征。

据方步和先生考证，古代的典型的河西宝卷是《仙姑宝卷》。②它几乎被所有河西宝卷汇集本收集，是河西地区流传最为广泛的宝卷。它讲述仙姑修炼得道成仙，劝善人心，拯救人类的故事。该卷的"仙姑显灵""仙姑设桥渡汉兵"和"仙姑二次殃夷人"等品，就以悲情书写令人瞩目。仙姑黎山修行，忍受荒寒虎狼鬼怪侵害等磨难，显得悲壮凄凉，夷人遭瘟疫惨象奇谲，令人恐惧战栗，霍去病遭夷人围困，十万兵丁忍饥挨饿，面临屠戮，凸显英雄末路的悲凉。它的"哭五更"悲酸痛切，回肠荡气。如前所述，能将英雄末路的悲凉情景如此细致描述，是该卷的重要特色之一。而这种特色是通过宝卷里的曲调"哭五更"等的传唱来实现的。

众所周知，宝卷由演绎佛经等变文而来，由于与佛教"苦谛"的悲观

---

① 徐永成主编：《张掖民间宝卷》，兰州：甘肃文化出版社，2007年，第681页。
② 方步和编著：《河西宝卷真本校注研究》，兰州：兰州大学出版社，1992年。

性观念有关，丝绸之路的河西宝卷大多用悲苦观念来阐释人生、世界，必然和"苦"与悲情相联系，因此，宝卷故事就是一个个悲情故事了。

对于丝绸之路的河西宝卷这一通俗的民间文学艺术形式来说，发抒悲情还有更为复杂的原因。在河西走廊这一特别的地理区域里，自然环境的恶劣、人类生存的艰辛，自古以来沙场征战的悲苦、惨烈，人类无法把握命运的哀叹，对于人的脆弱、内在局限性的发现，使这一区域生存的人便天然地具有了悲剧情结。唐诗"葡萄美酒夜光杯，欲饮琵琶马上催。醉卧沙场君莫笑，古来征战几人回"，就透露出这种悲情的一些内在依据，也真实地传达了这种悲情。丝绸之路河西宝卷这一代表西北民间通俗文学文艺精华的形式之一，必然会把这种情结反映出来。因此，悲天悯人的佛教思想首先在这儿扎根，传播开来。情为文之本。发抒这种源于独特地域文化赋予河西人的悲悯情怀，就成了宝卷这种民间通俗艺术形式最为基本的审美特质。

从文艺审美发生作用的角度来说，河西宝卷、贤孝等民间通俗文学文艺形式，大多书写一个悲情故事，来赢得人们的同情，赢得那些贤能孝行者的支持，与此一致。因此，对于河西宝卷这一带有鲜明的民间说唱文学艺术来说，发抒悲情，作为一种解放性的精神发泄，以求得说唱者和听众心灵的平衡，就更为必要。同时，源于西地，源于农民的较低的接受能力，选择以哭作为发抒悲情的方式，再没有比这更自然的了。因为是弱者，没有文化，又来自民间，怨天尤人，有苦就诉，是最为便捷的叙事选择方式。所以，宝卷的这一叙述形态特征也就与此叙述（抒情传唱）方式的选择有关系了。

当然，"哭五更"调只是河西宝卷中最为常见的一种而已，而且，就是这一种唱调，也要结合具体文本去了解。如《康熙宝卷》为何要用"华音十字符"（"康王爷他二人离了京城，出奉天一心儿要奔山东。"）？《还乡宝卷》为何用"七字符"（"慈云蔼蔼离碧天，末了红尘旧姻缘；临坛且将衷肠诉，乾坤牢牢记心间。"）？《红灯宝卷》为什么要使用"莲花落"（千金小姐泪纷纷，佛留茫茫莲花落，可恨郎君运不通哦。佛留茫茫莲花落，直说跳出天罗网呀。佛留茫茫莲花落，谁知又进是非坑呀，佛留茫茫莲花落。）？《鹦哥宝卷》为什么要用"鹦哥赋"（小鹦哥将开口泪流满面，叫奶奶您听我细表家园。）？这都要根据宝卷情节、叙述抒情节奏来决定，而好的宝卷就因为这种唱调安排得体而使思想主题情感得以尽情抒发。所以，要了解宝卷作为讲唱艺术的形式特征，还需要结合本章前三节内容逐一了解，才能够对其形式构成、特征、规律及其功能有所把握。下面我们以河西宝卷中的《昭君和番宝卷》来说明。

《昭君和番宝卷》是河西宝卷中的大宝卷，字数达到近三万。① 该宝卷内容比较丰富，一是通过毛延寿这一奸臣的贪婪弄权、杀害忠良、"投敌"单于等罪恶比较充分地反映了朝廷奸臣当道给国家民族带来的灾难。二是通过"和番"事件对于汉元帝时代汉族和匈奴单于之间尖锐的民族矛盾作了形象的描述。三是对于元帝为首的汉代选美、后宫奢靡生活作了充分描绘，揭示了汉时严重的男权思想对于国家、个人带来的灾难性后果。四是对于底层民众的国家至上思想及其忠孝节烈精神进行了歌颂。该宝卷塑造了光彩照人的昭君形象，对其身心之美作了高度赞美。对此我们不加多述，而主要来看该宝卷故事作为一部讲唱艺术具有的一些特征。首先，作为一个通俗民间故事，其故事具有神奇故事的特征，主要表现在四个方面，一是皇上选美及毛延寿画美图使奸的巧合性。二是昭君身穿仙衣对抗单于的神魔色彩。三是昭君为守贞投河后神助尸体回中原的神奇想象。四是玄女授武功及其赛昭君复仇事件的圆满结局。这些都是一般宝卷，尤其是"古宝卷"共有的特征——君权神授、神魔助善、大团圆结局，是初民思维的产物。其次，该宝卷是典型的散韵叙事模式。其共有34段散文叙事，34节韵文叙事。34节韵文叙事中，且各自押韵非常和谐。如第27节韵文叙事，就是"七字符"和"十字符"交错运用的典型。先是"七字符"："昭君含泪手捶胸，一片相思总是空。/逐日相思付流水，南柯梦里独自愁。"接着是"十字符"："昭君女和番王同上浮桥，就好像到了那望乡台上。/四下里水滔滔冷气扑面，那浮桥颤微微悠悠荡荡。有内官叫娘娘就此祭天，昭君女双膝跪哭叫苍天。/昭君女我生长越州地面，嫁汉王做西宫整整一年。"② 这是昭君跳河的一段，用韵文交错叙述，极有情致，把昭君的悲苦心情非常自然地吟咏了出来，使听者情感极度紧张起来，是讲唱艺术中极为精彩的篇章。再次，该宝卷文本整体结构完整，包含了一般宝卷的基本结构元素。如开头的引诗（昭君宝卷才展开，诸佛菩萨降临来。/天龙八部生欢喜，保佑大众永无灾），正文的韵白叙事（34段，34节），过渡有32首引诗，正文中的大量唱调（五更调、莲花落调、七字符、五字符、十字符），包含了偈言、谶诗等成分。其赛昭君复仇的大团

---

① 相较方步和《河西宝卷真本校注研究》的《昭君和北番宝卷》，《永昌宝卷》中的《昭君和番宝卷》加了赛昭君继承昭君遗志，打败匈奴单于的大团圆结局，因而字数达近三万。

② 《昭君和番宝卷》，何登焕编辑：《永昌宝卷》，永昌县文化局编印，2003年，第278页。

圆结局尽管冲淡了昭君悲剧色彩,但却是宝卷劝善功能的必要结构。最后,比较完美地体现了宝卷作为讲唱艺术脚本的特色。这主要体现在以下诸端:

一是开头的那段一般宝卷皆有的七字句引文。从叙事的角度来说,它是没有多大意义的,但它又不是为了引文而引文,它其实包含了给宝卷定调的意味,即以吟唱的方式开始讲故事,把一种静态的叙事方式转变为以时间性为目标的过程性方式。后面承接它的就是简单交代故事发生时间、地点和人物后出现的七字符或十字符调的韵文叙事。它与开头引诗使得宝卷"唱"的特色凸显了出来。

二是宝卷在散韵叙事中加了许多音乐唱调。如果我们细心审读《昭君和番宝卷》,在这节韵文叙事后,当昭君被毛延寿使奸打入寒宫后,就来了一个人物命运感叹的"哭五更"调(如本节开头所引),这使得故事的念讲始终处在"唱"的状态,以后的散韵叙事继续重复着这一格局与方向。顺着这一方向,第七个散韵叙事又变了一个唱调——莲花落调。这一莲花落调乃七字符和十字符交错进行,到31段散文叙事之后又把七字符和十字符交错的韵文叙事变成了五字符和十字符交错的叙事吟唱节奏。结尾也比较有变化,就是在一首诗之后,把韵文叙事改编成了一个七字符调和十字符调的交错形式。

三是宝卷叙事中压缩散文叙事,加长诗歌韵文叙事,以凸显宝卷"唱"的特色。如正文中的第七段散文叙事就很短:"却说那张内监劝住昭君,说我那里有一琵琶,待我拿来为你解闷。不一阵内监拿来琵琶,昭君接过,不由心酸,哭将起来。正是,诗曰:'奸贼做事心太狠,害的美人泪洒襟。'"接着的韵文叙事(莲花落调)就很长:"昭君娘娘泪涟涟,怀抱琵琶怨苍天。/想起越州不得见,想起二老不团圆。/当初而在父母前,早晚当面去问安。/自从汉王把旨传,选奴进宫把君伴。/汉王不把美梦圆,将奴打进寒宫来。/身在寒宫甚孤单,冷冷清清受苦难。/汉王未曾见我面,为何将我容貌怨。/越思越想越惨伤,满腹委屈对谁言。/怀抱琵琶心痛烂,寒宫受苦整一年。/口儿不住叫苍天,不知何日见晴天。/昭君哭的肝肠断,铁石人儿也心酸。"这实际上是一些宝卷的特色之一,也正因为如此,一些宝卷通篇看起来就像是七字符和十字符的韵文,甚至像长诗那样,颇类我们看到的"凉州贤孝"曲目。

四是宝卷中频繁出现"哭五更"调等"宝卷音乐"(有些宝卷中词牌、曲牌很多,甚至民间小调也不少)。在《昭君和番宝卷》里,出现的宝卷音乐就有"哭五更"调、"莲花落"调、"七字符"调等。如前所引的"哭五更"调，出现在昭君跳水守节前（该"哭五更"调在宝卷中出现了两次，第一次出现在昭君受毛延寿奸计被打入寒宫时），所以，比第一次出现的内容要丰富得多。第一次是受奸臣所害而"哭五更"，内容是控诉奸臣，思念父母，感叹寒宫之苦。第二次，则是怨恨汉皇寡情无义、无能，为受难兄弟刘文龙悲伤，也为远离故乡，至亲骨肉相隔天涯悲伤，表达以死守节的决心而"哭五更"。为整个女性命运悲伤，为故国落后悲伤，使这节唱词格调一下子高大起来。就是说，在《昭君和番宝卷》里，"哭五更"调一前一后出现了两次。这两次"哭五更"调，再加上像"莲花落"调这类宝卷音乐，促使整部宝卷就像一个唱本，所以，整体上看，宝卷始终保持着"唱"的状态，显示着宝卷作为讲唱艺术的基本面貌。在方步和的《河西宝卷真本校注研究》中，该宝卷又名《昭君和北番宝卷》。民乐县版的宝卷没有《永昌宝卷》中赛昭君一节的大团圆结局，是以昭君投河殉节作结，但却把"哭五更"调放到了最后，使宝卷结束在一种"唱"的氛围里。这实际上是以更原始的形态保留了宝卷作为一种过程性艺术的特色，也非常有趣地揭示了宝卷何以成为讲唱艺术的一些内在秘密。

第七章 "非遗"文本与教化传统

——民间讲故事传统及其叙事转型

在敦煌所发现的许多重要的中国文书里,最重要的要算是"变文"了。在"变文"没有发现以前,我们简直不知道:"平话"怎么会突然在宋代产生出来?"诸宫调"的来历是怎样的?盛行于明清二代的宝卷、弹词及鼓词,到底是近代的产物呢?还是"古已有之"的?许多文学史上的重要问题,都成为疑案而难于有确定的回答。但自从三十年前史坦因把敦煌宝库打开了而发现了变文的一种文体之后,一切的疑问,我们才渐渐的可以得到解决了。我们才在古代文学与近代文学之间得到了一个连锁。我们才知道宋元话本和六朝小说及唐代传奇之间并没有什么因果关系。我们才明白许多千余年来支配着民间思想的宝卷、鼓词、弹词一类的读物,其来历原来是这样的。这个发现使我们对于中国文学史的探讨,面目为之一新。

——郑振铎《中国俗文学史》

宝卷这种源于变文、讲经文等的传统民间叙事艺术形式,如同弹词、鼓词和古典戏曲一样,是中国讲故事传统中的独特艺术形式。这种传统民间讲唱故事艺术形式,据车锡伦《中国宝卷研究》统计,数目有1800部左右,它们主要在江苏扬州、无锡、苏州,山西介休,河北、天津及甘肃河西走廊的民间大量流传。① 像《香山宝卷》《目连救母宝卷》《仙姑宝卷》等常见宝卷,在这些地区都完整地存留着。

作为国学中的一个独特"绝学",宝卷之"绝",笔者认为,首先是因为它们包含着丰富的千余年来支配着民间思想的儒释道"三教"思想以及传统中国的国学思想。其次是因为它还是民间修炼、修行、教化的一种独特艺术方式。例如,许多宝卷故事就是妇女修行故事,也是民间通俗教化工具。再次是因为它们作为传统民间讲唱文学的文本——因果故事,

---

① 陇南陈俊峰、张润平先生抄有存目300余部,但实物仅见少数几部。保留宝卷并不多。

代表了中国民间讲故事传统的一种主要形式。而且，这一"绝学"，作为敦煌学的一个分支，在丝路河西走廊民间大量流行，并还有不少新的创制，比如《救劫宝卷》《姊妹花宝卷》和《沪城奇案宝卷》三部宝卷，就是典型的现代宝卷、现代创制。① 古代中国民间讲故事传统由宝卷这一民间通俗文学文本延续，本身就是中华文化的奇特现象。因而，如果我们把宝卷叙事放到中国讲故事传统里来看待，那么，对于宝卷叙事的研究及西北一隅的河西走廊人民创制的一些现代宝卷叙事进行研究，将具有重要的艺术史和文学史意义。因为当故事的口传、讲唱形式被个人言说取代，过去的"远行人"或农夫只能沉默寡言，在所谓"叙事没落"的时代，重新审视宝卷这种"非遗"文本的存在，将会有重要的意义：(1) 从中我们可以了解中国讲故事传统多样化发展演变的一些情致。(2) 从中我们可以了解传统民间故事形式发展的一些独特规律，以及这种形式本身独特的艺术魅力。(3) 从中可以了解传统讲故事形式反映社会生活、历史内容，以及如何"旧瓶装新酒"以促进叙事形式多样化发展的一些现代启示。因而，在回归传统又崇尚创新的当代文化语境下，考察研究作为一种民间的讲故事传统及其作为一种文化非遗文本的宝卷文本，有很重要的学术史意义和价值。

第一节　民间讲故事传统与现代转型

在现代学术史上，最早对中国俗文学传统追溯并对于宝卷为代表的民间讲故事传统探索研究的学者，是文学史家郑振铎。他在其具有划时代意义的《中国俗文学史》中，对于民间通俗文学形式的宝卷这种文体做过较多的论述。他说："在敦煌所发现的许多重要的中国文书里，最重要的要算'变文'了。在'变文'没有发现之前，我们简直不知道'平话'怎么会突然在宋代产生出来？'诸宫调'的来历是怎样的？盛行于明、清二代的宝卷、弹词及鼓词，到底是近代的产物呢？还是'古已有之'的？许多文学史上的重要问题，都成为疑案而难于有确定的回答。但自从三十年前史坦因把敦煌宝库打开了而发现了变文的一种文体之后，一切的疑问，我们才渐渐的可以得到解决了。我们才在古代文学与近代文学之间得到了一

---

① 现代创制宝卷，尤其是当代新宝卷在张掖地区比较多。哈建军创作了民乐《韩正卿宝卷》，有一些人还根据红西路军历史，创作了《梨园口战役宝卷》《红西路军宝卷》。2020 年新冠疫情期间，张掖任积泉等还创作了《战瘟神宝卷》，有很大影响。

个连锁。我们才知道宋元话本和六朝小说及唐代传奇之间并没有什么因果关系。我们才明白许多千余年来支配着民间思想的宝卷、鼓词、弹词一类的读物，其来历原来是这样的。这个发现使我们对于中国文学史的探讨，面目为之一新。"①

这是极有文学史意义和"史识"的论断了，也是迄今为止在文学史视野和文学史高度对于宝卷这一文体最有价值的论断。本文之所以特别重视这一论断，是因为郑振铎放弃了从宗教学、思想史和文化史来认识宝卷的惯常学术史视野，而且是从文学史，尤其是俗文学史及其艺术形式角度来认识宝卷这一俗文学形式了。这一论断警策而富有启发性。郑振铎是现代著名文学家，他在五四新文化运动发生的 20 多年后书写文学史，就已经放弃了当时学术界"马首是瞻"的西方学术资源及其话语，而是从中国文学传统及其话语出发来观察民间的俗文学史，显示了一个文学史家高度的学问与史识。就前述引文而言，它至少包含三个层面的学术新见：第一，提出了俗文学文体的内在演变问题，以及不同体式之间的源流问题。第二，他认为，俗文学也是中国文学叙事传统的一部分，而且认为弹词、宝卷、鼓词和平话、六朝小说、唐代传奇分属传统中国两个叙事传统。第三，宝卷、弹词、鼓词一类通俗读物，是我国民间讲故事传统的有效组成部分，且有相当的认识价值。就是说，基于敦煌藏经洞遗书的发现，郑振铎极其明确地阐释了中国讲故事传统演变的一些基本事实，也提出了宝卷、变文、讲经文一脉传承，宝卷与弹词、鼓词代表着中国民间大众独特的讲故事传统。

对于郑振铎的这一看法，一些研究者高度认同，也肯定性地认为，正是基于这种发现，才能清楚把握中国讲故事传统的演变及其"来龙去脉"："早在公元七世纪末期以前，我国寺院中盛行一种'俗讲'。记录这种俗讲的文字，名叫'变文'。变文是用接近口语的文字写成的，中间有说有唱。说唱的材料，大部分采取佛经中的故事，也有不少是采取民间传说和历史故事的。宋元话本以及宝卷、鼓词、弹词之类，莫不和变文有密切关系，可以说它们都是继承了变文这一文学形式的传统。"② "俗讲的发展，是一股激荡着的潮流。它不仅中国有，外国也有。'导飞教化师'，就是中国俗讲法师的延续。俗讲和变文的关系是密切的。变文，是从我国传统文学形式发展而来，佛教可以用它，民间艺人也可以用它；它可以表现佛经故

---

① 郑振铎：《中国俗文学史》，上海：商务印书馆，1938 年，第 232 页。
② 王重民等编：《敦煌变文集》，北京：人民文学出版社，1984 年，第 1 页。

事，也可以表现非佛经故事。民间流传的变文叫俗变文；俗讲中，讲佛经故事的底本叫佛变文。佛徒可以讲佛变文故事，也可以讲俗变文故事；民间艺人可以讲俗变文故事，也可以讲佛变文故事。弄清楚了它们的关系，即可进一步探讨河西宝卷的源头了。"① 方步和以此认识为基点，认为"俗讲（含佛变文）是河西宝卷佛教宝卷的源头"。"俗变文是河西神话传说、历史民间故事宝卷的源头。""敦煌《燕子赋》等是河西寓言宝卷的源头。"②

在王重民、方步和先生看来，寺院里的变文、讲经文，包括宝卷、弹词、鼓词等，实际上代表着民间中国的讲故事传统。它们长期以来就在中国广大民间流传。据车锡伦先生考证，宝卷这种讲唱艺术形式的存在，已经有了 800 年历史。因此，宝卷故事是传统中国故事的有机组成部分，而且，它传播中国正统的儒释道文化思想，是古代民间乡民最喜爱的一种讲故事形式。由于这一传统与"宋元话本和六朝小说及唐代传奇之间并没有什么因果关系"，它有自己的叙事传统及其技术。所以，我们由此还可以推断，如果说章回小说是中国讲故事传统演变环节中最后一个形式，那么宝卷因果故事，则是以中国民间艺术和民间文学传统形式存在着的民间叙事传统的最后一个形式，而且它是民间讲故事传统的重要一脉。③ 据此我们也非常明确地看到，了解宝卷故事及其叙事传统，深入研究宝卷这一非遗文本，对于我们认识中国讲故事传统显然有重要的价值意义。

历史地看，宝卷在明代已经出现不少，在晚清和民国时期的乡村民间基层更是大量流行。在现代河西一些地区，有些家庭以收藏宝卷为荣。有些乡村有专门的念卷人。更有甚者，在民国时期，有些机构专门印制宝卷。比如，民初以翻印大量民间读物闻名的上海惜阴书局一次就翻印了 79 部之多，且大都是绘图刻印本。这批绘图刻印本宝卷流传得很广，仅仅在西部河西走廊诸地区就有大量存留。与纯正的古代宝卷相比，民初印制的这批宝卷与它们有很大差异。因为古代宝卷与佛教密切相关，基本是因果故事，而它们基本上是中国民间故事的改编，如《白蛇宝卷》《昭君出塞宝卷》等，就基本上是传统民间故事的改编。换句话说，这批宝卷大多是晚清和民国初年的民间文人为了宣扬佛教及其世俗伦理而有意识地编印出

---

① 方步和编著：《河西宝卷真本校注研究》，兰州：兰州大学出版社，1992 年，第 375 页。
② 方步和编著：《河西宝卷真本校注研究》，兰州：兰州大学出版社，1992 年，第 385 页。
③ 鼓词、弹词等显然属于民间讲故事传统。唐传奇，后来的文人小说（叙事）可以称为另一个叙事传统。

的传统中国故事。这批中国故事，虽然极个别是因果故事，但传统民间故事居多，内涵极为丰富。更为重要的是，与前述古代宝卷不一样，敦煌及丝路河西宝卷中还出现了一些现代宝卷，比如《救劫宝卷》《姊妹花宝卷》和《沪城奇案宝卷》。[①] 这三部宝卷，前两部宝卷诞生于民国时期，后一部宝卷诞生于中华人民共和国成立后，而且，颇有趣味的是，这三部宝卷的内容不再是讲因果为主，不再是妇女修炼、宣扬儒家忠孝观念了，而是借用古代民间讲故事形式反映现代生活。这为我们了解宝卷这种讲唱艺术形式和讲故事传统发展演变提供了许多有益的启示。

　　进一步说，宝卷与其他民间讲故事传统相比，本身还有重要的特点。其独特的地方，还在于作为一种古老的民间传统故事讲唱艺术形式，与其相伴随的还有抄卷、念卷和听卷诸项活动。拿这些活动来分析，就文本功能讲，它成了一种观念性艺术；就抄卷、念卷和听卷等行为而言，它又成了一种过程性艺术。事实上，它实实兼有观念性艺术和过程性艺术的长处。而且，作为一种民间传统讲唱艺术，近年来，随着传统文化的被重视，传统国学的兴盛，它又重新得到人们的珍视，民间出现了"宝卷热"，研究界甚至出现了"宝卷学"的呼应。在现代西部河西走廊，宝卷还是一种重要的乡野教化的有效形式。它们被基层组织采用，也被广大乡民喜爱。因而，这是一种颇值得考察的文化、文学现象。

　　我们知道，中国新文学发生以来的故事形态或者故事传统，是从《狂人日记》（鲁迅）、《沉沦》（郁达夫）、《落叶》（郭沫若）和《小雨点》（陈衡哲）等展现出来的。它们借鉴西方叙事艺术传统，发展出了现代新叙事传统。这些小说叙事已经是现代性小说（故事）形式了。陈平原《小说的书面化倾向与叙事模式的转变》、杨义《中国叙事学》及其《中国现代小说史》等开创性著作就梳理了这种叙事传统的演变轨迹。在这个新的叙事传统里，章回小说已经被这种现代小说形式取代，只有通俗文学文本和民间叙事才采用章回叙事和宝卷叙事形式。问题在于，新文学发生以来，宝卷为代表的民间讲故事传统尽管有大众化、民间文学发展的现代性文学理念支持，实际上在实践中却一直被有意抵制。可是，近些年来，它又以"非遗"文本或一种所谓"绝学"被重新审视。所以，这为我们了解中国叙事传统现代转化也提供了某些深刻的启迪。因为与百年来的现代叙事传

[①] 《救劫宝卷》收录于方步和编著《河西宝卷真本校注研究》，兰州：兰州大学出版社，1992年。《姊妹花宝卷》收录于杨才年编《武威宝卷》；《沪城奇案宝卷》收录于张旭主编《山丹宝卷》（上下册），兰州：甘肃文化出版社，2007年。

统和传统经典叙事相比,《救劫宝卷》《姊妹花宝卷》和《沪城奇案宝卷》这三部现代宝卷利用因果故事形式反映现代社会生活,其讲故事形式就与传统经典叙事和现代叙事传统有了很大的不同。它采用了传统中国古老的民间讲故事形式讲述了现代故事:当古代文人的讲故事传统被新叙事形式所取代,而民间传统讲故事的方式却被延续了下来。这种民间的讲故事传统——宝卷——把因果故事内容转化成丰富的现实生活,实际上保留了丰富的现代生活历史内容;它利用传统故事形式传播现代思想,提供给我们现代叙事转型的深刻启迪。所以,不拿整个古代宝卷体系以及弹词、鼓词和古典戏曲这一源远流长的传统民间讲唱故事传统比较,仅仅就我们收集到的现代人编制的一些宝卷来看,它已经足够能使我们看到传统中国故事形式在现代演变的曲折历程以及它的重要价值和意义了。

宝卷故事,或者民间讲故事传统的不同方式,目前还存活在河西走廊的民间,被民间艺人传承,抄卷、念卷者不乏其人,甚至还有不少现代制作,如反映红西路军征战事迹的《红西路军西征宝卷》《梨园口大战宝卷》,反映新冠抗疫的《战瘟神宝卷》等。我们如何看待这些被正统文学史忽视的叙事事件?或者,作为民间讲故事传统的一种有效艺术形式,在现代它是如何变化的?现代宝卷叙事与古典宝卷叙事存在怎样的不同,我们从中会受到哪些启示?事实上观察《救劫宝卷》《姊妹花宝卷》《沪城奇案宝卷》和《战瘟神宝卷》等现代宝卷及其叙事转化,我们也许会发现其中的一些奥秘。

第二节 《姊妹花宝卷》:从神灵佛道到现代生活

目前收集到的河西宝卷约 300 部(卷)。对于这些宝卷,方步和、段平和西北师大古籍整理所的伏俊琏教授等做了精心整理。甘肃武威收藏家杨才年收集、整理、翻印了 260 多部。杨才年收集的这些宝卷中,有古宝卷,也有现代宝卷(如《姊妹花宝卷》,该宝卷是刻印本,非手抄本)。古宝卷大多是明代至清后期的宝卷。现代人编制的宝卷,则有反映民国以来自然灾害、现代市民世俗生活和新中国成立后人民生活的《救劫宝卷》(此宝卷最早收集在《凉州宝卷》中)、《姊妹花宝卷》与《沪城奇案宝卷》(此宝卷收集于《山丹宝卷》中)等。① 古宝卷和现代宝卷这两类宝卷,主题倾向和思想内涵差别很大。即近现代出现的《救劫宝卷》《姊妹花宝

---

① 如前所述,现代宝卷多为现代创制。

卷》和《沪城奇案宝卷》，与古代宝卷相比，已经有了不同的面相或模样，其纯粹是利用中国宝卷这种古老的民间讲故事方式来反映现代社会生活的一种艺术文体式样了。下面我们以现代宝卷《姊妹花宝卷》为例来看宝卷这种民间讲故事传统的变化轨迹。

《姊妹花宝卷》（上下册）讲述的是民国时期下层民众的世俗人生故事。其内容颇类张恨水现代通俗小说《啼笑因缘》。民国十三年（1924），徐州姚村赵远一家日子过得极其拮据。其原因是因为家中男人赵远的好吃懒做。他有地不种，还常到外面赌博。田地荒芜了，其妻和两个女儿日子过得非常艰难，吃饭上顿不接下顿。邻居林先生饱读诗书，曾经中过秀才，不会种地，但他同情邻居。自己招几个学生教书度日，时时周济邻居赵远母女。林先生有个儿子桃林，聪明听话，跟父亲读书。

一天，赵远外面赌博输了，回家趁着妻子不在，偷拿家中衣物及值钱的东西去当铺典钱，却正好被妻子赵妈撞个正着。赵妈苦苦相劝，丈夫赵远不仅不听妻子规劝，还带走家里东西，遗弃老婆、大女儿，带着聪明伶俐的二女儿二宝赌气走了。他带二宝是看在二宝聪明、漂亮，可能卖掉而赚一笔钱或好出嫁，动机十分不纯。

这一年，天大旱，又军阀横行，老百姓日子过得更为艰难。为了度过艰难时日，林家和赵妈家只好合伙过日子，并给大宝和桃林也订了亲。光阴荏苒，大宝、桃林也到了成家年龄，很快就办了婚事。林家父子也通过捕鱼赚钱来艰难度日。无奈军阀横行，并与日本人勾结欺压百姓，百姓生命毫无保障。一个黑沉沉的晚上，林先生看到汉奸伙同军阀倒卖军火，就咒骂汉奸，被汉奸暗枪打死。

后来，姚、赵两家在军阀的炮火中逃难到济南。在济南，两家租了间草房住了下来。桃林在外做工，养活家人。再说赌徒赵远。他带女儿也逃到了济南，与地方上的混混靠贩卖军火度日。二宝读书用功，认识了许多革命党人，并与革命党人丁正明真心相爱。可是赵远却始终想利用女儿为自己牟利。他设法认识了钱督办，并把女儿二宝许给了钱督办做妾。事出凑巧，丁正明被军阀钱督办抓了，将被枪毙。二宝为了救下丁正明，只好嫁给了钱督办。

二宝和钱督办婚后生了一子，督办很是得意。后来，大宝听别人说督办家招奶妈。为了贴补家用，她去应招。因为她的奶正好和二宝相合，于是她被雇佣了。一天，桃林做工受伤，大宝到二宝处想提前要点工钱给桃林治病，却遭到了拒绝。此时，她正好看到二宝儿子的金锁，就想拿去当点钱给桃林治病，却被钱家小姐看到。待来强夺时，钱家小姐却被古董砸死,大宝将被抓去入监。赵妈上门看到了丈夫赵远,求救赵远,却遭到拒绝。二宝知道了大宝和母亲的遭遇,并相认了。二宝告诉母亲和大宝,叫她们放心,她会跟钱督办说明,救下大宝。她们是同胞姊妹,亲情胜过一切。于是,二宝和母亲、姐姐开车走出了钱家。

由上可知,《姊妹花宝卷》是一部反映现代生活的宝卷。这部宝卷通过赵、林两家及其大宝、二宝姊妹两人的不幸遭遇,反映了辛亥革命后军阀横行的社会现实,也揭示了军阀横行、天灾人祸给乡民带来的深重灾难。与同样是反映近现代武威古浪地震灾难的《救劫宝卷》相比,该宝卷反映的生活既有广度又有深度。该宝卷属于后来很流行的民间通俗故事类宝卷,表现出明确的劝善动机:"世风不古,人心险诈,如能循循善诱,未当不可改进也。本局(宝卷印书局,著者加)在昔,向以武侠小说风行海内,持公道人心,警世俗愚知者……改求善化,引人以正,戒之以邪,警人心以喻世风耳。"[①]这样的叙事动机、目的与旧宝卷(古宝卷)并无二致。这是民间文学艺术惯有的叙事立场。但难能可贵的是,这部现代宝卷对于普通百姓的生存给予了深切同情,对于军阀、汉奸的无赖嘴脸及其罪行做了比较形象的揭示,也对林先生对弱者的慷慨救助及其对汉奸不屈反抗的凛然正气给予了肯定,并对亲情也给予了颂扬。

该宝卷塑造的几个人物形象,个性都很分明。大宝、二宝作为姊妹,由于混混恶棍父亲的原因,命运差异极大。大宝因麻疹,影响了长相,但她聪明,与母亲相依为命,勤劳懂事。和桃林婚后,家庭和睦,桃林摔伤,她竭力相救,为救丈夫,与二宝翻脸。她爱憎分明,讥刺二宝富贵不认亲,表现出一个下层贫民难得的质朴品格。二宝漂亮聪明,能够周旋,向往革命,为救爱人丁正明,以身许军阀,为救姐姐大宝,敢于担当,表现出下层人民敢于担当的牺牲精神。其公公林先生是个读书人,也是下层知识分子中的优秀代表,他同情弱小,顾家爱国,敢于同军阀和汉奸作斗争。宝卷中对于督办军阀、父亲赵远的卑劣及其无赖形象的刻画,也入木三分。

《姊妹花宝卷》具有比较鲜明的现代意识,与同样是反映近代社会事件的其他宝卷相比,该宝卷的价值就在把近代生活注入了宗教色彩浓厚的宝卷形式之中。从宝卷内容上看,《姊妹花宝卷》反映的内容为下述六点:(1)民国年间徐州姚村赵氏夫妇的困顿家庭生活。(2)皇帝下台,社会混

---

① 《姊妹花宝卷》,杨才年收集到的《凉州宝卷》集里的263部中的1部。非手抄本,为民国石印本。

乱，军阀横行的社会现实。（3）异族侵略与内奸勾结，民不聊生。（4）革命运动兴起，人民支持，二宝以身家性命换取男友——革命者的性命。（5）歌颂反汉奸的精神和民间的大无畏精神。（6）对于赵远等人的自欺及二宝等的亲情大义做了阐发。

河西宝卷中《救劫宝卷》和《沪城奇案宝卷》，内容与《姊妹花宝卷》一样，也注入了大量的现代社会生活内容。比如《救劫宝卷》，尽管形式上与《姊妹花宝卷》一样，沿用旧宝卷的模式，但内容却完全是记载民国初年武威古浪大地震后灾民逃难中的艰辛。它是典型的现代灾难叙事。甘肃志、武威志记载的史实，该宝卷做了生动的艺术展现。故事讲得一唱三叹，催人泪下，而且其故事还是抒情性的。叙事抒情交融，体现出难得的艺术探索性。《沪城奇案宝卷》则纯粹讲述中华人民共和国成立后人民公安反击暗藏特务的故事。这三部现代宝卷在国内其他地方很难见到。这反映了丝路河西走廊民间对于宝卷这种文体形式的独特厚爱。其出现对于我们宝卷研究有很独特的价值，因为由这些宝卷故事我们看到，现代宝卷的叙事内涵已经由再造西方（佛教神话的西方世界）神话的社会理想、塑造神话人物、民间禳灾祈福、宣扬儒家道德伦理以及贤孝思想转化为反映近代生活。这种变迁，深刻地反映着中国思想文化及其社会历史的变迁，也反映了中国文化发展的基本趋势——从神佛贵族到平民人间的生活的转移趋势。这与现代中国历史及其思想发展史动向相一致。

进一步说，从《沪城奇案宝卷》这部当代宝卷的内容及其书写时间来看，它与古代宝卷差异已经很大，它纯粹是新中国诞生以后的产物。它反映现代都市大上海发生的现代生活，已经去掉了原来宝卷因果轮回的佛教思想和劝善抑恶的功能论主题，而以人民民主解放，人民公安反击国民党特务等为民除害的思想为主题了。这是一部真正意义上的现代原创宝卷。这部宝卷的存在和发现，对于我们认识宝卷内涵的变迁和其形式转化及其利用提供了许多启示。与古宝卷甚至晚清和民初的宝卷比较，《沪城奇案宝卷》内涵有了重大的变化、变迁。因为宝卷，尤其是丝绸之路的河西宝卷，是一种近乎绝迹了的民间通俗说唱艺术形式，像凉州宝卷、肃州宝卷都被列为国家非物质文化遗产保护品种，但是，传统的宝卷以神佛、神话历史故事为主，宣扬官方或民间都认可的传统文化及其"三教"思想，而像《沪城奇案宝卷》这类现代中国丝绸之路的河西宝卷，却改变了宝卷惯有的内容，以崭新的时代新意识取代了传统宝卷的神佛道儒思想与历史演义内容。更为耐人寻味的还在于，"文化大革命"时期，丝绸之路的河西宝卷被当作封建迷信被大批焚烧，而《沪城奇案宝卷》却流传了下来。这也与其内容的改造及转换有关——尽管它沿用的形式仍然是宝卷这种独特的民间说唱通俗艺术形式，但它把宝卷惯有的道德主题转到了现实政治主题上来，反映国民党特务的破坏、人民公安的英雄行为上来，从神话思维转到新的历史神话思维上来了。这使我们看到，宝卷的主题、文化内涵在随着时代不断革新。就是说，从《救劫宝卷》《姊妹花宝卷》和《沪城奇案宝卷》等现代编制宝卷来看，宝卷这种民间艺术形式，它完全可以被用来反映现代社会生活：《救劫宝卷》记载了1927年西北武威地震灾难下人民的不幸命运；《姊妹花宝卷》则反映了近代军阀存在的社会灾难下人民生活的状态；《沪城奇案宝卷》反映了现代中国革命及人民公安与国民党特务斗争的历史。相对于五四运动以来的现代小说叙事传统，现代宝卷叙事提供了更为逼真的民间下层社会现实。而且，这是现代知识分子叙事传统所难以展现的中国现实与中国故事。

当然，宝卷叙事内涵一直在随着时代变化而变化。由变文演变而来的宝卷，内容大多是佛教因果故事。后来，受儒家、道家文化影响的宝卷，宝卷内涵必然渗透进了儒家和道教思想。据载最早的河西宝卷《仙姑宝卷》，内容就有大量的儒道思想。而后，随着宝卷内容及其功能的转化，历史神话传说宝卷的思想变化更大，如在明清一些经典小说改编的宝卷中，尤其是在《三国演义》《水浒传》《西游记》《三言》《二拍》《三侠五义》《施公案》等相关内容改编的宝卷中，我们更会看到宝卷内容内涵的进一步变化。其中的一些宝卷，还逐渐突破"三教"思想为主的陈腐思想框架，对于官方国家观念疏淡，而对于个人生命、价值尊严更为看重。另一些宝卷里，反抗腐败，追求个人幸福的近现代理念也出现了，如《张四姐大闹东京宝卷》《武松杀嫂宝卷》和《野猪林宝卷》的出现，清晰地展现出这种变化轨迹。《沪城奇案宝卷》的出现，却具有界碑性意义，因为它的人物（工人、农民、公安）、故事（上海公安反特）和背景（中华人民共和国成立后的新社会）与传统的宝卷完全不同了。所以，如果说晚清以前的宝卷的主题倾向基本上是儒释道"三教"思想的话，那么，以上三部现代宝卷的出现，则显然昭示了现代人利用宝卷这种形式的一种新倾向：它们已经从反映古代的日常道德伦理向反映现代社会历史及其社会生活转化了。《沪城奇案宝卷》把宝卷思想意识从古代转向了现代，从神灵佛道神魔世界转到了日常社会人世的新世界，如上海。这种变化，从宣扬"三教"与"三教合一"的传统文化思想到歌颂新社会公安干警为人民恪尽职守、智勇双全的时代精神，是宝卷叙事内容方面的巨大变化。所以，从文化文学革新的意义讲，这种转换的意义应该与刘复在新文学初期以民歌的人道人文主义精神为古典诗向新诗转换找到了现代意识一样重要。这为我们从叙事内容方面认识宝卷这种民间讲故事传统及其演变提供了许多启示。

第三节 《沪城奇案宝卷》与"故事"革新

与宋元话本、六朝小说和唐代传奇这种文人讲故事传统不一样，传统宝卷叙事这种民间叙事文艺的文体特征非常明显。它有三个重要的形式特征。

一是文本结构形式的综合性。如前所述，一部宝卷的构成元素，大体上有以下七个：（1）构成宝卷开头的引诗。也叫开场，念卷引文。（2）正文的韵、白故事（叙事）。通过韵、白两种形式概括故事主要纲要。（3）过渡的引诗和词牌。这是正故事开头的主要部分或关节，由它直接导入故事正文。（4）正文中的大量唱调（音乐）。讲故事到故事关节点时引入的音乐。常见的如"哭五更"等。（5）品、章。一些宝卷的章节分类，相当于章回小说的"回"。（6）偈言、谶诗等。是对于故事内含哲理的提示。（7）教义及其经典语录等。对于古代宝卷来说，它包含诸多艺术及文体品类，一部完整的宝卷由诗词、曲牌、音乐及其曲调、韵文非韵文多项元素综合构成。这种综合性使其念卷活动真正达到了讲唱结合，吟诵交叠，念听互动，一唱三叹，充分地反映了宗教艺术和民间通俗艺术的叙事智慧。如流传较早的古宝卷《仙姑宝卷》《达摩宝卷》《苦节图宝卷》的文本构成，就充分地显示了这些特征。

二是故事性。宝卷以因果故事为主，或者由这种故事转化而来，整个宝卷讲唱一个系列完整故事，叙事特征很明显。除了《观音宝卷》《达摩宝卷》《湘子宝卷》等纯宗教宝卷外，民间宝卷大多演绎佛道因果故事。在源远流长的中国故事传统里，因果故事大概是最有逻辑内涵的组成部分，而且，由因致果，决定论色彩极其明显。因此，故事性是宝卷的首要特征之一。

三是叙事的程式化。宝卷故事形式如同普罗普分析的"神奇故事"，大都有重复、单调的故事构成形式，故事情节功能很明确。除此之外，宝卷故事叙事还有这样的特征：一般是散文部分叙述一遍情节，韵文部分再重复叙述一遍情节，并加以渲染，加深听卷人的印象。这是初民故事的基本形态。宝卷的这三个形式特征，是传统中国故事中民间故事的基本特征。现代三部河西宝卷《救劫宝卷》《姊妹花宝卷》和《沪城奇案宝卷》，基本符合中国故事的这三个特征。其中，最有创造性的是《沪城奇案宝卷》，它从叙事形式方面给我们认识民间讲故事传统及其转化以深刻的启迪。

从形式方面来看，《沪城奇案宝卷》的编写质量上乘，也有很多新探索。它改善了宝卷这种民间讲故事传统艺术形式在语言结构和叙事等多方面的内涵。首先，其语言上最主要的变化是采用现代汉语语言。语言很流畅，并包含地方语言（张掖、山丹方言）。其次，它在形式上最大的变化，是去掉了构成宝卷七要素中的其他五种成分，如曲调和唱词等，但依旧保留了传统宝卷的韵文叙事形式，而且散韵交错，散韵重复，情节完整。《沪城奇案宝卷》故事构成相当完整，代表了现代宝卷存在的基本面向。它的叙事形式创新至少体现在以下三个方面。

第一，它的韵文叙述语言平滑顺畅，自然随意。（1）该宝卷中出现了许多现代词汇，是中华人民共和国成立后六七十年代最为流行的主流话语体系。（2）韵文叙事的节律、节奏相当自如。（3）以十字句为主，三三二停顿。（4）它的韵文叙述，以顺口溜方式信手拈来，毫不费力。如下面一段，是韵文叙事，非常精彩，对人物的外貌、气质和青春气息的描写相当生动传神：

> 那青年和金玲并肩而行，
> 霎时间来到了市区中心。
> 路灯下姑娘把青年观看，
> 人英俊衣整洁气质不同。
> 大眼睛葱鼻梁瓜子脸皮，
> 新理得运动头香气喷喷。
> 红润润嘴唇儿能掐出血，
> 嫩生生肉皮儿比雪还白。
> 穿一套咖啡色毛料衣服，
> 新新的擦油鞋尼龙袜子。
> ……

第二，以传奇故事为主线的故事特征凸显。《沪城奇案宝卷》的基本故事是解放初上海公安破获国民党特务组织梅花社，从而保护了人民的人身财产安全。故事的主旨意义很明确："要感谢英雄们保卫和平。"《沪城奇案宝卷》故事的特点是有意突出了故事的传奇性，使这一现代宝卷显得生动真实：国民党顽固势力残余破坏新中国，人民公安对和平秩序的保卫，人民的反迷信和自信，人民的改过自新。由于是破案故事，传奇色彩也很明显。这些都是解放初真实的生活。这样一来，宝卷的神佛、离奇的情节故事就被以现实生活为主线的人民公安故事所取代，且有了宝卷应有的传奇性，故事性也很强。如李金玲的坟场遇刁守义，胡超群的高超窃技，王刚与白丽萍的传奇特务故事，赵解放父子的离奇死亡。这些人物的传奇经历，十分引人注目。

第三，散韵叙事形式搭配合理，单纯明晰。宝卷本为民间通俗说唱叙事艺术的脚本，是由变文、讲经文等演变而来的一种文学文体形式。它的主要叙事主体由散文和韵文两部分构成，越是民间文化的宝卷，散韵结合的成分差异越大。就传统宝卷而言，其开头"宣扬诗"即是韵文，中间叙事主体则以韵文、散文交错叙述，结尾劝善诗又以韵文结束。《沪城奇案宝卷》对这些传统宝卷的某些陈规结构有重大革新。例如，《沪城奇案宝卷》中包含了李金玲遇特务，胡超群献梅花表，赵解放父子太平间暴死，王科长夜抓白丽萍，王科长机智破案等六个案件。人民公安王科长抓敌特是核心案件。从表面上看，前三个案件是引子，实际上却是国民党敌特破坏的直接结果。国民党特务破坏，敌特暗中活动猖獗，伤天害命，可能直接造成巨大的安全损失，因此，上海公安全力打击，智勇取胜。这一简单的新中国成立初期民间故事的"反特"模式，宝卷以因果方式作了逻辑处理，相当引人入胜。宝卷在叙事结构上也十分自然、流畅，改造了传统宝卷在叙事及其结构上的生硬创伤：(1) 去掉了传统宝卷中的开头"开场诗"等许多程式，正文直接采用了自然的因果式结构方式。如王刚机智捉拿一枝花这一段"反特"核心故事，是被李金玲和胡超群献梅花表引出的。这一明晰的因果结构方式，充分反映了上海公安英雄机智的行为，也突出了公安保和平的主题，显得很是自然。(2) 将结尾劝善诗内容巧妙地化解在正文部分，用因果式的有效理性结构取代，破除了宝卷已有的程式感。(3) 散韵分布，自然合理。《沪城奇案宝卷》除了赵解放暴死案中用了"哭五更"的曲调——河西民间小调外，基本上是由"叙"的散体叙述和"念唱"的韵文叙述两部分构成。具体做法如开头交代李金玲身世后引进韵文叙事，过渡的就是几句顺畅诗句："金玲姑娘年纪轻，一进坟场就心惊"或"金玲心情如湖涨，不见守义心发慌，不看秉性看模样，姑娘一心找对象"。这种叙事安排上的清晰与合理，传统宝卷很少达到。

进一步说，《沪城奇案宝卷》叙述的是上海人民公安的"反特"事件，但却是一部地道的河西宝卷。它流行在河西，用丝绸之路的河西宝卷的形式创制，用河西的语言写成。因此，在丝路河西宝卷中，它的创新意义不仅仅在于它是一部一般意义上的现代宝卷，用现代的语言反映现代生活，并把宝卷的道德主题转到了社会政治意识形态主题上，而且在于它利用旧形式发展繁荣基层民间通俗艺术的深刻启示上。因为就前者讲，河西宝卷中的《救劫宝卷》这部较为经典的现代宝卷，它尽管用佛教的救劫、"苦谛"思想演变而成，但它的真正价值却在于它把民国史上武威古浪大靖人逃难逃荒的情景真实地记载了下来，开启了利用民间艺术形式反映现代现实、社会历史生活的先例。《救劫宝卷》是一部1927～1929年西北人民的灾难生活史，逃难逃荒图。《沪城奇案宝卷》也反映了新的时代生活，然而，《沪城奇案宝卷》却与此前宝卷的思想陈规脱节了，纯粹以"三教"思想对立面的形式出现，它接通了以现代意识利用旧形式发展新文学（包括通俗文学）的现代文学发展的新理路。

事实上，这是现代中国解放区文学以及当代文学艺术发展的一个重要理路。如延安新歌剧、"文化大革命"时的样板戏，从陕北"信天游"到《王贵与李香香》，从现代叙事诗再到新民歌运动的《红旗歌谣》，从《小二黑结婚》到《红旗谱》的叙事、章法结构，大多是对于传统民间艺术和文学文化形式的再利用。这种发展理路，显然对于中国现代文学的发展有非常积极的影响，至少它使我们相信现代文学的发展不仅仅是靠"外援"。利用宝卷这种民间文学或说唱艺术形式反映新时代生活，尤其是中华人民共和国初期的"反特"事件，《沪城奇案宝卷》就反映了这种新文学所创造的规制。它的形式价值意义尤其重大，为现代民俗文学的发展树立了可资借鉴的资源。这也很符合一些学者所谓文学"复兴论"的基本要义。①

另外，中国当代文学、俗文学和基层文化的发展资源从思想和形式上讲，至少有三个方面：一是中国传统优良的文化遗产，如"三教"中的向善、心性修炼、忠孝节义为核心思想的道德观念；二是现代先进的马克思主义思想，科学与基层民主新理念；三是传统的民间通俗艺术形式——像"非物质文化遗产"提供的范例。如果说前两者我们有现代中国意识形态力量的强大惯性，很容易利用，那么，第三者就需要我们深入挖掘了。如前所述，中国的讲故事传统源远流长。而变文、弹词、宝卷这些民间讲故事传统的方式，尽管在现代叙事的强大力量面前显得古旧、不合时宜，但作为中国讲故事传统的"最后一个"，其故事形态、构成方式，还是有

---

① 参见李遇春：《中国文学传统的复兴》，北京：商务印书馆，2016年。又见《文艺研究》2017年第12期，第13页。

许多可资利用的地方,甚至还是现代民间教化的有效工具。如河西近年出现的《韩正卿宝卷》《红西路军西征宝卷》《梨园口宝卷》,甚至《战瘟神宝卷》,弘扬了红军西路军艰苦卓绝的牺牲奋斗精神,宣扬了新冠时代抗疫的时艰意识,尤为基层民众喜爱。因此,《沪城奇案宝卷》等现代宝卷叙事给我们的启示是:中国当今的文化工作者可以充分地利用像非物质文化遗产宝卷这类仍然活着的民间通俗艺术形式,再创作出大量新艺术形式来,繁荣现代中国的俗文学和基层农村文化建设,而从讲故事传统的角度来讲,至少它可以帮助我们了解叙事传统在现代演变的一些明确的轨迹,以及民间叙事艺术蓬勃发展的生机。

第四节 "非遗"文本与叙事传承

作为"非遗"文本,宝卷这种讲唱艺术形式与弹词、鼓词以及戏曲这种大众集体化的艺术文本一样,代表着民间通俗讲唱叙事艺术的优良传统。它基本流传在基层民间,并且还很有生命力。像河西宝卷,作为"非遗"文本,它还是活着的民间文化艺术遗产,与现代叙事艺术传统一道并行存在着,尽管这些年来它才被重新审视。

我们知道,就叙事传统演变的角度来说,近现代以来,叙事艺术的各种传统实际上此消彼长。有时,古典的叙事传统被西方叙事艺术取代,有时又重新回归;有时文人叙事传统占主流,有时,民间的叙事传统又被不断征用。耿占春在他的《叙事美学》中分析了叙事没落的诸多原因,比如叙事和知识的分离,口传方式向书写方式的过渡,注重个体的内在经验与个性化的话语表达的叙述出现,报纸和新闻媒体的出现对叙事的取代,故事和情节让渡于日常性和日常生活的细节描述,内在感受的突出与故事和情节的消失。他认为,丧失行动的主体性是叙事没落的直接原因:"(在现代社会)一个人的个性和主体性的参与只能是以一个事故告终。对于传统的史诗来说,有了一个英雄的名字,故事就可以开始了;对于现实主义小说,有了一个具有个性的人,故事也就开始了讲述。对于卡夫卡,人物变成了一个抽象的K,故事变成了梦魇。在现当代文学的这种语境中,人已经无法让一个故事开始,给生活一个开端。"[1] 实际上,就叙事艺术发展的漫长历史来讲,笔者认为这种变化发展的原因,不是或不仅仅是叙事没

---

[1] 耿占春:《故事的没落》,《叙事美学——探索一种百科全书式的小说》,郑州:郑州大学出版社,2002年,第18~28页。

落的问题，而是叙事形式的转化及其多样化的问题。因为叙事的变化发展并非简单的线性变化，而是交叉并行发展着。只不过有时一种叙事形式凸显，一种叙事形式潜隐存在。百多年来，叙事形式及其艺术千变万化。叙事表面看来在没落，实际上却在丰富和发展。谁说报纸和新闻媒体不再叙事？谁能否认古代讲故事传统形式已经消失？而且，新叙事形式还在不断花样翻新。这些事实是无法否认的，而且，尽管耿氏只就中外主流叙事传统而言，他的论述范围也并不涉及基层民间。所以，从这个意义上来讲，《姊妹花宝卷》在现代出现，《救劫宝卷》《沪城奇案宝卷》在丝绸之路的河西宝卷中出现，就一点也不足为怪了。《沪城奇案宝卷》的出现，说明在中华人民共和国成立后的河西走廊上生活的人们，还在利用旧形式创作新宝卷。而且，《沪城奇案宝卷》的出现，使我们看到了现代《救劫宝卷》之后宝卷叙事形式转化及其传承的诸多可能性，以及古代文体形式利用的诸多途径。它也使我们看到，一种艺术形式，可以被长久淹没，又会被重新利用，尤其像宝卷这种民间讲唱叙事艺术形式，尽管它是中国讲故事传统中"最后一个"形式。

更重要的是，河西古代宝卷的出现本身与丝绸之路上的河西人对于宝卷这种民间讲故事传统形式的重视有关。丝路河西走廊这个基层民间存在，这里的民间讲故事传统就被传承！因为我们知道，宝卷这种讲唱艺术流传的前提是只有抄卷者、念卷者和听卷者俱在，这一讲唱艺术活动才能开展起来。过去，丝路河西走廊恰恰还处于以农耕牧羊为主的前工业社会和前知识社会。这样的社会状态决定了编卷、念卷和听卷者的条件关系：听卷需要念卷者和抄卷者。这个前提的存在，使得宝卷在这里流传。同时，如前所述，宝卷由变文、讲经文等演变而来，变文与佛教讲经、说唱有关，宝卷是变文这种古代讲故事传统的一种形式，这种故事形式宣讲的仍然是佛教及其儒释道社会伦理。河西地区，以敦煌为中心的丝绸之路，是佛教文化兴盛的地方。变文、宝卷故事，本质上是宗教故事，丝路故事，讲因果，说轮回，以此阐述儒释道社会伦理，所以，宝卷就特别容易被这里的人们所接受、欣赏、创造和改编，从而延续至今。至于丝绸之路的河西为什么会有现代宝卷，这就更与河西地区的文化现实有关了："有一类是民间艺人写的。他们为了说唱的需要，改写成宝卷，或类似宝卷的作品。民乐县三堡乡就有这样的艺人。有一类是失意文人，他们仕途多舛，回到家乡无所事事，转向宝卷，寻求精神寄托。有一类是下放干部。他们有一定的文化素养和理论水平，原就热爱宝卷，下放后业余也编写。

张掖县和平乡等地，就有这样的宝卷编写者。"[1] 所以，在现代，民间这一主体在，民间艺人这一主体还在，宝卷就在。越是在基层民间，那些传统的讲唱艺术保留得就越多。这使我们看到了《救劫宝卷》《姊妹花宝卷》和《沪城奇案宝卷》等现代宝卷存在的独特的"中国式"的内在原因。

当然，这也许会使我们产生诸多疑问：宝卷艺术的这种故事形式形态为什么会被《狂人日记》《沉沦》等现代小说形式取代，并且成为一种"非遗"文本了呢？它在中国讲故事传统之链上的位置该如何断定？就前者说，这当然很容易理解，因为在现代民间的宗教，尤其是佛教，在五四运动以来尤其是中华人民共和国成立后的以无神论为主导的新文化占据了主要地位，而总体上失去了民间信仰的基础后，宣扬宗教伦理的宝卷没有了听卷者，这种讲唱艺术便必然被悬置，尽管后来出现《救劫宝卷》《姊妹花宝卷》，甚至《沪城奇案宝卷》，还记录了现代社会的"史诗"，展现了丰富的社会近代面向。但是，悬置不意味着中断，中断却并不意味着消失——只要人类社会存在的话。也就是说，人类需要故事，故事因而存在。从后者来说，在《狂人日记》等现代中国故事形态甚至在卡夫卡等的现代小说形态之后，在口传、讲唱故事被个人言说取代，远行人或农夫都沉默寡言，历史和人的主体性丧失，叙事没落的时代[2]，宝卷这种初级传统讲故事形态在正统文学史之外作为讲故事传统仍然存在，也是可以理解的。因为河西宝卷的存在告诉我们，中国讲故事传统的另外一种传统——传统民间的讲唱故事传统仍旧存在，尽管它被显在的文学史传统所遮蔽了，但宝卷毕竟是民间一种很有生命力的传统讲故事形式之一。只要民间存在，它也必定存在。现在，河西走廊不少地方，它还作为农村乡野教化的必要形式和有效形式而存在。"最后一个"故事形式，实际上是一个分界点，它意味着结束，也意味着重新开始。这在文化、文学传统上是惯例，犹如我们的中华诗词艺术形式，它就作为一种有效的抒情艺术传统被现代人大量编制，也还是现代人表达现代情感的一个有效方式。所以，目睹百年来现代小说蓬勃发展以后面临"叙事没落"的近况，比照《救劫宝卷》《姊妹花宝卷》《沪城奇案宝卷》等现代宝卷故事文本的存在情景，我们会发现，在文学史和艺术史的讲故事传统链条上，《救劫宝卷》《姊妹花宝卷》《沪城奇案宝卷》这三部现代宝卷的存在，还是非常有艺术史和文

---

[1] 方步和编著：《河西宝卷真本校注研究》，兰州：兰州大学出版社，1992年，第320页。
[2] 耿占春：《故事的没落》，《叙事美学——探索一种百科全书式的小说》，郑州：郑州大学出版社，2002年，第21页。

学史价值意义的，宝卷故事如同传奇故事、童话故事、神话故事，它们意味着中国民间另一种讲故事传统的存在及其有效传承路径，它们不仅不会消失，而且永远是我们传统的有机组成部分，因为当我们把传统当作现代文化建设的重要资源及国家文化战略时，传统，无论是精英传统还是民间传统，它本身作为民族文化资源，始终是我们取之不尽用之不竭的源泉。况且，对于宝卷来说，作为民间讲故事传统的一种有效艺术形式，它还是民间乡野教化的一种颇有影响的有效形式，使其有效传承，也是我们文化事业的重要任务。这实际上很值得我们珍视，而艺术史和文学史也理应重视这种传统及其有效启示。

结　语

历史学家柳诒徵在他的《中国文化史》中慨叹道："魏晋之世，有一最大之憾事，即古乐亡于是时也。"他认为"秦汉之际，古乐虽已失传，然制氏犹能记其铿锵鼓舞，雅乐四曲至魏犹存。永嘉之乱，始殄灭无余焉"①。诚哉斯言，确实，一种文化品种的消亡，是一个时代的不幸，时代的悲哀。在人类文化史上，柳诒徵的慨叹实际上一再重演。现代中国"文化大革命"时代的悲哀和不幸憾事，就是在反传统和破"四旧"的大规模运动中毁掉了一批国粹，一批弥足珍贵的民间文化文物。所以，"文化大革命"过后，痛定思痛，国家文化部门在"抢救民间文化"的政策之下抢救了那些没被毁掉的文物，一批民间基层文化才得到了拯救保护。丝绸之路的河西宝卷、凉州贤孝等，就是得到拯救的文化遗产。

国内不少高校及国家文化研究机构研究人员，首先承担了这项拯救与保护的工作。比如，近些年来，一些基层文化人，尤其是一批文学爱好者，也充分地认识到了宝卷、凉州贤孝这类民间通俗文学艺术的价值。他们抢救、挖掘和整理出了一批批成果，保护了这一批文化遗产。就西部文化遗产保护来说，能够作为典例可称道的，首推兰州大学、西北师范大学以及河西各地区文化部门的伏俊琏、方步和教授、知名作家李学辉等一批文化人了。他们以区域地方文化保护、发扬和生产者的身份整理、收集、挖掘和编印出版了《酒泉宝卷》《张掖宝卷》《永昌宝卷》《山丹宝卷》《临泽宝卷》等一系列河西宝卷的汇聚本，有效地保护了河西宝卷这一丝绸之路河西文化和敦煌俗文学艺术的奇葩。著有长篇小说《国家坐骑》《末代紧皮手》，短篇小说《麦婚》的作家李学辉②，对于丝路文化的传承和发扬贡献甚大。在其主编的《西凉文学》杂志中，我们完整地看到了《凉州宝卷·民歌》③这样集中整理的出版物。在他的《抢救民间文化，寻找创作之"根"》《谁续凉州贤孝曲》《拿什么拯救你，凉州民歌》诸文里，我们分明

---

① 柳诒徵：《中国文化史》，上海：上海三联书店，2007年，第402页。
② 李学辉，当代著名作家，以短篇小说写作闻名。甘肃小说八骏之一。其《末代紧皮手》获茅盾文学奖提名奖。该小说与其《国家坐骑》和《斑鳖》为其"塞上三部曲"，以地方文化挖掘及其展示为特色。
③ 《凉州宝卷·民歌》，《西凉文学》增刊，2004年。

看到了他的文化自觉和对它的价值意义的新发现："抢救民族文化，等于抢救人类永恒的灵感源泉。"[①]这是一个作家的经验之谈与肺腑之声，激励着河西宝卷及丝绸之路文化的相关研究，也对于中国传统文化的现代型转化有重要的文化价值意义。

一

宝卷，与弹词等一样，是中国俗文学、敦煌俗文学及其说唱艺术中的一个重要品种。大概因为在中国文学史及文学观念形成的过程中，它的民间性，它的与诗、文、赋和小说等正统文学观相比的文体学归属的可疑性以及意义价值的非确定性，它长期以来并没有得到学术界的正视。其中河西宝卷，是敦煌俗文学的重要组成部分（其他包括诗、词、赋、小说等），更由于敦煌文卷中它的"变文的子孙"的文体位置，也没有完整保留下它们的文献，因而在敦煌文献及历来的宗教文学研究中，它很少被学者重视。然而，事实是，在明朝《金瓶梅》成书的时代，宝卷就很盛行，在21世纪的今天，还有存活的河西宝卷遗产。在这个珍视文化遗产、以现代性眼光来审视传统文化并以发展现代文化为战略的大时代，我们觉得这个被忽视的议题应该得到重视了。因为宝卷，尤其是丝绸之路的河西宝卷，作为民间讲故事传统的一种有效艺术形式，无论从文学文体学、叙事学还是文化形态学而言，都是一个很有现实价值也很有必要研究的课题。

如前所述，河西宝卷是中国宝卷大量存在的四大区域（吴方言区、山西介休和河北天津等）之一的宝卷，是敦煌文化文学里至今仍然显现生机与生命力，并仍然存活在乡村的一种民间通俗性文学艺术形式。这种以因果故事形式存在的通俗文学艺术形式，深深根植在民间，现在还仍然影响着所在地域淳朴民风的构建。而且，就文本存在的事实来看，直到近现代它仍然被人改编、制作、传抄、念唱。这种民间通俗文学艺术存在的事实，已经得到本领域专家的高度重视。车锡伦在其近著《中国宝卷研究》的首章首先提到的就是甘肃河西走廊的宝卷。[②]方步和教授将其放到敦煌学框架里对其作了深入阐发，濮文起教授在民间宗教视野里对其作了深入研究，都充分拓展了研究的深度和广度。而河西宝卷中的近现代宝卷《救劫宝卷》《姊妹花宝卷》和《沪城奇案宝卷》的出现或发现的意义则在于，

[①] 《抢救民间文化，寻找创作之"根"》,《凉州宝卷·民歌》,《西凉文学》增刊，2004年。
[②] 该书出版于2009年，是车锡伦先生宝卷研究的代表性作品。

它把上述事实及其命题有效地延伸了：作为一种已经衰微或没落了的民间通俗文学艺术形式，为什么还会在一些区域存在呢？即使到了近现代，民间为什么还有人会创作出《救劫宝卷》《姊妹花宝卷》和《沪城奇案宝卷》这样质量不算差的宝卷呢？

作为一种综合的民间说唱艺术形式，河西宝卷，它的成熟形态包含了非常复杂的文学、语言、韵文、诗词曲和音乐等多项表演性元素，为什么不识字甚至文化程度很低的人能够把握它？与中国其他地区宝卷比较，除了语言的差异外，河西宝卷有哪些自身独特的个性特色呢？河西宝卷为什么不像南方吴方言区宝卷那样以唱等音乐戏曲表演形式为主而以念、阅读和诵吟的文学形式存在？这些延伸的命题，实际上是被我们古典、现代文学学者共同忽略了的命题。今天我们考究它们，如果放在人类文化学的视野下，并把它们与民间基层文化建设结合起来统一考察，显然具有重要的价值意义。

"念卷"活动、"听卷"活动，在丝绸之路的河西走廊，实际上是一种比较正式的仪式性活动，它也是一种过程性艺术。它不带有强制性，但民间乡民却自愿积极组织，当作比较正式的一次家庭或社群活动来筹划。参加或作为一个听卷者，会很崇尚这种活动。"念卷"活动，其意义价值不在流行的"文学沙龙"和民间协会之下，它是宝卷发挥其"扬善惩恶"功能的实践活动。这种活动仍旧活跃在乡间乡民的庭院炕头。实际上，正是"念卷"，才使宝卷的乡村文化构建的意义发挥了出来。这给我们的学术研究与基层文化建设以丰富的启迪。

二

文学内外的故事研究领域非常广泛。南开大学教授刘俐俐认为："'讲述和倾听（书写与阅读）故事'是一种普遍的人类现象。如果对超越所有学科之上的人类学意义的故事有更准确的理解和把握，或将开启人文科学研究新的空间。"[①] 刘俐俐在考察了文学内外的故事研究领域后推断："故事从口头到书面，伴随人类进入各个社会形态和文化生活样态，这一事实本身证实了'讲述和倾听（书写与阅读）故事'是人类与生俱来的本能。……读者约定俗成地确认小说、故事的虚构特性，由此保持了'明智的旁观者'身份和姿态，从而具有对事物进行全面审慎的观察、判断乃至裁决的能力。所以，相关著述认为，应从人之本能出发，探讨虚构、想

---

① 刘俐俐：《人类学大视野中的故事问题》，《中国社会科学报》2013年9月13日文学版。

象、小说、叙事等范畴与社会正义等问题相关联的内在可能性和合理性，认为不是因为需要人阅读，而是人需要故事和小说，才有了故事与小说。人的虚构、想象能力恰好与小说、故事的虚构、想象特质相吻合，小说由此可以参与到社会正义的建构中。也正由此，'说故事的人'在社会中广受欢迎。"[①]宝卷故事存在的价值与意义可以如此看待。在此意义上，梳理宝卷的思想主题，分析宝卷的人物形象以及相关的叙事形式问题，就很有价值意义。因为从它的思想及其功能角度来说，由于长久以来影响着乡间思想的艺术形式往往是宝卷、弹词等民间读物和故事传统，宝卷"千余年来支配着民间思想"，所以对于民间来讲，它就具有了"元叙事"的意义——它是乡民关于创世生存意义和生存哲学的叙事，而且，它在叙事艺术形式的革新和创作上的探索，也非常值得关注、深入研究。阅读河西宝卷的近 100 多个文本，可以深入了解中国基层文化的一些基本形态特征，也可以透彻了解中国民间俗文学艺术形式叙事的一些妙旨。在这个意义上来讲，我认为我们在整理研究基础上的阅读，就是一次真正意义上的"悦读"。缘于此念，缘于对我们老乡党区域文化的崇尚，我反复玩读、品味从亲朋好友处得来的这些宝卷、贤孝曲，三年五载，终成了这样一本小册子。这可以算是对于地域文化遗产的重新发现与保护吧，也算是对于目前文化大发展与繁荣尽的些许之力吧。况且，宝卷这种民间通俗文学艺术形式本身是文学，至少是民间俗文学，一种文学文体[②]，中国民间讲故事传统中的一种有效形式，因而，对它的研究，毫无疑问，也是我的本业所在。

正统意义上的宝卷，以一个因果故事、一个卷本（宝卷）的形式存在。它散落在民间，流传在乡民口头，被老百姓当作宝物收藏起来。目前被整理出版的上述宝卷的汇聚本，是对于这些宝卷的集中展示。它的整理、挖掘、合集出版，是一个极其艰难的过程。这比一般学者在一批文献中整理出来一个相关文献要复杂得多，它更多涉及田野调查以及口传，所以，作为一个文学研究者，当看到一本本自己渴望得到的材料被收集、整理，并编印成册出版，而自己也一本本拥有了的时候，那份心情比自己写就的文章被付梓的时候还丰富复杂得多——如获至宝，自己拥有了新的

---

① 刘俐俐：《人类学大视野中的故事问题》，《中国社会科学报》2013 年 9 月 13 日文学版。
② 变文是一种文学以及艺术文体。我国学者大体都认可这种看法。方步和与国内本土派定义道："变文，是有图（叫变图），有文（叫变文），散韵相间，韵文重复散文内容，说说唱唱的一种文体，是我国传统文化形式长期发展演变的结果。""变文是我国固有的文学样式，在民间流传的叫俗变文，在佛教俗讲中讲佛经故事的部分叫佛变文。"参见方步和编著：《河西宝卷真本校注研究》，兰州：兰州大学出版社，1992 年，第 387 页。

材料，新的发现才会从中得到。这些由河西各个市县出版的宝卷汇聚本，给我研究挖掘宝卷这种非物质文化遗产提供了充足的材料，也是我对于民间讲故事传统进行研究的珍贵史料。

三

"正因为有了文化，人类才真正过上了人的生活。文化就是人类生活和存在的一种特有方式。人类总是根据自己特有的文化生活着；反过来，文化又在人类中间创造了一种同样是人类特有的联系，决定了人类生活的人际特点和社会特点。在文化作为人类生存的特有方式的统一性中，同时又存在着文化的多样性，而人类就生活在这种多样性之中……文化是人类之所以成为人类的基础，它使人类更加完美或日趋完美。"[1]这是教皇保罗二世的演讲，其对于文化的性质及其认识却是深刻的，也是有启示作用的。换句话说，以这样的文化学观念来看待宝卷这种民间叙事通俗文体对于中国文化及其形态的反映，我们会发现宝卷研究至少包含以下三个重要的价值与意义。

一是宝卷研究具有重要的文化意义。河西宝卷如同敦煌文献一样，是丝绸之路河西走廊的重要文化遗产。研究《仙姑宝卷》《达摩宝卷》这类古代宝卷，我们可以看到宝卷这种来自宗教和民间的文化形式是充分地反映了中国文化形态及其存在的形态特征的，比如中国文化儒释道"三教"融合存在的具体形态；研究河西宝卷，我们还可以看到儒家贤孝文化内在的文化建构意义，以及它的关于性别理论及其内涵的悖论性等相关复杂问题；研究《救劫宝卷》《姊妹花宝卷》和《沪城奇案宝卷》，我们甚至更可以看到近代生活——近代的自然灾难、近代的军阀给社会带来的灾难、现代中国的革命及人民公安与国民党特务的斗争故事，以及近代人放弃宗教走向革命的某些思想文化脉络。丝绸之路也是文化之路，文化为政治、军事和经济发展开辟了新路，因而张骞通西域，在一定程度上比霍去病战匈奴更具价值。因此，河西宝卷及其丝路文化研究，可以使我们明了文化优于政治军事经济的某些内在质地。同时，正确看待宝卷中的宗教因果观及其价值基础，正确区分绑架贤孝、道德压制人的野蛮、集权伦理，从而使人高于一切的文化理念得到弘扬，其意义甚大。所以，在明晰了中国宝

---

[1] 〔法〕维克多·埃尔：《文化概念》，康新文、晓文译，上海：上海人民出版社，1988年，第9～10页。1980年教皇保罗二世在联合国教科文组织代表大会上发表了他关于文化的演讲，提出了"人类是文化的最主要和最基本的产物"的观点。

卷及其历史发展的史论之后，以丝绸之路的河西宝卷为例，甚至与"一带一路"的世界文化史意义及其现实价值紧密联系起来，进而从文化学、文体、文本及其叙事学的理论来研究宝卷，就具有了重要的价值与意义。

二是教化、基层文化与社会伦理建构的意义。在丝绸之路的河西走廊地区，宝卷是民间及其基层教化的主要工具之一，它有效地传播了儒家贤孝文化，佛教众生平等等多种理念，以及近现代新的价值观和"生活意义的确认"的价值。丝绸之路河西宝卷，尤重贤孝思想传播。贤孝是儒家伦理的基本构建方式，它反映出来的伦理观念及其实现途径，对于现代福利社会的养老等问题也具有深刻启示，所以，尽管决定伦理观的基本基础是经济及其个人独立，但宝卷宣扬的贤孝伦理，毕竟是现代社会伦理建构的补充之一，因为以"拿来主义"和去粗取精的态度看，儒家贤孝里包含我们社会主义核心价值观的重要内涵，对于我们现代文化建设具有丰富的可资借鉴的思想内涵。

三是文学史、文体学意义及叙事传统启示。宝卷是一种民间通俗艺术形式，也是一种民间文学文体形式。我们从《金瓶梅》中潘金莲、李瓶儿等人请人在家中演唱宝卷以消遣的细节中，从郑振铎《中国俗文学史》和《插图本中国文学史》等文学史编著中可以得到确证。如前所述，这种文体形式具有非常独特的思想和文体特征，是中国文学史，尤其是俗文学史上不可抹掉的一体。但是，因为近现代的文学史书写，包括古代文学史和世界文学史书写，由于受到西方文体分类学影响，强调小说、诗歌、散文和戏剧等文体，以凸显文学"现代化"的理念。其结果，就把丰富复杂的许多文体排斥到了文学史之外了，这样一来，中国俗文学的其他文体根本得不到重视，宝卷就是其中之一。近些年来，这种文体及其艺术形式开始得到重视，但是，又大多是从文化遗产和宗教学诸端分析研究，没有将其当作文学、艺术文体看待，唯其如此，对于宝卷这种文体的本体性研究就被忽视了，甚至连宝卷这种文体，也成为一种文化遗产了，仅为少数人所知。宝卷，它就是民间讲故事传统的重要一环，直接承续现代民间讲故事传统。现代民间讲故事形式的发展，需要借鉴这一传统而继往开来，因而对于丝绸之路河西宝卷研究，发掘其讲故事传统及其现代转化的可能，其意义就非常重大。因此，从叙事学、文体和文本学角度揭示出这种民间通俗艺术形式的一些构成法则和形态特征，既可以充分地了解宝卷这一中国敦煌俗文学艺术形式——非物质文化遗产的一些艺术形式特征，又可以对于目前的文学史书写和现代文体分类学做出某种反拨，同时对于现代叙事传统的发展也会提供很大、很多的启示。

参考文献

一、河西宝卷与凉州贤孝

《酒泉宝卷》《张掖宝卷》《临泽宝卷》《凉州宝卷》《永昌宝卷》《山丹宝卷》等 10 余种宝卷本。

李武莲主编，李武莲、冯天民搜集整理：《凉州贤孝精选》，北京：中国文联出版社，2011 年。

赵旭峰主编，李武莲、赵旭峰搜集整理：《凉州小宝卷》，北京：中国文联出版社，2010 年。

二、宝卷与河西文化

车锡伦：《中国宝卷研究》，桂林：广西师范大学出版社，2009 年。

车锡伦编著：《中国宝卷总目》，北京：北京燕山出版社，2000 年。

段平整理：《河西宝卷选》，兰州：兰州大学大学出版社，1988 年。

方步和、李伦良编著：《河西文化——"敦煌学"的摇篮》，北京：中国文史出版社，2004 年。

方步和编著：《河西宝卷真本校注研究》，兰州：兰州大学出版社，1992 年。

方步和主编：《张掖史略》，兰州：甘肃文化出版社，2002 年。

冯天民：《武威民俗风情》，兰州：甘肃人民出版社，2010 年。

甘肃人民出版社编：《丝路传说》，兰州：甘肃人民出版社，1985 年。

顾颉刚编著：《孟姜女故事研究集》，上海：上海古籍出版社，1984 年。

郭承录主编：《武威史话》，兰州：甘肃文化出版社，2005 年。

黎羌：《那些外国大盗——英国斯坦因和他的同伙》，陕西师范大学出版总社有限公司，2014 年。

李永平：《包公文学及其传播》，北京：中国社会科学出版社，2007 年。

刘进宝：《敦煌学通论》，兰州：甘肃教育出版社，2002 年。

刘进宝编著：《敦煌历史文化》，兰州：甘肃人民出版社，2000 年。

刘永红：《西北宝卷研究》，北京：中国社会科学出版社，2013 年。

敏泽主编：《中国美学思想史》，长沙：湖南教育出版社，2004年。
庆振轩主编：《河西宝卷与敦煌文学研究》，北京：人民出版社，2012年。
庆振轩主编：《丝路文化与五凉文学研究》，北京：人民出版社，2012年。
荣新江：《敦煌学十八讲》，北京：北京大学出版社，2001年。
王君明主编：《金昌俗曲》，兰州：甘肃民族出版社，2006年。
王重民等编：《敦煌变文集》，北京：人民文学出版社，1984年。
吴福熙：《敦煌残卷古文尚书校注》，兰州：甘肃人民出版社，1992年。
吴中杰主编：《中国古代审美文化论》，上海：上海古籍出版社，2003年。
武威县志编撰委员会编：《武威简史》，武威县志编撰委员会印，1983年。
向达：《唐代长安与西域文明》，北京：生活·读书·新知三联书店，1988年。
项楚：《敦煌变文选注》，成都：巴蜀书社，1990年。
张学智：《中国儒学史·明代卷》，北京：北京大学出版社，2011年。
张志纯、何成才主编：《金张掖史话》，兰州：甘肃文化出版社，2004年。
郑振铎：《插图本中国文学史》，上海：商务印书馆，1948年。
郑振铎：《中国俗文学史》，上海：商务印书馆，1938年。
中国社会科学院世界宗教研究所等主编：《中国五大宗教知识读本》，北京：社会科学文献出版社，2007年。
钟海波：《敦煌讲唱文学叙事研究》，西安：陕西人民出版社，2008年。
周绍良、张涌泉、黄征编：《敦煌变文讲经文因缘辑校》（上下），南京：江苏古籍出版社，1998年。
祝巍山、吴自升主编：《河西历史轶事和传奇》，兰州：甘肃人民出版社，2000年。
〔美〕阿尔伯特·贝茨·洛德：《故事的歌手》，尹虎彬译，北京：中华书局，2004年。
〔美〕芮乐伟·韩森：《丝绸之路新史》，张湛译，北京：北京联合出版公司，2015年。
〔美〕约翰·迈尔斯·弗里：《口头诗学：帕里—洛德理论》，朝戈金译，北京：社会科学文献出版社，2000年。

三、佛教与中国文化

（梁）释慧皎撰，汤用彤校注，汤一玄整理：《高僧传》，北京：中华书局，1992年。

（清）丁耀亢：《续金瓶梅》，济南：齐鲁书社，2006年。

范丽珠等：《当代世界宗教学》，北京：时事出版社，2010年。

方立天：《中国佛教哲学要义》，北京：中国人民大学出版社，2012年。

冯友兰：《中国哲学简史》，赵复三译，天津：天津社会科学院出版社，2000年。

李逸安，张立敏译注：《三字经·百家姓·千字文·弟子规·千家诗》，北京：中华书局，2011年。

马西沙、韩秉方：《中国民间宗教史》，北京：中国社会科学出版社，2004年。

明旸：《佛法概要》，上海：上海古籍出版社，1998年。

濮文起、李永平编：《宝卷研究》，北京：商务印书馆，2019年。

濮文起：《河北民间宗教史》，北京：宗教文化出版社，2016年。

濮文起等编著：《〈河北宗教史〉编写纪实》，北京：宗教文化出版社，2018年。

任继愈主编：《中国哲学发展史》，北京：人民出版社，1994年。

孙昌武：《佛教与中国文学》，上海：上海人民出版社，1988年。

汤一介：《佛教与中国文化》，北京：宗教文化出版社，1999年。

汤用彤：《隋唐佛教史稿》，北京：中华书局，1982年。

吴言生：《禅宗诗歌境界》，北京：中华书局，2001年。

吴言生：《禅宗哲学象征》，北京：中华书局，2001年。

徐复观：《中国艺术精神》，沈阳：春风文艺出版社，1987年。

张曼涛主编：《禅宗典籍研究》（现代佛教学术丛刊12），台北：大乘文化出版社，1977年。

张志刚：《宗教学是什么》，北京：北京大学出版社，2012年。

中国社会科学院世界宗教研究所主编：《马克思、恩格斯、列宁、斯大林论宗教》，北京：中国社会科学出版社，1979年。

〔奥〕西格蒙德·弗洛伊德：《论宗教》，王献华等译，北京：国际文化出版公司，2007年。

〔德〕叔本华：《作为意志和表象的世界》，石冲白译，杨一之校，北京：商务印书馆，1982年。

四、人类文化学及其他

钱穆：《中国文化史导论》（修订本），北京：商务印书馆，1996年。

叶舒宪：《河西走廊：西部神话与华夏源流》，昆明：云南教育出版社，2008年。

叶舒宪：《文学人类学探索》，桂林：广西师范大学出版社，1998年。

叶舒宪：《文学与人类学——知识全球化时代的文学研究》，北京：社会科学文献出版社，2003年。

叶舒宪：《阉割与狂狷》，上海：上海文艺出版社，1999年。

叶舒宪：《原型与跨文化阐释》，广州：暨南大学出版社，2002年。

〔法〕维克多·埃尔：《文化概念》，康新文、晓文译，上海：上海人民出版社，1988年。

五、叙事学与女性主义理论

耿占春：《叙事美学——探索一种百科全书式的小说》，郑州：郑州大学出版社，2002年。

林丹娅：《当代中国女性文学史论》，厦门：厦门大学出版社，2003年。

林树明：《多维视野中的女性主义文学批评》，北京：中国社会科学出版社，2004年。

孟悦、戴锦华：《浮出历史地表——现代妇女文学研究》，北京：中国人民大学出版社，2004年。

乔以钢：《多彩的旋律——中国女性文学主题研究》，天津：南开大学出版社，2003年。

谭正璧：《中国女性文学史》，天津：百花文艺出版社，1991年。

魏国英主编：《女性学概论》，北京：北京大学出版社，2000年。

肖巍译，北京：中央编译出版社，1999年。

张岩冰：《女权主义文论》，济南：山东教育出版社，1998年。

〔俄〕弗·雅·普罗普：《俄罗斯神奇故事研究》，《故事形态学》，贾放译，北京：中华书局，2006年。

〔法〕西蒙娜·德·波伏娃：《第二性》，陶铁柱译，北京：中国书籍出版社，1998年。

〔美〕J.希利斯·米勒：《重申解构主义》，郭英剑译，北京：中国社会科学出版社，1998年。

〔美〕卡罗尔·吉利根：《不同的声音——心理学理论与妇女发展》，

〔美〕苏珊·S.兰瑟：《虚构的权威——女性作家与叙述声音》，黄必康译，北京：北京大学出版社，2002年。

〔英〕柯林·威尔森：《心理学的新道路：马斯洛和后弗洛伊德主义》，杜新宇译，北京：华文出版社，2001年。

〔英〕罗素：《婚姻革命》，靳建国译，北京：东方出版社，1988年。

〔英〕索菲亚·孚卡：《后女权主义》，王丽译，北京：文化艺术出版社，2003年。

六、代表性论文

蔡国梁：《宝卷在〈金瓶梅〉中》，《河北大学学报》（哲学社会科学版）1981年第1期。

车锡伦：《明清民间宗教与甘肃的念卷和宝卷》，《敦煌研究》1999年第4期。

陈安梅、董国炎：《日本研究中国宝卷的进程与启迪》，《图书馆杂志》2016年第9期。

陈宏：《〈二郎宝卷〉与小说〈西游记〉关系考》，《甘肃社会科学》2004年第2期。

陈泳超：《故事演述与宝卷叙事——以陆瑞英演述的故事与当地宝卷为例》，《苏州大学学报》（哲学社会科学版）2011年第2期。

程国君：《论丝路河西宝卷的文化形态、文体特征与文化价值》，《甘肃社会科学》2016年第2期。

段平：《论"宝卷"的宗教色彩和艺术特征》，《兰州大学学报》1985年第3期。

方步和：《河西宝卷的调查》，见方步和编著：《河西宝卷真本校注研究》，兰州：兰州大学出版社，1992年。

方步和：《河西宝卷探源》，见方步和编著：《河西宝卷真本校注研究》，兰州：兰州大学出版社，1992年。

方步和：《试论五凉的三个儒学中心》，《社科纵横》1992年第5期。

郭武：《有关"宝卷"研究的回顾和展望》，《汉学研究通讯》，第40卷第3期，2021年。

李世瑜：《江浙诸省的宣卷》，《文学遗产增刊》1959年第7辑。

李永平：《神授天书与代圣立言：宝卷来源的人类学解读——以〈香山宝卷〉为中心的考察》，《民俗研究》2012年第6期。

李志鸿：《新见罗祖教〈五部六册〉宝卷及宣卷仪式》，《世界宗教研究》2013年第3期。

李萍：《无锡宣卷仪式音声研究——宣卷之仪式性重访》，上海音乐学院博士学位论文，2012年。

刘永红：《青海一部古老的宝卷〈黄氏女宝卷〉》，《西北民族大学学报》（哲学社会科学版）2012年第4期。

陆永峰：《论宝卷的劝善功能》，《世界宗教研究》2011年第3期。

罗海燕：《多元化解读：21世纪宝卷学研究新态势》，《理论界》2013年第8期。

马西沙：《〈中华珍本宝卷〉前言》，《世界宗教研究》2013年第2期。

濮文起：《宝卷学发凡》，《天津社会科学》1999年第2期。

濮文起：《宝卷研究的历史价值与现代启示》，《中国文化研究》2000年第4期。

佟晶心：《探论"宝卷"在俗文学史上的地位》，《歌谣》1937年第2卷第37期。

王明博、李贵生：《近70年来中国宝卷研究回顾》，《社会科学战线》2019年第3期。

项楚：《〈降魔变文〉补校》，《敦煌研究》1986年第4期。

项楚：《从印度走进中国——敦煌变文中的帝释》，《四川大学学报》（哲学社会科学版）2008年第1期。

项楚：《三句半诗话》，《中国俗文化研究》2003年第10期。

项楚：《王梵志诗论》，《常书鸿先生诞辰一百周年纪念文集》，2004年。

张经洪：《明宗孝义达本宝卷解析——释大宁的宗教伦理观与宋明理学之互摄》，《兰州文理学院学报》（社会科学版）2015年第3期。

朱瑜章：《河西宝卷存目辑考》，《文史哲》2015年第4期。

附录一

《酒泉宝卷》《金张掖宝卷》等河西宝卷目次

酒泉（上－8 部）

香山	康熙	牧羊
双喜	仲举	沉香
紫荆	张四姐大闹东京	

酒泉（中－10 部）

如意	鹦鸽	红灯
白马	金龙	绣龙袍
乾隆	余郎	二度梅
新镌韩祖成仙		

酒泉（中－12 部）

白虎	地狱	闺阁录
忠孝	长城	苦节
黄氏女	蜜蜂	乌鸦
花灯	忠孝节义洪江	目连救母幽冥

金张掖宝卷（一－17 部）

仙姑	张四姐大闹东京	侯美英反朝
红匣记	葵花	劈山救母
三仙姑下凡	天仙配	吴彦能摆灯
绣红罗	白马	老鼠
鹦鸽	牡丹	乌鸦
赵五娘卖发	何仙姑	

金张掖宝卷（二－17 部）

二度梅	丁郎寻父	方四姐
落碗	蜜蜂	卖妙郎

双喜	白虎	朝山
继母狠	鸳鸯	白长胜逃难
救劫	苦节图	绣红灯
紫荆	和家论	

金张掖宝卷（三－16部）

康熙私访山东	康熙访江宁	风雨会
包公错断彦查散	孟姜女哭长城	昭君和北番
武松杀嫂	野猪林唐王游地狱	刘全进瓜
回郎	张青贵救母	新刻岳山
还乡	湘子	观音
护国佑民伏魔		

河西宝卷（方步和－10部）

仙姑	唐王游地狱	刘全进瓜
吴彦能摆灯	张四姐大闹东京	继母狠
救劫	天仙配	昭君和北番
老鼠		

山丹宝卷（上－22部）

康熙私访山东	昭君出塞	二度梅
白蛇	绣红罗	阎叉三
劈山救母	沪城奇案	金凤
金龙	侯美英反朝	张四姐大闹东京
仙姑	唐天子游地狱	观音济度
丁郎寻父		
绣红灯	哑巴告状	房四姐
李熬度母	仁义	赵五娘卖发

山丹宝卷（下－21部）

卖妙郎	刘全进瓜	老鼠
和家论	李玉英申冤	回郎中举
红灯记	金定	吴彦能摆灯
天仙配	救劫	薛仁贵征东

莺鸽盗梨	马钱龙游国	张彦休妻
蜜蜂计	割肉奉亲	三度韩愈
五女兴唐	乌江渡	野猪林

永昌宝卷（上－14部）

香山	张四姐大闹东京	天仙配
仙姑	劈山救母	康熙
唐王游地狱	刘全进瓜	昭君和番
二度梅	包爷三下阴曹	吴彦能摆灯
朱春登征西	蜜蜂计	

永昌宝卷（下－18部）

金凤	双玉杯	烙碗计
双喜	丁郎寻父	侯美英反朝
紫荆	鲁和平骂灶	方四姐
女中孝	继母狠	乌鸦
救劫	小老鼠告状	红灯记
闫小娃拉金笆	鹦哥盗梨	六月雪

凉州宝卷（一－6部）

红罗	四姐	白马
包公	和家论	新刻岳山

临泽宝卷（25部）

敕封平天仙姑	孟姜女哭长城	还乡
护国佑民伏魔	红江匣	紫荆
侯梅英	绣红灯	绣红罗
白长胜逃难	二度梅	何仙姑
劈山救母	天仙配	张四姐大闹东京
佛说三神姑下凡	乌鸦	黑蜜蜂
花灯	张青贵救母	鹦哥
丁郎	苦节图	白马
康熙私访山东		

《西凉文学》增刊（8 部）

包公宝卷	二度梅宝卷	观音宝卷
和家论宝卷	金龙宝卷	湘子宝卷
新刻岳山宝卷	鹦哥宝卷	

未出版的 10 部

闻太师兵伐西歧	小罗成大闹教场	洗衣
骷髅	七神姑	打谵板
狸猫换太子	罗同扫北	樊梨花征西
薛礼征东		

附录二

武威已整理与翻印的宝卷示录

武威宝卷的整理，近年多人在着手进行。其中，有当地作家、地方文化部门、地方文化爱好者。这在相当程度上反映了一个地域文化意识的觉醒程度。其中武威杨才年翻印的宝卷目录，计有263部之多：

序号	名称	说明
1	白蛇传宝卷	又名白蛇宝卷
2	刘香宝卷	
3	罗通扫北宝卷	
4	三度韩愈宝卷	又名湘子宝卷、湘子度林英宝卷
5	三搜索府宝卷	又名施公宝卷
6	五女兴唐传宝卷	
7	武松杀嫂宝卷	
8	红罗宝卷	又名绣红罗宝卷、小八祭财神宝卷
9	新刻岳山宝卷	
10	鹦鸽宝卷	又名鹦哥宝卷、小莺鸽吊孝宝卷、莺鸽盗梨宝卷、白鹰吊孝宝卷
11	花名宝卷	
12	三茅宝卷	
13	薛刚反唐宝卷	
14	珠塔宝卷	
15	白蛇传宝卷	
16	郑三郎宝卷	
17	黄氏宝卷	
18	贤良宝卷	
19	周神宝卷	
20	万民宝卷	
21	双仙宝卷	
22	刘香宝卷	
23	五更宝卷	
24	老鼠告状宝卷	
25	姐妹相换	
26	龙王卷	
27	芙蓉宝卷	又名女延寿
28	十二个月花名宝卷	
29	地母宝卷	
30	李青宝卷	
31	延寿宝卷	
32	关帝宝卷	
33	眼光宝卷	
34	玉皇宝卷	
35	东岳宝卷	
36	龙王宝卷	
37	财神宝卷	
38	东厨宝卷	
39	地藏宝卷	
40	庚申宝卷	

续表

序号	名称	说明	序号	名称	说明
41	十王宝卷		72	无为祖师度世万难宝卷	
42	血湖宝卷		73	洛阳桥宝卷	
43	药王宝卷		74	龙图宝卷	
44	月宫宝卷		75	玉蜻蜓宝卷	
45	土地宝卷		76	兰英宝卷	
46	梓潼宝卷		77	双玉玦宝卷	
47	香山观音宝卷		78	秦雪梅宝卷	
48	大圣宝卷		79	落金扇宝卷	
49	三茅宝卷		80	赵素贞宝卷	
50	英台恨		81	回郎宝卷	
51	梁皇宝卷		82	惜谷宝卷	
52	雷祖宝卷		83	双蝴蝶宝卷	
53	寿字帕		84	姊妹花宝卷	
54	狸猫换太子		85	李三娘宝卷	
55	五虎平西全传		86	潘公免灾宝卷	
56	香莲帕		87	雪山宝卷	
57	和合记		88	八宝鸾钗宝卷	
58	薛刚反唐		89	梅氏花宝卷	
59	九美图		90	蝴蝶杯宝卷	
60	八美图		91	伏魔宝卷	
61	回龙传		92	双花宝卷	
62	罗通扫北		93	十王宝卷	
63	彩云球全传		94	王月英宝卷	
64	牙痕记全传		95	灶王宝卷	
65	独角麒麟豹全传		96	叹世宝卷	
66	十把穿金扇		97	仁圣大帝宝卷	
67	鱼篮宝卷		98	东岐宝卷	
68	无生老母血书宝卷		99	园明宝卷	
69	灵山宝卷		100	百花台宝卷	
70	弓长教主救世宝卷		101	因果宝卷	
			102	达摩祖师宝卷	
71	龙华收原金册玉录		103	回文宝卷	

续表

序号	名称	说明
104	白鹤图宝卷	
105	梅花戒宝卷	
106	孝灯记宝卷	
107	欢喜宝卷	
108	窦娥宝卷	
109	黄糠宝卷	
110	十美图宝卷	
111	药茶记宝卷	
112	天仙女宝卷	
113	龙凤配宝卷	
114	玉带记宝卷	
115	玉连环宝卷	
116	节义宝卷	
117	珍珠塔宝卷	
118	麻姑宝卷	
119	救苦宝卷	
120	孟姜女宝卷	
121	董永卖身宝卷	
122	唐僧宝卷	
123	英台宝卷	
124	达摩宝传	
125	扫尘缘	
126	铁心宝卷	
127	琵琶宝卷	
128	真修宝卷	
129	卖花宝卷	
130	再生缘宝卷	
131	双贵图宝卷	
132	蜜蜂计宝卷	
133	碧玉簪宝卷	
134	龙凤锁宝卷	
135	还金镯宝卷	

序号	名称	说明
136	抢生死牌宝卷	
137	双玉燕宝卷	
138	希奇宝卷	
139	倭袍宝卷	
140	合同记宝卷	
141	五圣宗宝卷	
142	忠良宝卷	
143	云香宝卷	
144	目连三世宝卷	
145	双凤宝卷	
146	八件衣宝卷	
147	草滩宝卷	
148	樊梨花征西宝卷	
149	红江匣宝卷	
150	季小唐大闹严嵩宝卷	
151	蓝关宝卷	
152	刘玉宝卷	
153	牧牛宝卷	
154	男忠孝宝卷	
155	贫和尚吊孝宝卷	
156	乾隆游国宝卷	
157	三侠剑宝卷	
158	手巾宝卷	
159	王进宝大扫地摊宝卷	
160	伍子胥过韶关宝卷	
161	绣女宝卷	
162	旋风告状宝卷	
163	义犬救主宝卷	
164	遭劫宝卷	
165	张聪还魂宝卷	
166	张浩求子宝卷	

续表

序号	名称	说明	序号	名称	说明
167	陈杏元和番		192	李煞度母宝卷	又名李翠莲还魂宝卷
168	阴阳宝卷		193	刘全进瓜宝卷	
169	白马宝卷	又名熊子贵休妻宝卷、金定宝卷	194	马钱龙游国宝卷	又名王敦造反宝卷
170	朝山宝卷	又名金龙宝卷、团圆宝卷、小团圆宝卷	195	卖妙郎宝卷	买妙郎宝卷、女中孝宝卷、割肉奉亲宝卷 二（一，未见）
171	敕封天仙姑宝卷	又名仙姑宝卷、平天仙姑宝卷、天仙姑宝卷	196	穆桂英大破天门阵宝卷	
172	风雨会宝卷		197	乾隆私访白却寺宝卷	
173	佛说三神姑下凡宝卷		198	仁义宝卷	
174	割肉奉亲宝卷		199	唐天子游地狱宝卷	又名唐王游地狱宝卷
175	何仙姑宝卷	又名吕祖师度何仙姑因果卷	200	天仙配宝卷	又名董永宝卷
176	红灯记宝卷	又名红灯匣宝卷、红匣记宝卷	201	乌江渡宝卷	
177	侯美英反朝宝卷	又名侯梅英宝卷	202	吴彦能摆灯宝卷	
178	胡玉翠骗婚宝卷		203	绣红灯宝卷	
179	护国佑民伏魔宝卷	又名护国佑民宝卷	204	绣红罗宝卷	
180	沪城奇案宝卷		205	薛仁贵征东宝卷	
181	还乡宝卷		206	哑巴告状宝卷	
182	黄马宝卷		207	杨金花夺印宝卷	
183	回郎中举宝卷	又名回郎宝卷、曹三成杀回郎奉母宝卷、曹三杀怀郎宝卷	208	野猪林宝卷	
			209	鸳鸯宝卷	
			210	袁崇焕宝卷	
184	继母狠宝卷	又名李玉英伸冤宝卷	211	灶君宝卷	
185	金凤宝卷	又名金凤凰宝卷	212	张聪还魂宝卷	
186	精忠宝卷	又名岳飞宝卷	213	张浩求子宝卷	
187	救劫宝卷		214	张青贵救母宝卷	
188	康熙私访江宁宝卷		215	昭君出塞宝卷	又名昭君和北番宝卷、昭君和番宝卷
189	葵花宝卷		216	赵五娘卖发宝卷	
190	老鼠宝卷	又名小老鼠告状	217	白长胜逃难宝卷	
191	烙碗计宝卷	又名落碗宝卷	218	康熙访江宁	
			219	李煞度母宝卷	

续表

序号	名称	说明
220	李玉英申冤宝卷	
221	牡丹宝卷	
222	刘金定受难宝卷	
223	蜘蛛宝卷	
224	岳雷扫北宝卷	
225	教子成名	
226	双受诰封	
227	训教子孙	
228	异方教子	
229	五子哭坟	
230	卖身葬父	
231	燕山五桂	
232	罗通扫北宝卷	
233	三搜索府宝卷	
234	乾隆私访白却寺宝卷	
235	女忠孝宝卷	
236	天眼难瞒	
237	牧羊宝卷	又名放饭宝卷
238	黑骡子告状宝卷	又名乌鸦宝卷、黑骡子宝卷
239	黑蜜蜂宝卷	
240	红楼镜宝卷	
241	孟姜女哭长城宝卷	又名长城宝卷、绣龙袍宝卷
242	蜜蜂计宝卷	又名蜜蜂宝卷
243	双喜宝卷	又名王志福探地狱宝卷
244	新镌韩祖成仙宝卷	
245	忠孝节义洪江宝卷	
246	红灯宝卷	又名孙吉高卖水宝卷、赵千金宝卷
247	地狱宝卷	
248	如意宝卷	
249	乾隆宝卷	
250	方四姐宝卷	又名四姐宝卷、房四姐宝卷、于郎宝卷、余郎宝卷
251	二度梅宝卷	又名忠孝宝卷（一）、忠孝节义二度梅宝卷
252	白虎宝卷	
253	闺阁录全卷	由几种杂卷组成，即土神受鞭、雷打花狗、金腰带、稽山赏贫、医恶妇、活人变牛、鸣钟诉冤、坠楼全节、古庙咒媳、桂花桥
254	苦节图宝卷	又名苦节图宝卷、白玉楼宝卷、张彦休妻宝卷
255	包公错断闫查三宝卷	又名包爷错断颜查散宝卷、闫叉三宝卷、颜查散宝卷、包公宝卷、包公三下阴曹宝卷、阴曹宝卷、花灯宝卷、红葫芦宝卷
256	黄氏女宝卷	
257	目连救母升天宝卷	又名目莲三世宝卷、目连救母幽冥宝传
258	观音济度宝卷	又名观音宝卷香山宝卷
259	康熙私访山东宝卷	又名康熙宝卷、孔雀明王宝卷
260	丁郎寻父宝卷	又名高仲举宝卷、仲举宝卷、丁郎宝卷
261	劈山救母宝卷	又名沉香宝卷、宝莲灯宝卷、神湘子劈山救母宝卷
262	和家论宝卷	又名合家宝卷、紫荆宝卷
263	张四姐大闹东京宝卷	又名张四姐宝卷、四姐宝卷、月宫宝卷

附录三

一、仙姑宝卷

仙姑修板桥第一品

[炉香赞] 炉香乍热，法界濛薰，诸佛海会悉遥闻。随处结祥云，诚意方殷，诸佛显金身。

却说仙姑宝卷出在汉世年间。自苦修板桥，越发为善，感动黎山老母，说："善哉，仙姑娘娘，原是东岳泰山青阳宫内仙女，起名仙姑，前去西方显化，普渡众生。她今在彼岸之处修作，无人与她指点说破，我老母前去走只（这）一回。"说罢，就在仙姑的跟前，变成一个白头老婆，望仙姑施法。黎山老母渡化。我今细说，修行有五命。自所坐终日修炼那精义。目见有一只猛虎，张牙舞爪，吼地一声扑了过来，就要吞吃仙姑。仙姑口内不言，怎说万物白（自）无而有，仍然自有而无，是一般的道理。我若该死，与此虎终究也是该遇，我若不该死，它就不能伤损于我。心中主意一定，有那猛虎大睁两眼，闪光灼灼地张口来吞仙姑。仙姑只是全然不睬。那猛虎三番五次见仙姑不睬，又吼了一声，山崩地裂，回身走了。

人心有虎虎来侵，口念真经虎无踪。有仙姑，合黎山，修行了道。
□善精，与神□，□□□□。忽然见，有一只，斑狼（斓）猛虎。
口张着，爪舞着，威风凛凛。摇着头，摆着尾，想要吃人。
有仙姑，暗思想，畜牲无礼。你吃不，□□□，□□□□。
吼一声，风飕飕，山林震动，摇摇头，摆摆尾，□□□□。
有仙姑，一心意，参悟大道，有仙姑，端然坐，全然不惊。
虎到前，茅庵内，心中不怕，全莫管，欢喜笑，只是念经。
心自定，性自静，我有主意，由他来，由他去，我不吃紧。
仙姑见，虎稳坐，端然堪笑，持大道，不闲观，料也无妨。

却说仙姑见那猛虎不能侵伤，越发坚持修炼。那一日，正然大坐，只见缸粗的一条蟒蛇，从茅庵外伸进头来，扑到仙姑座前，张着血盆大口，望着仙姑口吐毒性（芯），火光灼灼，好怕人也。那火光在仙姑面前一闪闪的，仙姑口内不言，心里思想：只（这）孽畜又从何来？我自有主意。

前番老虎不曾伤我，今日只（这）个蟒蛇，团团围了好几道，仍然无须理会。有仙姑全然不怕，微微闭目用功，见性明心，足有两个时辰，仙姑睁眼一看，那蟒蛇走了。（这）个孽畜全无礼，人心更比蟒蛇毒。

　　有仙姑，心有主，退了猛虎，今日个，又来了，蟒蛇一根。
　　在蒲团，周围里，盘了几道，眼似灯，牙似剑，舌如闪电。
　　把头儿，直对着，仙姑吐（芯），身似剑，鳞似甲，口如血盆。
　　有仙姑，见了它，微微冷笑，（这）精蛇，它又来，要把人吞。
　　我若走，神无主，心神慌乱，昨日里，虎口中，早已丧身。
　　既不该，死在那，猛虎口内，也不该，又死在，蟒蛇腹中。
　　任凭你，上蒲团，把我围住，我一心，炼我的，四符精神。
　　有仙姑，用上功，闭目端坐，左边钟，右边鼓，两耳齐鸣。
　　只见那，涌泉内，腾腾云气，从丹田，直透到，泥丸宫中。
　　阳九七，阴八六，周流不住，又无形，又无影，缭绕虚中。
　　有仙姑，用功完，睁眼观看，只见那，一条蛇，无影无踪。

　　却说仙姑在合黎山借庵修道，猛虎不能伤，毒蛇不能侵。过了一日，夜至三更，又来了一个魔王，身高三丈，青脸红发，锯齿獠牙，刀枪剑戟不能上身。（这）个妖精直对看仙姑，前后缠绕。有仙姑不言不语，闭目不看，只是用功夫修炼真性。那妖怪把兵器抖得乱响，口中乱打唿哨。有仙姑视而不见，听而不闻。那魔王把仙姑的蒲团从庵内端到庵外，仙姑总是安然稳坐，全然不动。正在那缠扰之际，只见一位金甲神，大喊一声说："山鬼无礼，怎来惊动真人？"忽然，那个魔王不知何处去了。仙姑动问："你是何处尊神？"金甲神说："我是合黎山山神，奉黎山老母之命，在此保扩真人。"仙姑说："你既保护，为何日前有猛虎、蟒蛇，今日又有（这）魔王在此搅扰我身？"山神说："真人不知，那些虎、蛇、妖魔，都是奉黎山老母之命，来试一试你的道行坚不坚，看一看你的道念专不专。"仙姑听说，（这）才明白了。正是：黎山老母用机关，三试仙姑奥妙传。

　　有仙姑，听罢言，急忙下拜，望空中，叩谢我，师傅洪恩。
　　你弟子，前世里，有何善果？听师傅，指点我，才能成功。
　　我若是，见猛虎，心中摇动，只怕的，善功果，不得完成。
　　我若是，见蟒蛇，心中摇动，怕只怕，那时节，早已没命。
　　我若是，见鬼魔，心中摇动，只恐怕，我的命，早已归阴。
　　我若是，初看经，心就不诚，枉费了，数十年，修炼之功。
　　（这）还亏，我师傅，说得明白，无而有，有而无，奉序而行。
　　我一心，主意定，授持正道，那邪魔，那蛇虎，不敢伤身。

有一日，托师福，成了正果，我怎能，忘了那，师傅大恩。

猛虎蟒蛇个个潜形，山精魔鬼悉化为尘。功成圆满，平地一层云。仙姑苦修行，为山九级成；道高龙虎伏，德重鬼神敬。

仙姑得道升仙第二品

[驻云飞] 妙绝玄机，几人参透几人知？若得离尘世，早把凡心弃。贪爱与真痴，家缘家计，一边又修持造。（这）话并非容易，唯有仙姑世间稀。

却说仙姑自从黎山老母设险点化以后，道力坚牢，修行已满。那一日，正在合黎山顶信步闲游，忽然一片山崩地裂声，犹如军马响喊。仙姑想：（这）又是什么邪魔妖精来了？睁眼一看，那里河水大翻波浪，直冲桥梁。仙姑说："我苦心发愿所修的一座桥梁，就这样被白白冲走不成！"又想："我师傅曾说，我修的桥梁自家毁断之日，便是我升仙得道之时。"于是，急忙回到茅庵，将身体沐浴了一回，方来到黑河前。只见桥梁仅剩两块桥板，在的都被水冲去。仙姑坐在一块板上逆水漂流。两岸观水之人不计其数。看见仙姑都说："（这）个妇人奇怪，怎么不顺水往下淌，却逆水往上漂，是何意思？"一眨眼，桥板连仙姑一齐落水不见了。正是：脱壳凡胎入仙胎，归去来今上天阶。

有仙姑，坐桥板，逆水漂流，只听的，半空中，叫了一声：
"你今日，功成了，何处去哩？快跟我，上前来，同上天宫。"
有仙姑，抬起头，睁眼一看，有师傅，黎山母，站立空中。
左金童，右玉女，幢幡宝盖，前六丁，后六甲，排列众神。
半空中，叮噹响，笙磬细乐，脚踏着，霞光现，飘缈祥云。
有金童，和玉女，引进前行，跟随着，黎山母，直登天廷。
霎时间，就到了，九霄殿下，黎山母，领仙姑，朝拜尊神。
有老母，到金阶，连忙启奏："（这）就是，合黎山，修炼真人。
"她一心，苦修持，广行方便，她发愿，修桥梁，普渡众生。
"她修炼，精气神，见性明心，虎不吞，蛇不伤，妖魔不侵。
"她如今，修持得，功行圆满，我今日，领她来，朝见尊神。"
有玉帝，听奏罢，满心欢喜，宣仙姑，到金殿，听朕敕命：
"朕封你，号'至圣，平天仙姑'，朕封你，号'冲和，洞妙元君'。
"朕封你，掌世界，孝敬贤女，朕封你，镇北方，护国佑民；
"朕封你，剑泉中，一位慈母，朕封你，蓬壶中，一位善人。
"你向善，苦修行，世上少有，我皇天，不亏负，好善之人。"

有仙姑，跪金阙，连忙朝拜，望金銮，朝玉帝，谢过龙恩。

大玉皇，听一言，急忙降旨："送仙姑，合黎山，此地为神。"

仙姑领旨，朝谢天廷，辞别众神，再谢老母洪恩。仙仗仙乐，玉女金童，幢幡引送合黎山地界为神。

仙姑显骨第三品

[浪淘沙] 起初世，苦修行，立志功行。九转还丹大道成，不生不灭，永天寿，正直为神。（南无佛）志广大，显威灵，福庇苍生。耕读乐业，代代洪恩。伏祈秋报年年盛，五谷丰登。（南无佛）

却说仙姑娘娘功行圆满，不增不减，将凡胎脱于板桥西十里边墙以外沙滩之地。远近居民都不知道，只是看只（这）个地方，常常有祥云缭绕，瑞气腾腾。一日，有个牧羊的老汉到此。忽然有人叫喊："快将羊远远赶去，不要惊动了娘娘金身。"那老汉回来与众人说知，乡民众人纷纷前去观看。果然有一死（尸）骸在此地，颜色如同活人。凡认得的都说："（这）个就是当年募化布施修建桥梁的善人。"有一乡尊说："（这）一位善人苦修桥梁，为的是保地方老少人等的性命。我们托赖桥梁，方能将河北之地耕成熟地。我们多亏（这）个善人。如今她的死（尸）首有阴云布照，六月炎天，也不腐烂，颜色如生的一般。只（这）个善人，必定成仙成佛了。我们众人随心布施，把善人的死（尸）骸埋了，就在此地修一座庙宇供奉善人，保佑我们一方风调雨顺，五谷丰登。我们一齐祝告，有求必应，也是我们地方上的好处。"正是：仙姑遗尸在沙滩，感动乡民盖庙堂。

有仙姑，遗肉身，荒郊边外，有山神，和土地，不敢消停。

怕只怕，深山中，狼虫虎豹，不可叫，冲动了，娘娘金身。

倘若还，损坏了，娘娘玉体，我们（这），小毛神，犯罪不轻。

山神叫："巡山的，四个夜叉，土地叫：小鬼们，都细听因：

"有玉帝，敕封的，平天仙姑，她金身，遗在此，沙滩之中。

"叫夜叉，和鬼役，千万小心，在此方，循环着，轮流打更。

"白日里，用祥光，五色罩宠，黑地时，四下里，放起阴云。

"若有了，作死的，狼虫虎豹，你们就，用大力，雷鸣几声。"

且按下，只（这）众神，吩咐分明，再表那，黑河岸，居住乡民。

自从那，放羊人，听见鬼说，又来了，许多人，围看金身。

你七嘴，我八舌，说之不尽，（这）边里，有一个，乡尊善人。

说："（这）事，到今日，甚是奇怪，我活了，八十四，也没亲经。

"多怕是，（这）善人，修成正果，必定是，有神人，拥护她身。

"她也曾，搭桥梁，渡济你我，我众人，也莫忘，她的恩情。"

"我为头，你发心，化些布施，或斋粮，或捐钱，不论物银。"

"置棺木，把善人，埋在边地，再盖上，一座庙，广塑金身。"

有众人，听的说，欢心施舍，不几日，（这）功德，大家完成。

如今的，仙姑庙，当年古迹，神座下，便埋的，娘娘金身。

乡人喜舍，庙宇修新，娘娘甚威灵。保佑一境，护国佑民，不遭病患，邪魔不侵，万年香火，崇祀到如今。

仙姑设桥渡汉兵第四品

［傍妆台］阅古书，汉武动兵事远图，将军报国心丹赤，血染征袍期献符。逞英雄，夸丈夫，一将功成万骨枯。

却说黑河两岸的庶民，自从埋葬娘娘金身，盖了庙宇以后，凡民间一切祈福禳灾，求男讨女，千求万应，暂且不提。又说汉武帝时，有西边鞑子浑邪王反我边界。守边将奏知朝廷，骠骑将军霍去病领了十万大兵，走了千里，辗转到了河西。那浑邪王杀上前来，把霍将军团团围住。霍将军想要原路回兵，有部下将官禀告说："我们兵带的粮，都吃了个尽，将军若从原路回兵，路途太远，人困马乏，无粮草怎能回去？"霍将军说："依你看，该怎么做好？"将官禀说："小将闻听，此处离觻得（今张掖县西北）不远，要离觻得远些。"霍将军领兵来到远离觻得的黑河沿前。只见黑河水势很大，波浪翻天，看着不能得过，只好在黑河北岸安下营盘，等到第二日水浪小了再过河。那浑邪王听的霍将军营中无粮，又不能过黑河；就点起番兵番将，连夜追赶，想把他们困在黑河北岸。

［哭五更］

一更里，好伤心，将军独坐在中营。河宽水大隔住人，十万大兵无吃用。（我佛爷）十万兵，十万命。我的天！

二更里，好心惊，无有粮草无救兵。马匹乏弱不能行，走起路来挣不动。（我佛爷）跌倒地，不能行。我的天！

三更里，好心酸，哭声惊营众好汉。父母妻子不相见，黑河岸边命交天。（我佛爷）水西流，几到头？我的天！

四更里，好凄惶，忽然一梦到家乡。白头老母在高堂，见了我母诉冤枉。（我佛爷）惊醒来，泪汪汪。我的天！

五更里，好苦情，十寸肠子九寸沉。腿又酸来头又昏，饥饿难忍又加病。（我佛爷）趴（爬）起来，走不动。我的天！

却说霍将军见他兵马营中（这）样光景，心中好不酸疼。正在两难之中，忽然探马报道说："浑邪王领了无数的鞑子，杀将前来，离营盘只不过三十里之地了。"霍将军听说大吃一惊，说道："罢罢罢，宁在龙王水中死，不在骚鞑刀下亡。"就传三军将士们说："不得活了，舍命过黑河吧！"说罢，收拾齐备，绑鞍上马，领上兵马来过黑河。只见那河岸上坐一妇人，身体俊巧。她用手往前一指，那水面上就有了一座桥梁。大将军喜不自胜，领兵丁一齐过了黑河。刚过完，那妇人连桥梁都不见了。

再说浑邪王也领番兵番将赶到黑河岸边，眼望汉兵已过了黑河，便催兵马涉水过河。将到河心，水大浪急，把番兵人马冲去了一大半，只得退回。浑邪王说："'怪哉！怪哉！'合该汉国洪福大，有神助力。"那霍将军说："我们收兵安营吧。他们过不来河，让兵丁多歇几日。"正是：仙姑设桥渡汉兵，神功默佑显威灵。

霍将军，正在那，营盘愁坐，无粮草，无救兵，好不伤心。
忽听的，探马报，番兵来到，头顶上，似雷轰，三魂出窍。
对大水，舍着命，把河来过，过得去，过不去，听天由命。
宁死在，龙君水，淹死不悔，总不能，死在那，骚奴手中。
战兢兢，急忙忙，传下号令，大小兵，心慌慌，收拾起程。
一齐儿，都望着，黑河来奔，只见得，河岸上，坐一妇人。
苗条身，不言语，用手一指，河两岸，高搭着，一座长桥。
霍将军，一看见，心中欢喜，众兵将，快过河，有神助力。
合该是，朝廷的，洪福齐天，我兵马，不该死，终有救星。
早知道，（这）河上，有一桥梁，为什么，忍饥饿，困在那边？
浑邪王，领鞑子，前来追赶，死大半，人和马，还未过河。
霍将军，他心中，又喜又惊，到河边，细问那，庄村之人：
"这黑河，那桥梁，几时建造？那河边，站的是，谁家妇人？
"我今日，人和马，尽都过来，那桥梁，和妇人，无踪无影。"
乡民说："将军话，渺无音信，（这）河宽，浪又大，桥怎搭成？
"那河边，都是那，鞑子地界。无人家，哪里有，坐的妇人？"
将军说："这事情，说也奇怪，你不信，我人马，飞过河来？"
乡民说："军老爷，听我禀诉：那河庙，有一座，娘娘尊神。
"（这）娘娘，最灵验，威武显圣，你见的，或许是，那位神灵。
"必定是，将军的，诚心感应，（这）神灵，搭桥梁，救了众兵。"
霍将军，听说罢，望空一拜，点慧灯，拈真香，叩谢女神：
"若不是，我尊神，慈善救渡，十万兵，一个个，命见阎君。
"（这）还是，朝廷的，洪福天大，我弟子，霍去病，何德何能？

"有一日，我弟子，回上朝中，将娘娘，（这）神灵，奏说分明。

"与娘娘，塑金身，重修庙宇，与娘娘，挂长幡，刻碑扬名。"

仙姑显化，顷刻桥成，救渡十万兵。仙姑娘娘威灵显，圣将军奏上万岁朝廷。文武知悉，保佑世安宁。仙姑大慈悲，将军全师回。驰骋沙漠边，独自显神威。

夷人焚庙第五品

[清江引] 奉劝世人当自省，凡事顺理行，莫要过逞能。凛凛神明近，到头来，自作自受还自损。

却说霍将军班师回朝，把仙姑显化神桥救渡三军之事，奏知朝廷。圣上龙心大喜，就差官员前来献祭，重修庙宇。正破土动工之际，忽然大雨一阵，现出石碑；座上写"平天仙姑"四字。众黎民才知道她是仙姑。于是，更加快地将庙修成。

再说浑邪王部下，有一头目名叫绰什噶，也是个鞑王。一日领番兵前来仙姑庙前打围，忽见庙宇比先前宽敞，焕然重新，修盖得甚是美好。随叫奸细打听，终于知道是仙姑娘娘显化桥梁救渡汉兵，朝廷出圣旨重修了庙宇。绰什噶大怒，来到庙里，对着仙姑娘娘的金面说："你的庙宇盖在我们边外地方，就该为我们操心，你却为何颠倒，扶助汉兵？你好不公道！"说罢，扑上前去，要扯碎娘娘的神袍，被他的长子丹进台吉挡住，抱出庙门，放在大门之下，炕上横坐着歇凉。有绰什噶忽然左边耳朵发痒，难以忍受，寻思无法，即叫左右拔一枝箭来，用一箭头在耳朵内掏痒。掏得受用，忽然风起，将大门一扇刮将转来，拍在箭杆的那端上。说时迟，那时快，"叭"地一声，把那一枝箭，从左耳顶进去，右耳穿出来。那鞑王"啊哇"一声，死了。那绰什噶共有10个儿子。次子名叫卜什兔，说："只（这）都是庙里的神做出来的事。今天害了父王之命，快快点起火来，把庙宇烧了！"正是：霎时点起无名火，烧得通天彻地红。

有娘娘，正在殿，端然大坐，只见那，众鞑子，往里前行。

那丹进，他在那，大门之外，抱着他，老鞑子，哭哭啼啼。

卜什兔，众弟兄，还有九个，一个个，都拿火，奔进庙门。

有娘娘，看见了，微微冷笑，合该你，操羯狗，一命归阴。

叫鬼使，上前来，听我分明："你与我，先用火，封了庙门。

"（这）鞑王，他才来，扯我神袍，那丹进，挡住了，劝出庙门。

"（这）述是，丹进的，一片好心，有丹进，除在外，莫要伤身。

"（这）庙堂，他烧了，还要他盖，留丹进，到后来，修我庙庭。

"有那个，卜什兔，弟兄九个，都与我，一齐儿，烧坏残身。
"一来是，众人命，都遭火厄，二来是，全不该，放火欺神。
"无端端，放起了，无情之火，（这）起火，就连他，烧死庙中。
"九个人，且莫要，放出一个，都叫他，饱尝尝，火烧皮筋。"
有娘娘，退入了，别处殿内，众鬼使，领法旨，不敢消停。
只是那，众鞑子，齐把火放，四下里，浓烟起，大火腾升。
卜什兔，发起火，就往外跑，有大门，有小门，早被火闭。
他兄弟，九个人，东奔西窜，上天去，天无路，入地无门。
有一个，他从那，墙头爬过，被鬼使，拉住他，脚底后根。
有一个，把房檐，就要上翻，被鬼使，掷（扳）脱手，跌断背筋。
这一个，挖开壁，伸头外出，被鬼使，推倒墙，砸破脑门。
有几个，都躲入，水窖之下，被鬼使，拉出来，丢入火焚。
有几个，被鬼使，推推搡搡，无火处，用大风，颠倒迷魂。
火又凶，风又大，走投无路，东边藏，西边躲，无处逃身。
只烧的，一个个，焦头烂额，只看见，一个个，化为烬尘。
自（这）才是，自作的，他还自受，九个人，并不曾，跑出一名。
丹进守定父亲，不曾入庙门，弟兄九个齐被火焚。他守父亲一点孝心，留他一命，独自转回程。大地不可欺，神明不可渎。父子十一人，一人去报信。
却说仙姑娘娘的好一座庙宇，被鞑子烧了；仙姑娘娘也把九个鞑子都烧死在庙内。丹进台吉领兵回去，将（这）事细细与老鞑婆子说了一遍。老鞑婆听言，放声大哭。到了次日，丹进台吉浑身青肿，动转不得。又过了两日，鞑子营中大大小小、男男女女，都一齐病倒在地。东帐房里睡着3个，西帐房中睡着5个，哼哼唧唧，不能得好。今日死5个，明日死10个，瘟死了不少。连那牛儿、羊儿、马儿、驼儿，都一齐卧倒在地，水草不吃，死得满营盘；只（这）一堆，那一堆，臭得难闻。丹进台吉看者（着）不好，走到帐房门外，对天祷告，口许愿心。只见半空中祥云冉绕，仙姑娘娘显化金身，在空中站立。有丹进急忙叩头，祝告娘娘："只是我们烧了神庙，才降下不祥之灾。我们照旧修庙，求娘娘饶了我命吧。"叩头礼拜。那娘娘在半虚空中不见了。
有夷人，叫丹进，领兵回营，遭下孽，转回程，早不理论。
终日（价），答喇速，嘛哈咦喊，有娘娘，盼咐了，五方瘟神。
不论男，不论女，不论畜牲，降与他，男女众，大头之瘟。
有丹进，浑身上，肿得难看，睡在那，帐房里，昏迷不醒。

老鞑婆，头肿得，就如盆大，小鞑婆，肚胀得，似鼓嘭嘭。
有宰僧，合头目，不论男女，没头脸，没腰腿，肿得通笼。
（这）壁厢，都声唤，他的肚胀，那壁厢，也哎哟，他的头疼。
东帐房，浑身是，燎浆大炮（泡），西帐房，吐出了，黄水一桶。
早晨时，已死了，男子几个，晌午后，又死了，无数女人。
帐房前，死男女，不计其数，帐房后，拉死（尸）首，都用车运。
有牛羊，有马驼，倒在满地，不吃草，不喝水，眼睛白瞪。
东一群，西一群，死得无数，（这）一堆，那一堆，臭气难闻。
有丹进，他心中，十分慌乱，急忙忙，出帐房，哀告苍穹。
猛抬头，半空中，霞光万道，云端里，站的是，仙姑元君。
那丹进，一见了，叩头祷告："望娘娘，饶了罪，骚狗性命。
"我不该，一时间，存心不善，我不该，让他们，焚庙泄愤。
"望娘娘，可怜见，饶我性命，开天眼，饶我们，莫再遭瘟。
"我老娘，我鞑婆，病若都好，众宰僧，众头目，都能安宁，
"我前去，与娘娘，修盖庙宇，我还要，比旧庙，赛过十分。"
叩下头，忙起来，睁眼一看，半空中，不见了，娘娘金身。
老鞑婆，小鞑婆，渐渐病好，男男女，大大小，都各安身。
有牛羊，有马驼，俱安照旧，终知道，娘娘的，神通应灵。
夷人惊惧，口许愿心。娘娘显神通，吩咐瘟神俱各回程。人口、牲畜，统要安宁。骚奴知罪，重把庙宇整。蠢骚白逞能，敢将神庙焚。早若知忏悔，灾患不来侵。

仙姑二次殃夷人第六品

[皂罗袍]人心想，人情变幻，全不思造孽无边。祸到头来叩神，天焉能得过心改正？得过一日，一门且欢；不知改过，畏难苟安。那神明不怕你欺凌。

却说丹进台吉病好，那鞑婆子平安，牲畜安宁，他就把与娘娘重修庙宇的事，全不放在心上。一天，叫小鞑子把那一匹白马备上，去山后游玩。小鞑子一见那马的腿上盘的大蛇，吓得魂不附体，急忙跑到丹进台吉面前说知。丹进台吉说："想必是你们才好了，眼睛绕花了。"丹进走到马群里一看，那枣骝马的脖子里也盘着白花蛇一条，又粗又长，望着小鞑子叮马。小鞑子吓得跌倒在地。丹进一看果然是真，吓得战战兢兢。再一看，那牛羊的身上，驼骡的身上，都盘的蛇。斜里横里缠着的那些蛇，看见丹进，都向他赶来。丹进急忙跑开。丹进进了帐房，还未坐定，只听的

被窝底下"咽哇"一声，又不知是什么，急忙把塔思麻揭开一看，只见无数的大小虾蟆、大小花蛇、蜈蚣、蝎子，爬的游的跳的都有。丹进吓得魂飞天外，急忙走到老鞑婆的面前，说知此事。老鞑婆子说："哪有只（这）事？你且坐下吃上一碗茶了，我同你去看走。"丹进接茶在手，将（刚）喝了一口，满口里"（嗻）唪（啈）咋"地吐出了无数的蝎子、蛆虫、虾蟆谷突子。老鞑子婆见了，也大吃一惊，甚觉奇怪，心中害怕。

老鞑婆，一见了，心中害怕，（这）个事，活老了，我也少经。
无奈何，只过了，今晚一夜，到明天，山后边，另行扎营。
有丹进，帐房里，不敢进去，到晚来，野地上，暂且安身。
才睡（着），脖子里，缠得要紧，原来是，指头粗，黑蛇一根。
老鞑婆，穿衣服，睡到半夜，脊背里，重腾腾，压得腰沉。
扭回头，细细地，用目观看，是一个，琵琶大，蝎子之精。
小鞑婆，不觉得，睡到天明，胸脯下，冷清清，甚是冰人。
（爬）起来，低下头，仔细观看，圆盘大，虾蟆虫，两眼大瞪。
各帐房，男男女，都说奇怪，还有那，鞑娃说，柏树之精。
有的说，被蛇虫，叮了大腿，有丹进，在一旁，两泪纷纷。
人遭瘟，马害病，祷告娘娘，千思想，万思想，心中思忖：
叫娘娘，把毒虫，一起收了，到明年，定修庙，再不退心。
望娘娘，可怜见，救我骚命，虫和蛇，惊叫我，坐卧不宁。

丹进祝告，观看营中蝎影无踪。口尊娘娘却也灵应，修盖庙宇再也不退心。人心如蛇蝎，蛇蝎不伤人。若人心无毒，蛇蝎永无踪。

仙姑三次殃夷人第七品

［耍孩儿］丹进台吉心思想，告娘娘听心间，人心不足由天降。三番两次心不定，面是心非口又谎。从今后，再不敢欺心灭，像修庙堂。

却说丹进台吉被那蛇虫惊怕，禀知老娘要与娘娘修盖庙宇。有老鞑婆听说心中不悦，说："她是神仙，为何用风乱门，把你老子用箭杆钉死？把你兄弟九个，全烧死在庙内，只留你一个人？我看娘娘连凡人一般，还与她修甚么庙？"丹进说："我们头两次遭了瘟疫，我对天祝告娘娘，眼见娘娘在空中站立。我一叩头就不见了。"老鞑婆说："那事我全不信。我们遭瘟，那是天气炎热；那蛇蝎是地上常有的，怕是地方不干净，与她娘娘何干？你说看见她在云端上站立，我今出门叩头，眼中亲见娘娘，我才信哩。"说罢出门观看，果见那娘娘头戴凤冠缨络，身穿五色霞帔，又在云端打坐。鞑婆一见，吃了一惊，手拿刀就砍那娘娘，并吩咐大小鞑子拿箭快射，用枪快打。仙姑大怒。正是：逢头三尺有神明，迷人眼见逞凶狠。

有娘娘，腾起在，九霄云外，老鞑婆，一见了，心中不平。
吩咐了，众夷人，乱打乱射，骚奴才，一个个，不敢消停。
张开弓，拔下箭，乱射胡行，拿起枪，往上攻，乱响腾腾。
半空中，乱箭飞，又如雨点，那鸟枪，腾响亮，震地山鸣。
打的打，射的射，慌忙不住，有娘娘，云端坐，不动丝纹。
传鬼使，亡前宋，听我号令："骚奴才，太不良，有此邪心。
"你与我，大石头，（搬）起撒下，山林中，拔大树，连土带根。
"再加些，大冰雹，火石火箭，一整齐，往下打，打（这）奴根。"
一时间，半空中，黑云罩住，雷神动，闪电绕，风声呼啸。
大冰雹，打下来，胜过斗大，小冰雹，打下来，就如小盆。
大石头，打下来，还比牛大，小石头，打下来，如似中盆。
大树林，小树林，长有三丈，照住他，头身上，要（着）损命。
老鞑婆，（直）吓得，三魂不在，小鞑子，只（直）吓得，跌倒尘埃。
有丹进，上前来，开言说道："叫苍天，饶一饶，我在思忖。"
那丹进，止不住，放声大哭，见小鞑，莫头脑，打成浆饼。
我的娘，不信神，也把命尽，你不该，拦挡我，修盖庙庭。
千不是，万不是，是娘不对，（这）是你，自造孽，命见阎君。
我今日，再不敢，三心二意，急忙去，修盖庙，装塑金身。

平天仙姑三殃夷人，丹进不敢怠慢，吩咐头目，收拾行装，修建庙庭。三次殃夷人，前来修庙庭。菩萨多保佑，再不胡退心。

夷人修庙第八品

[一枝梅] 人人都有一间房，边里边外人都观。玲珑八面都开窗，冬亦清凉，夏亦清凉，一轮明月到中央。里也风光，外也风光，主人入室坐中堂。地久天长，山高水长。

却说丹进将他老娘火化埋了，赶了35匹好马，26只毛羊，8个骆驼，40个滩羊，和宰僧等，来到边墙之外。守边将官带了通司来到边外，问："你们做什么来了？"有丹进叙述了他父母兄弟的死，以及三次遭殃的事，说："我今与娘娘修庙塑金身来了。"边官说："你既然修盖庙宇，来到边上何干？"鞑子说："我们不会修盖房屋。如今赶了些牲畜送与你们，请汉人替我们修盖，也是你们汉人的虔心功德。"边官听了说："既然如此，你们把牛马羊驼丢下，放心回去罢，三个月之内，我替你们将庙修齐，塑上神像。大功告竣，请你们前来与娘娘烧香叩头。岂不是好？"鞑子连说:"好,好。"正是:莫说狼子是野心,知过必改善心成。

有边官,打发那,鞑子走去,忙吩咐,手下人,听令随行。
你前去,快到那,前庄后村,你与我,传请了,闾里乡邻。
鞑子家,既然有,盖庙诚心,受荫庇,众黎民,能不尽情?
若有那,不承当,撒懒之人,难道说,众百姓,不如夷人?
有手下,急忙去,请些乡尊,都是那,地方上,贤士老绅。
把牛羊,合驼马,变卖清净,共卖了,三百两,雪花白银。
买木料,烧砖瓦,破土动工,请匠人,一日三,不得稍停。
不觉的,三月零,大功成就,那丹进,叩娘娘,还愿改心。
到如今,黑河边,后殿一座,那就是,当年的,古迹犹存。

娘娘保佑,大功告竣传留到如今。威灵感应,福比群生,遐迩内外,虔虔倾心。香火降盛,万祀与千春。赫赫神功大,巍巍庙貌新。凡有血气者,莫不尊元真。

仙姑救周秀才第九品

[锁南枝]世人常是利熏心,只见钱财不见人。时不来,亲也不亲,时来了,不亲也亲。阿弥陀佛救渡人。

却说仙姑娘娘,自从鞑子修盖庙宇,威震边方,保佑甘泉人民,边疆安宁,五谷丰登。再说天苍卫有一周秀才,家道荣盛,为人安守本分。青春年少,只为读书成名,坐吃山空,家道渐渐销败了。初头还有碗淡饭充饥,到后来连淡饭也(没)了。幸喜的他妻子吴氏,二十二岁,贤(慧)温和,忍饥受饿也无埋怨之言。一天,周秀才叫吴氏去请来岳父吴义,商量进京赶考之事。吴义是天苍卫一个财主,为人多行不仁,刻薄残忍。那女婿(这)样贫穷,他也全无分文周济,还说:"只恨老天错配婚姻,把我花朵朵般的巧女,配了穷鬼。"心中常怀不仁。大比之年,帝王开科场,周秀才想上京求科,但他无有盘费,只好把岳父请到家中,借些银两。吴义说:"既然你求盼功名,我不帮你再帮何人?"急忙取出30两银子递与女婿手中,说:"相公,路途遥远,我与你雇一个人,名叫项善,与你做伴,我就放心了。"周秀才听言心喜,同项善一起去长安。正是:人心不测如海深,岳父要害女婿身。

(这)吴义,他素常,半毛不拔,穷女婿,他一见,眼中冒花。
他行事,既不仁,又还不义,与女婿,三十两,又雇一人。
他听的,他女婿,长安求科,他心中,就起了,害人之心。
那项善,也不是,良善之辈,他本是,绿林中,强盗出身。

有吴义,和项善,暗地商议:"到背地,你杀坏,女婿之身。
"他身上,随带着,白银三十,你拿去,就当我,谢礼之银。
"那时节,我女儿,另嫁别人,再与你,几十两,雪花白银。"
有项善,听说罢,满心欢喜,当面儿,就辞谢,立即出门。
和周郎,一同儿,要走长安,到路上,只(这)项善,常起歹心。
不觉得,走了那,好些时日,却又到,沙滩里,无人所行。
远无村,近无店,不见人走,(这)地方,好僻荒,倒也安静。
(从)腰中,抽出来,钢刀一把,周秀才,一看见,心中吃惊:
"项大哥,你抽刀,为的何因?"项善说:"我如今,要杀你身!"
周秀才,听的说,魂飞魄散,忙跪下,叫大哥:"饶我性命。
"你和我,素无冤,也无仇恨,你因何,无故的,要杀我身?
"你看我,岳父面,把我饶了,永世儿,不忘记,你的洪恩。"
有项善,听的说,微微冷笑,叫了声:"周秀才,你是听明。
"你的那,老岳父,叫我杀你,他要把,他女儿,重结富亲。
"你身上,带银子,三十余两,他叫我,拿去银,补谢我情。
"你不要,埋怨我,怨你岳父,早些儿,打发你,命见阎君。"
把钢刀,照头上,往下一砍,周秀才,头顶上,失了三魂。
只听的,钢刀上,"喳"的一响,刀把子,只留在,项善手心。
周秀才,浑身上,并无伤损,那项善,吓跌倒,白瞪眼睛。
我从来,杀些人,并不胆惊,今日个,好奇怪,我也少经。
罢罢罢,合该他,不当身死,(这)还是,神保佑,拥护他身。
自古说,杀人命,还他一命,我何必,替别人,害了好人!
急忙忙,上前去,拉起秀才,叫相公:"你起来,莫要吃惊。
"我如今,再不敢,起(这)歹心,我如今,也不敢,使你白银。"
他二人,说着话,一路前行,不觉得,又到了,仙姑庙边。
周秀才,走进门,抬头观看,上坐(着),仙姑娘,洞妙之君,
他如今,两个人,要拜弟兄,在神前,叩罢头,又把香焚。
(这)都是,娘娘的,威灵显圣,好一似,渡人难,救苦观音。
到后来,周先生,身得荣禄,连妻儿,差人去,搬在任中。
把项善,就做了,他的总管,享荣华,登上寿,无病而终。
那吴义,脖子里,害了时疮,到后来,临死时,断了脖筋。
嫌贫爱富,谋害婿身,将女嫁别人。仙姑娘娘,显化神通,一把钢刀,断作三停。劝人行善,头上有神明。向善修项善,善恶两边边。自有神天鉴,吴义丧黄泉。

仙姑娘娘将送媳妇变狗第十品

[挂金锁]父母养儿,防备老年。为娶儿妻,操心问。操心费力,万万千千。寻娶媳妇,要贤良。为媳不孝,前世冤枉。孝敬翁婆,无灾难。

却说黑河北(边)一个村堡,有一妇人,丈夫已故,家中只有一个八十余岁双目失明的婆婆,再无别人。此媳妇青春年少,有心改嫁,可婆婆年老,(没)人侍奉,有亲邻户族人等,把妇人劝住,叫她不要改嫁,说是等婆婆下世再改嫁也不迟。(这)妇人无奈,只好依从。就是夜晚孤孤凄凄,冷冷清清。她说白道黄,哭一流,留一流怨天恨地,咒骂婆婆口不住声。她想:"婆婆几时才死哩?"于是就起了不良之心,暗将毒药放在面内,烙了几个饼子,对婆婆说:"我今日走娘家里去,饼子我与你留下,你饥了就吃去吧。你不可与别人吃。"说罢走了。正是:妇人起了不良心,安排毒药害娘亲。

(这)妇人,把毒药,和在饼内,递与那,老婆婆,出门而行。
思想(着),(这)计儿,倒也巧妙,(这)一饼,定送了,婆婆性命。
我且去,住在我,娘的家里,(这)一去,两三日,我就回程。
投到我,从娘家,转身回门,就说是,婆婆死,我不知情。
婆婆死,叫外人,也不疑心,天不知,地不晓,有谁知闻?
媳妇儿,在娘家,站了两日,心中想,婆已死,即就起身。
紧一步,慢一步,走得快甚,不觉得,转来到,自家门庭。
不表那,媳妇儿,回家之事,再表那,老婆婆,无目之人。
她说是,媳妇儿,娘家去站,又不知,到几时,才回家中。
(这)饼子,且留下,明天再用,到明天,谁造饭,饥饿难忍。
思想罢,又来了,尼僧一个,叫一声:"老善人,舍我吃用。"
有老婆,叫"师傅,别处化生,我家里,面和米,无有半升"。
尼僧说:"我路上,遇见你媳,她说是:你老婆,与我饼用。
我有件,青布衫,与你留下,递与你,你把它,好好收存。"
那婆婆,听说是,媳妇吩咐,忙取饼,递在了,尼僧手里。
尼接饼,念一声,阿弥陀佛,望婆婆,急转身,出了门庭。
再表那,媳妇儿,转回家中,问婆婆:"你把那,饼子吃了?
再不是,把饼子,未用肚中?"婆婆说:"你使(着),尼僧来要,
依(着)你,把饼子,递与尼僧。"有媳妇,听见说,饼子未吃,
咬着牙,瞪着眼,就下无情:"好容易,我与你,做的饼子,
饿死鬼,你不吃,与了尼僧。"婆婆说:"她与你,布衫一件,

她说是，你要穿，我现收存。取（着）来，递与媳，你观分明。"

好布衫，缝得细，颜色又新，抖将开，领捉住，穿在身上。

走一步，果是好，身上发冷，倒在地，起不来，就地打滚。

口儿里，说不出，咬了几声，一时间，不见了，媳妇形影。

把妇人，变了个，青狗毛身。老婆婆，慌忙了，摸住一手，

只留下，（这）一支，还是人形。（这）都是，仙姑的，威灵感应。

奉劝世人，孝敬双亲，头上有神明。一心改嫁，毒害婆身，仙姑娘娘，将他报应，不等来世，跟前变狗身。万恶淫为首，百行孝为先；一心行孝敬，头上有青天。

仙姑救王志仁第十一品

［画眉序］万事总由天，妻财子禄怎能全？你若强求善，总安然。除非是，心作良田；除非是，广行方便。积阴功，天昭彰，从人愿，管叫你福寿绵绵，管教你财发万千。

话说南方丹阳郡有一客人，名叫王志仁，年已五十二岁，尚无子嗣，前来甘州贸易。一日，从黑河沿前经过，见河岸上有一妇人，怀抱孩子投入水中。王志仁心中不忍，从怀中掏出白银二十五两，说水手："你们谁救出母子二人，我把银子就与谁。"有个钓鱼人，跳入水中，把母子二人捞出水来。客人给了银后，问："你母子二人，为何寻死？"妇人说："我家中贫穷，（没）田地种，官家粮草甚重，丈夫与人家佣工，度过光阴。家中养（着）一口猪，喂了一年有余，来了个猪贩子，将猪卖了二两银子，准备上粮纳草。谁知是白铜假银子。我丈夫回家来，必定打我。我断口绝粮，怎（么）活人？不如投河而死。你把我母子救出，枉费心情。"那客人说："人身难得。"又取出五两银子说："你母子二人拿上回去吧，再不了胡思乱想。"那妇人接了银子，抱上孩子往西走了。有王志仁，因为捞救妇人，耽误半日，天色已晚，不能到店（住）了。朝北一望，有神庙一座，客人心想："在庙中住一夜，到明天再走。"进了庙，往上一看，写的"平天仙姑"的号，叩了一头。见西厢房也清净，把行程放下。再说那妇人回头一看，见王志仁往庙中去了，心里思想："（这）样行事的人，我就该把他请到家里住一夜，才是道理，怎（么）叫他庙中站？"又思想："请到我家，并无米面，如何招待？"也就硬上心儿不请了。人行好事天知道，救人还救自己身。

有娘娘，正在那，殿上端坐，只见那，王志仁，进了庙门。

到殿上，望娘娘，把头来叩，转回头，西厢房，且自安身。

有娘娘，一见了，心中欢喜，叫鬼使，听吩咐，果报原因：
"（这）客商，王志仁，五十二岁，他命中，注定了，男女不生。
"他合该，到今年，今月今日，今夜晚，三更时，就要丧命。
"他走在，黑河岸，见人跳水，他一见，就动了，恻隐之心。
"他救了，那母子，二人性命，（这）阴功，非小可，感动吾身。
"想（这）等，行好的，世上少有，我与他，写表章，奏上天廷。
"奏天廷，再与他，增寿十岁，奏天廷，再与他，贵子三人。
"奏天廷，再与他，福禄绵绵，才见得，我神明，正直公平。"
上帝听，又吩咐，日夜游神，又叫声："当方的，土地神灵：
"把那个，王志仁，好好拥护，切莫要，三更时，损坏他身。"
且按下，仙姑神，回身走了，再说那，黑河岸，入水妇人。
（这）妇人，她回来，抱儿正坐，忽然间，她丈夫，进了门庭。
一见她，妇人的，浑身泡湿，走上前，问妇人，为甚原因？
那妇人，呼丈夫："从头细听：多亏了，走路的，一个客人。
"他与了，廿五两，白银一封，钓鱼人，救了我，母子二人。
"他看我，夫妇们，家中寒泊，那客人，又与我，五两白银。
"若不是，这客人，他救我命，我母子，（这）时候，早已归阴。
"险些儿，我夫妻，不得相逢，只怕你，妻和儿，无处找寻。"
她丈夫，听说罢，冲冲大怒，扑上前，揪住发，直打妇人。
"你说的，（这）个话，都是假言，你说的，（这）事情，有影无踪。
"你不要，在我面，花言巧语，我不是，小孩子，你哄之人。
"那客人，他和你，素不相识，又无亲，又无故，怎救你命？
"好容易，他白银，二十五两，（这）善财，人难舍，何怎救人？
"你跳河，我家贫，与他何干？我不信，世上有，如此好人。
"多怕是，我昨日，不在家中，（这）客人，必是你，勾奸之徒。
"把猪儿，你杀了，连他吃用，与了你，（这）五两，脂粉之银。
"你与我，把真情，实实招来，若不说，我今日，打死你身！"
那妇人，听此言，哭哭啼啼："我说的，（这）话儿，句句实情。
"那客人，他住在，仙姑庙里，我和你，前去看，是假是真。"
他夫妻，两个人，前去要看，霎时间，就到了，仙姑庙中。
只听的，西厢旁，有人咳嗽，那妇人，到门外，高叫客人。
王志仁，正睡着，半夜三更，忽听着，门外边，有人唤门。
开言问："你是谁，呼我何因？"妇人说："我就是，跳水妇人。"
志仁说："半夜里，呼我为何？"妇人说："我前来，谢你深恩。"

王志仁，连忙说："快快回去，你是个，年轻的，青春妇人。"

"我是个，走路的，孤单客商。我和你，男与女，授受不亲。

"（这）庙中，再无人，沙滩野外，我二人，难相见，我不开门。"

妇人说："我丈夫，现在门外，我夫妻，同到庙，看望你身。

"只怕你，明日里，起身走了，我二人，来谢你，救命之恩。"

王志仁，听说罢，方才开门，他夫妻，进了门，叩头谢恩。

送夫妻，王志仁，三人出门，只听的，香房内，"咔嚓"一声。

门窗里，扬出来，许多灰尘，原来是，厢房墙，倒塌下来。

王志仁，把二人，连忙叩谢："若不是，你呼我，压在墙内。"三个人，一齐到，娘娘殿上：

"谢娘娘，护佑我，大大深恩。"到天明，王志仁，花了银两，叫几个，泥水匠，泥起塌墙。他夫妻，对地方，都说原因。

再说那，王志仁，又费白银，把前殿，又修盖，一场皆新。

又见那，娘娘的，金身妆花，仙姑赐，王志仁，三个儿童。

志仁妻，五年间，连生三子，到后来，登了科，天下扬名。

王志仁，寿活了，六十二岁，那一年，忽然间，无病而终。

（这）都是，仙姑的，灵验保佑，行好的，得好报，如影随形。

志仁行善，一点慈心，救出投河人。仙姑娘娘，奏上天廷。延寿赐子三个，官高禄厚，福寿永无穷。人行一善事，能解百般恶。大家都善心，常好念弥陀。

仙姑救单氏母子第十二品

[驻马听]同枝连根，人生莫遇（于）弟和兄。一母同胞，血脉均平。痛脊（疾）咸（相）关，兄友弟恭。莫学吴越是仇人。骨肉残忍，无义无情；要照张（关）公永不分。

却说仙姑庙附近村堡之内，有姓陈的弟兄二人。兄叫陈王道，弟叫陈王治，不幸父母双亡，弟兄不睦，将家财田地均分另过。陈王道的妻潘氏生二子，陈王治的妻单氏未有生养。她初一十五去仙姑娘娘面前，焚香求讨儿女，娘娘果然感应，就赐单氏一男，起名叫保年。此儿方四岁，他父亲就下世了。陈王道心中欢喜，每日心想："弟妻青春年华，叫她改嫁；母子离别，把那保年折磨害死。（这）一分家财，都归我受用。"那单氏立志守节，陈王道无法，常常和妇弟媳争闹，叫旁人争田赎地不提。庄上有个后生，名叫招财。那招财是陈王道二（房）家的，不守本分。那陈王道把招财啜哄，把单氏的衣物、分家单据，一应偷出来。那单氏闷闷不乐，愁肠万断。陈王道进来说:"寡妇,(这)上坝田地是我典来的,如今他家后人要赎回,就叫他拿;出二十两银子赎去吧。"单氏说:"那是先祖置下的田地,不能与他。"陈王道说:"单氏,你再取出三十两银子,付与他,叫他立下个独绝大契,日后再不会争议。"孤儿寡母气得无奈,只好痛哭。

[哭五更]

一更里,好伤情,寡妇独坐冷清清。丈夫丢我半途程。家中事,难理论。我的天呀,寡妇家中难理论。我的天!

二更里,好凄惶,叫声儿父在何方?丢下妻儿无主张。家无主,好难当。我的天呀,家中无主事难当。我的天!

三更里,泪纷纷,望着孩儿好心疼。孤儿寡母靠何人?儿年幼,不中用。我的天呀,你几时才中用?我的天!

四更里,好孤凄,孤儿寡母被人欺。有谁与我来分理?痛者(着)声,忍者(着)气。我的天呀,一肚子冤枉情。我的天!

五更里,好伤心,我儿几时长成人?你父在世看儿童。弃儿妻,短精神。我的天呀,事事儿母不如人。我的天!

却说单氏家中事情无人做主,终日在家哭哭啼啼。那一日,隔壁子王老儿过来,说:"二娘,你大伯央我来说,你(这)三间楼房,原是他和你丈夫二人修下的。你今一人住着,他不好来对你说。如今你家要拆一间半给他。"单氏说:"不如全拆去吧,我娘儿两个有三间牛房站住也说不得了。"王老儿来对陈王道说知此事,陈王道说:"当年那牛房准作价白银六十两。到明天,我拿上三十两银子与她,我就拆楼房三间。"正是:神明报应真是巧,(吓)去银子原归来。

有单氏,第二日,端然闷坐,忽见得,他大伯,领了多人。

一封银,丢在了,单氏怀中,霎时间,把楼房,拆一场空。

(这)单氏,看见了,心如刀割,叫皇天,叫丈夫,大放悲声。

先前时,外姓人,欺我寡妇,到如今,亲大伯,也欺我身。

恨不得,将家财,尽行拿去,母子们,无奈何,牛房安身。

单氏把,大伯银,取开一看,又不知,他的银,是假真。

(这)单氏,不看银,尚且犹可,一见了,(这)银子,气得心疼。

(这)银子,明明是,我的银子,(这)银子,还是我,亲手原封。

他说是,与人家,赎我田地,(这)银子,他拿去,与了他人。

却因何,(这)银子,还在他手?三十两,怎不减,毫厘半分?

到今日,才知道,水落石出,才知道,我大伯,惑乱人心。

卜家的,(这)田地,当日卖过,你为何,假风波,拐骗我银?

害得我，也够了，贪心不足，又来把，我楼房，拆占一空？
陈王道，楼拆来，修在院中，又把他，厦房木，添补楼中。
不觉得，又到了，四月初八，正是那，仙姑的，圣诞之辰。
那单氏，每年间，烧香上供，到那日，他母子，洁净愿心。
那保年，也不觉，长成四岁，跟着娘，去进庙，交还愿心。
（这）单氏，到神前，恭拜已毕，添了油，焚上香，大放悲声。
说："娘娘，你与我，寡妇做主，我就是，前村里，单氏妇人。
"我丈夫，陈王治，生活在世，他来在，娘娘前，求讨儿童。
"自从我，生下儿，年方四岁，我丈夫，丢下儿，一命归阴。
"到如今，我大伯，他起歹心，他害我，小女子，甚是难心。
"把招财，勾引着，盗去文约，把银两，和财物，盗他家中。
"指卜成，骗去我，三十银两，把楼房，别（白）拆去，一场皆空。
"论旁人，欺负我，我还不气，他大伯，害母子，牛棚安身。
"我今日，领孩子，来到殿上，焚上香，恭娘娘，祝告你听。
"望娘娘，可怜见，奴身无主，你娘娘，有感应，保佑我身。"
哭一声，告一声，眼中流泪，倒叫那，上香人，也都伤心，
上香人，都望（着），个个酸凄，都说他，陈王道，狗肺狼心。
有庙主，把单氏，上前拉起，那保年，跟他娘，哭得难心。
众多人，都上前，把他劝住，她母子，出庙门，眼泪纷纷。
单氏女，来到了，自己牛棚，睡半夜，忽听的，起了狂风。
有飞沙，和走石，雷震山崩，她母子，两个人，胆战心惊：
（这）是我，今日个，庙里罪过，望娘娘，宽恕我，将神撞冲。
第二日，出牛棚，观看一遍，有楼房，三大间，彩彩整整。
原在那，当年的，旧地重修，楼柱前，烧死了，招财贼人。
单氏女，上前去，仔细观看，各文契，（和）分单，捧在手中，
有单氏，取开看，原是宝物，尽都是，金银物，头面衣襟。
陈王道，在他家，两眼白瞪，得下个，音哑病，一命归阴。
他的儿，到后来，日夜嫖赌，把家物，都卖与，单氏手中。
那保年，到日后，成人长大，起名叫，陈积善，顶门立户。
（这）单氏，寿活了，八十九岁，眼看者，儿孙长，又得重孙。
众乡党，立了个，贞节牌坊，娘娘的，灵应妙，无穷无尽。

骨肉残忍，屡起奸心，谋害守节人。指田作骗，归送原银，修盖楼，替他操心，娘娘感应灵。

仙姑娘，显神威，永镇北方，掌世间，男共女，大小安康。

又护国，又保民，天安地泰，镇边墙，黑河岸，修积功成。
奉玉敕，封合黎，平天圣母，道号尊，济中和，洞妙之君。
救世间，渡众生，消灾灭罪，渡男女，多救敬，善济群生。
（这）一本，仙姑卷，功果圆满，送神灵，归本位，去上天宫。
一炷香，敬与了，玉皇大帝，二炷香，敬与了，二郎神童。
三炷香，敬与了，二大财神，四炷香，敬与了，四海龙君。
五炷香，敬与了，五方土地，六炷香，敬与了，南斗六星。
七炷香，敬与了，北斗七星，八炷香，敬与了，金刚大神。
九炷香，敬与了，九天圣母，十炷香，敬与了，十帝阎君。

——选自方步和编著《河西宝卷真本校注研究》

二、沪城奇案宝卷

却说此一段故事发生在解放初期。上海某研究院有一女绘图员，姓李名金玲。现年二十三岁，还未许配人家。李金玲年轻貌美，工作专心，业务熟练。家住外滩郊区，每日骑车上班，早去晚归，途中必经过一坟场。每到晚上，回家经过坟场，金玲虽然自己安慰自己，但还是有点毛毛蹋蹋，提心吊胆。有一天下班晚了，夜黑风高。为了快点通过坟场，金玲猫腰弓背全力蹬车，飞快前进。不想，由于天黑被什么绊了一跤，连人带车摔倒在地。正是诗曰：金玲姑娘年纪轻，一进坟院就心惊。

李金玲骑车子顺路前行，日头爷早落尽西山之中。
市郊区没路灯一片漆黑，李金玲见天黑更加心惊。
不一会来到了坟院当中，金玲女栽下车摔倒尘埃。
胳肘子屁股蛋擦掉皮油，灰褂子涤卡裤沾满泥泞。
李金玲顾不得身上疼痛，扶起了自行车急忙前行。
她思谋骑车子继续赶路，快离开吓人的这些荒坟。
岂不知自行车掉了链子，越是吓越出事不能前行。
李金玲心里怕身上颤抖，坟场中走来了年轻后生。
我也是刚下班寻路回家，来帮你装车链与你同行。
我与你同住在一个城镇，要害怕我把你前送一程。
那青年和金玲并肩而行，霎时间来到了市区中心。
路灯下姑娘把青年细看，人英俊衣整洁气质不同。
大眼睛洋鼻梁瓜子脸皮，新理得运动头香气喷喷。

红润润嘴唇儿能擦出血，嫩生生肉皮儿比雪还白。
穿一套咖啡色毛料衣服，新新的擦油鞋尼龙袜子。
这小伙长相好衣服时兴，大姑娘李金玲一见倾心。
李金玲笑嘻嘻叫声同志，你今年多少岁叫啥名字。
青年说我姓刁在当干部，属猪的二十岁名叫守义。
你姓李叫金玲二十三岁，当一名绘图员对也不对。
李金玲听此言开口便问，我的事你怎么这么分明。
守义说我见你人品出众，见了人就寻问时刻打听。
路灯下他两人又说又笑，忘记了回家去谈得开心。

却说刁守义和李金玲在路下喧谈一阵之后，握手告别。次日下午，李金玲下班骑车回家，快到坟院时心里又害怕起来，心想到："要是再能和昨夜晚送我的那位守义相遇，该有多好呀！"正思想时，却见刁守义又从坟丛中走了出来。李金玲一见，喜出望外，两人说说笑笑结伴而行，直到市区才分手。从此以后，李金玲每天下班时，那刁守义就在坟院里等她，相送到市区分手。光阴似箭，岁月如梭，转眼间半年过去，李金玲对刁守义产生了爱慕之情。这天，李金玲下班之后，又骑着车子朝着坟院走来。正是诗曰：金玲心情如涨潮，不见守义心发慌。不看秉性看模样，姑娘一心找对象。

这一天日头落天刚擦黑，天空中升起了一轮明月。
李金玲下班后蹬车前行，一时间来到了坟院当中。
刁守义见金玲喜笑盈盈，两个人肩并肩携手同行。
那金玲叫守义娇声嗲气，问一声你是否找了媳妇。
守义说姑娘家胆子太大，问这话也不怕叫人笑话。
金玲说你这人太没出息，脸皮薄羞脸大不好意思。
幸亏你还是个男子娃娃，耽误了婚姻事关系重大。
荒郊外我两人悄悄相谈，别的人看不见谁来相怪。
守义说我这人脑子愚笨，再加上长相丑没人相跟。
金玲说你对我有无感情，不嫌我岁数大情愿结婚。
守义说我把你早就看中，圆脸蛋胖乎乎讨人欢心。
早不说我也没买上礼品，这会儿倒叫我拿啥相送。
这块表你戴上表我心意，结婚时再给你买块新的。
守义把夜光表递给金玲，有名的钟霸王空中飞人。
表面上绘制着梅花图形，长短针正指向十点三分。
李金玲接过表脸上发烧，她心里高兴得怦怦乱跳。

叫一声心中人守义同志，我这张半身像馈赠与你。
我这里电影票还有两张，这一张你拿上同去剧场。
看完了红灯记就去照相，我两人合个影正式对象。
守义说丫头子你倒泼辣，我心里高兴得犹如猫抓。
明早晨六点钟把你相等，先去到电影院观看电影。
金玲说行行行一言为定，六点钟在会见不可失信。

却说李金玲和刁守义商量定，明天早晨六点钟在东方红电影院门口相会。两人握手辞别之后，李金玲回到家里，把刁守义送给他的手表翻来覆去地观看，想到明天的约会，怎么也禁不住心里的那股子高兴劲，便连夜梳妆打扮起来。正是：李金玲想守义心花怒放，咧着嘴笑开颜喜气洋洋。

顾不得吃饭也不睡觉，跑进那洗手间放水洗澡。
择一套毛哔叽穿在身上，照镜子见形象还不漂亮。
脱哔叽换的凉照镜端详，桃红色碎花花也不排场。
挑出件百褶裙又比又量，绸裙子配衬衫倒还适当。
再穿双黑亮的擦油皮鞋，别一个花发卡美观大方。
穿这件换那件折腾一阵，老半天才算是穿戴停当。
金玲在镜子前又把头梳，辫两个羊角辫绸子扎上。
面对那大衣镜越望越气，前刘海就像撮驹胡子。
拆散开羊角辫重新梳理，梳上个新花样喜鹊登枝。
多擦些生发油才有香气，对镜子照一番这才满足。
取出盒淡青色再把眉涂，画两道柳叶眉弯弯曲曲。
嘴唇上染一层血红胭脂，雪花膏在脸上搽了三次。
李金玲慌忙地团团乱转，从头到脚上大打扮一番。
梳妆罢已到了鸡叫头遍，推开门看天色尚未明亮。
看手表才四点把人急坏，今晚上这时间过得太慢。

却说李金玲不时抬起手腕看表，总觉得时间过得太慢。他心急火烧，在地上走来走去，不到五分钟就到门口看一回天色。刚到四点半，他连门也没锁，闪摆着裙子朝东方红电影院一溜风跑去。正是诗曰：姑娘心急如火烧，大步流星一股风。跑去打了一场空，这桩怪事说不清。

李金玲出了门快步如飞，闪摆着花裙子如柳拂风。
上海市人太多熙熙攘攘，东来的西去的行步匆匆。
李金玲来到了电影院前，人伙里找不见守义后生。
一看表那时间才到五点，李金玲心着急来去徘徊。
两只眼滴溜溜四处查看，还不见守义来把人急坏。

守义说他家住延安马路，门牌是二十号三层楼里。
我与其孤零零这里着急，倒不如走几步找上门去。
看一看他家庭是好是坏，在他家吃早点再来影院。
李金玲朝前走脚步轻盈，找到了二十号敲门叫人。
敲着门心儿里暗自思想，那守义见我来又喜又惊。
心里想嘴里喊快把门开，是你的李金玲前来叩门。
听屋里传来了脚步之声，李金玲高兴得心跳怦怦。
门开后出来个白发妇人，戴一副老花镜满脸皱纹。
老奶奶问姑娘你把谁找，姑娘问你们家可是刁姓。
有一个刁守义家住这里，他是我新找的未婚夫君。
老奶奶听此言惊疑不定，问姑娘你怎么认识此人。
李金玲羞答答叫声婆婆，请听我禀告你来龙去脉。
如何长如何短细说一遍，把守义夸奖得天花乱坠。
老奶奶瞪着眼越听越玄，叫一声悬空里栽倒门前。
李金玲把老人挽进屋里，问婆婆你怎么犯了晕病。
刁奶奶拿出了相片一张，拖哭腔喊了声李家姑娘。
相片上这个人你来辨认，像不像你找的那个郎君。
金玲见相中人正是守义，现如今他不在去了哪里。
婆婆说刁守义是我儿子，解放前被抓兵活活打死。
就埋在你说的那座公墓，你与他谈对象岂有此理。
李金玲听此言脸色灰白，直吓得身发抖乱打哆嗦。
裙子动打晃晃浑身抖动，扑嗵嗵跌倒在房间当中。
原来是鬼缠身大事不好，今夜晚来找我性命难存。
刁奶奶叫姑娘且莫惊吓，咱们去公安局汇报真情。

却说李金玲和刁奶奶乘公共汽车来到了市公安局，把事情的发展经过向丁局长细说了一遍。丁局长从李金玲手里接过刁守义送给她的那块手表，见是块价值千元的飞人牌手表，表面上绘朵精致的梅花图。突然想起了公安部命令市公安局，破获国民党军统局潜伏在大陆上的一个特务组织梅花社的案件，他便把表交给了秘书小杨到化验室去检验。不一会儿，小杨回来对丁局长说："发现表壳里装有一颗原子能定时炸弹，爆炸时间是今天上午十点正。"李金玲叫喊起来："哎呦，我的妈了！十点钟正是我上班的时间哪。"丁局长说："敌人是想利用你上班的时节，炸毁咱们这座研究所，但是敌人的阴谋却失败了。"刁奶奶说："我儿刁守义死去整整十七年了，他怎么又活转来搞破坏呢？这不是活见鬼了吗？"丁局长说："是人还是鬼,今夜晚逮住他就知道了。"正是诗曰:局长定上计一条,欲擒守义查分晓。

丁局长叫了声金玲姑娘,你今夜再去那坟院墓场。
去时要装作那无事一般,把那个刁守义哄骗前来。
我与她刁奶奶路旁藏身,让她把刁守义辨认分明。
金玲说我心里有点害怕,那鬼要拉住我不敢挣扎。
局长说人世间哪有鬼怪,肯定是狗特务暗中捣乱。
我安排公安兵坟院埋伏,战士们在暗中把你保护。
丁局长命令那田虎小杨,你两人带部队埋伏坟场。
说话间日头落天色漆黑,一行人出了门要把鬼捉。
战士们跟金玲前去墓场,丁局长刁奶奶路旁隐藏。
还不到做一顿饭的功夫,刁守义和金玲到了市区。
路灯下刁奶奶看得真切,果然是她二郎分毫不错。
李金玲推车子守义紧跟,他两人肩并肩往前而行。
刁奶奶见儿子激情难忍,打碎了眼镜子栽倒路上。
刁守义听人喊吃惊不小,掏匕首将金玲一刀戳倒。
转回头朝坟院逃跑如飞,丁局长掏出枪随后紧跟。
隐藏在坟院的公安战士,一声喊吧守义团团围住。
田虎是侦查员会使武术,使了个少林拳扑上前去。
耍出个新花样黑虎掏心,刁守义忙招架鹞子翻身。
田虎子使本领大鹏展翅,刁守义来了个恶狗扑食。
侦查员翻筋斗猛虎下山,那守义学老鼠满地乱钻。
他们俩你一拳我打一拳,展开了肉搏战拼命较量。
那小杨见他们胜败难分,卷袖子摩胳膊往前猛冲。
抓守义脚腕子把鞋扯脱,刁守义打个滚进了墓穴。
这时节丁局长持枪赶到,有小杨把情况作了汇报。
丁局长下命令包围坟场,转回去看金玲早已死僵。
丁局长叫战士拿锨开挖,开棺材见尸首尚未分化。
也穿着咖啡色尼龙衣裳,脚上的黑皮鞋却少一块。
金玲的半身像还装身上,兜儿里电影票还装一张。
战士们发了愣甚是疑惑,刁奶奶见尸首更加悲伤。
刁奶奶望棺材嚎声大哭,哭一声守义儿死得冤枉。
三岁上你父亲因病身亡,丢下我母子俩孤苦凄凉。
抱着你独苗苗吃糠咽菜,险些乎为娘的心肺愁烂。

国民党抓壮丁你去当兵，开小差被捉去上了电刑。
可怜死心上肉娘要自杀，上海城得解放我才活下。
谁知你守义儿阴魂不散，经过了十七年又来作怪。
杀死了好一个李家姑娘，还谋着炸坏那瓦房二厂。
局长劝刁奶奶你莫伤心，这码事公安局总要查清。
还劝你老人家不要迷信，要相信世界上绝无鬼神。
人死了十几年哪能再生，分明是坏人在暗中成精。

却说局长劝送走了刁奶奶，回公安局马上召开了紧急会议，会上丁局长把李金玲一案交给侦察科科长王刚去破，王科长接受了任务，带着侦察员田虎，秘书小杨到现场检验李金玲的尸体。正是诗曰：科长亲自出了阵，一丝不苟查案情。

王科长他本是侦察英雄，捉敌人抓特务立过功勋。
带田虎和小杨往前而行，要查看李金玲死的原因。
杨秘书和田虎身带仪器，跟科长来到了现场之中。
只见那李金玲脸色发青，嘴唇上咬下了两个牙印。
后脊梁扎进了短刀利刃，身上血从刀口淌干流尽。
花裙子沾身上血迹斑斑，可怜这金玲女死得太惨。
杨秘书做记录直验刀伤，田虎为李金玲照相两张。
王科长带田虎秘书小杨，走回了公安局请示局长。
丁局长听汇报沉思默想，这案件太麻缠心内惆怅。
问王刚破此案有无把握，你定的啥方案怎么侦破。
我知道你这人工作勤恳，解放前就当了侦查英雄。
本领大工夫硬非常勇敢，查敌情破案件机智果断。
为革命洒热血忠心耿耿，为人民受创伤不怕牺牲。
科长说我有个具体意见，破案件要依靠群众智慧。
还要靠局党委正确领导，我王刚见识少微不足道。
局长说你抽烟喝口开水，请大家都坐下我们开会。

却说大家做好后，丁局长说："解放前，国民党军统局和美国情报局合伙组织梅花社这一特务机构。一九四八年，党组织派王刚同志打入梅花社，后来他身负重伤，没把那梅花图盗出来。最近据我边防部队反映，有两个蒋匪越境登陆，一个被边防战士当场击毙，一个可能潜伏到上海来了，恰在这个时候，又发生了李金玲奇案。下部工作如何展开，就请王刚同志谈谈他的看法。"正是诗曰：十七年去重庆，偷图几乎丧了命。

王刚说同志们请听我讲，提起那梅花社说来话长。

解放前丁局长他当连长，在连里我担任侦查排长。
想当年年纪轻有股闯劲，浑身上都是劲利索威风。
党派我装华侨上了南洋，要打进梅花社去盗图样。
从南阳到重庆大学读书，学会了手风琴会拉胡琴。
同班上有一位年轻姑娘，名字叫一枝花漂亮非常。
一枝花嗓音好最爱唱歌，她唱歌我奏乐万分亲热。
她正是梅花社一名社员，她父亲叫高龙是个党魁。
那高龙有一张秘密图纸，图纸上写满了特务姓名。
我打入梅花社虎穴潜伏，为偷那梅花图跌进地里。
解放后一枝花下落不明，那高龙和特务无影无踪。
依我看李金玲这一案件，可能是梅花社特务捣鬼。
我化妆明天要前行侦探，查一查到底是什么原因。

却说丁局长和王科长正在开会，一个公安战士来对丁局长说："接待室来了个年轻小伙子，说有重大事件向负责人汇报。"丁局长对王刚说："你去看看，我主持会议。"王科长便起身跟公安战士朝下走去。正是诗曰：高手胡超群，四海为家耍流亡。掏钱盗表真能行，投案献表图自新。

王科长坐电梯来到楼下，走进了接待室放眼观察。
沙发上坐着个有志青年，翘着那二郎腿喷吐烟圈。
那青年年龄在二十上下，穿一身灰涤卡甚是富华。
大背头油烫得奇形怪状，黑皮鞋金手表耀眼闪光。
高个儿方脸盘五官端正，见科长进门来立即起身。
科长问你找我有何贵干，那青年搓双手淌着虚汗。
科长说莫惊慌坐下再谈，我就是这里的侦察科长。
那青年怯生生叫声科长，我名叫胡超群家住南方。
七岁上进学校识字学文，有一个小毛病爱偷东西。
娘老子不管教时时夸奖，怂恿我偷笔墨又偷衣服。
学校里开除我在家胡逛，谁知的十岁上死了爹娘。
我只身流落在武汉街上，为偷钱挨打骂甚是悲伤。
有一回摸钱包又被逮住，却原来碰上了偷窃高手。
他收我当徒弟言传身教，掏腰包偷手表越学越高。
坐飞机乘火车四海为家，上南京去北京胡吃乱花。
前一年从广州到了浙江，人民币掏摸了一大皮箱。
下飞机卖船票想去湖广，上了船开皮箱手抖心慌。
皮箱里钱墩子不见一张，那个贼倒偷到我的身上。

这才是鲁班前玩弄大斧，孔夫子眼皮下咏诵四书。
见船上坐着个花花姑娘，穿一身花涤卡料子衣裳。
活像个贵小姐花枝招展，肩挎个旅行包神采飞扬。
看举动她是个富家千金，我悄悄坐在那姑娘身旁。
那客轮刚开到长江当中，她手表早到了我的手中。
船到岸那姑娘飘然而去，我跟在她身后来到城里。
走到个没人的偏僻小巷，我开口问姑娘手表几点。
她一见丢了表失声呼喊，我说道给你表把钱拿来。
那姑娘见手表两眼大瞪，红着脸悄声说钱在我身。
我约她来到了百花园中，走进了八角亭细谈原因。
却原来她也是掏包能手，从此后我两人成了朋友。
我两人谈恋爱从不分离，商量定要做个百年夫妻。
她劝我捞一把洗手不干，长时间偷下去要闯祸乱。
如若是露马脚事情挫败，叫公安逮住了非要打坏。
结婚后安心在村野小县，生儿女过日月图个清闲。
月间我两个来到上海，上杭州游西湖好不畅快。
买沙发置家具旅游结婚，钢丝床梳妆台置办一新。
有一天妻子说超群你听，有件事我对你说个分明。
你和我相识后朝夕相处，你就没收我值钱的东西。
超群对妻子说你想要啥，说出来我明天市上去拿。
她对我笑着说别的不要，你给我搞一块高级手表。
我今日起得早来到市中，细看了各种表都不称心。
十点钟才转到南京中路，登上了百货楼货物满目。
架板上摆满了绸缎布匹，的确凉的确卡净是料子。
食品部摆设着各种吃食，鸡蛋糕巧凉酥还有糖酥。
茅台酒白青梅五光十色，进口烟烟盒上画个骆驼。
都是些时兴货颜色灿烂，为妻子偷手表无心观看。
各样的名贵表堆积如山，就没我看上的好表一块。
我正在生闷气心里发烦，见一个媳妇子迎面走来。
长相丑身体笨十分难看，手腕里带着那金表一块。
她右手把手表挨得牢靠，仿佛是她就怕被人偷盗。
看外表她那表非常高级，我跟在她身后寸步不离。
十二点她上了一路电车，我跟她上了车并排而坐。
车开到十字路拐弯之处，车一颠那媳妇伸手防备。

我趁这好时机趁机一捋，她手表早到了我的手里。
那媳妇坐稳当见表丢了，她只顾身旁找不敢吭气。
到了站我下车来了旅馆，把手表交妻子让她观看。
那手表制造得甚是奇怪，与别的手表比大不一样。
我两人把手表打开检查，见里面盘满了电丝圈圈。
表里头没宝石好不着气，哄得我枉费了一场心机。
叫一声美貌妻把表给我，抛弃进黄浦江另偷一个。
妻子说这手表不能胡扔，你快去公安局汇报分明。
这手表就像是什么仪器，说不定还是件要紧东西。
你我俩闯江湖掏钱摸表，改错误立功劳快去献表。
你去对公安局禀说分明，要是有工作干食居有定。
我两人洗了手在不胡行，干着事全都是为了衣食。
遇上个真正的清正干部，会谅解我两人犯的错误。
听妻子她说的有理有据，拿上表我就来投案自首。

却说胡超群把自己的身份来历向王科长说一遍，并把摸来的那块手表交给了王科长。科长发现表面上也绘有一朵精致腊梅花。凭他二十多年侦察案件的经验，是美国中央情报局制造的一种微型收发报机。王科长对胡超群说："我们党的政策是坦白从宽、抗拒从严、惩前毖后、治病救人。你今天主动前来交代自己的错误行为，并把这块奇疑的手表交来，这种表现很好。你在这儿先抽烟、喝茶稍等会儿，我到楼上去一下，马上就来。"
正是：

科长上楼找局长，研究其案事一桩。当面审查胡超群。
是真是假现原形。科长见了丁局长，超群来历仔细讲。
忙把手表递局长，特务线索有情况。这是一块发报机，
出产美国情报局。上面画株梅花图，鬼和特务有联系。
献表之人胡超群，是真是假实难分。局长把表仔细看，
叫声王刚这好办。超群本事有多大，是真是假试一下。
限他时间六十分，交来手表一百整。如若果真能完成，
证明超群言辞真。然后命令胡超群，叫他去跟戴表人。
戴表之人是敌特，抓住此人找线索。科长听了不怠慢，
换上军装下楼来。科长叫声胡超群，有个任务去完成。
需要手表一百块，六十分钟交回来。超群叫声王科长，
还得请你帮帮忙。请你跟我走一趟，上了汽车跟你说。
戴表之人要小心，车上来了偷表人。只要你朝这样说，

二十分钟交一百。科长一听哈哈笑，牛皮吹得别太早。
火车推着不能跑，少了一块绝不饶。他俩出门上了车，
科长面对乘客说。请把手表带牢靠，别叫毛贼偷摸跑。
大家一听这番话，都把手表朝里揣。科长站着把话讲，
超群打盹瞌睡香。手表之数全记牢，此时下手还嫌早。
汽车到站停站稳，表都到他衣兜中。他俩换车朝前行，
时间过了十三分。超群开言叫科长，快去局里去交账。
科长回头把他看，手表一堆装满怀。科长见了吃一惊，
去见局长说分明。

却说王科长和胡超群来到局长办公室，胡超群掏出了手表放在了桌子上。王科长数了一遍，对胡超群说："这才五十块，还有五十块呢？交出来吧。"胡超群说："那五十块在你身上装着呢，请你快掏出来吧。"王科长一摸自己两个口袋都装满了手表，万分惊讶地说："哎呀！你啥时间把手表塞我口袋里来了？我怎么一点也没察觉到呢？"说着，把手表掏到桌子上。丁局长亲手数了一遍，内心暗暗称奇，这胡超群果然有些旁门左道的手段。心里虽然这么想，却绷着严峻的面孔问："这才四十八块，再加上刚才的五十块，共九十八块，还差两块呢。"胡超群伸出一双手笑嘻嘻地说："这两块也添上吧。"说着给丁局长和王科长各递一块。正是诗曰：超群手艺高，当面偷手表。还比神仙妙，首长吓一跳。

丁局长把手表仔细观看，这手表怎么像我的那块。
他俩人捋袖子仔细查看。手腕上戴的表已经不在。
超群说二首长请莫见怪，暂借你两块表凑够百块。
局长说胡超群本事不凡，可惜你不务正胡偷乱来。
超群说为人的总要吃饭，没工作不偷人叫我咋办。
局长说跟科长你去破案，工作事我为你统筹安排。
只要你走正路改正错误，是一名很好的侦察战士。
胡超群叫局长我作保证，只要有工作干再不偷人。
从今后劝妻子痛改前非，帮你们破案件赎罪立功。

却说丁局长按响了桌子上的电铃，小杨闻讯走进屋来，丁局长把手表交给小杨说："你把这九十八块手表拿到派出所去，叫他们负责还给原主。"小杨拿着手表下楼去了。丁局长对胡超群说："限你在三天之内，将戴手表的那个媳妇抓来，能完成这个任务么？"胡超群学着公安兵的架势，脚后跟咔地一并，行了个举手礼，脆蹦蹦地说了声"是！"。王科长鼓励他："这正是你立功赎罪的好时机。"胡超群两脚并拢，又是一声

"是！王科长"。带着说，几个公安战士跟胡超群朝黄浦公园走来。正是诗曰：公安战士称英雄，追捕敌特立功勋。

　　王科长换西装穿戴阔绰，挎两把盒子枪要捉敌特。
　　胡超群前面走骑着摩托，王科长跟后面坐着小车。
　　一行人来到了黄浦公园，分散开查找那特务踪迹。
　　这公园修建得十分华美，月牙湖玉带桥假山假水。
　　花和草散醇香胜过仙境，八角楼牡丹亭修得齐整。
　　理石凳藤条椅制作玲珑，公园里挤满了游览之人。
　　江面上奔驰着万吨巨轮，五星旗迎风飘一片通红。
　　王科长领战士匆匆忙忙，直找到日落西徒劳一空。
　　胡超群领科长找了两天，寻不见戴表的那个女人。
　　眼看着已到了限期三天，急坏了胡超群如火烧心。
　　第三天来到了东风里弄，迎面子走来了一个女人。
　　胡超群见女人心内欢喜，到今天才把你等来上门。
　　胡超群跑上前把她逮住，双手儿将女人抱在怀里。
　　女人说你这人死不贵气，大白天搂女人真没羞耻。
　　胡超群不顾那女人分说，掏出了手铐子咔嚓一锁。
　　王科长赶过来下了小车，走上前把特务衣领扯豁。
　　原来那梅花社组织严密，特务们他都是单线联系。
　　衣领里缀藏颗烈性毒药，咬一口衣裳领性命了结。

　　却说那女特务见王科长把她的领子扯了下来，知道自己想死也死不成了，只好俯首就擒。来到公安局，王科长向丁局长作了汇报。丁局长把女特务押到审判厅亲自审讯，女特务招供出和她接头的人是医学院的一名清洁工，特务头子高龙和她的女儿一枝花却不知去向。丁局长带着女特务的口供回到了办公室，对王刚说："你带人马上抓清洁工。如果抓住了清洁工，就知道和她联系的另一个特务了。"正是诗曰：奉命逮捕清洁工，特务拘捕寻自尽。一丝线索又中断，事情越来越麻烦。

　　王科长带战士出发前行，身后面撵来了那位超群。
　　科长问你如何又要跟来，通知你明天去外地参观。
　　去外地多学习改造思想，把你那脑袋瓜重新武装。
　　回来后和我们共破奇案，抓特务立功勋任你所为。
　　超群说到明天我才动身，今日个闲蹲下心急如焚。
　　改错误就要见实际行动，光嘴说不动弹像个啥人。
　　快跟你去外滩捕捉敌人，协助你破案件要建奇功。

科长说你这人进步奇快，就跟我抓特务同去破案。
说话间来到了上海外滩，按计划打埋伏四处散开。
王科长和战士拿眼观看，单等那清洁工下班归来。
正等的黄昏时日落西山，清洁工骑车子顺路而来。
王科长吹口哨下了命令，战士们跳起来就往前冲。
把特务围了个水泄不通，拿手枪和镣铐把他逼定。
清洁工张大嘴两眼发愣，好一会才明白掏枪行凶。
胡超群把车子一脚推翻，那特务忙躲避纵身空翻。
那特务抬起枪要打科长，科长的手枪响特务受伤。
那特务喘着气急忙挣脱，捞起来自行车就朝下砸。
公安兵围住他脚踢拳打，把特务打倒地双手铐住。
胡超群抱特务地上打滚，科长说快扯掉他的双领。
王科长一句话还没说完，见特务翻白眼气绝声断。
领上的药丸儿被他咬破，超群把死特务踢了几脚。

　　却说那特务拒捕，咬烂了衣领缀的毒药自尽身亡。王科长忙回公安局向丁局长作了汇报。丁局长说："这条线索已经断了。留下胡超群让他去外地参观，率领公安战士去追踪敌特。"正是诗曰：金玲奇案未查清，医院又有鬼成精。

王科长去追踪暂且不表，还有件古怪事容我奉告。
市郊区有一个红星公社，老贫农赵有福家住在此。
赵有福六十岁银发秋霜，四十岁才得子生了儿郎。
赵有福夫妻俩喜从天降，给儿郎起名字叫做解放。
赵解放十八岁身强力壮，突然间得了病头痛脑涨。
赵有福领儿郎来到市区，医学院挂了号要把病治。
女医生给解放诊断检查，检查罢叫了声赵老大爷。
赵解放这个病急性发作，脑膜炎要传染病情恶化。
你快去办手续领他住院，倘若是再耽误要出危险。
赵大爷领儿郎来到院部，迎来了刘院长还有护士。
刘院长为解放又查一番，抓头皮兜圈子作了大难。
赵大爷见此情吃了一惊，是不是我儿病没了救星。
院长说解放病住院治疗，大爷说住医院那就太好。
院长说新来批烧伤病员，没床位叫解放哪里安眠。
赵大爷听此言也觉发难，左也难右也难心内发烦。
解放问在有无闲床空铺，院长说有的话就该你躺。

护士说太平室有空床铺,就怕你赵有福不敢前往。
院长说快不要乱开玩笑,想一个啥办法为他治疗。
解放问太平室有无死尸,护士说没死尸有鬼居住。
刘院长把护士瞪了一眼,调皮鬼再莫要有嘴胡言。
那护士捂着嘴嘻嘻欢笑,我是和赵解放开个玩笑。

却说赵解放听护士说这几天太平室没停放尸首,又有现成床铺,就对院长说:"我头疼脑涨,就让我去到太平间,权且睡上一夜。"赵大爷也说:"治病要紧吗?就让我家解放去太平室住一夜。等有了床位,再让他搬到病房里去住。"刘院长说:"话虽如此,事可不能朝那么去做。让解放去到太平室住影响多不好啊!干脆让他住到我的房间去。"赵大爷一听,摇头又摆手,连声说:"那咋能成呀!"医生说:"解放得了传染病,要隔离治疗。你住的地方离住院部又远,治疗起来也不方便,还是让他到太平室将就着住上一夜吧。"护士笑嘻嘻地对赵解放说:"你真的不害怕那太平间有鬼吗?"赵解放笑着说:"我又不是三岁小孩,你就别吓唬我了。我们公社整条田时,我把棺材也敢从坟里掘出来,新社会又不时兴讲迷信,谁还怕鬼来?有话说得好,活人不怕死人,男人不怕女人嘛!想必你那女婿子还倒怕你不成?"护士羞得满脸通红,斜了解放一眼,说:"你坏。"
正是诗曰:院长言语他不听,解放强嘴硬要蹭。太平室里不太平,暂且安身治疗痛。

赵解放治病痛心内焦急,要去那太平室暂且安身。
解放说太平室我不嫌弃,早一天治好病就是鸿福。
院长说你这人任性胡行,你住那太平室我不批准。
大爷说刘院长你太迷信,我老汉要对你提出批评。
不让住太平室这倒也行,叫我儿哪里住你就决定。
院长说你去我房间居住,解放说我嫌远那儿不行。
刘院长皱眉宇苦思一番,允许在太平室暂住一晚。
请大爷和解放今夜做伴,哪里疼不舒服随时言喘。
刘院长和护士领着爷俩,四个人来到了太平楼房。
拉开了电灯泡倒也亮堂,刘院长叫解放睡到床上。
那护士为解放打针输药,和院长治罢病又去忙活。
转瞬间日头落天色漆黑,赵大爷叫解放你听我说。
你若是不害怕一人先睡,我回家取用品马上就来。
解放说我胆子生来就大,啥样的鬼和神我都不怕。
你回去叫我妈把心放宽,住一夜到明天你再回来。

大爷说我儿话说得在理，明早晨早些儿就来看你。

却说赵大爷回家住了一夜，因心里还记着解放，鸡叫时，他就拿着日用品返回了医院。他大步流星地走进太平室，边走边问："解放！解放！你头还疼不疼了？"来到床前见儿郎龇牙咧嘴，瞪着眼睛直挺挺地躺在床上，心里咯噔一下，连推带揉地喊："解放！解放！你……"仔细一看，解放早已死僵了。真是霹雳老雷头上炸，大爷心如刀绞，他趴在儿的身上，叫天嚎哭起来。

一哭我儿赵解放，瞧你死得多冤枉，白发人送黑发人，丢下爹娘哭断肠，我的天呀！丢下爹娘哭断肠。

二哭领你治病痛，谁知你却见阎君，我和你娘有了病，有谁端茶回一声。我的天呀！丢下爹娘活不成。

三哭抱儿心揪疼，你爹两眼泪水滚，越思越想越凄惶，我对你娘怎么讲。我的天呀！你娘听见死一场。

四哭命比黄连苦，四十养了独生子，靠儿养老来送终，谁知你却前面行，我的天呀！白发人送黑发人。

五哭热肉心肝儿，赶来跟爹回家去，去把你妈看一下，给娘说句知心话。我的天呀！给娘说句知心话。

却说赵大爷放声痛哭儿子，实在伤心。刘院长和护士们也觉得心酸，含泪劝住赵大爷，要到太平室检查一番，找出解放的死因，给公安局报告。正是诗曰：人病一阵风，人死如吹灯，晚年丧独子，命若黄连苦。

赵大爷哭悲伤，痛哭流泪哭断肠，零零落。

刘院长和护士，检查进了太平室，零零落。

刘院长吃一惊，望着解放发了愣，零零落。

把解放细检查，小伙死的真奇怪，零零落。

刘院长泪流淌，劝声大爷莫悲伤，零零落。

你儿子死的惨，是他受吓把命丧，零零落。

医治费埋葬费，下午就开追悼会，零零落。

大爷说院长听，你说吓死谁作证，零零落。

说有鬼我不信，你却把我老汉哄，零零落。

院长说大爷听，你儿死的有原因，零零落。

你看他咧着嘴，明是受场大惊吓，零零落。

大爷说我不信，不讲迷信无鬼神，零零落。

护士说是伤心，这事我们说不清，零零落。

院长说大爷听，医院付钱两千整，零零落。

公安局去报告，迟早原因查分明，零零落。

却说刘院长见解放龇牙咧嘴，一副惊恐害怕的表情，就判断赵解放是受惊吓而死的。赵大爷却硬是不信，他说："活生生的人，怎么被吓死呢？"刘院长说："是啥原因死的，现在我也说不清。如果你同意的话，我们就把赵解放的尸首解剖开，检查他到底是怎么死的。"赵大爷说："也行，那你们就检查吧。"正是诗曰：院长破腹细查看，解放苦胆已破烂。大爷不信鬼和怪，亲身要去试一番。

刘院长叫护士准备就绪，把解放抬到了手术台上。
赵大爷也跟去一旁观看，大夫们和护士都来观看。
工具盘无影灯一起打开，刘院长拿剪刀破腹剪胆。
剪开了他肚子掏出心肝，那解放他苦胆成了碎块。
赵大爷见此景痛哭失声，赵解放被吓死他却不信。
叫院长我老汉有话要说，今夜晚太平室我去睡觉。
到底是啥东西成精作怪，去把他逮住了大家观看。
大家说赵大爷万万不能，你睡下出了事谁负责任。
大爷说我去把原因查清，要查出我儿郎死的原因。
况且我杀气重胆量过大，没生过大小病啥都不怕。
再加上我老汉年满花甲，太平室睡一夜全不怕啥。
护士说赵大爷思儿心切，依我说且让他睡上一夜。

却说赵大爷思念儿子伤心落泪，他一心想到太平室住上一夜，查看分晓。刘院长担心赵大爷住太平室还会出问题，随后又考虑他年逾古稀，且他又在悲痛之中，便对他说："你一心想查看解放的死因，就去太平室住上一夜吧。不管查清查不清，明天说啥也不再让你睡去了。"正是诗曰：公社社员赵有福，思念儿郎悲声哭。儿子死因没查明，老汉一命又归阴。

大爷去太平室安寝睡觉，把儿郎一死事查看分明。
刘院长发烦恼放心不下，老大爷再出事问题更大。
回屋里越思想心里越怕，翻过来调过去一眼没眨。
天刚亮忙起床加上护士，咱俩人快去看大爷有福。
他俩人忙来到太平室里，见大爷直挺挺昏睡不醒。
瞪着眼咧着嘴呲着牙齿，眼珠子核桃大甚是怕人。
见大爷赵有福早已死僵，刘院长吃一惊心内发慌。
栽跟头跌马趴匆匆前行，要去那公安局汇报原因。

却说在市公安局办公室内，丁局长和王科长正在研究破李金玲之死这一案件的办法，值班室来电话说："医学院刘院长有事来谈话。"丁局长

说:"请刘院长到楼上来。"片刻间,刘院长来到了办公室,把赵大爷父子俩死亡经过叙说了一遍。正是:

院长叫声局长听,我把事情说分明。医院怪事实在多,
思来想去不明白。医院有个清洁工,莫名其妙失了踪。
大街小巷都找过,寻来查去找不着。刚说局里来报告,
太平室里出鬼怪。公社社员赵有福,太平室里去居住。
父子二人都受害,你说这事怪不怪。割开腹腔一查看,
他两苦胆都破烂。局长一听笑起来,太平室里有鬼怪。
侦查英雄王科长,我派你去捉鬼来。科长一旁搭了腔,
请你院长帮个忙。叫我捉鬼并不难,让我死去再活转。
院长听了发了难,死去再活不好办。科长叫声刘院长,
怎么忘了你本行。麻药给我打一针,睡上一觉再苏醒。
院长摇头说不好,药性发作不得了。麻醉药品危险在,
最好另外想办法。科长开口把话答,个人安危我不怕。
百炼才能出成金,虎口拔牙称英雄。共产党人不畏惧,
特殊材料制成的。为了早日把案破,愿抛头颅洒热血。

却说王科长听刘院长把医院发生的案件说了一遍,他就联想:"这可能与李金玲案件有关系。"就对院长说:"这次行动要绝对保密。为了遮人耳目,你放心用麻醉药品,只要能叫我在晚上两点钟左右苏醒过来就行。"院长说:"你的意思是叫我用麻醉药把你麻醉死,假装死人抬到太平室里,好使你查看情况。"王科长说:"对!对!对!便是这个意思,你快去取药吧。"刘院长拿来了药品,对王科长说:"这是我医院试制成功的一种特效麻醉药,打上一针就安眠过去了。看上去像死人一样,现在打上一针到午夜才能苏醒。"正是诗曰:设下机关去破案,太平室里捉鬼怪。

刘院长给科长打了一针,院长说王科长你快前行。
这种药十分钟就要发作,我先去医学院等你一会。
王科长别手枪往外就走,霎时间来到了医院门口。
王科长自觉地天旋地转,扑嗵嗵栽倒在医院门口。
马路上来往的过路之人,见科长倒地上人事不省。
过去看已断气吃了一惊,心窝里没热气四肢冰冷。
把科长忙抬到急诊室里,医生们和护士抢救医治。
大夫们和护士手忙脚乱,听的听摸的摸查看手脚。
医生们忙活得汗水淋淋,忙半天没查出他的病症。
叹口气说这人没了救星,抬回去装棺材早些发送。

行路人叫医生这可不行，抬的人都是些过路之人。
我们和这死人素不相识，叫我们抬着他哪里去埋。
医生们和护士两眼大瞪，上楼去找院长报告原因。
刘院长忙来到急诊室里，面对那行路人叫声同志。
你们的好作风应当表扬，抬病人风格高救死扶伤。
找到了死难者家属亲人，我叫他到你家去谢你们。
行路人开口说不用感谢，这也是我们的应尽职责。
院长和医生们你们都在，我们的工作忙要去上班。
刘院长送走了行路之人，转过来对医生下了命令。
把死人抬放到太平室里，找到他家里人再来认领。
医生们和护士一起动手，把科长停放在太平室中。

却说王科长一觉睡醒，已经是午夜时分。他睁眼一看，见这太平间有七八间房子大，就像座小礼堂似的。花砖镶铺的地板闪闪发光；雪白的顶棚上吊着两盏闪亮的电棒，照的室内一片雪亮；地当中并排支架着几套床铺；紧靠王科长身旁的床上停放着个死人，他面迹较黑，形态骇人，身上盖了床白单子。王科长心里思忖："这里头阴森森的还真有点怕人，但不论怎么也决然吓不死人。那赵大爷父子俩是怎么死的，这码事真有点怪呀！"正是诗曰：不是科长有胆略，吓坏生命鬼难捉。

王科长他躺在床铺之上，把周围情和景查看分明。
到底是啥东西成精作怪，活蹦蹦两个人死因不明。
王科长睡床上反复思明，耳听得天棚上一阵响动。
顶棚上有股子冷风吹刮，王科长不由得心内一惊。
他急忙从腰间拔出手枪，裂缝里伸出个鬼怪脑袋。
大头鬼长相丑面目凶狠，舌头长绿皮眼一脸刺棵。
豁唇子露牙齿没有下巴，白碗大眼珠子吊在脖下。
红头发向刺蓬超前乱扎，绿脸面没鼻子甚是害怕。
血淋淋红舌头长有几尺，红舌头吊胸前甩来甩去。
碗大的瞎眼窝两个窟窿，眼珠子吊肩上绿光盈莹。
尖锐的白牙齿利如钢锯，直瞅着王科长一挫一呲。
王科长出冷汗心里害怕，浑身上起了层鸡皮疙瘩。
忍不住险些儿喊出声来，把手枪早忘到九霄云外。
科长他心里想沉着镇静，捉住了大头鬼要立大功。
大头鬼再凶恶我也不怕，豁出来命一条要把你拿。
大头鬼下顶棚来到地下，走到那死人边嘴啃手抓。

大头鬼把死人全身摸揣，揉揣着那死人尖声叫唤。
掏出来狼牙棒一阵敲打，红舌头吊胸前左右抡甩。
大头鬼蹦跳着一瘸一拐，朝科长这张床跳着走来。
王科长见鬼来一阵惊怕，匆忙忙把手枪压在身下。
闭双眼挺直身佯装死尸，大头鬼乱摸揣也不出气。
他觉得眉脸上又冰又冷，眯着眼偷看那大头之鬼。
只见那大头鬼龇牙咧嘴，二尺长红舌头吊在胸前。
摸揣了王科长好大一会，王科长吓出了一身冷汗。
大头鬼摸揣罢上了顶棚，王科长松口气侧耳倾听。
顶棚上有响声滴答滴答，原来是大头鬼发报通话。
王科长起了身跳上顶棚，捉住了大头鬼怒喊一声。
科长把大头鬼五花大绑，摘掉了假面具现出原形。
才知道大头鬼是个特务，他头上戴了个塑料壳子。
顶棚上有一个小型电扇，有几个空罐头压缩饼干。
发报机也是那手表一块，拧开了发报机发出暗号。
刘院长和护士闻讯赶来，他们见塑料壳吓了一跳。
院长说这家伙装神弄鬼，就是他吓死了两个社员。
科长说你医院还有魔鬼，还有那清洁工人也是同类。
怕特务不甘心他们失败，装恶鬼吓唬人乱搞破坏。
说着话押特务来到大街，天大亮旭日升阳光灿烂。
一行人骑摩托往前而行，迎来了丁局长小杨超群。

却说王科长把大头鬼押回公安局经过审讯，他供认自己最近从香港过来，就潜伏在上海医学院的太平室里，吃喝有清洁工供给。最近，一连几天不见清洁工来接头，他就知道大事不好。就在王科长来太平室的这几天夜里，大头鬼跳下顶棚，把太平室里停放的死人检查了一番。见他俩果然死僵不疑，就回上顶棚给一个名叫白丽萍的特务小头目发报，要重给他安排个地方。不料，在发报的当儿被王科长活捉了。正是诗曰：大头鬼从实招供，白丽萍把他操纵。王科长追踪出去，捉丽萍扯出旧事。

大头鬼招供出特务一个，女特务她住在十四中学。
在学校她担任校长之职，四十岁没结婚独自居住。
王科长奉命令去抓特务，适逢那胡超群参观回沪。
胡超群跟科长前去破案，同行的有小杨田虎秘书。
王科长率领着公安战士，来到了学校里要捉特务。
女特务她姓白名叫丽萍，就像个大姑娘青春靓丽。

这会儿她正在床上闲坐，听有人把门敲暗号不错。
白丽萍走上前把门打开，王科长喝一声举起手来。
一枝花上学去轿车接送，放学时小轿车再把她迎。
一枝花在学校显威撒野，放个屁像炸弹谁个敢惹。
有一天学校里来个同学，模样儿赛潘安穿戴阔绰。
全重庆头一个漂亮小伙，恰巧和一枝花坐在同桌。
他俩人同桌坐摩肩靠臂，你望我我望你一见钟情。
一枝花看同学眉清目秀，娇声气问一声叫啥名字。
哪里人多少岁有无媳妇，从何处辗转到重庆读书。
小伙说我姓王名叫王刚，是华侨家住在海外南洋。
我父母在国外双双身亡，丢下我一个人孤身凄惶。
娘老子挣下的金钱无数，我今日回故乡重庆读书。
那小姐听一言娇声嫩气，叫一声王家哥听我告诉。
我姓高名玫瑰祖居迪化，今年才整十八没找婆家。
奴本是一枝花众所周知，模样俊气质高赛过西施。
我爹爹叫高龙有钱有势，我和妈居住在军统局里。
梅花社他担任重要职务，我和娘都加入这个组织。
梅花社纪律严组织绝密，你且莫对人说严守机密。
倘若是说出去惹祸不小，让我爹知道了性命难保。
我见你长相好一心相爱，我俩人结拜下请莫错怪。
我的事咱俩人以后再谈，你弹琴我唱歌先乐一番。
一枝花那歌喉声如清笛，直唱的小鸟儿展翅飞舞。
那王刚拉奏的妙不可言，又清脆又悦耳余音绕梁。

却说王刚和一枝花结识后，他想方设法讨取一枝花的欢心，经过两年时间，两人建立了深厚的感情，随心合意，片刻不离。王刚向党组织作了汇报，党指示他早日打入梅花社，盗取梅花图，以便到了解放后，将这个特务组织一网打尽。正是诗曰：女大不受爹娘管，自找对象理应该。

一枝花和王刚风华正茂，两个人一接触感情甚好。
那王刚有任务殷切相待，引逗得一枝花神魂颠倒。
一枝花对王刚关切备至，把王刚暗当作自己丈夫。
王刚对一枝花甜言蜜语，我想去看一看你那父母。
一枝花叫王刚你别着急，等我去问好后咱俩再去。
一枝花回家后见了父母，等她爹出去后叫声慈母。
学校里新来了一个同学，脸皮白嘴唇红好生俊气。

年纪轻十八九是个华侨，他手里金钱多家道富足。
加上他长相好人品出众，这可是女儿的一桩婚事。
我请他家里来你和爹看，打灯笼找不到这样女婿。
老太婆叫了声我说你听，这件事你父亲绝对不许。
咱们这梅花社组织严密，万不能外人知泄露机密。
劝我娃安心在大学读书，等到你毕业后再配夫婿。
一枝花听妈说她不愿意，坐在那地当中放声大哭。
爹一声妈一声呼天唤地，把唾沫抹脸上不管不顾。
高跟鞋蹬地上一丈多远，烫发头撕了个一塌糊涂。
花旗袍也被她撕烂扯破，洋袜子蹬地上赤脚着地。
跌摆着屁股蹲又骂又叫，不叫我跟王刚立马去死。
她躺倒地当中碰头跌脚，娘扯住一枝花好言相劝。
劝我娃不要哭你听妈说，再不要像这样觅死寻活。
娘只有你这块心上热肉，你死了丢下娘如何度日。
你爹来我给他一一说清，你要和王刚好他能同意。
一枝花听此言停住哭声，一骨碌翻起来满脸喜气。
叫一声好妈妈你对爹说，我明天领王刚来相女婿。
快快把新房屋派人收拾，过几天要结婚做成夫妻。
老太婆笑着说就没见过，谁家的丫头厚着脸皮。
一枝花笑嘻嘻叫声妈妈，你也曾当姑娘有过过去。
你老娘和我心谁都一样，找不下好女婿心里愁苦。
你女儿我今年正十八，理应当找女婿早些出嫁。
一枝花嘴说话手脚比划，老太婆干瞪眼无言对答。

却说一枝花和她妈正在说话，看见高龙从外头走来，老太婆就把一枝花要找王刚做女婿的事向高龙说了一遍。那高龙说啥也不同意。一枝花就卖痴撒娇，一会儿哭，一会儿笑，那老婆子也在一旁帮腔，高龙架不住他们娘俩硬缠软磨，只好勉强同意了。然而，老奸巨猾的高龙却提出一条清规戒律，王刚和一枝花结婚后，必须来军统局共同生活，只准王刚吃喝玩乐，不准王刚过问家中之事，并嘱咐一枝花时刻监视王刚的言行举动。一枝花见父母同意她和王刚结婚一事，真好比老和尚敲钟，巴不得一声。一枝花出了公馆，坐小轿车朝学校去了。司机挂了五挡，她还嫌慢。正是：

女学生一枝花喜气洋洋，坐轿车去学校找那王刚。
一枝花见王刚连笑带说，明日个到我家不可慌张。
不是我耍脾气大闹一场，你和我做夫妻那是妄想。

王刚说还是你神通广大，明日个拜岳母和那岳丈。
你们那梅花社人有多少，我也想去参加和你商量。
一枝花笑着说这不好办，梅花社我爹管纪律严明。
他身上有一张梅花图纸，有组织有名单缜密严明。
他身上有一张梅花图纸，有组织有名单缜密端详。
那份图藏匿地万分绝密，放哪里我和娘都不知道。
盼望着我们俩快把婚结，不要提那些事令人心烦。
生儿女过日子衣食不缺，别的事少管她免惹祸殃。
王刚说我回去准备一番，到明天去你家拜会爹娘。
王刚和一枝花握手告别，去找那党组织汇报情况。
连长说党委会做出决定，叫你和一枝花暂且结婚。
王刚说我还要提个意见，对这种婚姻事我要反对。
一枝花是特务下流无耻，我王刚是一位革命干部。
那观点和立场大有分歧，叫我和女特务怎做夫妻。
这件事请组织重新考虑，和特务做夫妻我就不去。
那连长叫了声王刚同志，革命者听分配服从组织。
董存瑞为革命自我牺牲，刘胡兰为革命献出青春。
先烈们洒热血献出生命，只为的让革命早日成功。
叫你和一枝花结婚同居，潜龙坛赴虎穴消灭敌人。
你是位优秀的共产党员，为革命要承受任何考验。
王刚说我坚定服从命令，为人民绝不怕流血牺牲。
梅花图早一天搞到手中，把这股狗特务一网打尽。
连长说希望你提高警惕，有情况随时来找人联系。

却说王刚接受任务之后，和一枝花去军统局拜见了高龙夫妇。几天之后，高公馆里张灯结彩，大摆酒宴。一枝花打扮的妖里妖气，她红光满面，喜气洋洋，和文雅庄重的王刚在宴宾楼举行了结婚仪式。那伙祝福贺喜的都是特务头目，军政要人，贤达绅士。正是诗曰：侦察英雄入虎穴，愚蠢之敌受迷惑。洞房花烛小登科，夫妻合抱百年乐。

宴宾楼赛天堂富丽堂皇，霓虹灯锦屏帐一片辉煌。
一枝花穿一身绸缎绫罗，她今天做新娘喜气洋洋。
王刚和一枝花披红挂绿，叫丫鬟搀扶着举行婚礼。
他俩人行婚礼叩头作揖，先拜天再拜地三拜父母。
叩拜了月下老媒妁之人，又去到宴会厅叩谢亲朋。
拜这个谢那个忙活一阵，他二人才进了洞房之中。

新房屋布置得珠光宝气，沙发床雕刻着凤彩龙蟠。
绸被子载绒毯货产苏杭，枕头上刺绣着戏水鸳鸯。
锦帐上刺绣着花草树木，满屋里散发着一股香气。
檀香木梳妆台摆设一新，胳膊粗大红蜡点亮二根。
墙上的自鸣钟叮叮当当，留声机播唱着陕西秦腔。
那王刚他心里实在憋闷，假奉承一枝花曲意逢迎。
一枝花催王刚解衣安眠，酒宴厅却还在吃酒行令。
特务们八个人围坐一桌，吃的吃喝的喝乱乱哄哄。
桌子上摆满了山珍海味，糖醋鱼樱桃肉杂烩清炖。
煎排骨三鲜汤熊掌黄焖，鲜酥丸烤鸭子百鸟朝凤。
白兰地威士忌进口名酒，哈德门大号烟尽量请抽。
特务们直喝得东倒西歪，提着那酒壶壶摇摇摆摆。
拉的拉抱的抱相互乱灌，你骂我我咒你把头打烂。
喝醉的咧开嘴大声喷吐，吐出的肮脏物满地都是。
酒宴厅升腾起一股臭气，还有的喊乱弹有的啼哭。
有特务酒喝醉啥也不顾，绸裤子掉下去堆在脚腕。
还有的在台下观看喜剧，戏台上唱的是霸王别姬。
楚霸王吹胡子力拔山河，那虞姬拉住他哭的悲切。
宴宾楼闹腾得天翻地覆，高公馆是一片乌烟瘴气。

却说王刚和一枝花结婚后，时时留心，处处查看。由于高龙夫妇防范极严，王刚一时无法查到藏梅花图的地方，心急如焚。高龙夫妇所住的小洋房常锁着，卫兵寸步不离。高龙去小洋房时，就问他老婆要钥匙。那钥匙被老太婆装在黑色的手提包里，行走坐卧，吃饭睡觉，都抱住手提包。王刚把啥办法都想过了，钥匙还是搞不到手。正是诗曰：侦查员智勇双全，有钥匙特务倒霉。

王刚把一枝花假意相爱，平常间细察看心内盘算。
那一间小洋房必是暗室，梅花社那张图藏在内里。
要偷图首先要找到钥匙，老太婆抱提包时可不放。
睡觉时搂抱在她的怀里，不由地那王刚心内着急。
有一天王刚对一枝花说，你去对爹妈说天气暖和。
咱们去成都市旅行做客，照几张风景相那有多阔。
一枝花听此言万分欢喜，叫上她父母亲要去成都。
一家儿四口人要去玩乐，坐汽车来到了天蜀之国。
蓝晶晶天空中万里无云，老太婆和高龙游兴正浓。

一家人来到了杜甫草堂，王刚说我来给你们照相。
他取出照相机调挡对光，一连给他三人照了几张。
那高龙独步儿信步而玩，他去把名人的字画观赏。
老太婆令王刚给她照相，王刚把照相机摇摇晃晃。
叫妈妈照相机有了故障，寻找个和房子修理调挡。
不修好照下一相片要坏，里面的胶卷多这个麻烦。
一枝花听此言心内着急，跌着脚怨王刚你咋搞的。
王刚说你还是先别着急，有一个手提包也能修理。
一枝花见她妈手中提包，说了声用这个修理可好。
她接过手提包递给王刚，老太婆吃一惊心内发慌。
她心里干着急不好明讲，只把那一枝花暗中怨恨。
王刚把照相机放进提包，两只手在包内四处摸揣。
提包里空空的啥也没装，急坏了侦查员王刚排长。
老太婆眼已经盯着王刚，连声问照相机能否修好。
一枝花也埋怨你太糟糕，已过了三分钟还没修好。
王刚说别着急马上就好，嘴说话手却在包内乱摸。
摸了摸捏了捏摸揣一阵，那钥匙却原来藏在夹层。
中国人把春节叫做过年，一年里只庆贺这么一回。
古到今都过这传统之节，贴春联放鞭炮隆重庆贺。
吃好的穿好的啥活不干，跳秧歌串亲戚闲游闲转。
耍狮子闹社火表演节目，打麻将玩牛九还把卷念。
还有人设酒宴猜拳行令，喝醉了就吵架太不赞劲。
高龙是老特务讲究阔绰，一家人度春节狂吃猛喝。
这一天正是那大年初一，丫鬟们端盘子大摆酒席。
樱桃肉茉莉汤冰糖肘子，大碗肉满盘菜川流不息。
大曲酒二锅头摆了几瓶，满屋里酒肉味香气腾腾。
王刚他提酒壶殷情相劝，劝岳父和岳母多喝几杯。
请岳父喝这杯福寿双全，祝岳母多喝些康泰千岁。
再劝你一枝花贤惠之妻，大曲酒喝几杯多子多福。
那高龙和夫人开怀畅饮，一枝花也喝得满脸通红。
那王刚提酒壶轮流把盅，他三人灌掇的昏昏沉沉。
高龙他舌头短语不成声，叫女婿你也来喝上几盅。
王刚说这些酒味道不纯，你们喝我出去再买几瓶。
王刚他来到了密室门口，掏出了一墩子金圆纸钱。

叫门岗我爹说你去买酒，剩下的金圆券任你所有。
那门岗接过钱叫声少爷，这么多压岁钱小人感谢。
门岗他扛起枪朝外就走，王刚他掏钥匙开了屋门。
他急忙走进屋把图查找，见有间套间屋锁得牢靠。
那王刚把钥匙投进锁眼，有电流把王刚击倒门前。
浑身上麻酥酥瘫软无力，把王刚电了个昏昏迷迷。
王刚他缓口气要把门开，老太婆进门来大声呼喊。
那王刚掏手枪扣火枪响，老太婆中子弹倒在地上。
王刚他把钥匙投入锁中，见高龙提手枪走进室来。
高龙他对王刚冷笑一声，你今天难逃出我的掌心。
那王刚调转枪就要射击，高龙的手枪响王刚负伤。
王刚他忍耐着身上疼痛，推搡开套间门跳进暗室。
岂不知门里头设有暗道，那暗道离地面几十丈高。
王刚他只觉得头重脚轻，骨碌碌滚进那地道之中。
暗道里设置着利刀快剪，刀尖子戳穿了王刚两腿。
王刚他忍住疼往外爬行，霉臭气熏得他气喘吁吁。
地道里像锅底黑咕隆咚，那王刚昏倒在地道之中。
醒来时却躺在手术台上，连长和医生们把他守护。
连长说你背上挨了一枪，右肺部开了洞负了重伤。
两条腿都骨折现已复位，我们在地下室把你找见。
侦查员冲进那高公馆中，为找那梅花图进了暗室。
找到了梅花图击毙高龙，抓住了一枝花正在审问。
你为党洒热血光荣负伤，安心在医院里养伤治病。

却说丁局长审讯完一枝花之后，亲自率领了一队公安战士，去协助王科长捕捉隐藏在公墓下面的特务。正是诗曰：乱葬岗下有宫殿，特务头子住里面。今日搜出梅花图，敌人全部被逮捕。

先说那王科长田虎小杨，包围了乱葬岗公墓坟场。
掘出了棺材板又朝下挖，又挖了三尺多露出房瓦。
地底下是一座密室暗道，那里头电灯光一片辉煌。
那高龙和夫人正把谎喧，翘着腿抽着烟自在悠闲。
王科长冲上前怒吼一声，那高龙见王刚大吃一惊。
田虎把特务的衣领扯豁，拿手铐把他俩双手一锁。
王刚问梅花图藏在哪里，不老实交出来我拿枪毙。
那高龙颤声说饶我一命，梅花图就在这沙发之中。

杨秘书把沙发砸烂撕碎,取出了梅花图装在包内。
突然间过道里枪声大作,卡宾枪炸麻子喷着火舌。
暗藏的特务们开枪顽抗,王科长一抬手打了几枪。
公安兵扔炸弹火光冲天,胳膊飞脑袋炸全部消灭。
剩下的抱着头只喊饶命,扔掉枪举起手俯首就擒。
丁局长领部队来到公墓,开机枪扔炸弹堵住窗口。
战士们端着枪四处搜捕,抓住了楼上的大小特务。
搜查出刀和枪各种仪器,牛奶糖和面包吃食无数。
还有那塑料壳做的面具,金壳表毛料子满满一库。
局长把那高龙严加审讯,问明了李金玲死的原因。
原因是解放时蒋帮逃窜,临行时把特务潜伏疏散。
蒋帮把刁守义用电打死,把药剂把他的尸体保存。
有一个特务和守义太像,假守义和金玲谈说对象。
把一块定时弹装在表内,妄想把原子所一炮炸毁。
那夜晚李金玲去到坟场,假守义见金玲心内发慌。
李金玲没炸死必有缘故,假守义拿匕首暗中准备。
到市中假守义听见人叫,不露手把金玲一刀捅掉。
他看见丁局长挥枪追来,来不及拔刀子扭头就跑。
他跑回坟场后遇见田虎,还有那杨秘书把他围住。
丁局长那时节不知底细,光掘出上面的棺材坟墓。
却不知坟下面设着开关,刁奶奶误以为是鬼作怪。
丁局长审明了金玲死因,问小杨要过来梅花图形。
局长把梅花图交给王刚,命令他照图样去抓余党。
王科长带田虎秘书小杨,还有那胡超群全副武装。
一行人和局长握手告别,要去抓漏网的那些敌特。
丁局长指挥着公安战士,搜查罢地下室转回局里。
局长在办公室整理资料,桌子上电话机铃声脆响。
原来是王科长通话报告,梅花社特务们全部抓到。
丁局长推开窗胜利欢笑,碧空中彩霞飞红日高照。

沪城卷到此处故事结局,要感谢英雄们保卫和平。
今日的好日子来之不易,我们的好江山大家保护。

——选自《山丹宝卷》

三、丁郎刻母（贤孝词曲）

贤孝书本是圣人往下里造，不打个开场我呀唱不好。
实际的那个开场打开了呀，正传儿接上了往下表。

三个人同日去看花，百友原来是一家。
禾火二人对面坐，夕阳呀桥下一双呀瓜。
一山的那个松柏树一山的花，花笑松柏树不如它。
有朝一日寒霜杀，只见松柏树不见花。
嘴里的舌头嘴里的牙，牙笑舌头不如它。
有朝一日年纪大呀，只见舌头不见牙。
上河里的石头下河里的沙，沙笑石头不如它。
有朝一日洪水发，只见石头不见沙。
三炷明香一炷蜡，蜡笑明香不如它。
有朝一日大风刮，只见明香不见蜡。
诗句闲言丢在后，打开正传了说古人。

我把贤人住的地方说分明，什么省啊，什么县？
哪个县里有家院？什么村啊什么庄？
哪个庄里有家乡？张王李赵说清干。
问他的那个姓来也有姓，大海里栽花根根儿深。
问他的家也有家，高山上点灯明（名）头儿大。
问他的名也有名，他的家住在山东省，山东省里有庄村。
问他的那份地方有地呀方，山东省有个定阳县。
定阳县正在这个流水巷，他在流水巷子里有家园。
流水巷里住着个丁百万，丁百万，要订婚，这里那里订不成。
一订订到康家门，康家老婆子是个大善人。
夫妻过门半辈子整，康氏妇人才身怀有个孕。
男娃娃女娃娃都是十个月生，十月怀胎才能怀成人。
娘怀儿一个月一根血丝啊我的娃娃呀，娘怀儿两个月上露水成珠啊。
娘怀儿三个月上锈成了一块，娘怀儿到四个月男女分开。
娘怀儿到五个月上出了怀，娘怀儿到六个月上才得了人形。
娘怀儿到七个月上七窍所通，娘怀儿到八个月八宝攒身。
娘怀儿到九个月三回九转，娘怀儿到十个月上啥都才长全。

三月里怀胎九月里生，十月怀胎才怀成人。

许的日子他没有生，该的日子也没有生。

五月端午的午时生啊，正当午时生下了一个男孩童。

人生一个人疼坏人，妈妈肚子里疼着了不成。

一阵阵松来一阵阵紧，疼着急了满炕儿滚。

早上疼到晌午整啊，疼急了把月炕上偎了个大窟窿。

早上疼到晌午过，炕沿上蹬开了个大豁落啊。

整整疼到午时整啊，午时生下的这个男孩童。

生下娃娃三天整，老爹爹得下了一场沉重病。

你看这个老汉的病势重不重啊，一跟头栽到床沿中啊。

早上轻，下午重，馍馍不吃饭不用，汤药西药吃上全不应。

早半天热，下半天冷，阳世三间活去就万不能啊。

老汉这个病就重着不成了，有一阵阵冷了，老汉就像水上的冰，一阵阵热了就像火上蹲。

老汉这会得下了场不好的病，把老婆子请到上房中，给老婆子安当了些话泪得很啊。

老婆子啊！有朝一日我命归了阴，我死了你万万不可胡嫁人。

有朝一日你老汉归了阴，我这么阔的家府你可得照应。

我死了里里外外你给我操上点点心，万可不能重嫁人。

你没事了就在家里蹲，没事闲光光你可不能出家门。

亲戚盼着叫亲戚有啊，邻舍盼着叫邻舍穷。

当家邻舍坏得很，恐怕教着叫你嫁了人呀。

你当反穿罗裙重嫁了人呀，我的娃娃丢下可怜得很。

你当把我的娃娃带到后老子的家园中，再好的后老子没有我亲老子亲啊。

云里的日子，洞里头的风，后老子的指头赛铁钉啊。

安当了的话么你记在心，万可不能过了你的耳边风。

安当了的好话你听清楚，有朝一日老汉去了世，你溜辛（艰难）了溜辛给我抓孩童，万万不能反穿罗裙去嫁人。

你当把我的娃娃带着人家去，后老子再好不如我这个亲老子亲啊。

后老子骂娃子骂得凶，骂的是脬牛的卵子余外的皮，马后头的草包带肚子。

老汉就安当得细致得很，整整安当了半日整啊。

活该他的禄粮口袋吃了一个空，衣禄阳寿活了个尽，嗑腾腾一口老痰噎住归了阴。

老汉已经去了世，老婆子哭倒在老汉灵底下。

头一声哭的老家主啊，第二声哭的老伴儿。

整整哭了多半天，我还得给老汉大大儿的发个丧啊。

砚凹底的棺材、油松木的板，五个木匠么也请上。

十二个道士也请全，搭了个法台高着没式样。

法台么搭了三丈三，徒弟吹，师傅念，喇叭上就吹的是《西方葬》，给老汉么就好好发大丧啊。

咚咚鼓，嚓嚓锣，半截子喇叭嘴里嚎。

咚咚嚓嚓敲得欢，呜哩哇啦吹了个响，哎给这个老汉发大丧。

人人个个怕黄泉，怕着自家遭血险（血光之灾）。

家财挣下拿不上，你赤手空拳见阎王，落了老婆子的四块板。

啊……啊……老婆子啊听清干，老爷子活着叫伺候着吃，死了发丧白烧给些纸。

老爷子活着你给着穿，死了发丧白悲伤。

啊……啊……烧给些纸钱叫风刮散，奠给些汾酒叫土渗干。

端下的飱菜叫狗吃了，做下的宴席叫人吃上。

唉老汉就一嘴也尝不上，死人盖着活人的眼。哎啊……

老婆子啊好好听，高公道士念的经。

天也空，地也空，空叫儿女痛伤情。

金也空，银也空，黄金屋锁主人公。

生也空，死也空，家财没有拿上一丁丁，赤手空拳见阎君。啊……哎……

天上的云，地上的风，刮了南北刮西东。

我的老婆子丢下可怜得很，半夜里才给你托着个梦啊。

阴曹地府路不平，万丈石崖走不成。

前边不远就是阴阳城啊，阴阳城里没有灯。

点的是驴毛捻子狗油灯，昏昏黑黑看不清。啊……哎……

阴曹地府不连阳间相，没有星星没月亮，白日黑夜都一样，阴曹地府没有太阳光。

啊……哎……喇叭上正吹的《西方葬》，给这个老爷爷发大丧。

唐王爷天子游地狱，任何人离不了死的路。

人有生啊人有死，先造生来后造死，生死之路保不住啊。啊……哎……

哎，老汉活着给着吃，死了你万万不能哭。

老汉活着你伺候好，死了哭着他不知道啊。

哎，喇叭上把《柳青娘》来吹上，发丧发了整三天，东家们多着没式样。

七道绳啊八道杠，把这老汉抬上了坟里葬。

老汉葬到坟墓里，老婆子溜辛着才抓儿郎哩。

老汉早早见阎王，丢下这个女寡妇她才二十三，二十三坐寡她才抓儿郎。

老汉半路里去世早，二十三的寡妇她就丢下了。

一打这个老汉命归了阴，丢下个老婆子她才二十三岁的个人。

要想反穿罗裙重嫁上个人啊，老汉死哩给我安当得千真万确，他牵心得很呀。

二十三叫我守寡我真溜辛，叫我千辛万苦，多会才把这个娃娃抓养成个人。

寡妇妈妈抓养娃娃孽障溜辛得很啊，给人家锥帮纳底我要抓孩童。

麻绳儿把妈妈的嘴唇儿上捋成了血淋淋啊，锥夹子把妈妈的手上垫的血如脓，你看抓养个儿女去多流溜辛。

人家舀给了妈妈一碗饭，她还不敢吃啊，省下了快叫我的娃娃吃。

啊……哎……我的苍天啊！你看女寡妇妈妈多溜辛，二十三上做寡她抓孩童。

娃娃，人家犁开种啊。

寡妇妈妈更溜辛啊。老襟里兜着去溜种，衣襟上磨开的大窟窿。

挣了一碗饭省下还叫娃娃吃啊。夏天的妈妈太溜辛，给人家薅田拔草抓孩童。

太阳星晒坏了少年青春，铲把儿磨烂了娘的手心。

六月里收黄田妈妈太溜辛，拿镰刀割田去还要背孩童。

镰刀把垫烂了娘的手心，挣三升落二升养我的孩童。

数九寒天的寡妇妈妈还溜辛，给人家捶洗浆布还要抓孩童。

手上冻成了血如脓啊，没有容易把娃娃抓养成了人。

哎……啊……过开年妈妈还溜辛，自己家里顾不着，给人家去和面蒸馍馍。

两只手上沾了些面啊，回到家中洗下来一点点面水儿，拌了一口拌面汤，还要叫她的娃娃吃。

妈妈抓养了这个娃娃苦得很，没有容易把娃娃抓养成。

一抓抓了千斤重啊，一说上媳妇子他就变了心。
　　你看妈妈多孽障，二十三上做寡妇抓儿郎，
　　千辛万苦没有容易把傢抓养成了啊，住下去的结果苦得很。
　　娃娃抓到七岁整，妈妈领上往书馆里送。
　　早些把娃娃送到书馆中，早读诗书盼功名。
　　早上送到书馆里，晚上就给娃娃把学名儿起。
　　他的爹爹名叫个丁百万，儿子的名字再从排行上安。
　　师父把学名儿起得端，娃娃叫了个小丁郎。
　　起罢名讳读文章，先头里念的天高白玉堂，念好书朝里要做官。
　　又念了一个万般皆下品啊，世上只有读书人高啊。
　　读书读着用上心，明白夜黑下苦心啊。
　　娃娃的文章实实念得好，文章精华教儿曹。
　　一天念会三字经，两天读会了百家姓。
　　《中庸》《大学》讲了个遍，小丁郎作的文字胜过了人，压定了书馆里的众学生。
　　嗯……啊……念书念到十五六，十七十八的小丁郎成了人。
　　寡妇妈妈怪高兴，我的娃娃么就抓养成了个人啊，快给我的小丁郎儿子订一个婚。
　　啊……这里订婚婚没有成，那里订婚婚没有应啊。
　　订婚订到王家门啊，说下了个媳妇子名叫王素珍。

　　啊……原先没有给他说女人，丁郎在妈妈身上孝敬得很。
　　进了门就把妈妈问啊，没有妈妈傢就活不成啊。
　　一从把女人娶进门，这个女人傢可恶得很。
　　教着叫丁郎要变心，要连死里打这个老母亲。
　　把小丁郎教成一个龟踏头，鼻疙瘩真正长到嘴下头。
　　女人教啥坏话他就往下听，他若要不听女人的话，女人就要连他来反霸（闹反）。
　　这个女人就可恶得酷，给男人教的坏话就坏得酷。
　　哎丈夫啊！你的那个老祸害妈妈是个多余的，我们赶紧打着叫她连掉里死啊。
　　若要不叫她见阎王，这个老祸害吃起来就歪（厉害）着没式样。
　　头号大锅里能吃一锅饭啊，我们赶紧打着她寻个无常，你听我给你这个龟踏头说清干。

我们两口子糊糊儿吃一顿拌面汤饭，我连你下米去下着半碗米，拌面去拌着半碗儿面啊。你的妈妈吃起歪得酷，她要是连我们一起吃，尖尖地下着一升米，还要拌上半升子面啊。我们两口子吃一顿面条饭，我连你擀面去才擀着一碗面。

你的妈妈吃去歪着没式样，做一顿饭去尖尖地擀着三升半哩。

我们赶紧打着叫她寻无常，老天爷害怕的秋来旱，好日子怕的仓底子烂。

我们两口子吃一顿饭，我连你添水去才添着半桶桶儿水，你的妈妈吃去歪着没式样。

没有两大桶子水，我们吃不上一顿饭。

我们调盐沫子（食盐）去，调着才一撮撮儿盐。

你那个老祸害妈妈傢吃去歪着没式样，那个大盐疙瘩尖尖地得调一大碗，没有一大碗盐疙瘩调不咸个饭。

我调醋去才调着半碗儿醋，你那个妈妈吃去歪的酷。

那个好好儿的好醋，大罐子调着一罐子啊。

烧柴去我连你才烧着一掐掐儿柴啊，你听咔，你那个老祸害妈妈吃去歪不歪，做一顿饭大大地烧着五个大麦荄。

你当打着叫那个老祸害命归阴，我么就给你当女人。

你当不把那个老祸害打着把无常寻啊，我可不给你这个龟踏头当女人啊。

原先有饮了牛的牛蹄窝窝子哩，龟娃子，可深得很啊，我跳着那些个牛蹄窝窝子哩。

淹毙死了我宁可命归阴。

你当打着不叫你的妈妈把无常寻，有个棉花墩子可软和得很啊，我宁可碰死在那个棉花包子上命归了阴。

你当打着不叫你的妈妈把无常寻，等到明个清早晨，我带做饭带烧火着，坠到那个风匣杆子上吊死去命归了阴。

把我死掉不要紧，惹下我的娘家人可厉害得很啊。

我娘家人不是饶你的人啊，我的娘家人不是省油的灯。

我的娘家人来上一大阵，打着你这个龟踏头给家们顶尿盆。

我有个小兄弟妄荡（狂野）着厉害得很，两个猫儿抓齐正，抓住给你上个母猪阵啊。

猫儿放着裤裆里行，傢把你两个裤腿给你绑着都扎硬啊，把你的下身里给你挖得四不像个人哟。

这个女人就厉害得很，就把这个小丁郎么，就立立地教着变了心。

怎么打着叫你妈妈把无常寻？我么有个计哩，可妙得很啊，我今天给你把计来定，你听分明。

等到明天清早晨，你挈上犁铧了赶上对牛啊，你到地里去犁地，我叫你妈妈给你送饭去。

送得早了，你把老祸害按到地里，你拿上牛鞭勒啊。

饭送得迟了，你再拿上刺条搵啊。

三顿饭她当天天不给你往时节上送，打急了她就把无常寻啊。

女人厉害着可恶得很，立立地就把丁郎教着变了心。

到了第二天清早晨，挈的犁铧赶的牛啊，嘴里么喊的信天游啊。

小丁郎已经变了心，实实的那个去来整个地走，我去到地里了把地犁啊。

你叫我老祸害妈妈把饭往这里给我送啊，饭给我送得早了牛鞭勒，饭给我送得迟了，刺条再把她搵。

牛鞭我把她打了刺条搵啊，这会要打着叫她见阎君。

三顿饭她当不给我往时节上送，儿子可不是饶她的个人，儿子也不是省油的个灯，叫她人世上活去万不能啊。

打着叫那个老祸害妈妈把无常寻，那时节我们两口子过一个兆征。

也不表丁郎犁地的人啊，这话不说我再重表人啊。

花儿青，叶叶儿红，一朵莲花九条根啊，一堵墙挡不住四面个的风。

这会重表人，表的正正是什么人？把小丁郎的妈妈表分明。

又到第二天清早晨，刚给儿子把饭往地里送，老妈妈得了一场病啊，妈妈傢就得下了沉重病啊。

浑身疼着哎，就起不动个身啊。妈妈呻唤给了半日整啊，王素珍媳妇子又给听了一个真。

王素珍媳妇妖得很，饭缸缸洗净她就舀了一缸缸饭，起了身我的丈夫就把饭往地里送。

女人送来了不要紧，犁地的这个小丁郎龟踏头吃了一惊。

丁郎抬起头来看分明，送饭来的不是我的妈妈老母亲，实实是我的女人王素珍啊。

我挈的犁铧赶的牛，六月里的天气热得很，我是这个地里么犁地的人。

把妈妈晒死不要紧，把我花咕嘟嘟的女人，晒死了我就可怜得很。

啊……啊……我的苍天啊！晒死妈妈不要紧，把我的女人晒死了可怜得很。

这个龟娃子青红皂白没有问，把犁了地打了牛的那个牛鞭，可就提到手里回家中。

牛鞭拿上来到家廊中，把树上的那个的刺梅花条子啊，傢又准备着砍下三大捆。

这些东西办现成，拿的这个牛鞭，拿的这个刺条，来到上房中，抬起头来看分明。

这个老祸害，这个六月里的天爷热得很，你不给我儿子饭往者地里送，打发的女人王素珍，把你晒死不要紧，把我的女人给我晒死可怜得很。

青红皂白他就再没有问啊，糊里糊涂拿的牛鞭就把妈妈往死里整啊。

这就是儿子真正听了女人的话，把老妈妈按下拿的牛鞭打啊。

妈妈二十三岁坐下的这个寡呀，没有容易把傢儿子溜辛着抓养大。

儿子听了女人的那个话呀，按下了就把妈妈往死里打啊。

左手傢把妈妈按住拿的牛鞭打啊，右手傢把妈妈啊拿的刺条搉啊。

鞭子一打哩那个啪啪啪呀，刺条一搉哩着就涮涮涮啊。

你看妈妈抓养这个娃娃里太溜辛，没有容易溜辛着把娃娃抓养成个人。

尽头给傢把女人说进门，女人厉害着教着变了心。

青红皂白再不问，把妈妈按住拿的牛鞭傢就勒啊。鞭子一打哩冒血红，刺条一搉里就龙摆尾啊。

打一鞭子老妈妈哭呀一声，我抓养了儿子的那个溜辛哭着叫娃娃听哎。

我的小冤家，你的爹爹死里不要叫我重嫁人，我二十三上做寡把你抓养成人啊，谁知道你才成了个忤逆种！我一斤把你养了千斤重啊，临完了你才是忤逆种。

你的翎毛儿干了翅膀硬啊，谁知道临完了成了忤逆种啊。

妈妈哭得孽障得很啊，你还打着不饶一下妈妈的活性命啊。

打急了哭着给傢儿子比古人哩，羊羔儿吃奶双膝跪啊，乌鸦能报娘的个恩啊。

娃娃你当不饶娘的命，还有些古人哩，你好好听啊。

白鹦鸽那是个扁毛虫啊，盗了桃子能孝敬傢的老黄鹦，你怎么成了这么个忤逆种。

人养一个忤逆种，猪下一窝滚墙根。

鹞子怎么跟上鹰飞了呀，妈妈那个些把娃娃的心亏了？

苍蝇跟上肉跑了，妈妈那个些把你娃娃惹下了？

一斤把你抓成千斤了，女人说给你把心变了啊。

儿子说的，妈，也不是鹞子跟上鹰飞了，哪个些你也没有把我儿子的心亏了。

也不是苍蝇跟上肉跑了，哪个些你也没有把我儿子得罪了。

就是我犁地着哩，你给我把饭送得迟慢了啊。

我儿子挈的犁铧赶的牛，六月里的天气热得很。

我在地里犁地的人，你怎么不给我儿子把三顿饭往地里送？

送饭的是我的媳妇王素珍，把你这个老祸害晒死着地里不要紧，把我的花咚咚儿脆生生儿，嫩茵茵儿的女人晒死可怜得很啊……

把妈妈打得太可怜，惊动了玉皇爷的灵霄殿。

玉皇大帝闻听着了忙，打发了十二监察神。

你赶紧把这个生死簿子拿来，你给我查一遍。

哪里有天高不下雨？哪里有地良不长苗？哪里还有这个忤逆不孝的？哪里还有打僧骂道的？

哪里还有打爹骂娘的？你们查得清清的了，雷连掉里殛他去哩啊。

十二监察神着了忙，生死簿子打开就查了三四天。

山东省定阳县里有个流水巷，哎，出来了个小丁郎娃子，忤逆着没式样。

他的妈妈做了寡，抓养了这个娃娃做寡着才二十三啊。

抓养大说给了个女人厉害着没式样，女人教着丁郎把心往掉变，把妈妈打得太孽障。

玉皇大帝怒气生，单有山东省出来了这么个忤逆种。

我的山神土主，赶紧打发着下天宫啊。你们去了变上两只乌鸦，噙食度水点攘他这个忤逆种，看他改心不改心。

小乌鸦能报老乌鸦的恩啊，看他改心不改心。

把儿子点攘着改了心，再当打了老母亲，我玉皇大帝走一回雷晶宫。

去把这个雷神爷打发上下天宫，雷连掉里殛他这个女人王素珍啊。

雷把他殛到山东省，蛆蚜子下下一大层。叫大街上臭着过不去个人，白骨悬天看不成啊。

山神土主你听清干，玉皇大帝细细白白给你来安当（吩咐）。

你赶紧收了云头下了凡，山神爷你么去了把老乌鸦变，土主爷你么去了把小乌鸦变。

你去了蹲着他这个小丁郎的地头上，你噙食度水把打了妈妈的忤逆种要点禳。

大乌鸦飞到埂子上，小乌鸦儿儿子你可要给老乌鸦把食噙到埂子上。

大乌鸦飞到一棵大树上，小乌鸦娃娃子给老乌鸦把水噙到大树上，噙食度水把他要点禳。

山神土主遵了令啊，山神土主就下了天宫哎，好好去点禳他这个忤逆种。

山神土主呀下了凡，收云头哎落地面，变的那个乌鸦，好好点禳他这个小丁呀郎。

山神它把老乌鸦变啊，土主又把小乌鸦变。

大乌鸦飞到埂子上，小乌鸦儿儿子着了忙啊，又给大乌鸦把食噙到埂子上啊。

大乌鸦飞到大树上，小乌鸦儿儿子又着了忙啊，它又飞过去给大乌鸦把水度上。

点禳他的这两位神啊，头上戴的堂锦帽，身上穿了一身黑道袍。

腰里勒的青丝带，脚上又穿登云鞋。

变的那个乌鸦点禳来。这个忤逆不孝的实实不改心，见了这个老乌鸦他就着气得很啊。

唉，这个老乌鸦老不死的，就连我的老妈妈像得很。

一天他把这个小乌鸦儿儿子跟上来了跟上去了，缠挖了个硬啊。

地里的石头多得很，我拿起石头照了个准。

把它这个老乌鸦砸死命归了阴，叫它这个小乌鸦儿儿子，好好飞着来了飞着去了活两天人哟哎。

尖儿（刚刚）他就把石头准备好，往死里打这个老乌鸦。

山神土主变化大得很，变了两个化缘的师傅，又把这个娃娃问。

哎！犁地的娃娃，那么你慢慢儿地慢着啊！那么你打那个老乌鸦，有些什么情由啊？

丁郎说是，唉，老师父啊，你看就连我打了的妈妈像得很。

小乌鸦飞到埂子上它去跟到埂子上，小乌鸦飞到大树上它去跟到大树上。

我见了这个老乌鸦着气者没式样。那个老师父说，娃娃！那个老乌鸦抱着小乌鸦儿儿子，噙食哩度水哩，明白夜黑夜给了四十九天哩，才能抱出个小乌鸦儿儿子来。

小乌鸦儿儿子出了窝窝儿，能飞了原要把老乌鸦噙食里度水里度上四十九天哩。

这才羊羔儿吃奶去双膝跪啊，小乌鸦出了窝窝儿，能报老乌鸦的恩。

难道说，你的妈妈二十三上守寡，没有容易溜辛着把你养成人。

把你一斤抓了千斤重，让女人说着变了心。

把妈妈按到上房中，你牛鞭打了还要刺条勒，你真正不如这个长毛小飞禽啊。

丁郎转过头来看分明，怎么不见骗了我的这个老道人。

一打这个地方小丁郎就改了心了，想了把妈妈打着看不成。

那个神灵有感应啊，变了两个乌鸦把我点攘着改了心。

这会回到家廊中，再就不打我的妈妈老母亲啊。

不是神灵下天宫，这个忤逆不孝的仍然不改心。

也不说丁郎改了心，再把他的妈妈表个分明。

妈妈到了第二天清早晨，今个快给我的娃娃把饭送。

妈妈她就提了一缸缸子饭，起了身又把饭给犁地的儿子送。

妈妈送饭来不要紧，改了心的儿子瞭了个真。

儿子抬起头来看分明，我看着今个给我送饭来的不是我的媳妇王素珍，越看越连妈妈像得很。

儿子又把妈妈问，妈！今天我可改了心了。再就不打我的老母亲了。

地里犁下的这个土墼疙瘩多得很啊，我的妈妈绊死着土墼里头可怜得很。

儿子妈妈跟前迎上提饭的个人，忘掉了把打牛的牛鞭往地里丢啊，他就把牛鞭拿到手里，迎上妈妈跟前提饭的人。

头一回把妈妈牛鞭打了刺条勒啊，儿子把妈妈打怯阵着哩！见了儿子的这个牛鞭害怕得很。今个我想饭没给我的娃娃往时节上送，这回打开妈妈活去万不能。

妈妈抬起头看分明，前面有个大柳树哩，大得很啊，早些就在大柳树上我往死里碰吧。有心树上不往死里碰，儿子打开我活不成。妈妈就把饭缸缸子搁到柳树根啊。

照着这棵大柳树她就下歹心啊，咔嚓碰死在这个柳树根。尽头（等到）儿子这会儿改过心来了，妈妈吓着碰着这个树上了，咔嚓一下她就碰死呀了。

可没有乌鸦把他点攘着改过心来了，妈妈这回碰死着树上呀了。

儿子柳树根里哭妈妈，他就孽障得很啊。

双膝儿就跪到柳树根，眼睛里的泪珠儿，由不得地嘟噜噜噜噜滚啊。

双膝儿就跪到柳树根，丁郎在这个树底下哭的妈妈老母亲啊。

我的妈妈……我儿子厉害着就把妈妈打呀！妈妈打得就给可怜得很啊。

尽头乌鸦把我点襄着,改过心来了啊,我的妈妈就碰死在这棵树上了。

我的妈妈啊！老妈妈你冲天冲地把我抓养了,十月怀胎把我枉怀了啊。哎……

你血水淋淋把我枉生了,妈妈,赘赘累累你把我抓养大了啊。

老妈妈啊！再的人生下个儿子,为的是防的个老啊,你把我这个忤逆不孝的枉养了啊。

妈妈,你为我小,我为你老,这就叫个朽木头搭下了个独木桥。

妈妈好比过这个桥,过到中间桥断了。

我妈妈碰死在柳树上,我永世千年再见不上我的妈妈的个面。啊……啊……

我的老妈妈啊……妈妈啊,我多会再见上妈妈的面。永世千年我见不上啊。

丁郎在树底下哭了整一天,眼泪都淌下了三四碗。

丢掉的东西寻不着,妈妈碰死眼睛哭瞎再也哭不活呀。

整整哭了多半天还得给妈妈发个丧么,哎,山东省里请木匠,东街上没个好木匠,西街上没个好木匠,南街北街里都跑遍,请了五个木匠师傅能着没式样。

一棺一椁的大棺材给妈妈也做上,十六个高功道士都请全,吹的吹啊,念的念。

徒弟吹啊,师父念,喇叭上你给我泪泪儿吹个《西方葬》,给我的妈妈发个丧啊。

哎……啊……咚咚鼓,嚓嚓锣,吹开了喇叭嘴里噙。

徒弟吹啊师父念,好好给妈妈发个丧。哎……啊……

人人个个怕黄泉,怕的黄泉遭血险。妈妈碰死着柳树上,永世千年再也见不上。

家财挣下拿不上,赤手空拳见阎王。儿女丢下真可怜,永世千年见不上。

哎……啊……忤逆种,你好好听,二十三做寡守节没有容易把你抓养成啊,妈妈碰死着柳树上。哎……啊……地阴阴,天昏昏,妈妈早就命归阴啊。

阴曹地府路不平,万丈石崖走不成。

阴间城里没有灯,一满(都)点的驴毛捻子狗油灯,昏昏沉沉看不清。

人生一世叫不平,高的高来低的低。人是世上的混水鱼,抓了儿子领孙子。

任何人看不了西去的路，哎！唐王天子游地狱，先选生来后选死。

啊……哎……有朝一日你去了世，阳世三间再好也把你留不住。

妈妈活着你孝敬好，死了哭着不知道啊。

哎……啊……又是披麻又戴孝，死了哭着不知道。

哪个天子活百岁，临完（到头来）了死了化成灰。啊……哎……

忤逆种，你好好听，活着你打着不孝敬，死掉了还得给妈妈报了恩啊，这会又念报恩经。啊……哎……大慈大悲报恩无境尊。

活着不给吃，把妈妈打着没式样，死掉强如你给发大丧啊。

活着你不给吃不给穿死了发丧枉费钱，活着你打着不孝敬，死了发丧闲事情。

你看妈妈做寡哩二十三，抓养这个娃娃哩多可怜。

左面尿湿翻右面，右面尿湿驮胸膛。

妈妈为了抓儿郎，身下的尿笆儿都焐不干，胯子垫成脓罐罐。啊……啊……

哎！十冬腊月三九天，妈妈抱的娃娃就看月亮。

见了月亮也喜欢，为娘的抱着娃娃满院儿转。

看了星星看月亮，游着就叫娃娃看，妈妈的脚巴骨冻成了脓罐罐。啊……哎……

孝子拜台哩，《刘皇爷过江》吹上。

孝子起来，孝子跪倒，一拜，二拜，给娘三叩九拜呀！拜呀拜呀！

媳妇子你听清，活着打着不给着吃，死掉了你还得着实哭啊。

活着你把老妈妈孝顺好，死掉了淌上多少眼泪也不知道啊。哎……

发丧发了整三天，抬杠的东家多着没式样。

七道绳，八道扛，啊，把这个老妈妈抬上就往坟里葬。

走着路上还得绕个棺，阴曹地府还得给她来安当，把《柳青娘》吹上往坟里葬。

高尊万古，丁郎的妈妈碰死去世，听我给你吩咐。

阴曹地府有六条大路，给你安当着你听清楚。

阴是阴，阳是阳，阴阳隔着纸一张。

阴曹地府不跟阳间像，又没星星，没月亮，阴曹地府没有太阳光。

哎……生也空，死也空，空空冥冥无踪影。

家财挣下拿不上一丁丁，赤手空拳见阎君啊。哎……

唐王天子游地狱，任何人看不了生死的路。

生由生来死由死，一脚你踏开生死的路，阳世三间再好也把你留不住。哎……

高尊万古，丁郎的母亲去世，阴曹地府的六条大路，给你指着你听个清楚。

阴曹地府的饿鬼道、地狱道、畜生道，你可万万不能去。

只有你可去的三条大路。给你指着你听个清楚。

天仙道、神奇道、人伦道可去，这就是你可去的三条大路。

东家的七道绳子八道扛，把丁郎的妈妈抬上往坟里葬。

再说这个娃娃小丁郎，碰了妈妈的这棵大柳树，我再往倒里放啊。

放倒了柳树刻下个木妈妈来拜娘啊。

把这个柳树放倒，搁到日头窝里晒给了两三天。

又搁到没日头的阴洼地方，阴给了四五天，把这个木头就给阴了个干。

山东省里，把刻妈妈的这个能能儿的师傅也请上，刻下了个木头妈妈来拜啊娘。

请上的这个刻妈妈的师傅，能着没式样，树上刻下了木娘娘啊，和这碰死的老妈妈一模样像。把木妈妈供养着搁到家府堂啊！丁郎孝顺着就没式样。

顿顿儿吃一碗去，跪着这个佛堂里也要给妈妈奠。

喝一口汤去也要给妈妈奠，一天给妈妈上着两回香哩，上香去把佛堂里打扫个光哩。

清水他就洒了，掸子啊掸，佛堂哩给打扫了个净净光啊，要给妈妈来上香。

盏盏佛灯里把清油添，清油捻子也撮上。

各个香炉儿里把香插上，我的老母亲妈妈我给降个香啊。

我给妈妈来上香，上香还得把佛经念。

一炷香，我上给三代宗亲，二炷香，我上给四面八方。

三炷香，我上给三霄娘娘，四炷香，我上给四海龙王。

五炷香，我上给五岳星君，六炷香，我上给南斗六星。

七炷香，我上给北斗七星，八炷香，我上给八大天尊。

九炷香，我上给九皇星君，十炷香，我上给十殿阎君。

十一炷香，我上给王母娘娘，十二炷香，我上给玉皇大帝的灵霄宝殿。

上香上了一百天，丁郎又把蒲州上。蒲州有个事情哩，这个事情还好得很。

包裹行李备齐整，各样的东西就办现成。

他就给王素珍媳妇安当着说分明，媳妇啊，我今要上蒲州城，你要像我这样行。

早晨给妈妈上香磕几个头，后响也要给妈妈上香磕几个头。

你要是难为了我的老母亲，我从蒲州城里回来，写上休书我把你要休出门哩。

早上把你个贱婆子休出门，后响我把我的妈妈拿上红缎子包裹硬，背上到终南山里我们修两位神哩。

给女人安当给了半日整，小丁郎这才背的行李起了身。

小丁郎才出了山东省啊，碰着个山，他就打山上走，碰着个岭，他就打岭上行啊。

哎，大山过了十八架，小山过掉数不清啊。

三日住到个桃花店，五日住到个杏花村。

桃花店里住下有贤人啊，杏花村里傢有好酒啊。

哎，人往蒲州城去得一月整啊，没有一个月走不到蒲州城。

书上说开快得很啊，一打丁郎走了这个蒲州城，这个女人厉害着仍然不改心，折掇（折磨）木娘娘婆婆去厉害得很。

回来了就到佛堂中，把刻下的木头妈妈啊，一跟头捞到地埃尘。嗯……啊……

拿的那个擀面杖，傢就在头上楞啊。

一顿擀面杖下歹心，把木头婆婆的头上，傢就给打了些子疙瘩不平顺啊。

一顿切刀傢给胸膛上剁，把刻下的木头婆婆的胸膛上，剁开的么都是三尖口。

明个白日把这个老祸害捞着院子里，叫她给我媳妇子顶尿盆。

明个晚上，把她倒巴郎（倒着）立着门背后，叫她给媳妇子顶一下门。

媳妇子厉害着没式样，把婆婆折磨得太孽障。

白日里捞着院子里给家媳妇子晒尿毡，晚上叫傢倒巴郎立下，当着一个顶门杠。

哎，头朝下，脚朝上，这个老婆婆孽障得没法办。

走吧，我偷着去给我蒲州的儿子托一个梦，一股清风起了身，她才走的是蒲州城。

人往蒲州城去得一月整，旋风走开傢么快得很。

尖儿来到蒲州城，扣着（打算）给家丁郎儿子托个梦，门神护卫把这个老婆子挡挂了个硬，带盖（尽力）拧弄着不让他进这个蒲州城。

门神护卫两边排，破头野鬼进不来。

门神护卫骑红马，贴到我们的财门上，守住我们的家。

还没有给儿子托上个梦啊，门神护卫把这个老婆子问啊。

哎，老婆子，你是那冤屈鬼么没头鬼？你还是那个野路鬼？还是那挨了炮的挨炮鬼？

还是上了吊的吊死鬼？还是喝了毒药的毒死鬼？我们门神老爷不开恩，哪个破头野鬼也进不了这个蒲州城。

门神护卫好好听啊，我给你门神老爷说分明。

我的家住在山东省啊，流水巷里有家门啊。

我的儿子正在你们蒲州城，遇下了个媳妇人好得很，我给我的小丁郎儿子托个梦啊。

门神护卫你今个黑了把我挡了个硬啊，你当今个不叫给我的儿子托个梦，把我挡到这个城门上，我的这个苦处我就对谁明？啊……啊……

我的苍天啊！老妈妈就哭给了半日整，门神护卫又听了个真啊。

老婆子啊！你当给你的儿子托个梦，我有些话哩，还得给你老婆子说分明。

我们的蒲州街上，走路的大人娃娃可多得很啊。

我当今个把你放进蒲州城，见了大人你不要问，街上玩的娃娃，你摸不成也搭不成手啊。

问了大人害头痛，摸了娃娃病不轻。

你要不给她说分明，走着大街上冒氅人哩。

门神老爷，好好你们听，安当给我的好话，我都默记在心中。

你当把我放进蒲州城，我当去到大街上，见了大人娃娃我都不能问啊。

阴手不摸街上的娃娃们，我当不小心问了人，你出待城了给我老婆子降罪行。

真真安当给了半日整，才把小丁郎的妈妈放进了蒲州城。

一股股旋风快如风，来到小丁郎儿子睡觉的这个小房中。

抬起头来看分明，儿子在床上呼呼囔囔睡得稳啊。

妈妈哭着把儿子问，今个黑了妈妈给你托个梦，我给你丁郎娃娃说分明。

丁郎娃娃，你好好听啊，你的那个媳妇子忤逆着不改心，把我从供桌上捞到地埃尘。

青红皂白她不问，头上拿的擀杖傢给我楞得凶啊。

一顿擀杖下歹心，妈妈的头上打下的疙瘩多着不平顺。

我给你娃娃托给个梦，蒲州城的事情你干不成。

你赶紧背上行李回家中，去了妈妈的身上验伤痕。

一顿切刀下歹心，切刀在妈妈的胸膛上剁，胸膛上给我剁开的三尖口啊。

你的妈妈就孽障得很啊，你这个媳妇子厉害得很。

白日傢把妈妈捞着院子里，叫我给傢顶尿盆。

晚上倒巴郎立下叫我来顶门，白日叫我顶上晒尿毡，晚上给傢当着顶门杠。

头朝上，脚朝上，哎，把我倒巴郎来空上。

左手搭着床沿上，右手么搭着这个儿子睡的枕头上，各样儿话哭着给丁郎来安当。

我的小丁郎哎！阴是阴，阳是阳，阴曹地府全不连阳间像。

妈妈碰死在柳树上，娃娃，你永世千年把我见不上。哎……啊……

安当的话么你记心上。娃娃，你可不了过了耳边风，还有些话哩再给你说不成。

我们死鬼怕的鸡叫鸣啊，鸡儿一叫我就走不成啊。

头遍鸡儿一叫走不成，鸡儿一叫就是阳世三间的人。这就给儿子托了个梦啊。

临走哩床沿上"啪"地拍了一把，把这个小丁郎吓了个醒，给了一场空啊。

隐隐儿梦着我的妈妈给我托了个梦。吓着醒来做了个怪睡梦。

一打娘母子给托了梦，蒲州的事情么干不成。

原把这个包裹行李打齐整，背的包裹行李出了这个蒲州城，急急忙忙回家中。

急急走来赶着行啊，小丁郎要走的山东省啊，不觉来到家廊中。

老妈妈的身上他验伤痕，抬起头，看分明，妈妈头上的疙瘩傢怎么多得很呀。

小丁郎低头来看清，妈妈的胸膛上都是剁下的三尖口。

这会子丁郎就把女人问，呔，贱婆子，一打我走了蒲州城，你不但不孝敬我的妈妈，还把妈妈折磨得孽障得很。

这会子，女人就哄男人哩，哟，我把你个龟塌头愣头精，你那个鼻疙瘩，你长着嘴下头。

你请的那个师傅手不能，把你妈妈各处儿的疙瘩没有刻平顺。

千年的柳树成了精，树大了裂开的三尖口，你要说的我媳妇子剁下的三尖口。

丁郎一听怒气生，再说的多好我不信，写的休书要往掉休女人哩。

来是就到书馆厅，左手拿过纸一张，右手提过笔一杆。

手拿砚台把墨研上，字字行行把休书写一遍。

一写的这个贱婆子你不孝敬父母，二写的这个贱婆子不尊敬我丈夫。

三写的这个贱婆子败坏门庭，四写的这个贱婆子你六年了不养不生。

五写的这个贱婆子你炕上尿床，六写的这个贱婆子你招人和尚。

丁郎这里着了忙，就把休女人的条条框框都写上。

七写八休也不要，休女人的条条框框写上了，非把你这个狗贱人来休掉。

一封休书写齐整，休书写得清楚得很。

把这个休书递给王素珍，你赶快拿上休书滚出我丁家门，我一辈子白不要你这个狗贱人。早晨休掉王素珍，晚夕就把丁郎唱着给你们听。

一匹红缎子把妈妈包裹硬，背的妈妈起了身，终南山上来修行。

剃了头，落了发，背上妈妈出了家。

老母亲，着了忙，丁郎上的是终南山，终南山里修神仙啊。

早晨念的是太阳经，晚夕念的是观世音，念了观世音菩萨才能修成一位神啊。

观世音菩萨，观世音菩萨，大慈大悲南无阿弥陀佛。

大缘大利，大恩大德，惠生恶泯，恶泯惠生。

那个观世音菩萨好得很，丁郎把傢的妈妈修成神了。

丁郎的妈妈修了位什么神？修的神灵可大得很，地藏王菩萨的那一位大尊神。

也不说丁郎的妈妈修成神，休了女人的小丁郎啊，临完了他也修成神啊。

丁郎修了位什么神？修成了十八罗汉里的一尊神啊。

也不说丁郎连傢的妈妈修成神，再把休掉的女人唱分明。

自从把她休出丁家门，再没个地方安个身。哎！贱婆子站到娘家的门呀，整整站了一月整。娘家三十六口子人，三十六口娘家人死了一个尽。

死着剩下了两个人啊，两个人是什么人？稀稀罕罕的两个侄儿娃娃子。

一顿棒子，一顿棍，快把这个瞬（倒霉）气鬼打着赶出我们娘家门。

再当站到明个清早晨，我们娘家门上的人死着就断了根。

给了顿棒子，给了顿棍，把这个贱婆子赶出娘家门，活该雷殛掉这个狗贱人。

回来到了大街中，玉皇爷来到雷霆宫。打发了一个天宫里的老雷神。

要殛掉她这个忤逆种，东南拐里起乌云，西北拐里刮怪风。

柱子白雨大着看不成，咔嚓嚓地雷神爷就响着下了雷霆宫。

大街上走的人又多，势又重，再没有殛掉一个人，单把这个贱婆子殛成了焦火棍。

蛆蚜子下给了一大层，街上都臭着过不去个人啊。

笑坏了走路的众百姓，全都可笑着了不成。

哎，今个雷神爷把这个忤逆种贱婆子，殛成了一个焦火棍。

好了好了实好了，妙了妙了真妙了，临完了忤逆种媳妇子叫雷殛掉。

雷殛掉的这个媳妇子是哪里人啊？这个贱婆子忤逆种是山东人啊，造到我们凉州贤孝上，是唱着教育人啊。

哎，贤人也要听，愚人也要听，贤人越听越亮晶，心里能照两盏灯。

愚人过了耳边风，还说我们唱曲儿的没礼行，千变万化笑盲人。

告诉世上的狗贱人，忤逆的媳妇子要听真。

婆婆的身上不孝敬，天打开雷了你们要小心。

雷那个东西可灵得很啊，择着殛的就是忤逆种。

二十四孝不算孝，丁郎刻母就是头一孝。

丁郎连妈妈修成神灵了，媳妇子临完了叫雷殛掉。

这个曲子唱完了，丁郎刻母就算交待清干了。

——选自《凉州贤孝精选》

附录四

宝卷：河西人民的佛教心态

河西宝卷是至今还活在河西人民中间、为河西人民所喜闻乐见的民间俗文学，是敦煌俗文学的活样板。每到农闲，特别是到春节，念卷（或称"宣卷"）是若干年前农村一项基本娱乐活动。念卷者，神采奕奕；听卷者，情绪高昂，通宵达旦，兴味盎然。即使现在，一到春节，许多中老年人找卷、念卷，仍乐此不疲。

人们不仅把宝卷当作文娱活动的材料，还把它当作立言立德的标准。过去有的地方，谁家媳妇不敬公婆，谁家儿女不孝父母，长者就可通知在她（他）家"念（或宣）卷"，她（或他）就得做好接受教育的准备，并准备好接待"念卷"先生和听卷的群众。有的人还把它当成保护生产的工具，因宝卷宣称：谁"宰杀耕牛"，就要下十八层地狱。有些宝卷的虔敬者，把它当作释迦牟尼的化身，跪着听"宣卷"。很多人认为宝卷能避邪，都在家里珍藏它。1958年大跃进"放卫星"的年代，被放掉了一部分；在"史无前例"荡涤一切"污泥浊水"的岁月，又被荡涤了一部分。但是，就在那不同寻常的年月里，群众甘冒风险将宝卷深藏密窖，或束之高墙，或藏之深谷，或搁在炕洞，或深埋黄土。"四人帮"一倒，趁大地回春的东风，宝卷复苏了，成千上万的宝卷又重新活跃在人民中间。而且物极必反，长期的无端禁绝，反倒促成了宝卷活动的新高潮，群众念卷、抄卷成风。近年来，人民生活水平提高，电视普及，看电视的多了，念卷活动虽然锐减，但到"爆竹声中除旧岁"的春节期间，中老年（包括一部分青年）的念（宣）卷活动仍很盛行。交通不方便、经济欠发达的地区，此风尤盛。

时代的巨轮滚滚向前，河西宝卷有可能被别的形式所替代而成为历史陈迹。即使如此，它也在历史上曾深刻反映过河西人民长期信仰佛教的文化心态。

宝卷，从佛经逐渐演变而来。佛徒要弘扬教义，就要宣讲佛经。佛经不是人人都易理解——一般群众都会听得"睡蛇交至"，瞌瞌打盹的。佛徒要使讲经能吸引人，就要将佛经作通俗生动的讲解，这就叫俗讲。俗讲，除通俗生动的讲经外，还包括将佛经中原有的故事添枝加叶，敷衍拉长，变成更曲折离奇的故事（即人们常说的讲佛经故事的蓝本——变文，本书称其为"佛变文"）。包括故事（即"佛变文"）在内的俗讲，就是河西具有佛教内容宝卷的源头。对此类宝卷的来源不妨用如此的公式表述：佛经——俗讲（包括"佛变文"）——佛教内容的宝卷。俗讲有仪式，但已失传。根据敦煌石室发现的P.3849号卷子所载，以及唐时日本僧人圆仁的《入唐求法巡礼行记》的记载，俗讲不但有仪式，而且很威严。将这种威严的仪式与宣念河西宝卷的仪式对照一下，河西佛教宝卷来源于俗讲，也就更容易理解了。

一、准备。俗讲开始前要打讲经钟（时间到、进场）、惊众钟（安静）、定众钟（静坐，等法师上堂）。念宝卷，要先通知在谁家念，谁家就要扫地、整炕，炕桌上要摆好食物、果品、茶糖等物。听众准时到，炕上炕下，危坐整肃，等待"念卷先生"。

二、开始。法师、都讲上堂登高座（座高1丈余）；念（宣）卷先生入座，接佛人坐侧（有些地方，全部听卷人都作接佛人）。法师讲经要作梵——法师的下座僧念："云何于此经，究竟到彼岸，愿佛开微密，广为众生说。"众放声回应："愿以此功德，普及于一切。我等与众生，皆共成佛道，香花供养佛。"念卷先生念卷前要净（洗）手，在炕桌上摆一馍，点燃三炷香，向西跪叩，插于馍上，念"阿弥陀佛"，众和："阿弥陀佛。"法师念两声菩萨，说押座文（俗讲前的一段开场白）。念卷先生说"阿弥陀佛"，众和；念卷先生说类似押座文的开头（每个宝卷基本均如此）："××宝卷才打开，诸佛菩萨降临来。天龙八部神欢喜，保佑大家永无灾。"以上对照说的是基本模式。后来，开场白有多句少句的分别，少的仅2句，多了不限，有的多到26句。更有些在模式前，再加诗句的："宝卷开密言，留给后世传。若能坚心寸，快速取经念。"当然这都是在准备工作的基本模式下的变化，但也更显示了对俗讲继承的忠实。

三、讲经。法师讲佛经，也讲佛教故事（即佛变文）。念卷先生念卷，在关键处可以发挥；有针对性念卷，被指名者甚至要跪着听。宝卷每念完一节（节的长短较自由）的末尾要念阿弥陀佛，接佛人要和念卷者一起念阿弥陀佛。这就是所谓接佛。讲经者要讲完一个完整的段落才暂停或结束，念卷者要以一本为单位，通宵达旦，一定要一次念完。

四、发愿。法师讲完经，施主发愿或布施。念卷先生不要钱财。念者是积德（听者也是积德），积德不能要钱。但念累了可以喝糖茶，吃美食，听众也可少息。

五、结尾。大众赞唱，法师很注意收场，说："佛意难知，……若是若非，布施欢喜。"这既是送别，也是对再来的邀请，因为此时的结束，意味着下次的开场。有的俗讲法师还说得更直接："今日为君宣此事，明朝再来听真经。"（《目连缘起》）有的俗讲法师甚至敢用"各自念佛归舍去，来迟莫遣阿婆瞋"（《太子成道经》）的玩笑话，送别听众。可见俗讲法师是很注意而且善于招徕听众的。宝卷也很注意收场，而且无固定程式，可说是千变万化。但是，尽管变化多端，归结起来都是劝善。比如有的说："佛在灵山莫远求，灵山就在汝心头。人人都有灵山塔，好修灵山塔不修。"有的更说得干脆："宝卷念完，急速回还。善男信女，积德为上。"

　　从以上的对比中，河西佛教宝卷的宣念和俗讲（包括讲佛经故事）活动，何其相似乃尔！河西佛教宝卷的宣念，离开了俗讲的那一套仪轨，也就不成其为宝卷。河西佛教宝卷直接从俗讲发展而来，是不言而喻的。

　　除了佛教内容，在河西宝卷中一开始就有神话传说如《天仙配宝卷》《孟姜女哭长城宝卷》，历史故事如《昭君娘娘和北番宝卷》，以及寓言类的如《鹦鸽宝卷》《老鼠宝卷》等。它们都与佛不搭界。但是河西人民受佛教的影响深刻，在传播这些故事时，也同样给它穿上佛教类宝卷的靴，戴上佛教类宝卷的帽；一开头，也一样请"诸佛菩萨降临来"，求得"天龙八部神欢喜"，保佑大家永远没有祸灾；末尾，也同样劝善，劝人们去修自己心里的灵山塔，都将它们纳入佛教类宝卷的佛法中去。不是这些非佛教类宝卷来自佛的世界，而是河西人民为它们打上了佛的烙印。这不正是河西人民佛教文化心态的体现吗？

　　河西人民对宝卷的偏爱，与河西是佛教频传的孔道，人们信奉佛教的基础深厚有关。

————方步和等编著：《河西文化——"敦煌学"的摇篮》

后　记

半亩方塘一鉴开，天光云影共徘徊。
问渠那得清如许，为有源头活水来。
　　　　　　　　——（南宋）朱熹《观书有感》

　　这本研究我家乡传统文化遗产典籍的《忠孝理念与因果故事——丝路河西宝卷研究》，是我的主业——现代文学教学与研究的副产品。2019年10月，该项目得到国家社科基金后期资助立项，经过两年多的修改，现在已经基本完成了。此时此刻，心绪悠然、惶恐，也欣慰。为了这本小小的册子，我从收集资料、整理爬梳史料到阅读相关文献，再到书写成稿，花了十多年时间。其中甘苦唯我自知。当书要付梓出版的时候，我特别想说说它的研究缘起、收集资料的过程和一些研究心得，以助益此书的出版、发行、传播，或许对于读者了解与把握河西宝卷思想主题以及中国民间讲故事传统有所助益。

　　河西宝卷，顾名思义，就是丝绸之路的河西走廊各个市县及其乡村收藏、宣念与流传的宝卷。我生于斯，长于斯，童年及少年时代就大略知道"说因果"和"弹三弦"这么回事儿了。20世纪80年代初上大学时，好像是1983年秋天吧，我在读的河西学院邀请了西北师范大学的李鼎文教授，给我们集中专讲了两周敦煌文学的专题课。那时，听李先生略带凉州方言的讲授，感到极为亲切，也极为入耳入心。因为通过听李先生的课程，我知道了敦煌文献，知道了敦煌藏经洞，知道了西洋人斯坦因、伯希和，以及藏经洞发现者王道士。后来又从大学老师方步和教授那里知道，宝卷在河西走廊地区流传得很广，数量也很多。这与我童年、少年的记忆就联系起来了。后来我看到了他写的《河西宝卷真本校注研究》，读了很受启发，才知道宝卷文本也是重要的传统文化典籍，与敦煌文物一样有价值。因此，我也开始留意收集宝卷，开始关心收集与其相关的"凉州贤孝"曲子。大约是2009年吧，我回到母校，拜访了方步和老师，浏览了方老师收集的200多部河西宝卷文本，与他交流了一些研究心得。方老师研究宝卷有自己的一套独特思路，如其《河西宝卷真本校注研究》，他把田野调查放到第一位，与念卷人交流，收集到了不少河西宝卷，并做了扎实的研究，让世人和学界知道了河西宝卷为何物；后来，他又把河西宝卷放到敦煌学、地方民俗和河西文化视野里看待，出版了一系列研究专著，如《河西文化——"敦煌学"的摇篮》（北京文史出版社，2004年）等，把宝卷研究推向了一个新的境界。这时候，我已经到陕西师范大学文学院来工作了。缘于国家对于优秀传统文化的推崇并大力发扬光大的契机，我也申报了学校课题，开始了这项有点漫长而愉悦的河西宝卷的研究。

2018年，我有幸得遇濮文起先生，他是我河西宝卷研究的重要知音与老师。濮老师是天津人，北京大学历史系毕业，天津社会科学院研究员，中华宗教文化交流协会理事、中国宗教学会名誉理事，曾任天津社会科学院宗教文化研究所所长、哲学研究所所长，主要从事中国民间宗教、宗教文化研究。先生2018年受聘陕西师范大学人文社会科学高等研究院，主持国家社科基金重大项目"中国民间宗教思想史"。濮老师著作等身，有求必应，人品高尚，给我的宝卷研究提供了许多指导。2019年秋天，我和濮文起老师、莫振良老师奔赴甘肃陇南岷县等地考察，获得新的陇南宝卷目录，使得我的宝卷研究有了明确的比较对象。2019年，我的宝卷研究又得到国家社科基金后期资助的支持。两年多来，我针对五位盲审专家意见，检查了我已经完成的成果，发现不少问题，因而又翻阅了马恩列斯关于宗教的论述，重读敦煌变文文献、佛教专著，重读国内其他地区宝卷文献及其研究，收获不少，也因此，该项目能以现在不断修订完善后的面目呈现。

对我来讲，研究河西宝卷意味着"跨专业"，因为我一直从事中国现当代文学、海外华文文学和西部文化的教学和科研工作。但说实话，这也并非不务正业，妄作他想。相反，做宝卷研究使我获益匪浅，因为这一研究开拓了我的视野，打通了我古今文学研究的视野。项楚先生认为："读书是为了研究和解决问题，因此一定要带着满脑袋的问题去读书，在读书中搜集解决问题的资料，并且不断地发现新的问题，搜集解决新的问题的资料，使知识像滚雪球般越滚越大，使已有的知识彼此搭桥，如此往复不已，就会逐渐形成自己的治学领域和治学门径。"[1] 我并没有像项楚先生一样去静下心来数年如一日地阅读《大藏经》等佛教史料，尽管研究宝卷需要佛教文化知识，但我对于他信守的"使已有的知识彼此搭桥"的学术理念极为赞同。这些年来我也一直把它作为我的研究与追求的目标。因为宝卷多为因果故事，在这个民间讲故事传统形式的研究中，我发现了它与现代叙事、故事形态学、叙事学和叙事语用学的相关性联系，由此激发了我研究

---

[1] 项楚：《"入乎其内，出乎其外"：敦煌文学研究漫谈》，《文史知识》1987年第6期。

宝卷的新思路。就是说，当我以叙事学的目光来看河西宝卷这一通俗而边缘的"学术"的时候，我发现了宝卷的出现在整个中国讲故事传统和民间讲故事传统之链上的独特位置以及它独特的价值。这倒逼着我重新阅读了一些佛教文化思想的读物，也阅读了大量河西宝卷，并以此理路探究了宝卷的一些基本思想主题和形式上的一些特征及艺术创新。

宝卷作为传统民间乡村流行的一种文化典籍，由于它包含"千年来支配民间思想"的儒释道"三教"思想，思想丰富复杂，而且博大精深，说实话，当我收集、整理阅读后，对它要做所谓的研究的时候，心中还是直打退堂鼓。因为它作为因果故事，佛教思想是它的灵魂，不懂佛教思想及其发展史，怎么去碰它？因为它包含深厚的道教、儒家思想，后期又以儒家贤孝理念教化基层民间，不了解道家、儒家思想，可能就无法理解宝卷的主题及其内涵。同时，作为研究，如何用现代思想看待宝卷包含的传统文化典籍及其思想？如何用科学的态度看待宝卷这种传统文化典籍？这又逼着我翻阅了大量儒释道文化典籍及现代文化理论典籍。比如马恩列斯论宗教的著作，弗洛伊德《论宗教》等论文，钱穆《中国文化史导论》，张学智《中国儒学史·明代卷》，叙事语用学经典，现代性别理论，因此，这一研究的进度就相当缓慢了。再加上这期间我要完成一项国家社科基金项目，一项教育部人文社科基金一般项目，我的宝卷研究就至今才完成。当我完成这个书稿的时候，突然有种久违了的如释重负感，觉得不枉做个河西走廊人，不枉做个凉州人了！

而且，对于河西宝卷的研究，我是心甘情愿的。我是以对自己家乡文化的热爱，出于对家乡民间艺术的喜爱去主动搜寻资料的，并且基于这个优势，去做了不少田野调查，与贤孝艺人、念卷者零距离接触，听他们演唱，听他们念卷，与他们交流想法，攀谈民间艺人、艺术的发展困境，获取他们掌握这种民间技艺的途径、方法，实实受益匪浅，至少，这种接地气的"研究"使我看到了艺术、知识的另一个源头，另一种途径。

当然，完成这个书稿的时候，我得感谢那些支持过我、帮助过我的诸多师长及朋友们。尽管方步和老师已过世，但他的教导及勤奋睿智的科研精神我会铭记在心。天津社科院的濮文起研究员诲人不倦，在他受聘陕西师范大学人文社科高等研究院期间，对我从事宝卷研究十分支持，也给了我不少建议，并在我的请求下欣然为我书稿作序，令我十分感动！所谓忘年交，情谊大略如是。我也很感谢李永平同好，他是国内研究宝卷后起佼佼者，国家社科重大项目"海外藏中国宝卷整理与研究"首席专家，在研究河西宝卷中我从他处受到不少帮助，得到不少教益，在此特别感谢！在收集整理宝卷的过程中，妻子秦金香曾陪我下乡收集宝卷，武威著名作家李学辉、武威朋友杨才年、武威天梯山管理干部宝卷念唱者赵旭峰都曾给予过无私的帮助，我的研究生哈建军教授、杜建波、张伯阳、刘征、许珍、刘宜璇、盖文文等都为我打印、输入过不少宝卷文本，在此也一并感谢！

陕西师范大学　上林苑十九斋
二〇二一年八月六日午夜